Letzte Runde

Letzte Runde

Jürgen Reitemeier
Wolfram Tewes

Verlag topp+möller
Detmold 2010

Im nie endenden Kampf mit dem Fehlerteufel haben uns Christiane Fischer, Ille Rinke, Andreas Kuhlmann und Andreas Naumann tapfer zur Seite gestanden. Wir möchten uns dafür ganz herzlich bei ihnen bedanken.

Ebenfalls bedanken möchten wir uns bei der Oberstaatsanwältin Frau Herzog für die fachliche Beratung, bei Alfons Holtgreve für das gelungene Titelbild, bei unseren Ehefrauen Marianne und Tine für ihre Geduld mit uns, bei Rainer Opolka für die Unterkunft und bei Jo Dorn für die tolle Verpflegung und Fürsorge während des Schreibens.

Das wunderbare, voll aus dem ländlichen Leben gegriffene, Gedicht am Ende des Buches stammt aus der Feder von Frido Petig. Danke, dass wir es verwenden durften.

Mit der Figur des Mannes, der tote Enten malt, möchten wir einem unserer großen Vorbilder, Erfinder des malenden Amsterdamer Polizisten Grijpstra, dem holländischen Autor Janwillem van de Wetering, posthum eine kleine Referenz erweisen. Wir verneigen uns vor seinem Werk.

Bibliografische Information Der Deutschen Bibliothek
Die Deutsche Bibliothek verzeichnet diese Publikation in der Deutschen Nationalbibliografie; detaillierte bibliografische Daten sind im Internet über http://dnb.ddb.de abrufbar.

ISBN: 978-3-936867-35-0

Erste Auflage 2010

Verlag und Gesamtherstellung: topp+möller, Detmold
Lektorat: Volker Maria Neumann

„Wer am Ende ist,
kann von vorn anfangen, denn das Ende
ist der Anfang von der anderen Seite.“

Karl Valentin

Prolog

Es hatte wieder geschneit, als der stämmige Mann wütend die Kneipentür hinter sich zuwarf und auf die schneeweiße Straße trat. Er war sauer. Sauer auf seine Mitarbeiter, sauer auf sich selbst. Wie hatte so eine Sicherheitslücke entstehen können? In Zukunft würde er noch sorgfältiger darauf achten müssen, alle Spuren hinter sich zu verwischen. So ein Auftritt wie eben durfte einfach nie wieder vorkommen. Wo der andere nun wohl steckte? Nur gut, dass dieser aufdringliche Kerl erst einmal Ruhe geben würde. Der hatte deutlich zu spüren bekommen, dass man sich besser nicht mit Leuten anlegt, denen man nicht gewachsen ist.

Der Schnee fiel in so dicken Flocken, dass Wormsthal nicht mehr als einige Meter weit sehen konnte. Da der Schnee auch alle Schrittgeräusche schluckte, fühlte er sich wie in Watte gepackt. Aber das war kein gutes Gefühl. Er hätte gern bessere Sicht gehabt. Denn hinter jeder Ecke könnte dieser Mann von eben stecken und ihm auflauern. Vor einem ehrlichen Kampf Mann gegen Mann hatte er keine Angst. Er war dem anderen körperlich deutlich überlegen. Aber es gab eine Menge dunkler Ecken in dieser Detmolder Altstadtstraße. Und vor einem Messer im Rücken schützten selbst durchtrainierte Muskeln nicht.

Er kniff die Augen zusammen, um mehr als zwei, drei Meter weit sehen zu können. Als er an der Ecke des alten, etwas verfallenen Fachwerkhauses ankam, hinter dem er sein Auto geparkt hatte, atmete er erleichtert durch, erschrak aber im nächsten Moment, weil er die Glocke einer Turmuhr hörte, die zur Mitternacht schlug.

Das Auto stand auf einem kleinen Hinterhof, der völlig im Dunkeln lag. Kein Straßenlampenlicht erreichte diesen stillen Winkel. Irgendwo dort hinten musste sein Auto auf ihn warten. Wie alle anderen Autos auf dem Hinterhofparkplatz auch, war es komplett eingeschneit, und es war nicht auf den ersten Blick zu erkennen, welcher dieser weißen Hügel nun sein BMW war. Gerade wollte er mit der Hand den Schnee dort wegwischen, wo er die Frontscheibe seines Autos vermutete, da hörte er hinter sich ein Geräusch. Er drehte sich um und war geblendet vom Licht einer starken Taschenlampe. Als direkt vor ihm ein Hund drohend anschlug, zuckte er erschrocken zusammen. Der Besitzer der Taschenlampe blieb in etwa einem Meter Entfernung vor ihm stehen. Noch immer war wegen des starken Lichts von der Person nichts zu erkennen. Nur vom Hund konnte er etwas sehen. So ein rabenschwarzes Vieh, das ihn mit gefletschten Zähnen anknurrte.

„Was soll das?“, rief er laut und mit betont kräftiger Stimme, in der Hoffnung, die Situation dadurch unter Kontrolle zu bekommen.

Langsam, ganz langsam gewöhnten sich seine Augen an das Licht. Schwach zeichneten sich die Umrisse seines Gegenübers ab. Umrisse eines Mannes, zumindest sprachen Größe und Statur dafür. Als er sah, dass dieser Mann kleiner war als er selbst, spürte er wieder Zuversicht. Er fühlte direkt, wie seine Angst wich und seine schlechte Laune, nun auch noch genährt vom Ärger über die Dreistigkeit dieses Kerls, in heiße, unkontrollierte Wut umschlug.

Er beschloss intuitiv, nicht lange zu fackeln, falls er nicht sofort eine Antwort auf seine Frage bekommen würde. Denn er war an diesem Abend nicht in der Stimmung, sich auch nur eine Sekunde die Frechheiten eines jämmerlichen Straßenräubers gefallen zu lassen. Oder war sein unerwartetes Gegenüber gar kein Straßenräuber? War das vielleicht der Spinner, der ihm vor wenigen Minuten in der Kneipe mit seinen Beschuldigungen auf die Nerven gegangen war? Den er gerade erst zusammengeschlagen hatte? Die Statur konnte passen. Bestimmt war er das. Wormsthal begann ihn zu beschimpfen, weil er jetzt richtig sauer war. Außerdem wollte er ihn einschüchtern.

„Halt's Maul und hör mir zu!", kam es aus dem Zentrum der Lichtquelle.

Die Stimme, sie war der des Spinners aus der Kneipe ähnlich. Unglaublich! Hatte der Mann, der doch auch nicht mehr ganz jung war, nicht eben erst eine Abreibung bekommen, die für den Rest seiner Tage ausreichen müsste? Nein, reden wollte er mit dem auf gar keinen Fall. Diese Nervensäge hatte seine Chance auf Schonung verspielt. Nun musste gehandelt werden.

Wormsthal machte mit dem linken Bein einen schnellen Schritt nach vorn und trat mit dem rechten Fuß in Richtung des Hundes, um den schon einmal auszuschalten. Er trat aber ins Leere, da das Tier unfassbar schnell reagierte und dem harten Tritt seitlich auswich. Durch den Schwung des eigenen Tritts etwas aus dem Gleichgewicht gebracht, rutschte er auf dem Schneematsch aus und stürzte hin. Schnell hatte er sich wieder unter Kontrolle und schaute sich um. Der Hund hatte sich feige verdrückt, war also keine Gefahr mehr. Okay, es reichte jetzt auch. Aus. Vorbei. Kurzer Prozess war jetzt angesagt. Zwei, drei schnelle, harte Schläge, dann würde er den bewusstlosen Kerl ins Auto zerren und ihm irgendwo, wo es keine Zeugen gab, den Rest geben.

Er hatte sich gerade in die Hocke hochgestemmt, als sein Gegner auf ihn zukam und mit der schweren Taschenlampe zum Schlag ausholte. Wormsthal konnte sich gerade noch etwas zur Seite drehen und dadurch den Schlag auf die rechte Schulter ableiten. Dann versuchte er, sich gleichzeitig aufzuraffen und nach hinten auszuweichen. Erneut kam er dadurch aus dem Gleichgewicht, stolperte zwei Schritte rückwärts, verlor den Halt und krachte mit dem Hinterkopf an eine Hauswand.

Er wollte sich von der Wand abstoßen und wieder angreifen, aber sein Körper verweigerte den Gehorsam. Durch den Vorhang aus dicken Schneeflocken konnte er in die vor Entsetzen weit aufgerissenen Augen seines Gegenübers blicken. Neben dem Mann stand der Hund, dessen schwarze Kontur sich mit der schnell zunehmenden Dunkelheit vermischte und sich schließlich komplett darin auflöste.

Dann war nur noch Dunkelheit um ihn herum. Dann gar nichts mehr.

1

Es war schon wieder knackekalt und sehr dunkel. Klar, es war kurz vor Neumond. Die noch bis vor drei Tagen geschlossene Schneedecke hatte sich in gefrorenen Matsch verwandelt. Bei solchen Lichtverhältnissen konnte man schnell schwermütig werden. Doch setzte der Sonnenschein, der heute den ganzen Tag über geherrscht hatte, den anrückenden Selbstmordgedanken etwas entgegen.

Schulte drehte mit seinem Hund Monster die übliche Abendrunde. Auch ihm ging dieses Wetter mittlerweile ziemlich an die Nieren. Da der Hund nicht mehr der Jüngste war und ziemlich langsam hinter seinem Herrn hertrottete, verlegte Schulte die Wartezeiten auf das Tier jeweils an Orte, die von einer Straßenlaterne beschienen wurden. Hier betrachtete er Eiskristalle, die wie viele Tausend Diamanten glitzerten. Dieser Eindruck entschädigte ihn für das deprimierende Grau in der Dunkelheit. Wieder schnüffelte der Hund unendlich lange an einem nichtssagenden Ort. Das nervte langsam. Schulte sah auf die Uhr. Es war kurz vor neun. Verdammt, das Bayern-Spiel hatte schon angefangen, und dieser blöde Köter hatte nichts Besseres zu tun, als sich irgendwelche Duftstoffe durch die Nase zu ziehen.

„Monster, los jetzt! Wir müssen nach Hause.“ Der Hund hob den Kopf und sah in die Richtung seines Herrn. Dann pinkelte er auf die Stelle, die er eben noch so intensiv berochen hatte. Erst danach setzte das Tier seinen massigen Körper langsam in Bewegung. Schulte reichte es. Er kramte in seiner Jackentasche, zog eine Leine hervor. Ab jetzt bestimmte er das Tempo. Der Hund ließ sich mehr oder weniger von ihm ziehen und trottete nur widerwillig hinter seinem Chef her.

In der Einfahrt seines Hauses bewegte sich Schulte sehr vorsichtig. Erst gestern war er ausgerutscht, war gestürzt und hatte sich empfindlich wehgetan. Die Gelenkigkeit vergangener Jahre war ihm längst abhandengekommen.

Als er seine Haustür aufschloss, umhüllte ihn eine wohlige Wärme. In seinem Wohnzimmer prasselte das Feuer im Ofen. Wie hatte er nur all die Jahre auf diese Form der Gemütlichkeit verzichten können? Schulte hängte seine Jacke an einen Haken, holte sich eine Flasche Detmolder aus dem Kühlschrank und machte es sich auf dem Sofa gemütlich. Der Fernseher meldete mit drei Orgeltönen, dass er betriebsbereit war. Im nächsten Moment stand das Bild. Links oben am Rand konnte Schulte in einem kleinen Kasten lesen, dass es schon 1:0 für Bayern München stand. Der Abend schien schon wieder verdorben. Doch da, ein langer Pass auf Nöthe. Ein Fehler von Demichelis und Nöthe schob den Ball ganz cool ins Tor. Fürth hatte ausgeglichen.

„Jawohl!", brüllte Schulte begeistert und gönnte sich den ersten Schluck des Abends. So hatte er es sich vorgestellt. An einem gemütlichen Abend auf dem Sofa liegen, ein bisschen ins Feuer gucken, die eine oder andere Flasche Bier trinken und am Ende würden die Bayern womöglich noch verlieren. Je älter man wird, desto weniger braucht man, um zufrieden zu sein, dachte Schulte.

Die Titelmelodie aus dem Easy-Rider-Film, *Born to be wild*, störte seine Gedanken. Wer konnte das sein? Schulte hatte Feierabend und heute keinen Bereitschaftsdienst. Wenn seine Tochter Ina jetzt glaubte, er würde babysitten, dann hatte sie sich aber gewaltig geschnitten. Ans Telefon ging er dennoch und war ziemlich verwundert, als ein offenbar betrunkener Axel Braunert sich meldete.

„Jupp", lallte er. „Ich brauche deine Hilfe! Hast du eine halbe Stunde Zeit für mich? Können wir uns irgendwo treffen?"

„Tor! Tor! Tor, in der 41. Minute für Greuther Fürth! Nach dem Freistoß von Robben trifft Demichelis den Ball nur mit der Hacke. Das Leder geht übers Tor. Im Gegenzug trifft Allagui mit dem Kopf zum 2:1 für Fürth!", brüllte ein begeisterter Fußballmoderator.

Ausgerechnet jetzt. Schulte hasste solche Situationen. Natürlich würde er sich mit Braunert treffen. Also würde er darauf verzichten, die Niederlage der Bayern genussvoll auszukosten.

Apropos Genuss, Schulte hatte noch nichts gegessen. Vielleicht könnte er das Notwendige mit dem Nützlichen verbinden. „Klar können wir uns sehen, Axel. Wo bist du denn? In Hiddesen? Kennst du die Knispel? Ja, genau, die Eckkneipe. Okay, ich bin gleich da."

Zehn Minuten später betrat Schulte den Schankraum. Er sah Braunert hinten rechts an einem einzelnen Tisch sitzen. Da drehten sich zwei Männer, die an der Theke saßen und mit dem Wirt knobelten, zu ihm um.

„Na, Schulte, heute ohne Hund?"

„Den habe ich im Auto. Die Kneipe hier soll ja nicht sein zweites Zuhause werden."

Die Männer lachten. Braunert, durch das Gespräch auf seinen Kollegen aufmerksam geworden, gab Schulte ein Zeichen. Die Heiterkeit, die am Tresen herrschte, stand in einem ausgeprägten Kontrast zu der Niedergeschlagenheit, die von dem Polizisten im hinteren Teil der Kneipe ausging.

„Dein Hund scheint ja hier ziemlich bekannt zu sein", versuchte Braunert ein Gespräch in Gang zu bringen.

„Ja leider, immer wenn ich in letzter Zeit abends nicht da bin, büxt der blöde Köter zu Hause aus und sucht mich hier in der Kneipe. Wenn der Hund jetzt mal verschwunden ist, wissen wir, wo wir ihn finden. Aber als er mit dieser Marotte anfing, haben sich Fritzmeier und meine Tochter einen Wolf gesucht. Irgendwann wussten sie sich nicht mehr anders zu helfen und haben aus lauter Verzweiflung bei den Kollegen in der Wache angerufen. Jetzt lachen sowohl die, wie auch die Gäste dieser Kneipe über mich. So nach dem Motto, wie der Herr, so's Gescherr. Aber du weißt ja, ist der Ruf erst ruiniert … und so weiter. Aber, was ist los mit dir? So fertig habe ich dich ja noch nie erlebt."

Der Wirt hatte seine Knobelrunde anscheinend beendet. Er kam zu den beiden Polizisten an den Tisch und fragte nach der Bestellung.

Schulte bestellte ein kleines Steak und ein Detmolder Herb. An Braunert gewandt sagte er: „Es gibt nicht viele Kneipen in Detmold, in denen du für kleines Geld ein so gut gebratenes Steak bekommst wie hier. Solltest du probieren."

Braunert winkte ab.

„Lass mal gut sein, Jupp. Ich habe keinen Appetit."

Zum Wirt sagte er: „Bringen Sie mir bitte noch ein Bier und einen Grappa."

Als der Mann gegangen war, ergriff Schulte wieder das Wort: „Also, Axel, raus mit der Sprache! Wo drückt der Schuh?"

Braunert wand sich wie ein Aal.

„Weißt du, Jupp, die ganze Sache ist mir ziemlich peinlich. Du kennst mich, ich bin nicht der Typ, der die Tatsache, schwul zu sein, vor sich herträgt. In Kollegenkreisen bin ich, wenn es um die Frage meiner Sexualität geht, noch einmal besonders vorsichtig. Ich habe mich damals nicht freiwillig geoutet, sondern irgendwann ließ sich mein Schwulsein einfach nicht mehr verheimlichen. Mittlerweile habe ich bei der Polizei eine ganz ansehnliche Karriere gemacht. Diese Tatsache erschwert es bestimmten Leuten, sich über mich lustig zu machen, sodass ich im beruflichen Alltag persönlich selten beleidigt und verletzt werde. Das war nicht immer so, aber der relativ hohe Dienstgrad bewirkt, dass das eine oder andere Lästermaul sich begreiflicherweise reichlich überlegt, wann es sich den Mund verbrennt und wann nicht." Er machte eine kurze Pause und sah zu den anderen Männern an der Theke hinüber. Dann fuhr er fort: „Vor circa einem Monat bin ich in eine kleine Affäre hineingeschlittert. Das ist an sich nichts Ungewöhnliches. Doch einige Wochen später erzählte mir ein ebenfalls schwuler Freund, dass Sexvideos von mir auf besonders widerwärtigen, geschlossenen Internetseiten zu sehen seien. Ich selber habe zu diesen Domains keinen Zutritt und hatte auch kein Interesse, ihn zu bekommen. Aber besagter Freund war im Besitz des nötigen Keys, mit dem man sich die Videos ansehen kann. Er zeigte mir den Film von mir. Ich wandte mich daraufhin an meinen vermeintlichen Liebhaber und stellte ihn zur Rede. Doch der war von meinem Auftritt relativ unbeeindruckt. Er gab mir zu verstehen, dass diese Aufnahmen erst der Anfang meiner Karriere als Akteur in Pornofilmen für Schwule sei. Und wenn ich nicht nach seiner Pfeife tanze, dann bekäme nicht nur jeder Detmolder Polizist eine Mail mit besagten Aufnahmen, sondern auch Nachbarn, Freunde und Bekannte. Als ich ihn fragte, was er mit ‚nach seiner Pfeife tanzen' meine, da sagte er, das würde ich schon rechtzeitig erfahren. Es könne ja nichts schaden, einen Polizisten zu kennen, der ihm noch ein paar Gefallen schulde." Wieder hielt Braunert kurz inne und schluckte. Es war offensichtlich, dass er sich zusammenreißen musste, um überhaupt weitererzählen zu können.

„Mit anderen Worten, wenn ich mich nicht auf seine zukünftigen Forderungen einlasse, dann will er mir die Grundlage, ein bürgerliches Leben führen zu können, ebenso entziehen, wie den nötigen Respekt und die nötige Autorität, die man braucht, um den Beruf des Polizisten auszuüben.

Wie gesagt, ich habe mein Schwulsein immer als Privatsache begriffen. Du bist einer der wenigen Heteros, mit dem ich überhaupt jemals über diese Sachen gesprochen habe. Und jetzt benötige ich ernsthaft Hilfe. Ich habe natürlich zunächst darüber nachgedacht, Maren Köster zu bitten, mir zur Seite zu stehen. Doch bei ihrem Temperament bin ich mir nicht sicher, ob nicht früher oder später die Pferde mit ihr durchgehen. Ich habe mir natürlich auch überlegt, mit Margarete Bülow zu sprechen. Aber auch bei ihr hatte ich nicht unbedingt das Gefühl, dass sie die richtige Ansprechpartnerin ist. Also bleibst nur du."

Nach ein paar langen Sekunden des Schweigens pfiff Schulte durch die Zähne. So, als wolle er die angestaute schlechte Luft ablassen. Dann sagte er:

„In deiner Haut möchte ich wirklich nicht stecken. Was meinst du? Wie kann ich dir helfen?“

„Ich habe mir überlegt, dass es vielleicht ganz sinnvoll ist, diesem Wormsthal, so heißt der Mann, zu zeigen, dass ich nicht isoliert bin. Weder als Mensch noch als Polizist. Und daher wollte ich dich bitten, dass du ihn dir mal vorknöpfst.“

Schulte zog seine Stirn in Falten.

„Ja, Jupp, du hast mich richtig verstanden. Ich glaube der Mann versteht nur eins: Druck. Es entspricht zwar sonst nicht meiner Art, so zu handeln, doch in diesem Fall bin ich der Meinung, das ist die einzige Sprache, die dieser Kerl versteht.“

Schulte nickte. „Ich sehe das ähnlich wie du. Ich weiß nur nicht, wie man es anfangen soll. Natürlich, der Mann erpresst dich. Ein Straftatbestand, keine Frage, aber wenn du Anzeige erstattest, hängst du die Angelegenheit an die große Glocke. Ich überlege, ob ich nicht so tun sollte, als gäbe es eine Anzeige. Ich würde mir den Kerl heute Abend vornehmen und ihm schon mal richtig Druck machen. Vielleicht gelingt es mir ja, ihn so zu provozieren, dass er einen Fehler macht. Dann nehme ich ihn erst mal aus anderen Gründen fest. Widerstand gegen Vollstreckungsbeamte, Beleidigung eines Polizisten, oder vielleicht sogar versuchte Körperverletzung. Irgendwas wird mir schon einfallen. Wenn wir ihn dann haben, sehen wir mal weiter. Vielleicht reicht ja ein Denkzettel. Wir müssen eben nur vorsichtig sein, dass er nicht die Möglichkeit hat, dich in irgendeiner Weise zu diskreditieren. Du kennst das ja, manchmal reichen ein, zwei Sätze auf dem Flur der Kreispolizeibehörde, und am nächsten Tag steht es in der Zeitung. Ein, zwei Maulwürfe laufen auch in unserem Laden herum.“ Schulte trank einen Schluck und fuhr dann fort:

„Ob das alles allerdings so klappt, wie wir es uns vorstellen, kann ich natürlich nicht garantieren. Eins muss dir jedenfalls völlig klar sein: Ganz egal, was passiert, die Chancen, dass der Typ dich durch den Dreck zieht, sind relativ hoch. Von daher kannst du auch die Flucht nach vorne ergreifen. Was hast du jetzt noch zu verlieren?"

Ist zwar nicht gerade ein starker Trost, den ich dir hier spende, aber es nutzt auch nichts, die Realität schöner zu machen, als sie ist. Ich mache natürlich nur das, was mit dir abgesprochen ist. Du musst sagen hopp oder topp."

Braunert nickte.

„Sehe ich genauso, Jupp. Es ist einen Versuch wert, und wenn die ganze Angelegenheit schief geht, dann passiert genau das, was sich ohnehin nicht vermeiden lässt. Da muss ich jetzt durch. Aber kampflos überlasse ich diesem Schwein das Feld nicht. So einem Drecksack muss das Handwerk gelegt werden."

Der Wirt brachte das Steak und nahm eine erneute Getränkebestellung auf. Nachdem die Mahlzeit verzehrt war, nahm Schulte einen ordentlichen Schluck von seinem Detmolder Herb. Dann kam er wieder zum Thema:

„Okay, wie gehen wir vor?"

„Es gibt da so eine Kneipe in der Exterstraße", berichtete Braunert. „Ein Irish Pub. Für Außenstehende ist dort nichts los. In Wirklichkeit ist es aber eine In-Kneipe für Schwule. Hier trifft man sich. Hier bandelt man an. Hier kann man aber auch in Ruhe ein Bier trinken. Es handelt sich nicht um so eine schicke Szenekneipe wie das *Magnus* in Bielefeld, in die auch Heteros gehen, um ihre Liberalität zu beweisen oder ihre Neugier zu befriedigen. Sondern hier handelt es sich eher um einen verborgenen, wenn auch nicht unbedingt schmuddeligen Treffpunkt. Dieser Wormsthal, von dem ich dir berichtet habe, ist oft dort zu finden. Meistens trinkt der dort mit zwei Freunden – oder was auch immer sie denn sein mögen – sein Bier. Der eine ist so ein übergewichtiger Fettsack. Der andere ist ein richtiger Kleiderschrank. Gegen den sind die Klitschko-Brüder Leichtgewichte. Der Junge ist auf jeden Fall nicht zu verachten. Wenn es zu einer Handgreiflichkeit kommt, kannst du dir den nur mit einer Fünfundvierziger vom Leibe halten."

Schulte sah auf die Uhr. Es war nun 22.40 Uhr.

„Was meinst du, Axel, sind die noch in der Kneipe?“

„Kann sein, kann auch nicht sein, schwer zu sagen, müsste man ausprobieren.“

„Ich fahre da mal hin. Wenn seine sogenannten Freunde nicht da sind, sehe ich mir den Laden einfach mal an. Wenn sie da sind, werden wir weitersehen. Was ist mit dir? Autofahren kannst du jedenfalls nicht mehr. Ich rate dir, setz dich in ein Taxi und lass dich nach Hause fahren.“

2

Das Verhältnis zwischen ihnen war noch nie gut gewesen. Und je älter sein Sohn Sascha wurde, umso schwieriger wurde der Umgang. Er kam für den Unterhalt des Jungen auf, und er hatte ihm auch die Wohnung gemietet. Doch dass er einen Zweitschlüssel für das Appartement besaß, hatte er bisher für sich behalten. Die Privatsphäre seines Sohnes hatte er immer geachtet. Und so war er bis heute nie auf die Idee gekommen, den Wohnungsschlüssel zu gebrauchen.

Doch jetzt hatte er schon fast zwei Wochen kein Lebenszeichen mehr von seinem Sohn bekommen. Sicher, sie hatten sich gestritten, wie so oft. Aber bislang hatte die Funkstille nie so lange angehalten wie dieses Mal. Er machte sich ernsthaft Sorgen. Seit dem letzten Streit hatte er mehrmals täglich versucht, ihn auf dem Handy anzurufen. Sein Sohn war jedoch nie erreichbar gewesen. Entweder hatte er das Telefon abgestellt oder es war defekt. Dass der Junge es weggeworfen hatte, konnte er sich beim besten Willen nicht vorstellen.

Er drehte den Appartementschlüssel in seiner Hand. Legte ihn wieder zurück in den Safe. Ging durch den verschneiten Garten. Nahm den Schlüssel wieder in die Hand. Ja, er würde es tun. Er würde die Wohnung durchsuchen. Auch wenn ihm sein Sohn dies nie verzeihen würde, er konnte die verdammte Ungewissheit nicht mehr ertragen. Täglich, seit dem Verschwinden des Jungen, wurden seine Sorgen unerträglicher. Jetzt war ein guter Zeitpunkt. Seine Familie saß vor dem Fernseher. Im DFB-Pokal spielte, so hatte sein Jüngster berichtet, Bayern München gegen Greuther Fürth. Ihm war das egal. Fußball war nie sein Ding gewesen. So würde er sich unglaubwürdig machen, wenn er sich jetzt nach dem derzeitigen Spielstand erkundigte. Also zog er seinen Mantel an, griff sich die Hundeleine und verließ das Haus. Nicht besonders leise, sollten doch alle hören, dass er hinausging.

Das Mehrfamilienhaus lag in einer abgelegenen Seitenstraße. Als er den Vorgarten betrat, war niemand zu sehen. Zwar waren mehrere Fenster hell erleuchtet, doch das waren die einzigen Lebenszeichen. Dieses Fußballspiel schien der reinste Straßenkehrer zu sein. Er schloss die Haustür auf und stand eine Minute später im Flur der Wohnung seines Sohnes.

Ordentlich war der Junge schon immer gewesen. Seine anderen Kinder hätten sich ruhig eine Scheibe von der Ordnungsliebe ihres Halbbruders abschneiden können. Er dachte nach. Eigentlich war Sascha ihm am ähnlichsten. Leider hatte er diese Seelenverwandtschaft über Jahre nur von Ferne beobachten können, da seine erste Frau nach der Trennung mit Argusaugen darüber gewacht hatte, dass er ihn nur im Rahmen der abgesprochenen Besuchszeiten sah. Zwar ließ sich diese Abschottung nur so lange aufrechterhalten, bis Sascha begann, selbstständig Entscheidungen zu treffen. Zu diesem Zeitpunkt hätte es sicherlich eine gute Beziehung zwischen ihm und seinem Sohn werden können, wenn diese eine Sache nicht gewesen wäre. Sie war zumeist auch die Ursache für die immer heftiger werdenden Streitereien.

Er hängte seinen Mantel an die Garderobe und betrat das Arbeitszimmer. Als er das Licht einschaltete, bemerkte er, dass die meisten Fische des Aquariums mit dem Bauch nach oben an der Wasseroberfläche trieben. Einige waren schon von den noch lebenden Artgenossen angefressen worden. Dieser unschöne Anblick, für den die grausame Natur hier im Aquarium des Arbeitszimmers gesorgt hatte, war ein untrügliches Zeichen dafür, dass sein Sohn den Raum schon viele Tage nicht mehr betreten hatte. Sascha hätte seine Tiere niemals aus freien Stücken verhungern lassen.

Am liebsten hätte er die Kadaver sofort entsorgt. Doch er hatte Wichtigeres zu tun. Zunächst würde er sich den Schreibtisch vornehmen. Vielleicht fand er ein paar Notizen oder Einträge in einem Kalender, die Hinweise auf den Verbleib seines Sohnes gaben. Er klappte den Plastikrand der Schreibunterlage um und fand einen kleinen Pappstreifen, auf dem eine Kombination von Zahlen und Buchstaben und das Wort ADONIS-13 stand. Achtlos ließ er den Pappstreifen auf der Schreibtischplatte liegen. Dann zog er die Mittelschublade auf. Unter dem Sammelsurium, das er dort vorfand, wurde seine Aufmerksamkeit auf einen USB-Stick gelenkt. Auf dem Corpus dieses Speichermediums war ein Logo aufgedruckt, das einen Mann mit erigiertem Penis zeigte. Er schämte sich für seinen Sohn, der Gerätschaften mit solchen geschmacklosen Emblemen besaß. Den Stick ließ er in seine Jackentasche gleiten.

Als Nächstes durchwühlte er die Seitenfächer. Sie enthielten jede Menge Papiere, ausgedruckte E-Mails, Rechnungen und Kontoauszüge. Alles fein säuberlich sortiert, zum Teil zusammengeheftet oder aufeinandergestapelt. Er blätterte hier, las dort. Dann plötzlich fiel ihm ein Blatt auf, von dem das untere Drittel abgerissen worden war. Es handelte sich um eine ausgedruckte Mail. Das Datum zu Anfang des Textes fesselte seine Aufmerksamkeit. Es lautete: *Sonntag, 24. Januar 2010.* Das war doch der Tag, an dem sie das letzte Mal so heftig gestritten hatten. Er las den Inhalt der Nachricht. Es handelte sich um eine Aufforderung, Fotos, die Sascha angeblich gemacht hatte, unverzüglich herauszurücken. Die Adresse, zu der er kommen sollte, um die Fotos abzugeben, war abgerissen.

Aber in dem Text war die Rede von einem Irish Pub in der Exterstraße. War dort eine Kneipe? Er kannte sie nicht. Als

Nächstes fixierte er die E-Mail-Adresse: Ingo.Wormsthal@eros-web.de. Das könnte ein Hinweis sein. Er setzte sich an den Rechner seines Sohnes und schaltete ihn ein. Nach kurzer Zeit erschien eine Maske, die nach einem Passwort verlangte. Für solche Spielchen war er im Moment viel zu nervös. Er würde später versuchen, das richtige Kennwort zu finden. Vielleicht fand er ja an einer anderen Stelle Anhaltspunkte, die ihn zu diesem Wormsthal führen würden.

Er öffnete sämtliche Schubladen und Schränke und durchsuchte alles gründlich.Danach blätterte er die Bücher durch, schüttelte sie aus und hob Teppiche hoch. Im Schlafzimmer wurde er endlich fündig. In einem Roman, den er vor dem Bett seines Sohnes fand, lag ein Foto von einem Mann, das als Lesezeichen diente. Vielleicht hatte er ja Glück. Er steckte das Foto ein und verließ wenige Augenblicke später die Wohnung. Wo war noch gleich diese Kneipe und wie hieß sie?

3

Die Pflastersteine der Langen Straßen waren mit einer dünnen Eisschicht bedeckt. Die daraus resultierende Glätte zwang ihn dazu, sehr vorsichtig und langsam zu gehen. Hoffentlich kam er noch rechtzeitig, bevor die Kneipe schloss. Die Uhr der Marktkirche schlug elfmal. Es war noch nicht so spät, wie er gedacht hatte. Doch heute war Dienstag, da war es unwahrscheinlich, dass normale Gaststätten sehr lange geöffnet hatten. Im *Detmolder Hof* jedenfalls brannte noch Licht. Hier wäre er jetzt gerne eingekehrt. Doch er hatte heute Abend ein anderes Ziel. Also bog er links in die Exterstraße ein. Und nach ungefähr 150 Metern sah er das graue, unscheinbare Gebäude. Ein diffus beleuchtetes Schild, mit dem Schriftzug: *Irish Pub*, wies ihn darauf hin, dass er richtig war.

Doch als er sich das Haus näher betrachtete, bekam er schnell das Gefühl, dass hier Gäste nicht unbedingt angemessen höflich bewirtet wurden. Wie konnte man seine freien Abendstunden in einer solchen Spelunke verbringen? Widerwillig trat er ein. Doch der Gastraum war gemütlicher, als es die Fassade vermuten ließ. An einem Tisch saß ein Pärchen, das mit sich beschäftigt war. Der junge Mann sah die ihm gegenüber sitzende Frau mit verliebten Blicken an. Ihm wurde in dem Moment, als er das Paar sah, die Bedeutung des Ausspruchs „Ich habe nur Augen für dich!“ unmissverständlich klar.

An der Theke standen drei Männer. Verstohlen verglich er die Gesichter mit dem Foto, das er aus der Innentasche seiner Jacke zog. Der in der Mitte war es. Das musste dieser Wormsthal sein. Er ließ das Bild wieder in den Tiefen der Tasche verschwinden. Dann suchte er sich einen Platz. Neben einer Tür, über der das Schild *Toiletten* angebracht war, stand noch ein Tisch in einer Nische, die vom Gastraum nicht einsehbar war. Hier setzte er sich, nachdem er sich beim Wirt mit einem Handzeichen bemerkbar gemacht hatte. Als er es sich auf der Bank bequem gemacht hatte, fiel sein Blick auf eine Deko. Es war ein Spiegel, der mit dem Schriftzug *Guinness* versehen war. Mit Hilfe dieses Werbeträgers konnte er fast die gesamte Theke überblicken, ohne dass er selbst gesehen wurde.

Der Wirt kam widerwillig an den Tisch, um die Bestellung aufzunehmen. Nochmals sah der Fremde sich in der Kneipe um. Ein Irish Pub, was trank man da? Natürlich irisches Bier. Also bestellte er ein Guinness. Es dauerte nicht lange, da hatte er das schwarze, cremige Gebräu vor sich stehen.

Während seiner Studentenzeit hatte er einmal gehört, dass man die Echtheit dieses Bieres mit einem englischen One-Penny-Geldstück testen konnte. Man musste es auf den Schaum legen und dort musste es bleiben. Wenn es unterging, war es kein echtes Guinness. Hunderte seiner Kommilitonen hatten wahrscheinlich Tausende dieser Münzen in ihren Biergläsern versenkt. Er musste grinsen. Dann probierte er. Jeden Tag könnte er dieses Bier nicht trinken. Aber heute schmeckte es ihm.

Ein weiterer Gast trat ein. Der warf einen Blick in den Spiegel. Den Mann, der eine speckige Lederjacke trug, sah er nur von hinten. Er kam ihm bekannt vor. Der Fremde machte einen weiteren Schritt. Jetzt verdeckte das *G* des Schriftzuges Kopf und Schulter des Mannes. Er selbst wollte auf keinen Fall gesehen werden. Sicherheitshalber rückte er daher so weit wie möglich nach hinten in die Dunkelheit.

Entschlossen zog Josef Schulte die Tür auf. Diese Kneipe hatte er noch nie von innen gesehen. Komisch, dachte er. Dabei machte sie auf den ersten Blick einen ganz behaglichen Eindruck. Den Hund hatte Schulte mitgenommen. Lange bleiben wollte er schließlich nicht.

Viel war nicht los, an einem der Tische saß ein jüngeres, in sich versunkenes Pärchen, und an der Theke lungerten drei Männer herum, die sich angeregt unterhielten. Im Hintergrund lief leise irgendeine Pop-Sülze. Der Wirt, ein bulliger Mittvierziger mit Beinaheglatze, schaute ihn brummig an. Nicht richtig unfreundlich, eher etwas genervt. Wahrscheinlich hatte er gehofft, seine wenigen Gäste in Kürze los zu sein und den Laden abschließen zu können, erklärte sich Schulte diesen Blick. Denn durch sein Eintreffen war dieser Plan nun vermutlich infrage gestellt. Aber Jupp Schulte war nicht zu seinem Vergnügen hier. Er hatte hier eine Aufgabe zu erledigen. Ob der Wirt freundlich war oder nicht, spielte dabei keine Rolle.

Er schwang sich auf einen der freien Barhocker und bestellte ein kleines Bier. Während der Herr der Theke miesepetrig ein Glas unter den Zapfhahn stellte, schaute sich Schulte aufmerksam die anderen Gäste an. Das Gespräch an der Theke war bei seinem Eintreten vorübergehend verstummt, wurde nun aber etwas zögernd und eine Spur leiser wieder aufgenommen. Schulte hatte sich den Mann auf dem Foto, das Braunert ihm am Ende ihres Gespräches gezeigt hatte, gut gemerkt, als alter Polizist war er auf so etwas trainiert. Und er war sich absolut sicher, dass der Wortführer der Dreiergruppe an der

Theke genau der Mann war, dessen Skrupellosigkeit das Problem Axel Braunerts geworden war. Schulte konnte körperlich spüren, wie Wut in ihm aufstieg und danach drängte, sich entladen zu können. Aber das war nicht Ziel seines Besuches. Er wollte dem Kerl lediglich die gelbe Karte zeigen.

Mit Handzeichen machte er dem Wirt klar, dass er noch drei weitere Biere für die Männer neben ihm zapfen sollte. Die drei hatten davon nichts mitbekommen und waren einigermaßen überrascht, als der Wirt ihnen die Biere hinstellte und mit einem Blick klarmachte, von wem die kamen. Schulte hob sein eigenes Glas und prostete ihnen zu. Die drei Männer prosteten etwas irritiert zurück und nahmen einen Schluck. Schulte nutzte dies aus und rückte näher heran.

Nachdem die üblichen Plattitüden ausgetauscht waren, wandte sich Schulte an den Mann, der vorher die Unterhaltung bestritten hatte.

„Können wir beid mal kurz unter vier Augen reden?“, fragte er ohne weiteres Federlesen. „Ich habe eine Nachricht von einem gemeinsamen Freund auszurichten.“

Sofort stellte der andere, ein großer, sportlich wirkender Mann von maximal Mitte dreißig, sein Bierglas weg und schaute Schulte scharf an.

„Welcher Freund ist das?“, fragte er schnell.

„Axel Braunert“, gab Schulte ruhig zurück.

Der Mann überlegte kurz, drehte sich dann zu seinen beiden Freunden und sagte:

„Ich bin mal kurz draußen. Habe mit diesem Herrn was Geschäftliches zu besprechen. Dauert aber nicht lange.“

Dann stand er auf und ging ohne ein weiteres Wort zur Eingangstür.

Schulte leerte sein Glas und stellte es auf den Tresen. Als er ebenfalls aufstand und zur Tür ging, hörte er hinter sich den Wirt laut rufen:

„Lange bleibt der Laden hier nicht mehr auf! Ich schließe gleich!“

Jetzt sprach der neue Gast mit den drei Männern. Nach einigen Worten verließen der Neuankömmling und Wormsthal den Gastraum. Er selbst wollte hier nicht von irgendjemandem gesehen werden. Jetzt war die Gelegenheit günstig.

Er legte einen Fünfeuroschein auf den Tisch und verschwand auf den Flur, der zu den Toiletten führte. Von hier aus gelangte man nicht nur zu den Klos, sondern es gab auch noch eine Tür, die wahrscheinlich in einen Garten führte. Sie war nicht verschlossen. Als er hinaustrat, stand er auf einer Garagenauffahrt.

Draußen schlug ihm eiskalte Luft entgegen. Dieser Winter gab einfach nicht auf, er hatte sichtbar und spürbar Freude an seinem Job. Schulte zog seine Jacke vorn zu und schlug den Kragen hoch. Wie immer war er nicht ausreichend warm gekleidet. Seine alte, speckige Lederjacke war zwar mit den Jahren eine echte Kleidungspersönlichkeit geworden, aber zum Warmhalten fehlte ihr jede Begabung. Und den Schal hatte Schulte im Auto liegen lassen. Sein Hund war hinter ihm hergelaufen, als Schulte aus der Kneipe gekommen war, und blinzelte ihn nun erwartungsvoll an.

Nun stand Schulte vor dem einen halben Kopf größeren Mann und versuchte, trotz der Kälte gelassen zu wirken. Sein Gegenüber zündete sich eine Zigarette an, auch eine Möglichkeit, Unsicherheit zu überspielen.

„Wer ist dieser Braunert, von dem Sie da reden?“, eröffnete er das Gespräch.

Schulte war verblüfft über diese Dreistigkeit. Aber er zwang sich zur Ruhe.

„Axel Braunert ist ein Freund von mir“, gab er ebenso platt zurück.

Als er sah, dass dies keine Wirkung zeigte, schob er nach: „Und ein Kollege.“ Das kam schon deutlicher bei seinem Gesprächspartner an. Offenbar wusste der Kerl genau, womit Axel Braunert seine Brötchen verdiente.

„So, so“, brummte er und nahm einen tiefen Zug aus der Zigarette. „Und was will er von mir?“ Danach stieß er eine kräftige Rauchwolke in Schultes Richtung aus.

Der hätte ihm dafür gern das Nasenbein zertrümmert, hüstelte aber nur und sagte langsam und sehr deutlich:

„Ich heiße Schulte, bin Polizeirat und weiß über alles Bescheid! Auch, dass Sie Ingo Wormsthal heißen. Wenn ich etwas überhaupt nicht ausstehen kann, dann sind das Leute, die mit der Freundschaft und Zuneigung anderer spielen und sie für ihre schmierigen Zwecke ausbeuten.“

Der Lange starrte ihn verblüfft an. Mit einer so klaren Ansage hatte er wohl nicht gerechnet. Dann warf er seine Zigarette auf den gefrorenen Boden, rümpfte die Nase und meinte blasiert: „Ich habe keine Ahnung, wovon Sie reden. Außerdem muss ich mich hier nicht von irgendeinem dahergelaufenen Dorfbullen beleidigen lassen.“

Damit drehte er sich um, ging zur Eingangstür der Kneipe und zog sie auf.

In diesem Augenblick riss bei Josef Schulte der Geduldsfaden. Er machte zwei schnelle Schritte, war fast gleichzeitig mit dem Jüngeren an der Tür, fasste ihn an der teuren Daunenjacke und zerrte ihn zurück.

Schulte sah, dass Wormsthal ihn ungläubig anstarrte. Der hatte offenbar gehofft, sich dieser Auseinandersetzung durch Arroganz entziehen zu können, musste nun aber einsehen, dass er damit nicht durchkam.

Ohne weitere Vorwarnung schlug Wormthal zu.

Schulte schaffte es gerade noch, den Kopf so weit zurückzuziehen, dass der Schlag nur sein Ohr streifte. Eine Sekunde später lag ein total entsetzter Wormsthal auf dem eiskalten Asphalt des Bürgersteiges und Schulte kniete auf ihm.

Nur unter Aktivierung aller Kraftressourcen gelang es dem jüngeren Mann, wieder so etwas wie ein Gleichgewicht herzustellen. Als Schulte erneut die Oberhand zu gewinnen schien, wurde die Kneipentür aufgerissen und die beiden Freunde von

Wormsthal mischten sich in den nun ungleichen Kampf ein. Schulte konnte fast zwanzig Sekunden der Übermacht standhalten, dann musste er einen so harten Schlag einstecken, dass ihm die Sinne schwanden. Er schwankte und schlug dann ungeschützt mit dem Kopf auf die Bordsteinkante. Dort blieb er regungs- und bewusstlos liegen.

Einer der beiden Kumpanen von Wormsthal, ein leicht schwabbeliger Typ mit Pferdeschwanz und Vollbart, untersuchte ihn kurz. Als klar wurde, dass der Bulle noch lebte, beruhigte er die beiden anderen. Das Blut kam von einer Platzwunde am Kopf, war aber wohl nicht lebensgefährlich.

Sie ließen Schulte liegen und gingen in die Kneipe zurück. Als sie die Tür öffneten, zwängte sich der schwarze Hund knurrend durch den Spalt und rannte ins Freie. Der Bulle dort draußen machte ihnen keine Sorgen mehr. Der würde gleich wieder aufwachen und kleinlaut verschwinden. Der hatte genug. Da waren sich die drei ganz sicher. Um den Verletzten kümmerte sich außer dem winselnden, alten Hund niemand mehr.

Sich im Dunkeln vorantastend, ging er um das Haus herum. Auf der Exterstraße hörte er Stimmen. Vorsichtig lugte er um die Hausecke. Im diffusen Licht der Nacht sah er, wie zwei Männer sich prügelten. Nachdem zwei weitere Männer aus der Kneipe hinzukamen und in die Schlägerei eingriffen, war der Kampf schnell beendet. Der Verprügelte lag in gekrümmter Haltung am Boden. Die Gewinner der Schlägerei warfen noch einen achtlosen Blick auf den am Boden Liegenden. Dann gingen sie wieder zurück in die Kneipe, als wenn nichts geschehen wäre.

Er rang mit sich. Sollte er dem Verletzten helfen oder nicht? Noch bevor er zu einer Entscheidung kam, rappelte sich der am Boden liegende Mann auf und schleppte sich in Richtung Krumme Straße. Ein schwarzer Hund folgte ihm winselnd. Wenige Sekunden später verschwand der blutüberströmte Mann hinter zwei parkende Fahrzeuge.

Es hatte wieder zu schneien begonnen. Die immer dichter werdenden Schneeflocken und die Dunkelheit ließen es einfach nicht zu, den Mann zu erkennen. Der Beobachter hinter der Hausecke war sich jedoch ziemlich sicher, dass er ihn aus anderen Zusammenhängen kannte.

4

Noch bevor Josef Schulte die Augen wieder aufschlug, spürte er, dass er am ganzen Körper heftig zitterte. Er musste völlig unterkühlt sein. Wie lange hatte er hier bewusstlos gelegen? Ein paar Sekunden oder sogar einige Minuten? Was machte er hier überhaupt? Und wo war er? Er hatte keine Ahnung. Mit zunehmender Vitalität stieg auch der Schmerz an. Er hatte den Eindruck, dass sein Kopf gleich platzen würde. Dann wagte er es, sich vorsichtig umzuschauen. Er war allein, kein Mensch war zu sehen. Nur Monster, sein zotteliger, alter Hund, lag neben ihm. Den ersten Versuch, wieder in die Senkrechte zu kommen, brach er ab, weil ihm schwindelig wurde.

Er kroch bis zu einem Parkautomaten in der Nähe und zog sich langsam daran hoch. Wieder kam der Schwindel, aber Schulte kämpfte dagegen an. Und endlich gelang es ihm, aus eigener Kraft gerade zu stehen. Wieder tauchten die Fragen auf: Wo bin ich? Was mache ich hier? Eine vorübergehende Phase der Klarheit brachte ihm alles wieder zurück. Wormsthal. Schlägerei.

Wo war dieser Kerl jetzt? Zurück in der Kneipe? Nur ganz kurz blitzte der Gedanke auf, selbst zurück in den Irish Pub zu gehen. Dann siegte der kleine Rest Verstand. Er hatte in seinem Zustand keine Chance. Und hier draußen warten, bis Wormsthal mit seinen Kumpanen wieder rauskam? Ebenfalls ausgeschlossen. Bis dahin wäre er so unterkühlt, dass er sich kaum noch würde bewegen können.

Die ersten Schneeflocken fielen herab auf die menschenleere Straße. Sie fühlten sich gut an auf seinem zerschundenen Gesicht. Nein, jetzt musste er vernünftig sein. Er musste zurück zu seinem Auto, das er am Anfang der Exterstraße geparkt hatte. Auf dem Rücksitz lag noch eine dicke Fleecejacke. Vom Auto aus würde er dann mit dem Handy Verstärkung anfordern und diesen Wormsthal hopsnehmen lassen. Und dann würde er einen Kollegen bitten müssen, ihn in die Ambulanz des Detmolder Klinikums zu fahren. Mit dieser Kopfverletzung war nicht zu spaßen.

Schulte machte ein paar vorsichtige Schritte in Richtung des Autos. Doch bereits nach wenigen Metern wankte er wieder und krachte an einen Fahrradständer, der laut scheppernd umfiel.

Schulte starrte noch erschrocken auf das Gestell, als im Haus, vor dem er gerade stand, im ersten Stock ein Fenster aufgestoßen wurde und eine Männerstimme herausrief:

„Schon wieder so ein besoffenes Schwein! Wer soll denn bei dem Lärm schlafen? Es gibt auch noch Leute, die morgens wieder zur Arbeit müssen! Unverschämtheit!“

Dann wurde das Fenster wieder zugeknallt. Schulte stöhnte, weil der Kopfschmerz wieder heftiger wurde, und tapste vorsichtig weiter.

Während des Gehens tastete er seine Lederjacke ab. Wo war eigentlich dieses verdammte Handy? Zum Glück konnte er den Autoschlüssel spüren. Noch einmal klopfte er alles ab. Nichts. Offenbar war ihm das Handy bei der Prügelei aus der Tasche gerutscht. Das lag nun vermutlich fünfzig Meter zurück, irgendwo in der Nähe des Kneipeneingangs. Also zurück? Nein! So viel war Schulte trotz allem klar: Wenn er jetzt zurückginge, bestand die Gefahr, den drei Schlägern in die Hände zu laufen. Außerdem fielen nun bereits so dicke Schneeflocken, dass die Straße schon jetzt nahtlos weiß war. Auch das Handy würde nun mit Schnee bedeckt und kaum noch zu erkennen sein. Er würde es wohl fürs Erste aufgeben müssen. Aber, wie sollte er denn jetzt die Kollegen anrufen? Schulte war zu schwach, um sich ernsthaft Sorgen zu machen. Ihm wurde immer kälter, der Schwindel nahm zu. Er hatte nur noch ein Ziel. Irgendwie zum Auto kommen, raus aus dieser Kälte.

Es war auch nicht mehr weit, vielleicht noch dreißig Meter. Wenn nur dieses furchtbare Schwindelgefühl endlich nachlassen würde. Aber das wurde ganz im Gegenteil stärker. Immer stärker…

5

„Was soll das?", raunzte Wormsthal. „Hat dir die Abreibung eben vor der Kneipe nicht gereicht? Jetzt kriegst du richtig die Fresse poliert. Bullen wie dich, die ihre Nase überall reinstecken, kann ich schon gar nicht leiden. Und dann auch noch Verständnis für schwule Kollegen haben. Und der alberne Köter, meinst du, er könnte dir helfen? Ich versohle dir jetzt so dermaßen den Hintern, dass du diese Nacht nie mehr in deinem Leben vergessen wirst."

Was war dieser Wormsthal doch für ein arrogantes Schwein, dachte der im Dunkeln Stehende. Er wollte sich auf keinen Fall durch die Beschimpfungen einschüchtern lassen. „Halt's Maul und hör mir zu!", schrie er Wormsthal an. Im gleichen Moment nahm er wahr, wie Wormsthal sich plötzlich nach rechts orientierte und auf den Hund losging.

Wormsthal trat nach dem zähnefletschenden Tier. Doch der Hund wich dem Tritt geschickt aus, dadurch verlor der Mann das Gleichgewicht und fiel schmerzhaft auf den Rücken.

Diese Situation nutzte Wormthals Gegner aus und schlug mit der Taschenlampe zu.

Doch Wormsthal sah die Bewegung aus den Augenwinkeln. Er hatte sich gerade in die Hocke hochgestemmt, da sauste der schwere Metallstab auf seinen Kopf zu. Er konnte sich gerade noch zur Seite drehen, sodass nur seine Schulter getroffen wurde.

Mist, ich habe daneben geschlagen, durchfuhr es den Angreifer. Doch der Gestrauchelte stand noch nicht wieder auf den Beinen. Der mit der Taschenlampe setzte nach. Wormsthal sollte büßen, was er angerichtet hatte. Fast war sein kräftiger Gegner wieder auf den Beinen ... Das musste er unbedingt verhindern. Solange Wormsthal noch nicht stand, hatte der körperlich Unterlegene eine Chance.

Er warf sich mit voller Kraft gegen den noch Strauchelnden. Der wurde zurückgeworfen. Knickte in der Mitte ein. Krachte mit dem Steißbein gegen die Wand des Hauses. In einer Peitschenbewegung sauste eine Zehntelsekunde später sein Kopf nach oben und schlug ebenfalls gegen die Hauswand. Erst war ein ekelhaftes Geräusch zu hören. Dann stieß Wormsthal einen kurzen Schrei aus. Riss die Augen weit auf, sackte etwas in sich zusammen. Es sah aus, als hinge er an irgendeinem Gegenstand, sodass er nicht zu Boden gleiten konnte. Seine Augen starrten ins Leere.

Was für ein schauerlicher Anblick. So was hatte er noch nie gesehen. Ihm wurde übel. Er musste sich übergeben. Schrecklich! Was war ihm da nur passiert?

6

Werner Heimann wusste ganz genau, dass er zu viel getrunken hatte. Aber es war ein netter Abend mit guten Freunden in einer Kneipe an der Bielefelder Straße in Detmold gewesen. Sie hatten Karten gespielt. Eigentlich wollte er nach zwei echten Bieren auf alkoholfreies Bier umsteigen, aber irgendwie hatte der Wirt das nicht richtig verstanden. Und so stellte sich ihm, als die Kartenrunde kurz vor Mitternacht beendet war, die Frage, ob er trotz diverser Biere fahren sollte oder besser nicht.

Werner Heimann war ein aktiver Mann und entschied sich für die aktive Lösung. Er würde fahren. Und so schlurfte er zu seinem nigelnagelneuen Fiat Ducato, der ganz in der Nähe der Kneipe geparkt stand. Das Auto sah von Weitem aus, als runzele es vorwurfsvoll die Stirn, sprang aber klaglos an, als Heimann es startete.

Die Bielefelder Straße fuhr er sehr langsam hinunter. Hier musste er vorsichtig sein, hier war um diese Uhrzeit oft die Polizei unterwegs. Bloß nicht auffallen. Auf keinen Fall beim Abbiegen das Blinken vergessen, keinem Gullydeckel ausweichen, das könnte als Schlangenlinie gewertet werden und erst recht nicht das Tempolimit überschreiten. Heimann war hoch konzentriert. Jedenfalls soweit dies sein Alkoholpegel zuließ. Die Paulinenstraße war deutlich belebter, hier war das Risiko, einen Fehler zu machen, noch größer. Werner Heimann fühlte sich leicht überfordert, biss aber die Zähne zusammen. Aber als er hinterm Hornschen Tor in die Leopoldstraße abgebogen war, ging es ihm schon wieder deutlich besser. Wenn bis hierhin alles glatt gegangen war, dann würde auch auf dem Rest der Strecke bis zur Richthofenstraße nichts mehr schiefgehen. Heimann schmunzelte sogar etwas. Was die Leute immer für ein Aufhebens machten um so ein Gläschen Bier zu viel. War doch alles kein Problem. Ging doch, wie man sah.

An der Einmündung zur Exterstraße stand, wie ein großer schwarzer Block, direkt an der Ecke ein kleinerer LKW, den Heimann aber kaum zur Kenntnis nahm. Was ging ihn dieser Transporter an? Aber, was war das denn? Etwas bewegte sich doch da! Was zum Teufel machte dieser Kerl denn mitten auf der Straße?

Heimann reagierte langsam, aber er reagierte. Er trat die Bremse durch, wie er sich das komplett nüchtern nie getraut hätte und riss im allerletzten Moment das Lenkrad herum, rumpelte auf den Bürgersteig an der rechten Straßenseite, krachte vor eine Straßenlampe, knickte sie um und kam endlich zum Stehen. Der Motor hoppelte noch etwas und würgte dann ab.

Entsetzt starrte Heimann auf einen Mann, der nun mitten auf der Leopoldstraße stand und ihn, mehr überrascht als erschrocken, anblickte. Der Mann sah mitgenommen aus, schien verletzt zu sein. Auf jeden Fall war der Kerl restlos betrunken. Denn als der seltsame Mann nun nach links schwenkte und auf dem Bürgersteig an der linken Straßenseite weiterging, wankte er so stark, dass er fast umzufallen drohte.

Der hat es sich aber richtig besorgt, dachte Heimann. War da eben nicht auch ein Hund gewesen? Irgendwie erinnerte Heimann sich schwach. Und tatsächlich, kaum hatte der Besoffene ein paar Schritte auf dem Bürgersteig gemacht, da tauchte ein mittelgroßer, schwarzer Hund aus der Exterstraße auf und schloss sich ihm an. Offenbar hatte sich das Tier feige verdrückt, als die Bremsen quietschten.

Heimann atmete tief durch. Dann schaute er besorgt aus dem Seitenfenster und versuchte festzustellen, ob es einen Augenzeugen gab. Er sah niemanden und beschloss, so schnell wie möglich weiterzufahren. Okay, die Straßenlampe war komplett hinüber. Umgeknickt wie ein Strohhalm. Aber es hatte niemand mitbekommen, wer der Verursacher war. Dafür einen Alkoholtest riskieren? Er fand, er sei bereits durch den Schrecken ausreichend gestraft, drückte den Rückwärtsgang rein, fuhr zurück auf die Straße und gab wieder Gas. Den schwankenden Mann und seinen Hund sah er noch eine Weile im Rückspiegel, dann verschwand er aus dem Blickfeld.

7

Normalerweise lag Henrike Claes zur dieser Uhrzeit längst im Bett. Sie war nie eine Nachteule gewesen, hatte auch morgens immer früh raus gemusst. Aber an diesem Abend war alles anders. Die zierliche Mittvierzigerin hatte ein Date.

Vor einem halben Jahr war ihr Mann mit der Nachricht aufgetaucht, mit einer anderen Frau leben zu wollen. Erst war sie verzweifelt, dann wütend gewesen. Und sie war allein geblieben. Als ein halbes Jahr vergangen war, verspürte sie Lust auf Neues. Sie hatte über eine Internet-Kontaktbörse, die sich auf die Vermittlung von Akademikern spezialisiert hatte, nach dem richtigen Mann gesucht und ihn offenbar auch gefunden. An diesem Abend war Erich bereits zum zweiten Mal nach Detmold gekommen. Auch dieses Mal hatten sie sich in einem Restaurant getroffen und zusammen gegessen. Sie hatte in beiden Fällen darauf bestanden, die Treffen auf neutralem Gelände stattfinden zu lassen. In der eigenen Wohnung wollte sie ihn vorerst noch nicht haben. Aber dieser Abend war so harmonisch verlaufen, hatte sie so glücklich gestimmt, dass sie diese Vorsätze über den Haufen warf und Erich gestattete, sie nach Hause zu bringen. Weit war es nicht, denn Henrike Claes wohnte in der Seminarstraße, nur ein paar Schritte von der Altstadt entfernt.

Hand in Hand betraten die beiden frisch Verliebten in gehobener, wie auch erwartungsvoller Stimmung von der Meierstraße aus den Weerthplatz. Es war herrlich, durch den frischen Schnee zu laufen. Alles war so leise, so schwerelos. Für die beiden war die Welt wie verzaubert. Es war Mitternacht, und dicke Schneeflocken überzogen den kleinen Platz wie mit Puderzucker. Außer ihnen war kein Mensch unterwegs.

Oder doch? Als sie auf der Mitte des Platzes angekommen waren, sahen sie, dass sich eine menschliche Silhouette aus dem Lichtkegel einer Straßenlampe löste und stark schwankend auf sie zukam. Ein Betrunkener? Und einen Hund hatte er auch noch bei sich. Henrike Claes seufzte. Es wäre auch zu schön gewesen, wenn sie diese wundervolle Stimmung bis zur Haustür hätten erhalten können. Auf einen nervenden Säufer hatte sie jetzt überhaupt keine Lust. Auch Erich gegenüber war ihr das peinlich. Es war schließlich ihre Stadt, die sie im besten Licht präsentieren wollte. Und bislang war ja alles gut gelaufen. Sie spürte an seinem Händedruck, dass auch er sich anspannte, sich auf eine mögliche Konfrontation vorbereitete.

Der fremde Mann kam näher, wankte immer stärker, griff Halt suchend ins Leere, drehte sich dann um die eigene Achse und brach kurz vor ihnen zusammen.

Das Pärchen blieb abrupt stehen und starrte schockiert auf den Mann, der nun im Schnee lag und sich nicht mehr rührte.

Es dauerte eine Weile, bis sich Henrike Claes aus ihrer Schockstarre löste, Erichs Hand losließ und zu dem liegenden Mann ging. Je näher sie kam, desto weiter zog sich der Hund des fremden Mannes ängstlich zurück, bis er schließlich hinter das Buswartehäuschen verschwand. Sie beugte sich über den Mann, hob seine Hand an und fühlte den Puls. Der war noch vorhanden, aber gefährlich schwach. Er war mit seiner einfachen Lederjacke für die Witterung viel zu dünn gekleidet, würde also schnell völlig auskühlen, wenn nicht sofort etwas passierte. Sie schaute Hilfe suchend zu Erich hoch, aber der stand noch immer schreckensstarr am selben Fleck und schien keine Hilfe zu sein. Kurz entschlossen zog sie sich ihren schicken Mantel aus und legte ihn über den bewusstlosen Fremden. Dann fummelte sie ihr Handy aus der Handtasche und rief den Notarzt.

Es war jetzt fünf Minuten nach Mitternacht, und ihre gute Stimmung war nun auf demselben Level wie das Wetter – irgendwo in der Nähe des Gefrierpunktes. Erich würde, wohl oder übel, unverrichteter Dinge wieder nach Hause fahren müssen.

8

Jeden Tag in der Woche musste Heiner Dinkelmann um 3.00 Uhr aufstehen. Manchmal überlegte er, wenn der Wecker ihn aus dem Schlaf riss, warum er eigentlich überhaupt noch zu Bett ging. Seitdem er vor drei Jahren arbeitslos geworden war, waren seine Sozialstrukturen von Tag zu Tag immer mehr zerbröselt. Freunde hatte er fast keine mehr. Und die, mit denen er sich noch verstand, mit denen konnte er sich selten treffen, da er mit seinem Geld verdammt gut haushalten musste.

Seine kleine Wohnung hatte er von seiner Oma geerbt. Wenn er Hartz IV beantragen würde, kam die zuerst unter den Hammer. Und seine Großmutter würde sich im Grabe umdrehen. Zwar blieb er mit dem Geld, das er durch das Zeitungsaustragen verdiente, sogar noch ein paar Euro unter dem Betrag, den er von der ARGE bekommen hätte, aber so hatte er wenigstens keinen Papierkrieg und sein Eigentum blieb unangetastet.

Schlaftrunken hatte Brinkmann sich angezogen. Hatte sich sein klappriges Fahrrad gegriffen und schob es nun durch die Krumme Straße. Zum Fahren war es zu glatt.

Er griff die Gedanken, die er nach dem Aufstehen hatte, wieder auf. Warum sollte er die Nacht nicht zum Tage machen? Dann hätte er nicht jede Nacht immer wieder diese Quälerei mit dem Aufstehen. Dieser Westerwelle, der der Meinung war, dass sich Arbeit lohnen müsse, der sollte mal, nur um seinen kargen Lebensunterhalt zu sichern, jede Nacht um drei Uhr aufstehen und für 6,50 Euro die Stunde Zeitungen austragen.

Wenn man, nach getaner Arbeit, noch Regale im Supermarkt einräumen wollte, dann musste man noch tricksen, weil der 400-Euro-Job schon verbraten war. Das war doch alles Mist. Als er noch in der Möbelfabrik gearbeitet hatte, hätte er sich nie träumen lassen, dass er jemals einen solchen sozialen Abstieg mitmachen würde. Auch er hatte damals über die Sozialhilfeempfänger gemeckert, die, wie im Frühstücksraum behauptet wurde, einmal in der Woche das Geld zugeschickt bekamen. Und zudem noch umsonst ins Schwimmbad durften. Dann hatte seine Firma Pleite gemacht. Er wurde arbeitslos. Mit ihm mehrere tausend Tischler in Lippe. Die konnten nicht alle wieder mit einem neuen Job versorgt werden. Heiner Dinkelmann gehörte zu denen, die durchs Raster gefallen waren.

Ihn fröstelte. Er hatte den Platz zwischen den Häusern in der Exterstraße erreicht. Jeden Morgen betrat er ihn nur widerwillig. Es war nicht die schönste Ecke Detmolds. Brinkmann hatte sich schon oft ausgemalt, dass er hier irgendwann mal über eine Leiche stolpern würde. Er schob sein Fahrrad an einigen parkenden Autos vorbei. Hinten auf dem Parkplatz lagen seine Zeitungen. Da es heute wieder tierisch glatt war, entschloss er sich, sein Fahrrad stehen zu lassen und die Zeitungen zu Fuß auszutragen. Hinten rechts, hinter dem alten Fachwerkhaus, war ein guter Platz, um das Fahrrad anzuketten. Ohne weiter auf die Umgebung zu achten, schob er es an den Zaun und befestigte es dort mit seinem Zahlenschloss an einem Pfahl.

Als er sich wieder aufrichtete, sah er in die leeren Augen eines Mannes, der scheinbar an der Wand lehnte. Heiner Brinkmann wurde übel. Eine seiner schlimmsten Horrorvisionen schien Wirklichkeit geworden zu sein. Er hielt sich die Hand vor den Mund und würgte. Doch wie sollte der Mageninhalt ins Freie befördert werden, wenn ebenda gähnende Leere herrschte? Aufgeregt rannte er auf die Exterstraße. Brüllte um Hilfe. Doch um diese Uhrzeit reagierte niemand auf die Rufe. Nirgendwo tat sich etwas. Ein Handy besaß er nicht. Und Telefonzellen hatte er auch schon lange nicht mehr im Stadtbild gesehen.

Irgendwie konnte er sich vage daran erinnern, dass vor dem Kaufhaus Wiese einmal eine gestanden hatte. Er machte sich auf den Weg dorthin. Da hupte hinter ihm ein Auto. Mit ausgebreiteten Armen versuchte er die Straße zu versperren und ging auf das Fahrzeug zu. Als er sich zur Fahrertür bewegte, ließ der Mann, der hinter dem Lenkrad saß, die Seitenscheibe ein paar Zentimeter herunter.

„Da hinten auf dem Platz steht ein Toter. Bitte rufen Sie die Polizei."

„Willst du mich verarschen! Tote können nicht stehen", blaffte der Fahrer.

„Weiß ich auch. Aber er steht wirklich so komisch an die Wand gelehnt mit weit aufgerissenen Augen. Er sieht ganz schrecklich aus. Nun rufen Sie doch endlich die Polizei!"

Das verzweifelte Auftreten von Heiner Brinkmann schien den Autofahrer zu überzeugen. Er zog ein Handy aus der Innentasche seiner Jacke und tippte eine Nummer. Sagte etwas, gab die Adresse durch und wandte sich dann wieder an Brinkmann.

„Die kommen gleich. Sie sollen warten.“

„Ja, aber ich muss doch Zeitungen austragen. Wenn ich das nicht mache, schmeißt mich die Agentur raus. Können Sie nicht auf die Polizei warten?“

„Habe ich den Toten gefunden oder du? Aber mach dir man keine Sorgen. Wenn jetzt die Zeitungen etwas später kommen, wird man dich dafür nicht rausschmeißen. Wenn die Polizei gleich da ist, werden die das regeln. Nimm mir bitte nicht übel, dass ich dich jetzt allein lasse. Ich muss auch zur Arbeit. Wenn was ist, hier ist meine Karte.“

Der Mann reichte ein kleines, buntes Pappkärtchen aus dem Fenster. Dann gab er Gas und war wenige Sekunden später aus Brinkmanns Blickfeld verschwunden.

9

Klaviermusik, wie schön! Sie liebte es, im warmen Bett zu liegen, vor sich hinzudösen und diese Musik zu hören. Aber, warum dauerte die Melodie nur immer circa eine Minute und begann dann wieder von vorne? Und wieso wurde sie von so einem widerlichen Summen begleitet?

Maren Köster öffnete die Augen. Im nächsten Moment wurde ihr klar, dass die Musik, die sie hörte, nicht etwa Bestandteil gemütlichen Kuschelns im warmen Bett war, sondern die Aufforderung, möglichst schnell auf die Beine zu kommen, sich anzuziehen und anschließend in die Kälte der Nacht einzutauchen.

Schlaftrunken kroch sie unter der Bettdecke hervor, schleppte sich durch den Raum zur Kommode, auf der ihr Handy randalierte. Das Display zeigte zehn nach vier. Oh Gott, dachte sie. Dieser Anruf bedeutete nichts Gutes. Sie nahm das Gespräch entgegen. Es war einer der diensthabenden Polizisten der Kreispolizeibehörde Lippes. Er berichtete ihr von einem Toten in der Exterstraße in Detmold. Schulte habe er schon angerufen. Aber er sei nicht ans Telefon gegangen.

„Okay, weiß die Spurensicherung Bescheid? Ich rufe Lohmann an und komme dann direkt zum Tatort."

Bei ihrem Kollegen Bernhard Lohmann musste Maren Köster den Anruf dreimal wiederholen und jedes Mal durchklingeln lassen. Dann endlich meldete der sich mit den Worten: „Es ist vier Uhr morgens, lasst mich bloß in Ruhe!"

„Die Uhr kann ich selber lesen. Und mit dem in Ruhe lassen kann ich nicht dienen. Es gibt einen Mord in der Exterstraße, und Schulte ist nicht erreichbar. Du musst deinen Allerwertesten schon aus der Kiste schieben. Außer mir muss noch ein zweiter Kollege dabei sein. Und auf Hartel habe ich keinen Bock."

„Es gibt ja auch noch den Kollegen Braunert. Um den zu wecken, brauchst du nur eine Etage höher zu gehen. Dann kann ich mich wieder hinlegen."

„Irrtum, mein Lieber, der Kollege Braunert ist krank. Im Moment sind noch einmal die alten Männer gefragt. Ausruhen kannst du dich in einem Monat. Also spute dich!"

Noch bevor Bernhard Lohmann etwas erwidern konnte, beendete sie das Telefongespräch mit einem energischen Knopfdruck. Dann kramte sie die wärmsten Kleidungsstücke, die sie besaß, aus dem Schrank und zog sich an.

Als sie mit ihrem Wagen eine halbe Stunde später in die Exterstraße einbog, wunderte sie sich, wie wenige Parkplätze es um diese Uhrzeit im Zentrum Detmolds gab. Langsam fuhr sie Richtung Volkshochschule. Im nächsten Moment sah sie rechts in einer Parkbucht Schultes Auto stehen. Komisch, war der doch am Tatort? Dann würde Lohmann toben. Die grelle

Beleuchtung, wiederum fünfzig Meter weiter, auf einem unbebauten Grundstück ließ darauf schließen, dass die Kollegin Burghausen von der Spurensicherung ihre Arbeit bereits aufgenommen hatte.

Erst vor der Buchhandlung *Kafka und Co.* fand sie einen geeigneten Parkplatz. Maren Köster stellte ihren Wagen ab und ging den Weg zurück. Auf dem Gehweg lag eine etwa fünf Zentimeter dicke Neuschneeschicht. Nachdem sie 150 Meter zurückgelegt hatte, trat sie gegen etwas, das, gebremst durch den frischen Schnee, nach wenigen Zentimetern wieder zum Liegen kam. Sie bückte sich und griff danach. Es war ein Handy. Aus purer Gewohnheit öffnete sie ihre Handtasche, entnahm ihr eine wiederverschließbare Plastiktüte und packte es hinein.

Am Tatort angekommen, bot sich ein hässliches Bild. Ein Mann hing quasi an einem Haken. Die Todesursache war noch nicht klar.

Renate Burghausen von der SPUSI unterbrach ihre Arbeit und kam auf sie zu.

„Viel kann ich noch nicht sagen, Maren. Ich halte es für sinnvoll, wenn wir uns heute im Laufe des Tages zusammensetzen. Lohmann ist auch schon da. Der hat noch ein bisschen rumgequengelt. Danach ist er mit dem Zeitungsboten, der die Leiche gefunden hat, zum Polizei-Bulli gegangen und mit dem Zeugen eingestiegen. Wahrscheinlich ist es im Kleinbus wärmer als hier auf dem Hof."

„Gut, dann gehe ich mal zu Bernhard. Es muss ja nicht sein, dass der mit seiner schlechten Laune gleich alle unsere Zeugen vergrätzt."

Renate Burghausen nickte zum Einverständnis und wollte sich wieder an ihre Arbeit machen. Aber Maren Köster fragte noch:

„Ach, sag mal, ist Schulte doch noch hier eingetrudelt? Ich glaube nämlich, dass ich dahinten in der Exterstraße sein Auto gesehen habe."

„Bei mir hat er sich nicht gemeldet“, entgegnete die Frau von der SPUSI. Dann ging sie endgültig wieder zu der Leiche.

In dem Polizei-Bulli war es gemütlich warm. Die Standheizung leistete brav ihren Dienst. Der Zeitungsbote war völlig fertig. Einerseits, weil er Angst um seinen Arbeitsplatz hatte. Denn zu diesem Zeitpunkt hätte die Hälfte aller Zeitungen in den dafür vorgesehenen Kästen stecken müssen. Er hatte nun die Befürchtung, dass sein Arbeitgeber ihm den Kopf abriss. Der zweite Grund war das Bild von dem Toten, das sich in sein Hirn eingebrannt hatte. Bernhard Lohmann gab sich alle Mühe ihm Trost zu spenden und ihn zu beruhigen.

„Mit Ihrem Arbeitgeber habe ich eben schon telefoniert. Er schickt gleich einen Ersatz. Sie brauchen sich keine Sorgen zu machen. Ihr Chef war ziemlich verständnisvoll.“

Als Maren Köster die Bullitür öffnete und fragend ihren Kopf durch den Spalt schob, grantelte Lohmann sie gleich wieder an.

„Auch schon da? Komm rein, Mädchen und mach die Tür zu! Es wird kalt.“

10

Schulte war wach geworden, als die Krankenschwester das Licht wieder ausgeknipst hatte. Davon, dass sie sich vorher ausgiebig mit ihm beschäftigt hatte, wusste er nichts. Sie hatte sichergestellt, dass der Tropf ordentlich lief, seinen Blutdruck kontrolliert und an seinem Kopfverband herumgewerkelt. Als sie mit allem zufrieden war, löschte sie das Licht und verließ das Krankenzimmer in der Notfallambulanz des Detmolder Klinikums. Es war kurz nach sechs Uhr morgens.

Eben hatte Schulte bereits einmal versucht, die Augen zu öffnen, sie aber wegen des für ihn unerträglich hellen Lichtes gleich wieder geschlossen. Nun, da es wieder dunkel war im

Zimmer, konnte er die Augen problemlos öffnen. Keine Sekunde zweifelte er daran, zu Hause in seinem eigenen Bett zu liegen. Gleich würde der Wecker bimmeln und er würde aufstehen und sich zur Arbeit fertigmachen. Wie immer. Die Welt war völlig in Ordnung.

Da es in dieser Jahreszeit auch draußen noch stockfinster war, drang keinerlei Licht in den Raum. Schulte duselte wieder ein. Eine Dreiviertelstunde später schreckte er hoch, als das Licht wieder angeschaltet wurde. Er wollte den Oberkörper aufrichten, aber irgendwas war im Wege, etwas hielt ihn fest. Er hörte nur eine Frauenstimme, die dem Zimmer anscheinend einen Guten Morgen wünschte und ankündigte, dass der Doktor in einer halben Stunde reinschauen würde. Wer war diese Frau? Und was wollte ein Doktor hier? Schulte beschloss, dass er dies alles nur geträumt haben konnte.

Er erschrak fürchterlich, als zwei Meter neben ihm starkes Stöhnen hörbar wurde und es klang, als habe sich gerade jemand im Bett umgedreht. War jemand in seinem Schlafzimmer? Jetzt war Jupp Schulte hellwach, zumindest in dem Maße, das sein Gesundheitszustand zuließ. Er starrte entsetzt in die Richtung des Geräusches und konnte es kaum fassen, dort ein Bett zu sehen, in dem ein Mann lag. Was war denn hier los? Völlig verwirrt blickte Schulte an sich selbst hinunter, er befand sich in einem Bett, das nicht seines war. Über ihm hing eine Flasche, die durch einen dünnen Schlauch mit seinem Unterarm verbunden war.

So was hatte er zwar noch nie selbst erlebt, aber schon häufiger gesehen. Immer, wenn er Besucher in einem Krankenhaus gewesen war. Bedeutete das nun, dass er selbst ... oder träumte er dies alles nur? Er hätte sich die Situation gern mit einem Traum erklärt, aber der heftige Kopfschmerz schien ihm ziemlich real zu sein. Solche Schmerzen hatte er in einem Traum noch nie gehabt. Unwillkürlich fasste er sich mit dem nicht verkabelten linken Arm an den Kopf und erschrak erneut. Das fühlte sich äußerst merkwürdig an. Dann fühlte er die Leinenstruktur und musste sich eingestehen, dass er einen Kopfverband trug. Warum?

Es dauerte weitere Minuten, bis Josef Schulte wirklich wach war, bis er tatsächlich vergegenwärtigt hatte, dass er sich in einem Krankenzimmer befand – und zwar nicht in der gewohnten Rolle als Besucher, sondern als Patient. Und dass er offenbar eine Kopfverletzung haben musste. Aber er hatte nach wie vor keine Ahnung, warum das so war. Und wie er hier hergekommen war. Totaler Gedächtnisverlust. Ja, dass musste es sein. Davon hatte er schon gehört. So etwas kam vor.

Erneut durchlief ihn eine eiskalte Angstwelle. War jetzt sein ganzes Leben futsch? Wer war er überhaupt? Bange stellte er sich selbst Fragen, die er aber zu seiner großen Erleichterung alle beantworten konnte. Er war Josef Schulte, war fast dreiundfünfzig Jahre alt, war Polizeirat bei der Detmolder Kreispolizeibehörde, hatte zwei Töchter und einiges mehr. Das alles war ohne Weiteres abrufbar. Dann wagte er den nächsten Schritt. Er wollte herausfinden, was er zuletzt bewusst gemacht hatte. Die Kopfschmerzen nahmen heftig zu, als er sein Gedächtnis zu zwingen versuchte. Er hatte mit seinem Kollegen Axel Braunert gesprochen, das war noch schemenhaft vorhanden. Aber worüber hatten sie gesprochen? Und was war dann passiert? Schulte versuchte, sich noch stärker zu konzentrieren, aber er kam keinen Schritt weiter. Nur ein unangenehmes Schwindelgefühl setzte wieder ein und zwang ihn, diese Selbstbefragung einzustellen. Völlig erschöpft schloss er wieder die Augen und versuchte, sich etwas zu entspannen. Den Geräuschen nach schien es dem Mann im Nachbarbett nicht viel besser zu ergehen. Der stöhnte, als würde er ganz langsam gefoltert.

Schultes Kopfschmerzen ließen wieder etwas nach. Der Schwindel war ebenfalls weg, und er konnte wieder klarer denken. Zumindest empfand er selbst das so. Irgendwas war mit ihm passiert, keine Frage. Er musste herausfinden, was es war. Würde die Krankenschwester ihm darauf eine Antwort geben? Er suchte und fand den Alarmknopf und bimmelte nach der

Schwester. Aber in der Zwischenzeit musste er dringend aufs Klo. Und dazu musste er erstmal diesen verdammten Schlauch entfernen.

Er schaffte es, die Steckverbindung des Schlauches mit der Kanüle zu lösen. So, nun war er nicht mehr verkabelt. Schulte unplugged. Er wuchtete seinen Oberkörper hoch und drehte sich seitlich aus dem Bett. Als er auf der Bettkante saß, drehte sich plötzlich alles um ihn, ihm schwanden erneut die Sinne. Beim Wegsacken hörte er noch, wie eine schrille Frauenstimme rief: „Aber Herr Schulte, wenn das der Doktor sieht!“

11

Nachdenklich nahm er einen Schluck Kaffee. Die Tatsache, dass er nun wusste, wer Wormsthal war, hatte ihn nicht weitergebracht. Sein Sohn Sascha blieb verschwunden. Er musste noch einmal in dessen Wohnung. Der Computer, der dort stand, war mit einem Passwort versehen. Gestern hatte er nicht die Konzentrationsfähigkeit besessen, über eine mögliche Lösung nachzudenken. Aber heute würde er sich noch einmal in aller Ruhe um das Gerät kümmern. Außerdem war da noch der USB-Stick. Den würde er sich auch gleich mit vornehmen. Heute Morgen musste er jedoch erst einmal ins Büro. Da gab es einiges zu regeln.

Erneut griff er zur Kaffeetasse und nippte an der braunen Brühe. Angewidert verzog er das Gesicht. All das, was er letzte Nacht erlebt hatte, hatte ihn sehr in Anspruch genommen. Es war ihm auf den Magen geschlagen. Er konnte das Frühstück nicht genießen. Alles schmeckte fade oder bitter. Er kippte den Rest Kaffee ins Spülbecken, nahm seinen Mantel und rief durchs Treppenhaus:

„Warte nicht mit dem Mittagessen auf mich, Schatz. Es kann spät werden.“

Dann machte er sich auf den Weg zur Arbeit.

Die Aufgaben, die dort zu erledigen waren, nahmen mehr Zeit in Anspruch, als er dachte. Erst um sechzehn Uhr saß er am Rechner seines Sohnes. Wieder erschien die Bildschirmmaske mit der Aufforderung, ein Passwort einzugeben. Er versuchte es mit dem Namen seiner Exfrau. Fehlanzeige. Als Nächstes gab er seinen eigenen Namen ein. Ebenfalls Fehlanzeige. Schade. Nun entschloss er sich, den Namen seines Hundes einzutippen, den Sascha sehr mochte. Fehlanzeige. Den Namen des Meerschweinchens, das sein Sohn in seiner Kindheit einmal besessen hatte. Ebenfalls Fehlanzeige.

Verdammt, über das jetzige Leben seines Sprösslings wusste er verflucht wenig. Wahrscheinlich war das Passwort mit dem gegenwärtigen Leben seines Sohnes in Verbindung zu setzen. Da würde er nicht weiterkommen.

Er kannte natürlich Spezialisten, die keine zwei Minuten benötigten, um den Zugangsschutz zu knacken. Doch wenn er die bemühen würde, müsste er ihnen schon etwas erzählen. Aber das wollte er auf keinen Fall.

Er schloss die Augen und versuchte sich an die Details seines gestrigen Besuches zu erinnern.

„Gestern, als ich das Zimmer durchsucht habe", sagte er laut vor sich hin. „Was ist mir da aufgefallen? Zuerst die toten Fische. Dann die Ordnung in diesem Zimmer. Anschließend die Systematik, mit der Sascha seine Papiere geordnet hatte. Danach der Ausdruck dieser besonderen E-Mail, bei der die Adresse fehlte. Verdammt, da war doch noch was. Gleich zu Anfang, als ich mir den Schreibtisch vorgenommen hatte. Unter der Schreibunterlage, da lag dieser Zettel, eher eine kleine Pappkarte. Was stand da noch einmal drauf? Es fällt mir nicht mehr ein. Wo habe ich den nur hingetan?"

Er durchwühlte seine Taschen. Nichts. Dann sah er auf der Schreibtischplatte nach. Da lagen noch die ganzen Zettel und Rechnungen von gestern. Er hob die einzelnen Stapel hoch. Nirgendwo war der Schnipsel zu finden. Aber hier auf dem Schreibtisch musste er sein. Er konnte sich nicht erinnern, ihn eingesteckt oder an einen anderen Ort gelegt zu haben. Also durchsuchte er die einzelnen kleinen Stapel von Rechnungen und Zetteln noch einmal Blatt für Blatt. Seine Verzweiflung stieg von Sekunde zu Sekunde. Wieso war er gestern nur so oberflächlich gewesen? Nachdem er auf der Schreibfläche des Tisches nichts gefunden hatte, suchte er auf dem Fußboden. Richtig, er hatte auch die Teppiche hochgehoben. Auf einem kleinen, bunten Berber stand jetzt der Schreibtischstuhl. Er nahm ihn beiseite und hob den schmalen Läufer an. Da lag der Schnipsel. Er musste gestern, als er die Zettel und Rechnungen durchwühlt hatte, heruntergefallen und dann unter den Teppich gerutscht sein. Mit zittrigen Fingern griff er sich das kleine Papier. Er drehte es um und las: *ADONIS13*

Aufgeregt ging er wieder zurück zum Rechner und gab Wort und Ziffer ein. Sogleich veränderte sich der Bildschirm. Nach einer halben Minute erschien die Windows Oberfläche. Sofort öffnete er das Postfach von Outlook. Innerhalb der nächsten Minuten rief der Rechner über 100 Mails ab. Ein weiterer Hinweis dafür, dass Sascha schon viele Tage lang nicht mehr in seiner Wohnung war. Die am längsten ungeöffnete Nachricht stammte vom 24. Januar.

Die Ordnung seines Sohnes griff in allen Bereichen seiner Umgebung. Auch hier, in Outlook, hatte er fein säuberlich eine Mailverwaltung mit vielen Ordnern angelegt. Er suchte alle durch. Aber er fand keine Korrespondenz mit Wormsthal. Das war komisch.

Enttäuscht beendete er Outlook und sichtete den Explorer. Auch hier fand er keinen Hinweis, wo er nach Sascha suchen sollte. Er schloss wieder alle Programme und wollte den Rechner gerade herunterfahren. Da sah er unten in der Leiste des Rechners ein Icon, dass seine Aufmerksamkeit fesselte. Es war ein rundes Symbol, rot hinterlegt mit einem grünen Männchen darauf. Auch dieses Männchen hatte einen erigierten Penis. Es war das gleiche Symbol, welches er auf dem Stick gesehen hatte. Aufgeregt durchsuchte er seine Jackentasche, bis er das kleine Etwas aus Plastik mit der Metallsteckverbindung in den Händen hielt. Hastig schob er es in die dafür vorgesehene Buchse. Wieder erschien eine Maske und forderte den Code. Doch diesmal brauchte er nicht lange zu suchen. Er gab die Ziffern und Buchstaben von dem Pappstreifen ein, auf dem auch ADONIS13 stand. Wieder begann die Festplatte zu rotieren. Eine Internetverbindung wurde hergestellt. Es erschien eine Maske mit verschiedenen Buttons. Auf einem stand der Name *Sascha*. Er klickte ihn an. Was er dort sah, brachte ihn fast zum Wahnsinn. Er bekam Schweißausbrüche und zitterte.

Er sah einen Film von seinem Sohn. Wormsthal beging widerliche sexuelle Handlungen an ihm. Nein, bei dem, was er dort sah, handelte es sich nicht mehr um Sexualität. Dort wurde ein junger Mann auf widerliche Art brutal gequält. Wieso ließ sich Sascha auf solche menschenunwürdigen Handlungen ein?

Plötzlich wurde der Bildschirm schwarz. Die Festplatte arbeitete minutenlang. Dann fuhr der Rechner herunter. Er versuchte ihn wieder zu starten. Doch es passierte nichts. Selbst das BIOS war gelöscht. Was war hier nur passiert? Wie sollte er weiter vorgehen? Fragen über Fragen. Ihm platzte fast der Kopf. Mit was für Leuten hatte sein Sohn sich nur eingelassen? Jetzt wurde es bitterernst. Sollte er sich an die Polizei wenden? Aber dann würde alles auffliegen. Nein, er musste die Sache alleine regeln.

12

„Aber ich muss doch zur Arbeit!“, rief Schulte wütend.

Die Krankenschwester wollte ihn einfach nicht verstehen. Als er am frühen Morgen von der Schwester vor seinem Krankenbett aufgefunden worden war, hatte sie einen Riesenalarm gemacht. Ein männlicher Pfleger musste dazukommen. Zusammen hatten die beiden ihn wieder ins Bett gehievt und neu verkabelt. Dann hatte sie den bedauernswerten Zimmergenossen beschimpft, weil der Schulte hatte gewähren lassen. Dass der arme Kerl davon überhaupt nichts mitbekommen hatte, war ihr in diesem Augenblick völlig egal. Sie musste Dampf ablassen. Schulte war durch die Hebeaktion wieder aufgewacht, dann aber wieder für viele Stunden eingeschlafen.

Als er nun wach wurde, galt sein erster Blick seiner Armbanduhr. Es war kurz nach zwölf Uhr mittags. Im Zimmer war es hell, vor dem Fenster fielen einige Schneeflocken. Wieder rief Schulte die Krankenschwester. Er wollte endlich wissen, was los gewesen war.

„Das wissen wir nicht, Herr Schulte. Wir wissen nur, dass um Mitternacht ein Notruf einging. Ein Mann war am Weerthplatz bewusstlos gefunden worden. Dieser Mann waren Sie. In Ihrer Jackentasche haben wir verschiedene Ausweise gefunden und wissen daher, wer Sie sind, wo Sie wohnen und wo Sie arbeiten. Aber mehr auch nicht. Herr Schulte, Sie haben eine schwere Gehirnerschütterung, sind aber sonst okay. Ich habe dem Doktor bereits von Ihrem Gedächtnisverlust erzählt. Er meint, es könne noch eine ganze Weile dauern, aber irgendwann kommt die Erinnerung zurück, keine Sorge. Bis dahin müssen Sie sich gut ausruhen. Haben Sie mich verstanden?"

Schulte brummte. Dann fiel ihm ein, dass er ja eigentlich arbeiten müsste. Aber auch dieser Einwand zog nicht. „Ihre Behörde ist informiert. Alles in Ordnung."

Schulte konnte das nicht verstehen.

„Aber warum meldet sich denn keiner von den Kollegen? Macht sich denn niemand Gedanken um mich? Bin ich denen denn scheißegal?"

Nun lächelte die Schwester nachsichtig.

„Auch hier kann ich Entwarnung geben. Es hat schon zwei oder drei Anrufe gegeben, aber wir haben die natürlich nicht zu Ihnen durchgestellt. Glauben Sie mir, Ihre Leute wissen Bescheid, und Sie gelten als krank. Was Sie ja auch tatsächlich sind."

Ein anderer Gedanke schoss ihm durch den Kopf.

„Außerdem muss jemand meinen Hund füttern. Der sitzt jetzt zu Hause und wartet auf mich. Das arme Vieh."

Die Krankenschwester zuckte mit den Achseln.

„Haben Sie denn niemanden, der das übernehmen kann? Ein Nachbar vielleicht? Sagen Sie mir Bescheid, wen ich anrufen soll. Ich mache das schon für Sie." Damit verließ sie das Krankenzimmer.

Schulte grübelte. Nachbar? Hatte er einen Nachbarn? Aber ja, er könnte Anton Fritzmeier anrufen. Sicher würde der das machen. Aber wozu das Ganze? Er fühlte sich eigentlich wieder ganz fit, die Schmerzen waren fast weg und Schwindelgefühle hatte er auch nicht mehr. Was sollte er hier noch? Im Bett liegen konnte er auch zu Hause. Und dort hätte er wenigstens ein Telefon und wäre wieder ein Teil dieser Welt. Hier fühlte er sich von allem ausgeschlossen, abgeriegelt, eingesperrt. Die Welt drehte sich ohne ihn. Nein, das war nichts für Jupp Schulte. Ausruhen konnte er sich, wenn er mal gestorben war. Dann war Zeit genug. Und eine Erinnerung war tatsächlich wieder hochgekommen, wenn auch nur ganz, ganz diffus. Irgendjemand hatte ihn um Hilfe gebeten, für irgendjemand war er die einzige Hoffnung. Das wusste er noch. Er wollte diesem Jemand die Hilfe nicht vorenthalten, irgendwie stand er hier in der Pflicht. Also musste er aus diesem Krankenhaus verschwinden. Hier konnte er nichts tun.

Ganz vorsichtig hievte Schulte sich wieder hoch. Kein Problem. Dann drehte er sich und wartete eine Weile auf der Bettkante. Auch kein Problem. Sein Entschluss war gefasst.

Eine Minute später hatte er seine Kleidung gefunden, zwei weitere Minuten brauchte er, um sich anzukleiden. Gepäck hatte er nicht gehabt. Fassungslos starrte ihn sein Zimmergenosse an. Aber Schulte war nun nicht mehr aufzuhalten. Er grüßte den Mann noch kurz, dann verschwand er aus dem Zimmer.

Die Beine waren noch etwas wackelig, aber er nahm sich zusammen und schritt so kräftig aus, wie es ihm möglich war.

Niemand störte sich daran, dass ein Mann mit einem Kopfverband ganz seelenruhig zur Rezeption der Ambulanz ging und den Zivi dort bat, ihm ein Taxi zu bestellen. Dann verließ er so selbstbewusst wie möglich das Krankenhaus.

Als eine fassungslose Krankenschwester Minuten später Alarm auslöste, war es zu spät. Schulte war bereits auf dem Weg nach Hause.

13

Die Internetprojekte, die Wormsthal betrieb, und die, die er noch in der Pipeline hatte, waren endlich mal eine anspruchsvolle Aufgabe, dachte Reichel. Außerdem zahlte er verdammt gut. In der freien Wirtschaft hätte er als Informatiker niemals so viel Geld verdienen können wie bei Wormsthal. Und, Reichel hatte seine Freiheiten. Er konnte arbeiten, wann er wollte. Er konnte anziehen, was er wollte. Ob er fettige Haare hatte oder nicht, fünf Kilo mehr oder weniger auf den Rippen, solche Banalitäten interessierte bei Wormsthals Truppe kein Schwein. Hier zählten nur Ergebnisse. Ergebnisse, Verschwiegenheit und absolute Loyalität. Gegen diese Grundsätze durfte man nicht verstoßen. Das war tödlich.

Reichel schob seine 130 Kilo Lebendgewicht über den Parkplatz des Paderborner Südrings. Dabei bewegte er sich wie eine watschelnde Ente. Er wollte in einer Bäckerei, die in diesem Einkaufszentrum ihren Verkaufsstand hatte, noch Kuchen kaufen. Ohne diese Süßigkeiten würde die Besprechung, die gleich bei ihm stattfand, zu ungemütlich. Dreiviertel der Backwaren würde er wahrscheinlich wieder selber vertilgen müssen.

Ein großes Stück Puddingbienenstich und eine kalte Coca-Cola, das war das größte, was man Reichel an kulinarischen Genüssen bieten konnte. Da ihn kein anderer mit diesen Leckereien verwöhnte, musste er sich selbst um solche Köstlichkeiten kümmern. Die beiden anderen, Wormsthal und Kriegel, rümpften bei solchen Wohlgeschmäckern die Nase. Sie gingen ihm mit ihrem Figurbewusstsein manchmal ziemlich auf den Zeiger. Der Dicke mit dem Pferdeschwanz sah auf die Uhr. Nur noch eine Viertelstunde Zeit, dann würden Wormsthal und Kriegel auf der Matte stehen. Er musste sich beeilen. Doch sein nahezu perfekter Entengang ließ keine Geschwindigkeitserhöhung zu. Wenn er gleich wieder am Auto war, würde er Kriegel anrufen und ihn bitten, kurz zu warten.

Am Bäckereistand war nichts los. Daher schaffte er es doch noch rechtzeitig zu seiner Besprechung. Kriegel stieg gerade aus seinem Geländewagen aus, als er auf den Parkplatz fuhr. Reichel begrüßte ihn und drückte ihm eine Kiste mit Colaflaschen in die Hand. Er selbst trug den Kuchen.

Im Büro roch es nach Schweiß und kaltem Rauch. Kriegel verzog angewidert das Gesicht.

„Mein Gott, Fetti, kannst du nicht wenigstens mal lüften, es stinkt ja hier wie in einem siamesischen Puff." Ohne eine Antwort abzuwarten, riss er das Fenster auf.

Reichel kannte seinen Kollegen, daher machte er sich erst gar nicht die Mühe, auf ihn einzugehen.

„Cola?", fragte er lakonisch.

Kriegel winkte ab.

„Ein Mineralwasser würde mir reichen."

„Habe ich nicht, tut's auch Leitungswasser?"

„Geht auch," antwortete Kriegel. „Wo bleibt nur Wormsthal? Der ist doch sonst mehr als pünktlich. Hoffentlich hat die Schlägerei mit dem Bullen gestern Abend nicht noch unangenehme Folgen für ihn gehabt."

„Ruf ihn doch mal an."

„Nee, lieber nicht, wenn er Ärger hatte, wird sein Handy vielleicht überwacht. Diese Dinger sind ja die größten Verräter überhaupt. Ich benutze das Ding nur noch, wenn es nicht mehr anders geht. Meist habe ich den Akku ausgebaut, damit ich nicht so einfach geortet werden kann.

„Erinnere mich bei Gelegenheit mal dran. Ich gebe dir mal ein Tool, habe ich selbst entwickelt, das macht dein Handy bei Überwachungen unkenntlich.“

Die beiden Männer warteten noch ungefähr eine Viertelstunde. Reichel aß ein Kuchenstück nach dem anderen und Kriegel daddelte auf einem Gameboy.

„Hast du dieses Tool, von dem du erzählt hast, in deine Handysoftware implementiert?“

„Klar, ich bin doch nicht blöd. Aber ich habe die Telefonnummer von Wormsthal nicht. Irgendwie hatte er sie mir nicht gegeben, und ich habe nicht danach gefragt.“

„Verdammt, mich macht diese Warterei nervös. Hoffentlich ist da nichts in die Hose gegangen.“

„Apropos Hose, was machen wir mit diesem Sascha?“

„Ich würde sagen, solange Wormsthal nicht auftaucht, lassen wir den da, wo er ist“, entgegnete Kriegel.

„Das sagst du so. Unsere Internetkunden werden uns gewaltig aufs Dach steigen, wenn wir ihnen die angekündigte Show nicht bieten.“

Kriegel fuchtelte abwiegelnd mit der Hand durch die Luft. „Du, das ist Wormsthals Problem, nicht unseres. Wenn wirklich etwas faul ist, dann sollten wir so wenig wie möglich mit ihm in Verbindung gebracht werden. Ich jedenfalls bin seit gestern Abend noch mal doppelt so vorsichtig.

Wie dicht ist denn das Internetprojekt?“

„Ich kann mir nicht vorstellen“, verkündete Reichel selbstbewusst, „dass irgendein Unbefugter auf unsere Domäne kommt. Jeder einzelne Rechner, mit dem man unseren Key benutzen kann, wird regelmäßig gespiegelt. Die Ergebnisse werden sofort ausgewertet. Sobald etwas Verdächtiges von den Systemen bemerkt wird, bekomme ich eine Meldung. Wird der Key mit einem anderen Rechner in Verbindung gebracht, so wird sofort dessen Festplatte kopiert und dann zerstört. Und zwar so, dass niemals nachempfunden werden kann, wohin die kopierten Daten gelangen. Im Übrigen liegt die Wahrscheinlichkeit, dass eine Festplattenkopie bemerkt wird, bei 0,1 Prozent. Unsere Seite ist sicherer als das Rechnersystem des Pentagons. – Es gibt im Übrigen etwas Neues. Ein Unbefugter hat versucht, über Schäfers Zugang auf unsere Internetplattform zu gelangen. Das war ein Fehler. Jetzt ist die Festplatte von Schäfers Rechner hin. Das BIOS zerstört. Und wir haben sämtliche Daten von ihm auf unserem Rechner. Das nur als kleines Beispiel, wie sicher unser System ist."

„Hört sich gut an, Fetti. In EDV-Fragen macht dir wirklich keiner was vor."

„Das ist aber noch nicht alles. Wenn diese fremde Person unseren USB-Stick, den sie anscheinend bei Schäfer gefunden hat, an einem anderen Rechner verwendet, dann passiert, wenn der PC einen Internetzugang hat, das Gleiche mit dessen Computer. Die Daten werden kopiert und zu mir gesandt. Ich kann den Standort des Users bestimmen. Die Platte des unbefugten Nutzers wird gehimmelt und dessen BIOS zerstört."

„Nicht schlecht."

Kriegel erhob sich von seinem Schreibtischstuhl und ging zum Fenster. Er sah hinaus.

„Ich glaube, Wormsthal kommt nicht mehr. Ich höre mich mal um, was los ist in der Szene. Den einen oder anderen Bullen kenne ich ja auch. Da werde ich schon was herausfinden. Wir dürfen jetzt nur nicht die Nerven verlieren. Also, Fetti, halt die Ohren steif."

14

Als Josef Schulte mit dem Taxi nach Haus gekommen war, hatte er sich sofort ins Bett gelegt. Die Fahrt hatte ihn mehr angestrengt, als er vermutet hätte. Wenn er ganz ehrlich zu sich selbst war, dann hätte er sich eingestehen müssen, einen Fehler gemacht zu haben, als er überstürzt das Krankenhaus verlassen hatte. Aber Schulte war nie der Typ, der sich allzu lange mit den Dingen beschäftigte, die bereits passiert waren. Sein Kopf schmerzte, ihm war etwas flau, und er war unsäglich müde. Also ins Bett.

Sein alter Vermieter, Anton Fritzmeier, hatte ihn beim Eintreffen auf den Hof noch begrüßt und wollte das eine oder andere von ihm wissen, aber Schulte hatte nur erschöpft abgewunken und war ins Haus gegangen. Dass sein Hund nicht in der Wohnung war, wunderte ihn nicht. Der wird wohl bei Fritzmeier sein, dachte er. Er hoffte nur, dass sein bald vierjähriger Enkel Linus, der mit seiner Mutter Ina im Hofgebäude nebenan wohnte, nicht auf die Idee kommen würde, nach dem Kindergarten seinen Opa zu besuchen. Schulte brauchte Ruhe, viel Ruhe.

Am späten Nachmittag wurde er wach, weil es an der Wohnungstür klingelte. Schulte brauchte lange, um in die Vertikale zu kommen. Noch immer war ihm etwas schwindelig. Aber er rappelte sich auf und schlurfte zur Tür. Draußen stand zu seiner großen Überraschung seine Kollegin Maren Köster. Diese Frau stand seit über zehn Jahren ganz oben auf seiner Liste der Frauen, die er in diesem Leben gern noch „rumkriegen" würde. Bislang hatte er bei ihr aber mehr oder weniger auf Granit gebissen. Unter anderen Umständen hätte er sich also riesig über ihr Erscheinen gefreut, aber an diesem Tag war er nun wirklich völlig indisponiert. Seine Wohnung war verwahrlost, er hatte seit drei Tagen nicht gelüftet, und wie er selbst aussehen musste, verpennt, ungewaschen, mit dem Kopfverband, das mochte er sich gar nicht vorstellen.

Sie machte auch ein leicht erschrockenes Gesicht, als sie ihn begrüßte, riss sich dann aber sichtbar zusammen und versuchte offensichtlich, so wenig dramatisch wie möglich zu klingen.

„Du siehst ja furchtbar aus! Wie geht's deinem Kopf?"

Schulte hatte keine Ahnung, wie es seinem Kopf ging. Schließlich hatte er bis eben geschlafen. Darüber musste er erst einmal nachdenken. Vorläufig brummte er also nur:

„Iss noch dran!“

Er schlappte zurück in die Küche, räumte einen der beiden mit allem nur Erdenklichen bepackten Stühle frei und bot ihr diesen als Sitzplatz an.

Als er sich unter Stöhnen drangab, auch den anderen Stuhl vom Ballast zu befreien, schüttelte sie den Kopf.

„Nichts da. Du legst dich sofort wieder hin. Ich mache das schon. Los, ab ins Bett!“

Während Schulte nicht recht wusste, was er dazu sagen sollte, riss sie bereits das Fenster auf und ließ eiskalte, aber frische Luft herein. Gleichzeitig machte sie ihm mit einer energischen Handbewegung klar, dass er sich endlich hinlegen sollte. Murrend gehorchte Schulte. Als sie sicher war, dass er sich wieder zugedeckt hatte, riss sie auch im Schlafzimmer das Fenster auf. Dann holte sie einen Stuhl aus der Küche und setzte sich neben sein Bett.

Maren Köster in seinem Schlafzimmer! Eigentlich wäre das die Erfüllung seiner schärfsten Träume gewesen. Jetzt war ihm das alles furchtbar peinlich. Doch sie lächelte ihn mitleidig, aber freundlich an, als er berichtete:

„Die im Krankenhaus haben gesagt, dass ich eine ordentliche Gehirnerschütterung habe. Außerdem habe ich temporär mein Gedächtnis verloren. Wie findest du das?“

Sie sagte ernst:

„So ähnlich habe ich mir das schon gedacht. Wahrscheinlich bist du in ein paar Tagen wieder voll in Ordnung. Mehr Sorgen mache ich mir darüber, dass du jetzt, in diesem Zustand, irgendwelche Dummheiten machen könntest.“

Schulte lachte matt.

„Für die Dummheiten, die mir gerade einfallen, fehlt mir im Augenblick die Kraft. Aber wenn du nächste Woche noch mal wiederkommen könntest, dann …“

„Schulte, du redest wirr! Offenbar hast du doch mehr abgekriegt, als dein Arzt dachte. Ich bin hier als Kollegin und wollte dir eigentlich einen kleinen Bericht von diesem Arbeitstag geben. Sicher, du bist krank und brauchst Ruhe. Aber ich denke, es ist besser, wenn ich es dir sage, bevor der ganze Rummel auf dich zukommt."

Schulte war verwirrt.

„Was für ein Rummel?"

Sie zögerte etwas.

„Ich weiß nicht so richtig, wie ich es dir sagen soll. Aber wir machen uns Sorgen, dass dein Unfall letzte Nacht, von dem du ja nichts mehr weißt, irgendwie mit dem Fall zusammenhängt, den wir seit heute Morgen an den Hacken haben. So viele Zufälligkeiten kann es kaum geben."

Schulte brachte nicht mehr als ein „Hä?" zustande.

„Pass auf!", seufzte sie. „Ich will ganz von vorn beginnen. Wenn es dir zu viel wird, sag bitte Bescheid."

Dann berichtete sie, wie sie am frühen Morgen einen Anruf bekommen hatte und zu einem Leichenfund in der Detmolder Altstadt gerufen worden war. Dass Axel Braunert sich ebenfalls krankgemeldet und nicht zur Verfügung gestanden hatte. Dass sie einen toten Mann vorgefunden hatten, der vermutlich daran gestorben war, dass er rückwärts an eine Hauswand gestürzt war, aus der ein langer kräftiger Nagel herausragte. Er hatte sich praktisch an diesem Nagel aufgehängt. Ob das die eigentliche Todesursache war, würde der Pathologe noch klären müssen. Auch die übliche Generalfrage, Unfall oder Gewaltdelikt, war dadurch noch nicht geklärt. Mit Spuren war das so eine Sache gewesen, da es zum Zeitpunkt des Todes kräftig geschneit hatte. Der Tote konnte anhand von Papieren schnell identifiziert werden. Ein Mann aus Paderborn. Dann hatten sie die Autos, die auf dem Parkplatz im Hinterhof standen, kontrolliert. Ein BMW war das Auto des Verstorbenen. Eigentlich sprach einiges dafür, dass der Mann mitten in der Nacht von irgendwoher kommend zurück zu seinem Auto gegangen war und auf dem tief verschneiten Hinterhof ausgerutscht und rückwärts an die besagte Hauswand geknallt sei. Ein Unfall also.

Sie machte eine kurze Pause, bevor sie weitersprach:

„Ach ja, auf dem Weg zu dir hat mich Renate Burghausen angerufen. Sie hat in einer Tasche des Toten einen Kassenbon von einer Detmolder Kneipe entdeckt. Das Datum passt. Und rate mal, wo die Kneipe ist? In der Exterstraße. Ich werde mir heute Abend mal den Wirt vornehmen. Habe mich schon für acht Uhr angemeldet."

Dann machte sie eine längere Pause.

Schulte spürte, dass sie nun zum eigentlichen Kern ihres Problems kommen würde.

„Soweit, so gut, könnte man sagen. Wäre da nicht dein bislang ungeklärtes Abenteuer, was immer es auch gewesen sein mag. Wir haben natürlich versucht, auch da etwas rauszubekommen. Wir haben, wo auch sonst, zuallererst in deiner derzeitigen Lieblingskneipe nachgefragt. Der Wirt hat bestätigt, dass du gestern Abend da warst, zusammen mit einem anderen Mann, den er nicht kannte, und ..."

Sie lachte kurz, als sie fortfuhr:

„Komischerweise passte die Beschreibung dieses Mannes genau auf unseren Axel. Wenn ich nicht genau wüsste, dass Axel niemals in eine solche Kneipe gehen würde, dann ..."

„Doch!", daran hatte Schulte ja noch Rest-Erinnerungen. „Er war es tatsächlich! Wir haben uns dort auf meinen Vorschlag hin getroffen und irgendwas besprochen. Aber ich habe keine Ahnung, worum es ging."

Die Polizistin war erst mal verblüfft. Damit hatte sie anscheinend nicht gerechnet.

„Ihr habt euch gestern Abend getroffen. Und heute hat er sich krankgemeldet, und du bist in der Nacht dem Tod so gerade von der Schippe gesprungen. Das wird ja immer merkwürdiger."

„Wieso?", fragte Schulte. „Was ist daran merkwürdig?"

Sie schaute ihn mitfühlend an.

„Jupp", sagte sie leise. „Irgendwie sagt mir mein Bauch, dass es da einen Zusammenhang gibt. Du bist um circa halb elf aus der Kneipe in Hiddesen verschwunden. Ziel unbekannt. Aber alles spricht dafür, dass du ins Detmolder Zentrum gefahren bist, denn da bist du schließlich aufgefunden worden. Außerdem haben die Kollegen dein Auto in der Exterstraße, also ganz in der Nähe des Leichenfundortes, entdeckt. Ich hatte es im Übrigen auch schon gesehen, als ich zum Tatort fuhr. Fällt dir dazu nichts ein? Und dann ist da noch eine ganz erstaunliche Sache passiert. Ich habe durch puren Zufall, wieder auf der Exterstraße, ein herumliegendes Handy gefunden und sicherheitshalber eingesteckt. Es war nicht klar, ob es mit dem Todesfall etwas zu tun hatte, da es fast hundert Meter weit weg gelegen hatte. Aber der Witz bei der Sache ist: Ich hatte vergessen, das Ding überprüfen zu lassen. Erst eben, als ich mich bei dir anmelden wollte und von meinem Handy aus deine Nummer gewählt habe, fiel es mir wieder ein."

Sie machte eine bedeutsame Pause.

Schulte wurde ungeduldig.

„Und? Hier hat aber nichts geklingelt."

„Kann auch nicht. Als die Verbindung hergestellt war, dudelte plötzlich in meiner Handtasche *Born to be wild* los. Du weißt, wessen Handymelodie das ist? Ich war dann natürlich neugierig und habe schnell rausgefunden, dass es tatsächlich dein Handy ist. Das Ding, das ich zufällig in der Straße gefunden habe, an der wir eben eine Leiche erkennungsdienstlich behandelt hatten und an deren anderem Ende dein Auto zufällig stand. Außerdem, und das fällt mir jetzt gerade erst auf, lag das Handy vor der Kneipe, von der unser Toter den Kassenbon in der Tasche hatte. Verdammt viele Zufälligkeiten, gibst du mir da Recht?"

Maren Köster knallte das Handy, das in einer Plastikhülle steckte, auf das Nachtschränkchen.

Außer einem ärgerlichen Brummen kam von Schulte kein Kommentar.

Er griff sich das Telefon, zog eine Schublade des Schränkchens auf und ließ es darin verschwinden.

Maren Köster war sichtlich unsicher, ob sie dies zulassen sollte, ließ Schulte aber gewähren. Die Stimmung zwischen ihnen wurde von Minute zu Minute angespannter.

Maren Köster wandte sich wieder den Fakten zu und dozierte weiter:

„Beinah zur selben Zeit wirst du ohnmächtig ganz in der Nähe gefunden. Und du kannst dich an nichts mehr erinnern. Zufall oder Zusammenhang? Ach ja, und noch etwas: Wir haben natürlich die Anlieger der Fundstelle befragt, ob ihnen in der Nacht etwas aufgefallen war. Es kam nicht viel dabei heraus, nur ein Anwohner berichtete von einem Besoffenen mit einem schwarzen Hund, der in der Straße randaliert hatte. Die Beschreibung war äußerst ungenau, sprach aber auch nicht gegen dich. Und ein schwarzer Hund? Wo ist eigentlich dein Hund?"

Plötzlich fiel auch Schulte auf, dass er von seinem Hund den ganzen Nachmittag nichts gehört hatte. Selbst wenn er vorübergehend bei Anton Fritzmeier gewesen sein mochte, hätte er doch längst mal an der Tür kratzen oder bellen müssen.

„Siehst du?", erriet sie seine Gedanken. „Aber mach dir keine Sorgen. Ich weiß, wo dein Monster sich befindet. Er ist in guten Händen. Die Frau, die dich heute Nacht gefunden hat, war so nett und hat das einsame Tier mit zu sich nach Hause genommen. Ich habe mit ihr gesprochen. Sie hat es nicht so eilig, ihn wieder loszuwerden. Du kannst ihn abholen, wenn du wieder fit bist. Nett, mitfühlend und hilfsbereit, wie wir Frauen nun mal sind."

Schulte hatte keine Kraft mehr, darüber zu lächeln. Er stand unter Schock.

„Maren", flüsterte er heiser. „Was habe ich gemacht?"

15

Fünf Minuten nachdem Maren Köster Schultes Wohnung verlassen hatte, war es mit seiner Ruhe endgültig vorbei. Erst kam Schultes Tochter und Nachbarin Ina, zusammen mit ihrem kleinen Sohn Linus, ganz aufgeregt hereingestürmt. Sie war erst spät heimgekommen und hatte gerade noch kurz mit Maren Köster sprechen können, bevor die in ihr Auto gestiegen und losgefahren war.

„Was habe ich da gehört? Du hattest einen Unfall? Und warst sogar im Krankenhaus? Wie geht es dir?"

Nur mit Mühe konnte sie Linus davon abhalten, seinem Opa das Lied vorzutragen, das er am Vormittag im Kindergarten gelernt hatte.

„Dieser Verband sieht ja schlimm aus!", jammerte sie weiter. „Der müsste dringend erneuert werden. Ich rufe sofort den Arzt. Linus, lass Opa in Frieden und komm!"

Schultes Einwände wurden einfach überhört, und zwanzig Minuten später trat der Arzt in sein Schlafzimmer. Ina hatte in der Zwischenzeit dort etwas Ordnung geschaffen.

Der Mediziner wickelte Schultes Kopfverband ab und untersuchte die Wunde. Anschließend schüttelte er vorwurfsvoll den Kopf.

„Und mit dieser Verletzung sind Sie einfach aus dem Krankenhaus verschwunden? Gegen den ärztlichen Rat? Gegen jede Vernunft? Na ja. Sie sind ein erwachsener Mann und für sich selbst verantwortlich. Jetzt schlafen Sie erst mal die Nacht durch. Morgen früh kommen Sie aber auf jeden Fall noch einmal in meine Sprechstunde. Nehmen Sie die Sache nicht auf die leichte Schulter, auch wenn es Ihnen im Augenblick schon wieder ganz gut zu gehen scheint."

Schulte versprach ihm alles. Der Arzt erneuerte den Kopfverband, nachdem er irgendwas auf die Wunde geschmiert hatte, wünschte ihm alles Gute und verschwand wieder.

Lange währte die Ruhe nicht, denn kurz darauf kam Anton Fritzmeier hereingepoltert. Der alte Bauer, der vor über zehn Jahren das ursprünglich als Altenteil geplante, aber nie bezogene kleine Häuschen auf seinem Hof an Jupp Schulte vermietet hatte, besaß mit seinen über achtzig Jahren noch eine unfassbare Vitalität. Erst im letzten Jahr hatte er seinen Ruhestand unterbrochen und auf seinem Hof, der schon seit vielen Jahren nicht mehr bewirtschaftet wurde, einen gut gehenden Hofladen aufgemacht. Fast gleichzeitig hatte er im Vorjahr ein übles Abenteuer bestehen müssen. Aber er hatte alles gut weggesteckt und war putzmunter, wie eh und je. An diesem frühen Abend für Schulte, der eigentlich nur seine Ruhe wollte, deutlich zu munter.

„Wat is mit dich denn passiert?“, fragte Fritzmeier auf seine direkte Art. „Du siehs ja aus wie so’n indischer Maharadscha, mit dein weißen Turban. Bloß dasse umme Nase herum ’n bisschen käsiger biss.“

Schulte hatte keine Lust, ihm alles haarklein zu erzählen, und erfand eine kurze, einfache Geschichte, die darauf hinauslief, dass er in der Nacht wegen der Schneeglätte gestürzt und vorübergehend in der Ambulanz gewesen sei. Kein Grund zur Aufregung.

Nun war Anton Fritzmeier zwar nicht gebildet, aber alles andere als dumm. Er glaubte Schulte kein Wort, kommentierte das aber nicht weiter, sondern ließ Schultes Geschichte so stehen, wie sie ihm geschildert worden war. Eigentlich hatte er etwas ganz anderes auf dem Herzen.

„Du kennst doch meinen Bengel noch, von früher her“, eröffnete er. Dann musste er selber schmunzeln. „Bengel iss chut, aber Egon iss chetz auch schon so alt wie du. Und du biss ja schließlich schon Oppa. Aber er hat nich mal ’n Blag inne Welt chesetzt, obwohl er schon viele Jahre verheiratet iss. Und chetz isser woll zu alt dafür. Wenn ich demnächst sterbe, und mein Bengel irgendwann auch, dann isses aus mit den Fritzmeiers. Dann sind se spurlos verschwunden. Einfach wech.

Vierhundert Jahre waren wir hier auffen Hof. Und dann einfach spurlos inne Weltcheschichte verschwunden."

Fritzmeier schüttelte so traurig den Kopf, dass Schulte sich bemüßigt fühlte, das Gespräch fortzusetzen.

„Ihr hattet doch jahrelang keinen Kontakt. Hat er sich wieder gemeldet?"

„Ja, ja. Vorn paar Wochen hatter mal angerufen und wollte wissen, ob sein alter Vatter noch lebt. Und chetz ruft er immer sonntagmittags an. Hat woll 'n schlechtes Chewissen."

Schulte unterdrückte die Bemerkung, dass zu einer jahrelangen Kontaktstörung meistens beide Seiten beitrugen, und fragte weiter:

„Was macht dein Egon eigentlich jetzt beruflich? Und wo wohnt er?"

Fritzmeier seufzte. „Beruflich? Das iss ja das Bekloppte. Bauer isser. Auch wenner sich chetz Diplomlandwirt schimpft. Hat doch Bauer studiert damals. Und dann hatter 'ne Bauerstochter geheiratet und is da einchestiegen. Irgendwo da oben, hinter Lemgo. Aber den alten Vatter und den eigenen Hof, den hatter verchessen. Aber auch wenner Diplombauer iss, hatter doch abends Dreck anne Gummistiefel. So'n Angeber!"

Das wollte Schulte nicht auf dem Mann, den er kurz nach seinem Einzug auf dem Hof noch kennen gelernt hatte, sitzen lassen.

„Jetzt bist du aber ungerecht. Dein Egon steht doch voll im Leben. Und zwei Höfe gleichzeitig zu führen, wäre doch auch etwas viel verlangt. Aber er ist doch sonst ein echter Kerl, wie ich mich entsinne."

„`n Kerl?", Fritzmeier schnaubte verächtlich. „Vonne Statur her vielleicht. Sicher, er iss 'n Kopp chrößer als ich und hat Schultern wie'n Preisboxer. Hände wie Klodeckel. Aber weisse, Jupp, womit der Kerl seinen Feierabend verbringt? Dat chlaubse nich!"

Schulte wartete geduldig auf das, was so unglaublich sein sollte.

Aber Fritzmeier brauchte eine Weile, bis er sich dazu durchringen konnte. Die Sache war ihm offenbar peinlich.

„Chedichte macht er! Jupp, überleg doch mal! Issen Mann im besten Alter und setzt sich hin und schreibt Chedichte. Jupp, was sachse denn dazu?"

Schulte, dem eigentlich gar nicht nach Lachen zumute war, und der seine Gedanken ganz woanders hatte, musste nun doch grinsen.

„Finde ich nicht schlimm. Hauptsache, die Sachen sind gut. Taugen sie denn was, seine Gedichte?"

Fritzmeier zuckte mit den Schultern.

„Keine Ahnung. Aber er will mir ein paar Chedichte zuschicken, hatter gesacht. Vielleicht kannse denn auch ma drübergucken. Du biss doch 'n Mann von Welt. Vielleicht fällt dir dann auch was ein, wie ich den Bengel wieder zur Vernunft bringen kann. Macht einem ja doch Sorgen, wenn einer so was macht, oder?"

Auch diesem Besucher versprach Schulte alles, was er hören wollte. Als Fritzmeier die Wohnung verließ, war es halb acht.

Was hatte Maren Köster gesagt? Wann wollte sie den Gastwirt befragen? Sollte er nicht dabei sein? Schließlich ging es doch um ihn. Schulte war nicht der Typ, der behaglich im Bett liegen blieb, während sich die Schlinge um seinen Hals immer enger zuzog.

Er stieg aus dem Bett, kleidete sich an, zog sich eine warme Jacke an und betrachtete sich im Spiegel. Er sah aus wie ein entlaufener Irrer, mit seinem Kopfverband. Schulte suchte und fand seine alte Wollmütze, die er so tief bis über die Ohren zog, dass vom Kopfverband nichts mehr zu sehen war. Er hatte Pudding in den Beinen, als er auf den tief verschneiten Hof trat und nebenan, bei Ina, klingelte. Ina fiel aus allen Wolken, als sie ihren Vater, den sie krank im Bett vermutet hatte, plötzlich in der Tür stehen sah. Und sie war total schockiert, als er sie um ihren Autoschlüssel bat. Als sie ihm klarmachte, dass er den auf keinen Fall bekommen würde, weil sie nicht verantwortlich für einen weiteren Unfall sein wollte, wurde Schulte grantig.

„Noch bin ich nicht entmündigt! Und dein Auto habe ich bezahlt, vergiss das nicht. Wenn ich das einmal in zwei Jahren ausleihen will, dann muss das doch wohl drin sein. Ich muss dringend in die Stadt. Los, mach schon!"

Auch ihr Angebot, ihn hin- und zurückzufahren, lehnte er brüsk ab. Eingeschüchtert gab sie ihm schließlich den Schlüssel.

Als Schulte hinter dem Lenkrad ihres Autos saß, fühlte er sich doppelt elend. Körperlich sowieso. Aber dass er sich gerade seiner Tochter gegenüber völlig daneben benommen hatte, das war ihm auch klar. Irgendwann würde er das wieder geradebiegen müssen. Aber alles zu seiner Zeit. Jetzt hatte er andere Probleme zu lösen.

16

Pizza essen, Cola trinken, rauchen und dabei programmieren. Wenn diese Dinge zusammentrafen, dann war der Tag sein Freund. Heute war so ein freundlicher Tag. Jan Reichel hatte gerade den besten Trojaner seines Lebens entwickelt. In wenigen Stunden würde er ihn in alle Systeme, auf die er Zugriff hatte, einschleusen. Dann sollte dieser kleine Teufel einmal zeigen, was er konnte. Fast sinnlich strich er über die Tastatur seines Rechners. In solchen Momenten war Reichel geradezu selbstverliebt.

Da summte sein Handy. Es ärgerte ihn, dass er jetzt von diesem Gerät gestört wurde. Gerne hätte er sich noch etwas selbst beweihräuchert. Missmutig griff er nach dem Störenfried. Das Display zeigte an, dass er von irgendeinem der wenigen öffentlichen Fernsprechapparate angerufen wurde. Das konnte nur Kriegel sein. Reichel drückte die Annahmetaste.

„Fetti, ich bin es. Irgendwie ist dicke Luft. Ich habe mich in der Szene nach Wormsthal umgehört. Der ist den ganzen Tag nirgendwo aufgetaucht. Zu Hause ist er auch nicht. Ich fahre jetzt noch einmal nach Detmold. Vielleicht weiß der Kneipier des Pubs ja etwas. Du musst dich um den Typen kümmern, diesen Sascha Schäfer. Der hat seit gestern Abend nichts mehr zu essen und zu trinken bekommen. Der darf uns jetzt nicht krepieren. Wer weiß, wofür der noch gut ist."

„Oh nee, Kriegel, ich kann so etwas nicht. Das ist nicht mein Job. Ich bin Programmierer und kein Gefängniswärter. Das mach mal lieber selber. Nachher geht das schief und dann macht ihr mich dafür verantwortlich."

„Fetti, jetzt stell dich nicht so an. Du wirst doch so einem schwulen Typen mal eben ein bisschen Trockenpizza und was von deiner Cola-Plempe vorsetzen können. Das kann doch nicht so schwer sein. Außerdem ist der Typ gefesselt."

„Kriegel, nur auf deine Verantwortung. Du weißt, ich ..."

„Ja, ja, ja, ich weiß, du bist Programmierer. So und jetzt beweg deinen dicken Hintern in den Keller und gib dem Typen was zu fressen."

Kriegel hatte aufgelegt.

„Oh Mann", stöhnte Reichel und redete weiter mit sich selbst: „Kriegel, ich kann so was nicht", plapperte er vor sich hin. Und packte ein paar kalte Stückchen Pizza auf einen Pappendeckel, legte noch ein trockenes Stückchen Kuchen hinzu. Unter den Arm klemmte er sich eine Literflasche Cola.

„Ich bin Programmierer", brabbelte er. „Ich kann so etwas nicht."

Dann machte er sich auf den beschwerlichen Abstieg in den Keller. Er zwängte seinen fetten Körper den schmalen Gang treppabwärts hinunter in die Katakomben des Hauses. Wenn er noch zwei Jahre weiter so zunahm wie in der letzten Zeit, dann würde er hier mal irgendwann stecken bleiben. Unten angekommen brauchte er einige Minuten, um wieder zu Atem zu kommen. Mit Schrecken dachte er an den Rückweg. Er wischte sich den Schweiß von der Stirn. Er stellte die Lebensmittel auf einer Kiste ab und zog sich eine Sturmhaube über, um sich für den Gefangenen unkenntlich zu machen. Dann schob er eine Speckfalte seines Bauches beiseite und kramte nach dem Schlüsselbund. Als er es endlich aus der Tasche gefriemelt hatte, schloss er mit einem langen Bartschlüssel eine Stahltür auf.

Sofort schlug ihm beißender Geruch nach Urin entgegen. Er schaltete das Licht an. In einer Kellerecke lag auf einer alten Pritsche ein gefesselter, junger Mann. Als der Dicke hereinkam, drehte der sich zu ihm hin und erhob sich dann. Reichel starrte ihn an und fing an zu zetern.

„Igitt, du altes Schwein! Du hast dir in die Hose gepinkelt. Das ist ja widerlich.“

„Widerlich ist, dass ihr mich gefesselt in diesem Kellerloch allein lasst und ich in die Hose pinkeln muss, weil ich mit zusammengebundenen Armen nicht einmal meine Notdurft verrichten kann. So, und wenn ich jetzt nicht bald aufs Klo kann, dann war das Pinkeln das kleinere Übel.“

Mit dieser Situation war der Dicke restlos überfordert. Wut stieg in ihm auf. Bevor er einen klaren Gedanken fassen konnte, redete der Gefesselte schon weiter:

„Also, wenn du nicht willst, dass ich hier vor deinen Augen in die Hose scheiße, dann bring mich endlich zur Toilette. Zieh mir die Hose herunter und setzt mich auf die Schüssel.“

„Das hättest du wohl gerne, du alte Schwuchtel. Aber das vergiss mal, ich spiele nicht an dir herum.“

„Dann mach endlich die Fesseln los, damit ich auf den Pott kann.“

Er wusste nicht, was er tun sollte. Irgendwie war ihm schon klar, dass diese Fesseln durchaus Sinn hatten. Auf der andern Seite wollte er weder, dass der Typ sich in die Hose schiss, noch wollte er ihm die selbige herunterlassen. Vor Verzweiflung hätte er heulen können. Obwohl er wusste, dass er wahrscheinlich gerade einen großen Fehler beging, bewegte er sich wie von Geisterhand gezogen auf den Gefangenen zu.

Ich kann das nicht, dachte er. Ich bin Programmierer.

Und dann machte er sich auch schon an den Fesseln zu schaffen. Kaum hatte er den Knoten gelöst, da rammte ihm Sascha Schäfer mit aller Wucht sein Knie zwischen die Beine. Die fetten Oberschenkel federten den Tritt leidlich ab. Aber es tat trotzdem höllisch weh. Im nächsten Moment krachte Reichel eine Faust ins Gesicht. In der Nasengegend hörte er ein widerliches Knirschen. Frisches warmes Blut lief ihm in den Rachen. Er musste würgen. Wieder ein harter Schlag. Wieder ins Gesicht. Dann ein weiterer in den Magen.

17

Der Wirt des Irish Pub schien nicht besonders interessiert an neuen Gästen zu sein, dachte Maren Köster, denn er schaute sie, die gerade die Schwelle seiner Gaststätte überschritten hatte, kritisch von oben bis unten an. Dabei gab es an ihr, wie sie sehr genau wusste, auch bei Lichte betrachtet überhaupt nichts auszusetzen. Ganz im Gegenteil.

Eigentlich war Maren Köster an eine ganz andere Reaktion gewöhnt, wenn sie einen Raum betrat, in dem hauptsächlich Männer waren. Normalerweise verstummten die Gespräche, dafür leuchteten die Augen der Anwesenden heller, es folgten ihr die Blicke. Immer hatte sie das Gefühl gehabt, dass sie plötzlich der Mittelpunkt des Raumes war. Auch wenn sie dies nie wissentlich herbeigeführt hatte. Im Gegenteil, eigentlich war ihr das eher unangenehm. Aber andererseits war sie daran gewöhnt, und als diesmal die Reaktionen der Männer, sowohl die des Wirtes als auch der anderen männlichen Gäste, so ganz anders ausfielen, da war sie schon irritiert. Sie schob das seufzend auf ihr Alter. Mit Mitte Vierzig war nun mal der Lack ab, fand sie selbstkritisch. Aber sie ließ sich die Irritation nicht anmerken und ging selbstbewusst auf den Wirt zu, wies sich als Polizistin aus und fragte, ob sie irgendwo unter vier Augen miteinander sprechen könnten. Der brummige Wirt sagte kein Wort, drehte aber den Kopf in Richtung eines Flures. Offenbar gab es dort ein ruhiges Zimmer. Der Wirt ging schon mal vor, Maren Köster wollte gerade hinterher gehen, als die Tür aufsprang und ein unrasierter Mann mit einer Wollmütze, die er über die Ohren gezogen hatte, hereinstürzte.

„Jupp, was machst du denn hier?“, rief die Polizistin entsetzt.

Schulte grinste sparsam, mehr Gesichtsverzerrung ließ die frische Narbe an seinem Kopf nicht zu.

„Arbeiten“, meinte er lakonisch. Und als sie ihn am Arm fasste, ein paar Schritte von der Theke fortzog und ihm leise, aber bestimmt Vorhaltungen machte, dass er nun offenbar völlig durchgeknallt sei, sagte er nur:

„Maren, hier geht es um mich. Das hast du selbst gesagt. Und ich will wissen, was ich gestern Abend gemacht habe. Vielleicht habe ich ein Verbrechen begangen. Ich kann nicht damit leben, das nicht zu wissen. Verstehst du mich? Krank oder nicht, spielt dabei keine Rolle. Das hier ist wichtiger.“

Sie stöhnte nur resigniert, ließ seinen Arm aber wieder los.

„Okay, dann komm mit! Aber lass mich die Befragung führen, klar?“

Schulte nickte brav und folgte ihr in den Flur, in dem eine der Türen offen stand. Als Schulte hinter ihr in das Zimmer trat, hob der Wirt ruckartig den Kopf und starrte ihn an.

„Aber …“, rief er hysterisch, „aber das ist doch der Mann, der … Was macht der denn hier?“

Maren Köster war nicht weniger überrascht als Schulte, sie blieb aber ruhig. „Moment mal, ich verstehe kein Wort. Dies hier“, dabei drehte sie sich zu Schulte um, „ist mein Kollege Schulte. Polizeirat Schulte. Sie müssen ihn mit irgendjemandem verwechseln.“

Doch der Wirt ließ sich nicht beruhigen. Er war aufgesprungen und zeigte mit dem ausgestreckten Arm auf Schulte, der ihn nur verblüfft anschaute.

„Doch, das ist er! Das ist der Mann, der gestern Abend hier hereinkam und sich dann mit dem Mann geprügelt hat. Was haben Sie mit dem zu tun?“

Die Polizistin schüttelte genervt den Kopf. „Bitte beruhigen Sie sich! Am besten setzen Sie sich erst mal wieder hin und erzählen mir alles ganz in Ruhe. Schön der Reihe nach.“

Der Wirt dampfte vor Aufregung, aber er gehorchte dieser Frau, die eine seltsame Macht über ihn zu haben schien. Offenbar hatte er mit Frauen nichts im Sinn. Vielleicht waren sie ihm unheimlich. Diese hier anscheinend ganz besonders. Dann hatte er sich sichtbar wieder im Griff.

„Es war kurz nach elf gestern Abend, als dieser Mann mit seinem Hund hier hereinkam. So ein schwarzes Teufelsvieh. Viele Gäste hatte ich nicht. Drei davon standen an der Theke. Er setzte sich dazu und gab denen eine Runde aus. Normalerweise macht man das in diesem Lokal nicht. Normal läuft hier die Kontaktaufnahme etwas anders, Sie verstehen? Das hat mich gleich misstrauisch gemacht und dann …“

„Ich verstehe nicht, was Sie meinen“, warf Maren Köster ein. „Wovon reden Sie?“

„Er will dir klar machen, dass dies hier ein Treffpunkt für Schwule ist“, ging Schulte dazwischen. „Da laufen manche Dinge eben anders ab, vermute ich.“

Überrascht schaute Köster ihren Kollegen an.

„Woher weißt du das?“

Schulte schien sich das selbst zu fragen, denn eine Weile war er nachdenklich.

„Keine Ahnung! Ehrlich. Das kam mir nur gerade so in den Sinn. Irgendjemand hat mir das gesagt. Aber wer, das weiß ich nicht mehr. Seltsam.“

Sie verdrehte nur die Augen, wandte sich wieder zu dem Wirt um und forderte ihn auf, weiterzureden.

„Auf jeden Fall kam er mit einem der drei Männer ins Gespräch. Der war schon häufiger hier, aber den Namen weiß ich nicht. Ich weiß nicht, ob die beiden sich da schon gestritten haben, aber sie sind kurz darauf vor die Tür gegangen. Als von draußen komische Geräusche zu hören waren, sind die beiden Bekannten des Mannes hinterher. Kurz darauf kamen alle drei wieder herein, lachten und erzählten, dass sie sich mit dem anderen geprügelt hätten. Es gäbe doch nichts Besseres, als hin und wieder eine handfeste Schlägerei, hat der eine, so ein Schrank, vor der Theke getönt. Der andere, wahrscheinlich der Verlierer bei der Schlägerei, war nicht mehr erschienen. Der hat dann wohl den Kürzeren gezogen, habe ich an dem Abend gedacht.

Und nun steht der Kerl hier vor mir, als wenn nichts gewesen wäre, und ist angeblich sogar Polizist. Das ist ja richtig unheimlich."

„Als wenn nichts gewesen wäre?", Schulte platzte der Kragen.

„Hier, schauen Sie sich das an! Ist das nichts?" Dabei riss er sich die Wollmütze vom Kopf. Der Gastwirt starrte auf seinen Kopfverband.

„Jupp!", ging Maren Köster dazwischen. „Lass mich das machen!"

Grummelnd zog sich Schulte zurück.

„Hören Sie", die Kommissarin versuchte, die Wogen zu glätten, „eigentlich hatte ich nur vorgehabt, Sie zu fragen, ob Ihnen gestern Abend irgendetwas aufgefallen war. Das alles hier überrascht mich selbst. Aber Sie sagten, dass der Mann häufiger hier gewesen sei. Bitte beschreiben Sie ihn doch mal."

Der Wirt musste lange nachdenken, bis er eine Beschreibung abgab.

„Wieso das denn?", fragte er störrisch.

„Das erzähle ich Ihnen schon noch. Jetzt sind Sie erst einmal an der Reihe!"

„Ich weiß nur, dass er aus Paderborn kommt. Er ist ziemlich groß, sportlich und …"

Als er mit seinem Steckbrief fertig war, warf Maren Köster ihrem Kollegen einen scharfen, prüfenden Blick zu. Der schaute nur hilflos zurück.

„Das könnte passen", murmelte sie. „Jupp, ich denke, deine Probleme sind größer als du glaubst!"

18

Es sah aus, als fiele ein Sack Mehl um, als der Dicke zu Boden ging. Mit einem Satz war Sascha Schäfer über ihn hinweggesprungen. Er sprintete die Kellertreppe nach oben. Hetzte zur Haustür, doch die war verschlossen. Hastig sah er sich um und griff sich einen Schneeschieber, der in einer Ecke stand. Immer wieder stieß er mit dem Stil gegen die mit Draht durchzogene Scheibe der Tür. Hoffentlich war niemand mehr im Hause.

Doch das war unwahrscheinlich. Schäfer konnte sich nicht vorstellen, dass Wormsthal und Konsorten ihn an einem Ort untergebracht hatten, an dem sich die Menschen die Klinke in die Hand gaben.

Endlich war das Loch in der Scheibe groß genug. Er zwängte sich hindurch, zerriss sich dabei die Jacke und zerschnitt sich die Haut seines Rückens. Den Schmerz spürte er kaum. Er musste hier weg. Doch wo sollte er hin? Er stank, hatte sich tagelang nicht gewaschen, seine Kleidung war verschmutzt, bepinkelt und zerrissen. So würde ihn niemand mitnehmen. Telefonieren konnte er auch nicht. Und hier in Paderborn kannte er niemanden.

Er wusste nicht einmal, wo er war. Hastig lief er die Straße hinunter. Irgendwann versperrten Schienen den Weg. Er hielt sich rechts. Kurze Zeit später sah er ein Schild, auf dem stand *Wollmarktstraße*. Er konnte mit dem Namen nichts anfangen.

Dann kam er auf die Borchener Straße. Die kam ihm bekannt vor. Er sah sich um. Auf der linken Seite waren die Häuser heller erleuchtet. Er lief in die Richtung.

Plötzlich war ein riesiger Van neben ihm. Der Fleischkloß saß hinter dem Steuer. Die Scheibe wurde heruntergelassen und der Dicke brüllte:

„Ich bringe dich um, du schwules Schwein!“

Dann plötzlich hielt er einen riesigen Revolver in der Hand.

Der wird doch nicht, dachte Schäfer und sprintete los. Diese Reaktion rettete sein Leben. Drei Kugeln gruben sich hinter ihm in den Asphalt und eine weitere traf die Bordsteinkante. Von da wurde sie abgelenkt und pfiff als Querschläger nur wenige Zentimeter an Schäfers Kopf vorbei. Reflexartig zog er diesen zwischen seine Schultern. Von Angst getrieben wurde er noch einmal schneller.

Auch der Dicke gab Gas. Doch als der Motor aufheulte, stoppte Schäfer abrupt und rannte in die entgegengesetzte Richtung. Dann quer über die Straße, sprang über einen Zaun, hastete weiter, zwängte sich durch eine Hecke. Erschöpft wurde er langsamer. Er sah sich um. Dann suchte er hinter einer niedrigen Mauer Deckung. Er musste so schnell wie möglich hier weg. Solange er es nur mit dem Dicken zu tun hatte, gab es eine Chance zu entkommen. Doch wenn der Kleiderschrank, der ihn sonst bewacht hatte, hinzukam, war er hoffnungslos verloren. Dass die beiden nicht lange fackeln würden, hatte er bereits gemerkt. Wenn er denen in die Hände fiel, hatte er keine Minute mehr zu leben.

Jetzt, wo er sich nicht bewegte, wurde ihm schnell kalt. Nach kurzem Nachdenken beschloss er, sich nach Detmold durchzuschlagen. Er musste die Straßen meiden. Denn er konnte sicher sein, dass Wormsthal und seine Leute Patrouillen fahren würden. Sie würden jeden Weg, jede Straße und jeden noch so kleinen Platz kontrollieren. Zunächst einmal musste er durch diese Stadt kommen, Richtung Senne. Dann könnte er sich querfeldein schlagen. In den lippischen Wäldern um Detmold herum hatte er als Junge oft gespielt. Da kannte er sich aus. Aber hier in Paderborn, das war Niemandsland für ihn. Hier musste er so schnell wie möglich weg.

Er schlich sich an der Mauer entlang, kam wieder an einen Zaun. Schäfer stieg über ihn hinweg und drückte sich hinter ein Auto. Fünfzig Meter weiter ging eine Fußgängerunterführung durch den Bahndamm. Die würde er nehmen. Er sah sich um. Links und rechts war kein Auto zu sehen. Er sprintete über die Straße und wurde wenige Sekunden später von der Dunkelheit des kleinen Tunnels verschluckt. Auf der anderen Seite lugte er vorsichtig hinter der Mauerkante hervor auf die Straße. Auch hier herrschte kein Verkehr. Wieder drückte er sich in den Schlagschatten der Häuser. Dann stand er an einer dicht befahrenen Straße. Er duckte sich zwischen zwei Autos. Als die Verkehrssituation es zuließ, sprintete er auf die andere Straßenseite.

So ging es eine ganze Zeit. Wieder hielt er an, um sich zu orientieren. Er befand sich auf einer Straße, die Fürstenweg hieß.

Der Name sagte ihm nichts, aber er kannte die Gegend. Hier war er schon mehrfach langgefahren, wenn er auf dem Weg von Detmold nach Paderborn war. Er hatte einen Moment nicht aufgepasst und schon kam ihm ein Jogger entgegen. Mist, er wollte doch nicht gesehen werden. Vor dem konnte er sich jetzt nicht mehr verstecken. Also nutzte er die Gelegenheit und sprach ihn an:

„Wo geht es hier zur Senne?"

Der Läufer stellte sich etwas blöde an, dann zeigte er mit dem Arm in Richtung Innenstadt.

„Da lang, etwa fünf Kilometer, dann sind Sie am Senne-rand."

19

Wütend drosch er mit der Faust aufs Lenkrad. Reichel war mindestens zehnmal um den Block gefahren. Er hatte alle Seiten- und Querstraßen abgeklappert. Vergeblich!

Nirgendwo war ihm dieser verfluchte Schäfer über den Weg gelaufen. Und Kriegel hatte er auch nicht erreichen können.

Wütend stellte er den Chrysler vor seinem Büro ab und watschelte zum Eingang. Diese verdammte Tür würde er auch noch reparieren lassen müssen, dachte er, als die Scherben unter seinen Füßen knirschten. Frustriert drosch Reichel mit der Faust auf den Schalter, mit dem man das Flurlicht betätigte. Im nächsten Moment schrie er erschrocken auf. Keine zwei Meter von ihm entfernt, hatte sich Kriegel aufgebaut.

Wütend starrte er ihn an.

„Was ist hier passiert, Fetti?"

„Ich hatte doch gleich gesagt, ich kann das nicht. Ich bin Programmierer," jammerte der Dicke.

„Wenn du diesen Satz noch einmal sagst, dresche ich dir so lange auf deine Warze, die du Kopf nennst, bist dieses hässliche Teil so platt wie ein Pfannkuchen ist. Also, was ist passiert?"

„Na ja", berichtete Reichel weinerlich. „Dieser Schäfer hatte sich schon in die Hose gepinkelt, als ich nach unten in den Keller kam. Du kannst dir gar nicht vorstellen, wie bestialisch dieser Typ stank. Dann hatte er gesagt, er müsse jetzt auch noch scheißen. Ich solle mit ihm aufs Klo gehen und ihm die Hosen runterlassen oder ihn losbinden.

Ich gehe diesem schwulen Schäfer doch nicht an die Hose! Das kann ein anderer machen. Da habe ich ihm die Fesseln gelöst. Dabei … sag mal, Kriegel muss ich den ganzen Mist wirklich erzählen? Der Typ ist weg! Basta! Erzähl du lieber, was es Neues gibt."

Ohne mit der Wimper zu zucken, sagte Kriegel:

„Wormsthal ist tot."

Reichel quiekte vor Schreck.
„Du meinst, der Bulle hat ihn erledigt?“
„Ich meine gar nichts. Fakt ist, Wormsthal ist tot. Und wir sind genauso verdächtig wie der Typ, mit dem er sich gestern Abend geschlagen hat. Und jetzt rennt auch noch dieser Schäfer frei draußen rum und erzählt womöglich jedem, was wir mit ihm angestellt haben. Ich sage dir, Fetti, es sieht nicht gut für uns aus. Wir müssen diese Schwuchtel aus dem Wege räumen. Wenn der uns reinreißt, und das wird er tun, dann sehen wir die Sonne in den nächsten fünfzehn Jahren nur durch Gitterstäbe.“
„Woher weißt du, dass Wormsthal tot ist?“
„Ich hatte doch erzählt, dass ich noch einmal nach Detmold wollte, in diesen Pub. Ich hatte gerade einen Parkplatz gefunden, da kam mir ein Typ mit einer Wollmütze auf dem Kopf entgegen. Das war der Bulle von gestern Abend. Und stell dir vor, der ist in diese Schwulenkneipe rein. Ich habe also solange gewartet, bis er wieder raus kam. Da war eine Frau bei ihm. Nachdem die beiden weggefahren sind, habe ich mir den Wirt noch mal vorknöpft. Der hat mir erzählt, dass Wormsthal gestern Nacht in der Nähe seines Autos tot aufgefunden wurde. Und dann hat er noch gesagt, dieser Schulte, so heißt der Bulle, leide jetzt an Gedächtnisschwund. Das haben wir ihm anscheinend beigebracht, als wir seinen Kopf ein paar Mal ordentlich aufs Pflaster geschlagen haben. Jedenfalls haben wir ein ziemliches Problem. Was meinst du, wo finden wir diesen Schäfer wohl? Ich glaube nicht, dass er irgendwann einfach in seine Wohnung hineinspaziert und dort auf uns wartet.“
„Nein“, antwortete Reichel. „Er wird irgendwo bei seinen schwulen Schwuchteln unterkriechen. Aber in dieser Szene kenne ich mich nicht aus.“
„Ich auch nicht. Aber wir kennen ja genug von denen. Ich werde mir gleich noch ein paar von den Jungen greifen und sie auf Schäfer ansetzen. Wäre doch gelacht, wenn ich nicht innerhalb kürzester Zeit herausfinden würde, wo er sich herum-

treibt. Aber vor den Bullen werden wir uns in Acht nehmen müssen. Ich habe ein Vorstrafenregister, das ist so lang wie dein Einkaufszettel. Früher oder später werden die mich auf dem Kieker haben. Wie sieht es denn bei dir aus?“

„Mich kennen die nicht. Ich hatte nie was mit der Polizei zu tun“, entgegnete Reichel. „Ich bin ja nur Programmierer.“

„Ich habe dir doch eben schon gesagt, noch einmal dieser Satz und ich haue dir was auf die Fresse. Aber wenn du für die Polizei ein unbeschriebenes Blatt bist, dann wirst du ab sofort bestimmte Außenkontakte übernehmen. Ich muss denen ja nicht auf dem Laufsteg entgegengehen.“

20

Die Hochhäuser Hakedahls hatte er immer als Schandfleck empfunden. Doch als sie heute Morgen auf der anderen Seite der Stadt im Dunst auftauchten, empfand Schäfer junior ein tiefes Glücksgefühl. Er hatte es geschafft.

Schäfer war die Nacht durchgelaufen von Paderborn nach Detmold. Die Schläger von Wormsthal hatten ihn nicht erwischt. Er war durchgefroren bis auf die Knochen und glaubte, jeden Muskel seines Körpers zu spüren. Am liebsten würde er jetzt zu sich nach Hause gehen und ein heißes Bad nehmen. Doch das wäre Selbstmord. Mit Sicherheit würde seine Wohnung überwacht. Zu wem könnte er gehen? Es fiel ihm nur sein Vater ein.

Hoffentlich war er noch zu Hause. Von Hiddesen Richtung Detmold rannte er fast. Bog in die Schirrmannstraße ein und hatte zehn Minuten später das Haus seines alten Herrn am Schützenberg erreicht. Er klingelte und hatte Glück. Auf dem Flur waren Schritte zu hören. Sein Vater öffnete ihm die Haustür.

„Sascha“, rief er erleichtert, „Ich bin vor Sorge fast umgekommen. Komm erst einmal herein. Du zitterst ja am ganzen

Leibe. Boah, wie du riechst. Hast du dich wochenlang nicht mehr gewaschen?“

Sascha hatte andere Sorgen als seinen Körpergeruch.

„Vater, ich muss verschwinden. Da sind ein paar ganz üble Typen hinter mir her. Frag bitte nicht, wieso und warum. Zu gegebener Zeit werde ich dir alles erklären. Ich brauche jetzt erstmal eine sichere Unterkunft.“

„Sag mal, hast du sie nicht mehr alle? Erst lässt du dich wochenlang nicht blicken, und dann willst du gleich wieder verschwinden? Wo warst du überhaupt?“

„Vater, bitte, gib mir Zeit und eine Chance. Zu gegebener Zeit werde ich dir alles erklären, aber jetzt muss ich erst einmal weg.“

„Du spinnst wohl?“

„Vater bitte, später erfährst du alles. Aber jetzt muss ich weg, so schnell wie möglich.“

Der Mann schwieg und dachte nach. Dann nickte er.

„Okay, mein Junge, wie kann ich dir helfen?“

„Ich muss vorübergehend irgendwohin, wo mich niemand kennt.“

„Was hältst du von Amsterdam? Ich habe da einen Berufskollegen, der mir noch etwas schuldig ist. Ich würde ihn bitten, dass er dich vorübergehend aufnimmt. Solange, bis du eine ordentliche Wohnung gefunden hast. Du könntest dort ein oder zwei Semester studieren. Ich will dir nichts einreden, aber sich nur verstecken, das reicht nicht fürs Leben.“

Sascha nickte.

„Bliebe noch zu klären, wie du an deine Sachen kommst. Ich könnte dir welche holen.“

„Das ist zu gefährlich. Ich bin mir sicher, dass die Wohnung überwacht wird. Du würdest meine Verfolger nur wieder auf meine Spur bringen. Ich wäre sehr dankbar, wenn ich mich bei dir waschen könnte und du mir anschließend ein paar Kleidungsstücke von dir leihst. Wir sind ja ungefähr gleich groß. Dann bitte ich dich noch um Geld. Ich werde mir in Bielefeld das Nötigste kaufen. Da könnte ich dann ein, zwei Tage untertauchen und so schnell wie möglich nach Amsterdam weiterfahren. Du könntest mir dann, wenn ich in Holland angekommen bin, einiges nachschicken."

21

Was für eine Nacht! Schulte hatte sich schweißgebadet von einer Seite auf die andere gewälzt, hatte alle nur möglichen Liegepositionen ausprobiert, war zwischendurch aufgestanden und hatte etwas Wasser getrunken, aber geschlafen hatte er kaum. In seinem Kopf brummte und wuselte es wie in einem Bienenstock. Die Gedanken wurden nicht zu Ende gedacht und abgehakt, nein, sie türmten sich kühn aufeinander, stürzten wie ein Kartenhaus zusammen und verhedderten sich zu einem dicken Filz. Diese Reizüberflutung war für sein sowieso erschüttertes Gehirn eine dramatische Überforderung. Am liebsten hätte er laut geschrien, um dem Druck auf seiner Seele Luft zu machen, aber dazu fehlte ihm die Kraft. Dass er Opfer einer Prügelei geworden war und sich dabei verletzt hatte, war sein kleinstes Problem. So etwas hatte er im Laufe seines langen Berufslebens schon häufiger erleben müssen. Polizisten bekamen eben manchmal was ab. Wenn er das für sich nicht akzeptieren könnte, dann hätte er Erzieher im Waldorf-Kindergarten werden müssen. Nein, das war schon zu ertragen.

Was ihn aber schier umzubringen drohte, war die pure Angst vor dem, was in der letzten Nacht zwischen elf und zwölf Uhr passiert war. Die Angst vor sich selbst. Vor dem Monster in ihm. Gab es vielleicht zwei Schultes? Tagsüber ein braver Polizist und nachts ein brutales Monstrum, ohne dass der eine Schulte vom anderen Schulte etwas wusste? Wie er es auch drehte und wendete – alle Hinweise zeigten in diese Richtung. Und das war ein Gedanke, der einem schon den Schlaf rauben konnte.

Um sieben Uhr morgens fühlte er sich wie zerschlagen, kroch aber dennoch aus dem Bett. Er war zwar krankgemeldet, aber um nichts in der Welt hätte er den Tag allein und untätig verbringen mögen. Was er jetzt brauchte, war der Zuspruch von Menschen, die ihn mochten, und das dringende Bedürfnis, irgendetwas zu tun, um zu verhindern, dass sein Leben und seine Selbstachtung in ganz kleine Scherben zerschlagen wurden.

Fast pünktlich zum Dienstbeginn tauchte Polizeirat Schulte zur Verwunderung seiner Kollegen bei der Morgenbesprechung auf. Margarete Bülow, seine direkte Vorgesetzte, verwarf ihren ersten Impuls, ihn sofort wieder nach Hause zu schicken, und tat einfach so, als sei alles völlig normal.

Fürs Erste hielten sich auch die anderen Teilnehmer an diese Vorgabe. Außer ihr waren bei der Besprechung die Kommissare Maren Köster, Bernhard Lohmann und Oliver Hartel sowie die Chefin der Spurensicherung, Renate Burghausen, und der Staatsanwalt, in dessen Händen auch dieser Fall lag, anwesend.

Maren Köster gab, am Flip-Chart stehend, einen Überblick über den Todesfall Wormsthal. Sie zögerte, musste sich regelrecht überwinden, als sie zu den Punkten kam, die eine Verbindung zu Schulte herstellten. Aber sie trickste nicht herum, sondern listete Punkt für Punkt auf, was sie am Vortag herausgefunden hatte. Als sie mit ihrem Beitrag durch war und sich wieder setzte, war ihr Gesicht feuerrot. Es hatte sie einiges gekostet, den Kollegen in die Schusslinie zu bringen. Schulte nickte ihr zu, um klarzumachen, dass er ihr Verhalten völlig korrekt fand. Aber das war nur die äußerliche Hülle, sein Kern hatte bei jedem Punkt das Verlangen gehabt, Amok zu laufen.

Margarete Bülow fragte Schulte, ob er sich zu den Punkten äußern mochte.

Aber noch bevor Schulte sich geräuspert hatte, mischte sich Oliver Hartel ein.

„Ich gebe zu bedenken, dass die Aussagen des Kollegen Schulte geeignet sind, uns befangen zu machen. Es kann nicht sein, dass jemand, der unter Tatverdacht steht, Teil des Ermittlungsteams ist. Ich beantrage, den Kollegen Schulte aus dieser Ermittlung auszuschließen."

So, jetzt war das, was die ganze Zeit unausgesprochen über ihnen geschwebt hatte, ausgesprochen und lag auf dem Tisch. Schulte kam sich vor wie ein Aussätziger. Alle schauten ihn an. Er zuckte nur hilflos mit den Schultern.

„So leid es mir tut, Jupp", kam es nun von Bernhard Lohmann. „Aber ich muss Hartel einmal im Leben recht geben. Du bringst uns und dich selbst in Schwierigkeiten, wenn du dabeibleibst."

„Nur die Ruhe, meine Herren!", warf der Staatsanwalt dazwischen. „Lassen wir doch die Kirche im Dorf. Wir wissen ja noch nicht einmal zweifelsfrei, ob es sich um ein Gewaltdelikt oder um einen Unfall handelt. Das, was Frau Köster gerade in Bezug auf Herrn Schulte aufgelistet hat, ist sicher bedenkenswert, aber noch lange kein Grund, einem verdienten Polizisten das Vertrauen zu entziehen. Lassen Sie uns erst einmal den forensischen Befund abwarten. Der ist für heute Nachmittag zu erwarten. Dann sehen wir weiter."

Und zu Schulte gewandt: „Machen Sie sich mal keine Sorgen, das regelt sich schon alles wieder. In unserem Job ist man nun mal dicht dran am Verbrechen, da bleibt schnell was an einem hängen, was da nicht hingehört."

Die Entscheidung lag nun bei Margarete Bülow, da ihr das Team direkt unterstand. Sie überlegte eine Weile und verkündete dann:

„Okay! Wir warten den Bericht ab. Bis dahin wird Herr Schulte hier im Büro seinen Dienst verrichten. Aber er nimmt keinen Kontakt zu irgendwelchen Zeugen auf. So, können wir nun Ihren Bericht hören, Frau Burghausen?"

Renate Burghausen wuchtete ächzend ihren gewaltigen Körper hoch, öffnete ihren Aktenkoffer und entnahm einige

Fotos, die sie allesamt an eine Klemmleiste neben dem Besprechungstisch hängte. Ihr Bericht war kurz und wenig ergiebig. Durch den starken Neuschnee während der Zeit des Todeseintritts gab es praktisch keine nennenswerten Spuren. Selbst die Fußspuren des Toten waren nur noch sehr schwach zu erkennen gewesen. Es gab an einigen Stellen Abdrücke von einer anderen Schuhgröße, aber die waren nicht seriös verwertbar. Da auch diese Vertiefungen mit Schnee gefüllt worden waren, ließ sich eine Schuhgröße nicht mehr korrekt bestimmen. Sie dürfte aber in einem Spektrum von Größe 41 bis 44 liegen. Aber diese Schuhgröße hätten nun mal dreiviertel aller Männer im Land. Klar zu erkennen waren lediglich die Spuren des Zeitungsboten, der erst nach dem starken Schneefall den Hinterhof betreten hatte. Aufschlussreicher würde vermutlich die Untersuchung der Leiche sein, vielleicht fand sich daran etwas Brauchbares.

Dann fiel ihr noch etwas ein. Sie zeigte auf eines der Fotos.

„Ach ja, da war noch etwas sehr Wichtiges. Wir haben an der Kleidung des Toten Blutspuren gefunden. Blut, das nicht von dem Toten selbst stammt. Der Gerinnungszustand des Blutes lässt darauf schließen, dass es um die Todeszeit herum auf die Kleidung gekommen ist. Das könnte natürlich …“

„Das Blut von seinem Mörder sein“, ergänzte Oliver Hartel unaufgefordert. Dann hob er abwehrend beide Hände. „Obwohl wir natürlich erst die Todesursache abwarten müssen, versteht sich.“

Margarete Bülow versuchte, einfach über seine Äußerung hinwegzusehen, als sie zusammenfasste:

„Dieser Fund ist natürlich wichtig, ändert aber erst mal nichts an der Grundfrage: Unfall oder Gewaltdelikt? Wir wissen ja durch den Bericht von Frau Köster, dass der Tote kurz vor seinem Tod in eine Schlägerei verwickelt war. Dass dabei Blut des Kontrahenten auf die Kleidung von Wormsthal gelangt ist, erstaunt nicht weiter. Das allein bedeutet nicht zwingend, dass Wormsthal eines gewaltsamen Todes gestorben ist. Und selbst wenn sich herausstellen sollte, dass dies so ist, ist das kein schlüssiger Beweis dafür, dass Wormsthals Gegner bei der Prügelei auch sein Mörder ist. Wie sehen Sie das, Herr Staatsanwalt?"

Heribert Krämer, seit vielen Jahren die rechte Hand des obersten Anklägers am Landgericht Detmold, stand auf, strich seine Anzugjacke glatt und meinte mit ruhigem Lächeln:

„Ich sehe das genau wie Sie, Frau Bülow. Bitte entschuldigen Sie mich jetzt, aber ich habe einen wichtigen Termin."

Zu Schulte gewandt, ergänzte er:

„Kopf hoch, Herr Schulte! Alles wird gut."

Als sich die Runde komplett aufgelöst hatte, rief Margarete Bülow erst Maren Köster in ihr Büro, dann ließ sie Schulte kommen.

„Jupp, ich bin dem Staatsanwalt wirklich dankbar für seine kollegiale Art. Er meint es gut, aber so einfach sehe ich das Ganze nicht. Dir ist klar, was der Fund dieser fremden Blutflecken für dich bedeutet, oder?"

Schulte erstarrte zur Salzsäule. Er konnte es kaum fassen, was sie damit andeuten wollte.

„Meinst du ... meinst du wirklich, ich soll eine Speichel- und Blutprobe abgeben? Verdächtigst du mich etwa?"

„Jupp", sie versuchte, ihrer Stimme einen so ruhigen und sachlichen Klang wie nur eben möglich zu geben, „es gibt diese Aussage des Gastwirtes, dass du dich kurz vor Wormsthals Tod mit ihm geschlagen hast. Nicht mehr und nicht weniger. Wenn dein Blut auf seiner Kleidung gefunden wird, ist das durch die Prügelei zu erklären. Aber ich kann diese Spur nicht einfach übersehen, verstehst du? Nimm das nicht persönlich."

Schulte schnappte nach Luft.

„Nicht persönlich? Ich nehme das sogar sehr persönlich! Ihr spinnt wohl!"

Auch ihr Stresspegel stieg nun an, und sie antwortete lauter, als sie eigentlich wollte:

„Meinst du tatsächlich, wir könnten die bislang wichtigste Spur einfach so mir nichts dir nichts fallen lassen, weil es um dich geht? Mutest du mir wirklich zu, alle Grundsätze einer sauberen Ermittlung über den Haufen zu werfen, nur weil wir uns duzen?“

„Ja!“, schrie Schulte mit hochrotem Kopf. „Ja, genau das erwarte ich. Ich erwarte, dass man mir vertraut.“

Eine Weile schwiegen beide. Dann sagte sie leise:

„Wie ist das denn mit dir? Vertraust du dir denn selbst?“

Er riss den Kopf hoch.

„Was meinst du damit?“

„Ich frage dich, ob du dir deiner selbst so sicher bist. Also, bist du dir ganz sicher, dass du nichts getan hast, was zum Tod dieses Mannes geführt hat? Überlege genau!“

Wieder hatte Schulte das Gefühl, dass ihm die Luft wegblieb. Er war betroffen, empört und hilflos.

„Aber ... nein, du weißt doch, dass ich diese Gedächtnislücke habe. Ich weiß nicht, was ich in der Zeit gemacht habe.“

Sie versuchte, einfühlsam zu lächeln, was ihr nicht gelang.

„Siehst du? Und genau an diesem Punkt musst du dir von uns helfen lassen. Wir müssen die Sache und deine eventuelle Beteiligung daran so gründlich wie möglich untersuchen. Diese Ermittlung muss supersauber ablaufen. Nicht, obwohl ein Kollege involviert ist, sondern gerade deswegen. Es darf nichts an mir und nichts an dir hängen bleiben. Ach ja, noch was: Maren Köster wird diese Ermittlung in die Hand nehmen. Und sie wird sie in diesem gerade besprochenen Sinne durchführen. Es ist wichtig, dass du das verstehst. Sie macht das nicht, weil sie dir schaden will, sondern weil eine ordentliche Ermittlung nach allen Regeln unseres Berufes der einzig mögliche Weg ist – auch und gerade zu deiner Entlastung, Jupp! Drück ihr die Daumen, dass sie den Fall, wenn es denn einer wird, löst. Weil mir sonst nichts anderes übrig bleibt, als den Kollegen Hartel mit der Sache zu betrauen. Wäre dir das lieber?“

Bis zum Mittag hielt Schulte brummelnd durch. Er blieb an seinem Schreibtisch hocken, sortierte Schriftstücke von links nach rechts und wieder zurück, klappte Aktendeckel auf und wieder zu. Dabei stieg seine Wut unaufhaltsam an. Die Argumente seiner Teamleiterin mochten möglicherweise berechtigt sein. Aber er war zurzeit nicht in der Lage, so sachlich zu differenzieren. Er fühlte sich einfach nur von allen verraten.

Als während der Mittagszeit die Nachricht durch die Büroflure sickerte, dass der forensische Befund vorliege und mit hoher Wahrscheinlich von einem Fremdverschulden auszugehen sei, hielt es Schulte nicht mehr aus. Mit einer einzigen Handbewegung fegte er alle Schriftstücke vom Schreibtisch, zog sich seine Jacke an und verließ seinen Arbeitsplatz.

22

Nachdem Schulte das Polizeigebäude verlassen hatte, konnte keine Rede davon sein, dass er wirklich wusste, was er tat. Es war ihm einfach zu viel geworden, und er musste raus. Und so fuhr er kreuz und quer durch Detmold und wusste nicht recht, wohin. Er war nun wieder mit seinem riesigen Volvo unterwegs, einem ehemaligen Leichenwagen. Am frühen Morgen hatte er Ina überredet, ihn zu seinem Auto in der Exterstraße zu bringen. Seine Tochter hatte finster geschwiegen während der Fahrt. Sie war immer noch sauer auf ihren Vater und im tiefsten Innern gab Schulte ihr sogar recht. Aber er war auch in besseren Zeiten kein großer Kommunikator, keiner, der in jeder Lage den richtigen Ton traf. Und in seiner derzeitigen Verfassung war einfach nicht mehr drin, fand er. Er würde alles später regeln. Jetzt hatte er einen Tunnelblick, es gab nur ein Ziel: aus dieser Albtraumnummer herauskommen.

Was war zu tun? Wo war der Anfang seiner Problemlösung zu finden? Gab es irgendeinen Menschen, der ihm helfen konnte? Es gab einen. Axel Braunert war sein letzter bewusster Kontakt gewesen. Der wusste als Einziger, warum Schulte zwei Tage zuvor nach Detmold gefahren war, wen er dort gesucht hatte und was seine Absicht gewesen war. Schulte atmete durch, weil endlich sein nächstes Etappenziel erkennbar war, gab Gas und lenkte den Volvo nach Lemgo.

Seit vielen Jahren wohnte Axel Braunert als Untermieter im Haus seiner Kollegin Maren Köster. Sie hatte das kleine Häuschen in der Lemgoer Altstadt geerbt und nicht recht gewusst, was sie damit anfangen sollte.

Es allein zu bewohnen erschien ihr wenig reizvoll, einen Lebenspartner gab es zu dem Zeitpunkt für sie nicht. Da Axel Braunert, den sie nicht nur als Kollegen, sondern auch als Typen sehr schätzte, ebenfalls eine neue Wohnung gesucht hatte, taten die beiden sich zusammen und bezogen das Haus. Er oben, sie unten. Dank Braunerts ausschließlicher Neigung zu Männern herrschten harmonische, weil klare Verhältnisse zwischen den beiden.

Da Braunert krankgeschrieben war, stand zu erwarten, dass er zu Hause war. Er öffnete auch gleich, war aber sehr erstaunt, Jupp Schulte zu sehen. Braunert hatte von den Ereignissen des letzten Tages nichts mitbekommen, da er sich tatsächlich ins Bett verzogen hatte und vom Rest der Welt nichts wissen wollte.

Doch er hatte mehrfach versucht, Schulte auf dem Handy zu erreichen. Da dies nie gelungen war, hatte er schon in Erwägung gezogen, ihn trotz seiner depressiven Grundstimmung in Heidental zu besuchen. Nur sein wirklich schlechter psychischer Zustand hatte Braunert daran gehindert. Jetzt war er entsprechend schockiert, als Schulte ihm klarmachte, in welchen Schlamassel er geraten war.

„Und du hast keine Erinnerung mehr?“, fragte er fassungslos.

Schulte schüttelte den Kopf.

„Dann muss ich dir also alles noch mal erzählen?“ Als Schulte auch dies bestätigte, stöhnte Braunert, berichtete ihm aber das Gleiche wie vormals.

„Und ich wollte mir diesen Kerl zur Brust nehmen, sagst du?“, fragte Schulte bange nach.

Denn auch das sprach für eine mögliche Verwicklung in den Todesfall.

„Ja, du wolltest ihm die Gelbe Karte zeigen, so hast du das ausgedrückt. Dann bist du ins Stadtzentrum gefahren, und ich habe mir ein Taxi nach Lemgo genommen. Mehr weiß ich auch nicht.“

„Na, ja“, brummte Schulte. „Das ist immerhin mehr, als ich wusste. Und es war tatsächlich dieser Pub, in den du mich geschickt hast?“

Auch hier nahm Braunert ihm die Hoffnung, alles könne eine Verwechslung sein.

Dann kochte Braunert eine Kanne Tee und die beiden saßen minutenlang schweigend in Braunerts Wohnzimmer.

„Wie geht es dir denn überhaupt?“, wollte Schulte wissen. Braunert lachte bitter.

„Beschissen! Ich fühle mich selbst nicht mehr. Ich bin wie in einen riesigen Berg Watte gepackt. Die Welt da draußen findet ohne mich statt, zu mir dringt nichts mehr durch. Ich kann keine Emotionen mehr unterscheiden. Alles ist gleich grau und trüb. Zum Glück kümmert sich Maren um mich,“ sinnierte Braunert.

Zu einer anderen Zeit hätte Schulte ihm jetzt geraten, sich einmal richtig volllaufen zu lassen, aber jetzt schwieg er. Zum ersten Mal in ihrer jahrelangen Bekanntschaft hatte er das Gefühl, Braunerts Innenleben verstehen zu können. Sie hatten zwar immer ein gutes kollegiales Verhältnis gehabt, waren sich aber so fremd, als käme der eine vom Mars und der andere vom Jupiter.

„Axel, wir müssen was unternehmen! Sonst geht es uns beiden an den Kragen. Ja, auch dir. Wenn herauskommt, dass du mich da hingeschickt hast, dann hängst du mit drin in der Sache. Wir müssen das zusammen aus der Welt schaffen!"

„Ich kann nicht, Jupp!", jammerte Braunert. „Ich bin schon froh, dass es mir eben gelungen ist, dir die Tür zu öffnen. Ich bin wie gelähmt. Du kannst dir das nicht vorstellen."

„Ich kann mir noch weniger vorstellen, dass ich wegen deines Problems in den Knast gehe. Wach auf! Es geht hier um alles oder nichts. Und nur du kannst uns beide bei der Lösung der Sache wirklich weiterbringen. Denk nach!"

Axel Braunert hatte noch einiges einzuwenden, zu beklagen und sich selbst vorzuwerfen. Doch nach zehn Minuten erklärte er sich seufzend bereit, sich aufzuraffen und sich im ostwestfälischen Schwulenmilieu umzuhören, ob eine Spur zu diesem Wormsthal zu finden war.

„Hast du 'nen ordentlichen Schnaps im Haus?", fragte Schulte, um ihre Übereinkunft zu feiern.

Braunert schüttelte den Kopf.

„Nur Likör, aber so was magst du ja nicht."

Schulte schüttelte sich.

„Ich muss jetzt auch los. Nicht, dass mich Maren noch hier auf der Treppe sieht. Die muss von unserem Treffen nichts wissen, okay?"

Braunert begleitete ihn noch bis zur Haustür, was Schulte als kleinen Erfolg verbuchte. Offenbar war wieder etwas Energie in seinem Kollegen lebendig geworden.

„Sag mal, Jupp", fragte Braunert, die Hand schon an der Haustür. „Bist du dir eigentlich sicher, dass du nicht wirklich diesem Wormsthal aufgelauert und ihn fertiggemacht hast? Ich meine, dass wäre ja nicht verwunderlich nach der Prügelei, oder?"

Schulte stöhnte nur und verließ ohne ein weiteres Wort das Haus.

23

Maren Köster ging es mindestens genauso schlecht wie Schulte. Sie war noch nie in einer Situation gewesen, in der sie gegen einen Kollegen ermitteln musste. An sich hatte sie Feierabend, aber sie hatte keine Lust nach Hause zu gehen. Da würde ihr der depressive Braunert wieder über den Weg laufen. Der Teufel mochte wissen, was der hatte. Hoffentlich keinen Liebeskummer.

Gedankenverloren blätterte sie noch einmal ihre Aufzeichnungen durch. Auch wenn sie es nicht laut sagen würde, aber Schulte hing verdammt dick drin. Alle Indizien sprachen gegen ihn. Jetzt las sie noch einmal das Protokoll von ihrem gestrigen Besuch im Irish Pub.

Plötzlich durchzuckte sie eine Regung, so intensiv wie ein Stromschlag. Dieser Wormsthal war doch mit zwei anderen Männern in der Kneipe gewesen! Und alle drei gemeinsam hatten Schulte verdroschen.

Maren Köster fluchte. Um diese beiden Kerle hatte sich noch keiner gekümmert. Irgendwie hatten alle Beteiligten einen Tunnelblick. Alle bemühten sich darum zu übersehen, wie dick Schulte in der Sache drin hing. Und dadurch sahen alle nur auf Schulte. Sie waren wirklich befangen.

Die Polizistin dachte einen kurzen Augenblick nach. Dann schnappte sie sich ihre Aufzeichnungen und ging zu ihrer Chefin und berichtete ihr, was ihr aufgefallen war.

„Ja, du hast recht. Alle starren auf Schulte, wie das Kaninchen auf die Schlange. Im Grunde meines Herzens bin ich zutiefst davon überzeugt, dass Jupp niemanden umgebracht hat. Und dennoch spricht alles dafür. Unsere Ermittlungsarbeiten sind, wenn sie sich nicht gerade um unseren Kollegen drehen, ziemlich schlampig. Jeder hat die Absicht nachzuweisen, dass Schulte unschuldig ist. Aber jeder findet ein neues Puzzlestück, das seine Schuld umso wahrscheinlicher macht. Und jeder ist erschrocken und jeder hat ein schlechtes Gewissen.

Keiner von uns kann mit der Situation vernünftig umgehen. Eigentlich müssten wir den Fall abgeben. Wir hängen alle mit drin. Auch Hartel. Das ist zwar der Einzige, der die Sache aus einem anderen Blickwinkel sieht. Er will Schulte nämlich was ans Zeug flicken. Im Grunde ist er aber genauso blind wie wir auch. Wir müssen den Fall abgeben. Morgen spreche ich mit dem Staatsanwalt. Dummerweise habe ich Hartel eben losgeschickt, Schultes Kleidung, die er zur Tatzeit getragen hat, zu holen. Ich hatte keinen anderen zur Verfügung. Hoffentlich geht das gut."

24

Er hatte sich nach seinem Besuch bei Axel Braunert so nach Ruhe gesehnt. Er war fix und fertig. Körperlich und mental.

Zu Hause angekommen, war er Anton Fritzmeier in die Hände gelaufen. Nur mit Mühe hatte er den davon abbringen können, noch mal das Thema vom Vortag durchzukauen. Sein Kopf schmerzte wieder heftig, und er wurde diese Grundübelkeit einfach nicht richtig los. Gegessen hatte er in den beiden letzten Tagen so gut wie nichts. Und so zwang er sich, da er im Kühlschrank nichts Brauchbares gefunden hatte, eine Tütensuppe heiß zu machen.

Dann befühlte er vorsichtig seinen Kopfverband, der auch schon ziemlich mitgenommen aussah. Die äußerlichen Wunden waren offenbar ganz gut verheilt, denn sie waren nicht mehr sehr druckempfindlich. Danach packte er sich ins Bett. Ruhe. Es war kurz nach vier am Nachmittag.

Um Punkt fünf schrillte seine Haustürklingel.

Schulte versuchte, das Geräusch zu überhören, aber es wiederholte sich penetrant. Fluchend stand er auf, zog sich einen Morgenmantel über und öffnete die Tür. Vor ihm standen zwei uniformierte Polizisten, hinter ihnen ein sie wüst beschimpfender Anton Fritzmeier. Einer der beiden Polizisten war der Schulte bestens bekannte Wachtmeister Volle, der seit vielen Jahren den inoffiziellen Titel des dümmsten lippischen Polizisten innehatte. Volle sah das allerdings ganz anders und besaß ein beneidenswertes Selbstbewusstsein. Er war seit seinem Dienstantritt nicht mehr befördert worden. Aber das lag nur an den inkompetenten Führungskräften, die seine Qualitäten einfach nicht erkennen konnten. Der andere war sein Kollege Oliver Hartel, ein ehrgeiziger Kommissar, der seit einigen Jahren mit dem Frust leben musste, nicht mehr im geliebten Düsseldorf, sondern im trostlosen Lippe eingesetzt zu sein. Mit Hartel verband Schulte eine ebenso herzliche wie tiefe Abneigung.

Doch bevor einer der Beamten etwas sagen konnte, hatte sich Anton Fritzmeier zwischen die beiden gedrängt und polterte los:

„Ich hab den beiden Clowns chesagt, dasse dich pennen lassen sollen. Schließlich bisse krank. Aber meinsse, die hätten das kapiert? Nee, das sind zwei chanz chroße Schlauberger. Der hier“, dabei zeigte er auf den verblüfft dreinschauenden Hartel, „wollte einen auf dicke Hose machen. Hat was vonnen hoheitlichen Auftrag oder so gequatscht. Und der andere, dieser Dicke“, jetzt war Volle an der Reihe, „der ... also ich weiss charnich, was sein Vatter sich dabei chedacht hat, als er den chemacht hat. Habt ihr noch mehr von sonne Heinis bei euch inne Polizei? Dann Prost Mahlzeit!“

Trotz allem musste Schulte über die saublöden Gesichter seiner Kollegen lachen.

Volle starrte völlig geistlos auf den viel kleineren, uralten Bauern. Fritzmeier war über das Alter hinaus, in dem man sich übertriebene Gedanken über die Konsequenzen seines Handelns macht. Hartel schnappte nach Luft. Eigentlich war für ihn Beamtenbeleidigung gleichbedeutend mit Majestätsbeleidigung und schwerem Landesverrat. Aber irgendwas sagte ihm, dass er sich mit diesem Greis besser nicht anlegte. Und so wandte er sich Schulte zu und hielt ihm wortlos ein amtlich aussehendes Schreiben vor die Nase.

Schulte traute seinen Augen nicht, als er die richterliche Verfügung las.

„Und was wollt ihr hier finden?“, schimpfte er los. „Alte Socken? Die ganzen Bestechungsgelder liegen auf einer Schweizer Bank, und die minderjährigen Sklavinnen aus dem Ostblock habe ich in der Scheune versteckt. Ach ja, die illegalen Kriegswaffen. Die könnten allerdings gerade in der Spülmaschine sein. Und das geschmuggelte Plutonium liegt im Kühlschrank. Also, bedient euch!“

„Mach halblang, Schulte!“, knurrte Hartel. „Wir wollen nur die Klamotten, die du bei deiner Tat getragen hast. Sonst nichts.“

„Bei was für einer Tat?“, Schulte sah jetzt nur noch rot. Er sprang einen Schritt vor und packte Hartel am Jackenaufschlag.

„Sag, du Hampelmann, bei was für einer Tat habe ich was für Klamotten getragen?“

Hartel schüttelte ihn angewidert ab. Volle warf seine ganze nicht zu unterschätzende körperliche Präsenz in die Bresche und stellte sich zwischen die beiden. Bei ihm hatte die Natur ein schönes Gefühl für Gerechtigkeit bewiesen. Was sie bei der Produktion von Hirnzellen versäumt hatte, wurde durch die Produktion von Muskelmasse mehr als ausgeglichen.

Anton Fritzmeier fasste Schulte am Arm und versuchte ihn, trotz eigener höchster Erregung, zu beruhigen.

„Jupp, lasse doch machen. Nächste Woche krisse deine Klamotten frisch chewaschen und chebügelt wieder. Und dann müssen se sich auch noch bei dir entschuldigen. Wat willse mehr?“

Schulte resignierte und ließ die beiden in seine Wohnung. Dort händigte er ihnen eine Hose, einen Pullover und seine geliebte Lederjacke aus. Und seine Schuhe musste er auch rausrücken.

„Wenn ihr es dann endlich geschafft habt, mich in den Knast zu bringen, dann brauche ich die Sachen ja sowieso nicht mehr. Ihr könnt dann alles verschenken, aber die Lederjacke müsst ihr ins Polizeimuseum bringen, als Denkmal für einen Bullen, den seine eigenen Kollegen verraten und verkauft haben!“

25

In den letzten zwei Jahren hatte Reichel regelmäßig Aufträge von Wormsthal bekommen. Über Arbeit brauchte er sich daher nicht zu beklagen. Doch jetzt wusste er nicht, wie es weitergehen sollte. Er langweilte sich. Um diese Zeit totzuschlagen, versuchte er sich aus rein sportlichen Gründen bei der Sparkasse Paderborn einzuloggen. Um aus Jux, dem einen oder anderen honorigen Bürger der Stadt ein bisschen Geld vom Konto abzuzwacken.

Doch es war gar nicht so einfach, wie er geglaubt hatte. Die Firewall und die Sicherheitssysteme der Bank waren auf dem neuesten Stand. Na ja, dachte sich Reichel, das ist alles nur eine Frage der Zeit.

Gerade wollte er eine neue Idee versuchen, da klingelte jemand an der Haustür Sturm. Reichel drückte den elektrischen Türöffner. Eine halbe Minute später stürzte Kriegel in sein Büro.

„Mensch Fetti, bist du leichtsinnig, einfach auf den Türöffner zu drücken, ohne zu wissen, wer da unten steht. Irgendwann bringen sie dich noch mal um.“

Der Dicke zuckte mit den Schultern. Darüber hatte er noch nie nachgedacht.

„Ist ja auch egal“, redete Kriegel weiter. „Jetzt gibt es erst mal was zu tun. Wir haben unser kleines schwules Vögelchen wiedergefunden. Das ist bei einer anderen Schwuchtel in Bielefeld untergekrochen. Wir werden den Jungen beschatten, und wenn sich eine Möglichkeit bietet, schnappen wir ihn uns.

Ja ja, ich weiß, Fetti, so was kannst du nicht, du bist ja nur Programmierer. Aber, das bringe ich dir jetzt bei. Zieh dir mal eine wollende Unterhose an und dann beweg deinen dicken Arsch nach unten."

„Ich finde es gar nicht in Ordnung, wenn du immer auf meiner Figur herumreitest. Nur, weil ich etwas stabiler gebaut bin, gibt dir das noch lange nicht das Recht, dich andauernd über mich lustig zu machen."

„Ein bisschen stabiler gebaut bin, dass ich nicht lache."

„Wenn du davon redest, diesen Schäfer zu beschatten, heißt das dann etwa, dass wir stundenlang im Auto sitzen müssen und darauf warten, dass etwas passiert?", versuchte Reichel das Gespräch in eine andere Richtung zu lenken.

„Genau, Fetti, das heißt es. Wir sitzen im Auto, frieren uns den Hintern ab. Denn irgendwann kommt diese kleine Schwuchtel mal aus dem Haus. Dann warten wir einen günstigen Zeitpunkt ab und schnappen ihn uns."

„Dass mit dem Hintern abfrieren, vergiss mal. Mein Auto hat nämlich Standheizung", triumphierte Reichel.

„Na, dann wissen wir doch schon, welche Karre wir nehmen. Du fährst, und ich schnappe mir Schäfer."

26

Die beiden Polizisten waren gerade durch die Hofeinfahrt verschwunden, da hängte sich Schulte ans Telefon und rief Margarete Bülow an. Sie ertrug den Schwall von Beschimpfungen kommentarlos. Als Schulte eine Atempause brauchte, war sie an der Reihe.

„Ich kann dich verstehen. Ja, das kann ich wirklich. An deiner Stelle würde ich genauso reagieren. Ebenso, wie du an meiner Stelle genauso handeln würdest wie ich. Weil es gar nicht anders geht. Soll ich dir noch mal auflisten, was alles gegen dich spricht?"

„Nein!“, warf Schulte patzig ein. „Das weiß ich selber.“

„Glaube ich nicht!“, entgegnete sie schärfer als geplant. Dann kam eine kleine Pause.

„Jupp, eigentlich darf ich dir das gar nicht erzählen. Aber vor zwei Stunden ist der Bericht des Pathologen eingetroffen. Aus dem geht hervor, dass mit größter Wahrscheinlichkeit Fremdverschulden Grund für den Tod von diesem Wormsthal ist.“

„Was?“, schrie Schulte in den Hörer. Seine letzte Hoffnung, die ganze Affäre könnte mangels Masse wie ein Kartenhaus in sich zusammenstürzen, war gerade endgültig zerplatzt. Seine Chefin seufzte, sprach aber weiter.

„Diverse kleinere Blutergüsse ließen sich zur Not noch mit eurer Schlägerei erklären. Zwischen der und dem Todeszeitpunkt lag ja nur ein ganz kurzer Zeitraum. Aber: Es wurde ein Hämatom auf der Brust gefunden. Das passt zur Hypothese, dass Wormsthal heftig nach hinten gestoßen worden ist und dabei mit dem Hinterkopf auf den hervorstehenden Nagel schlug. Wichtiger aber ist eine Fraktur in der rechten Schulter. Dem Mann wurde, und zwar unmittelbar vor seinem Tod, mit einem schweren zylindrischen, wahrscheinlich metallischen Gegenstand auf die Schulter geschlagen. Jupp, ist dir klar, was das bedeutet?“

Nein, das war ihm nicht klar, er verstand sowieso nichts mehr.

„Nach eurer Schlägerei kam Wormsthal nach Aussagen des Gastwirtes frohgemut wieder zurück in die Kneipe. Er war etwas zerzaust, aber offenbar körperlich und stimmungsmäßig völlig in Ordnung. Auf die Frage des Wirtes hin hatte er sogar ausdrücklich bestätigt, dass es ihm gut ginge, dass er sich selten so wohl gefühlt habe. Wäre diese Schulterfraktur durch eure Auseinandersetzung verursacht worden, dann hätte man ihm die Schmerzen angemerkt. Dieser heftige Schlag ist ihm also unmittelbar vor seinem Tod verpasst worden. Das heißt im Klartext: Der Mann ist nicht auf dem Schnee ausgerutscht, als er sein Auto frei kratzen wollte. Es hat am Fundort der Leiche eine weitere Auseinandersetzung gegeben, die letztendlich zu seinem Tod geführt hat. Und alle Spuren, alle Indizien, weisen nur in eine Richtung, nämlich exakt in deine. So, jetzt weißt du, wo du stehst."

Schulte war sprachlos. Er hatte ein Gefühl, als würde der Boden unter seinen Füßen wegsacken. Plötzlich wurde ihm die Ausweglosigkeit seiner Position überdeutlich. Wenn er jetzt wenigstens für sich selbst Klarheit gehabt hätte. Jeder normale Täter, egal was er vor Gericht aussagt, weiß wenigstens, was er getan hat und was nicht. Ist mit sich selbst, wenn schon nicht im Reinen, so doch im Klaren. Bei Schulte kam diese grässliche Unsicherheit dazu, er schwamm, er stocherte im Nebel, hatte keinerlei Halt. Vielleicht war es ja wirklich so gewesen. Vielleicht war er ein Mörder, ohne es zu wissen. Vielleicht hatte er auch deshalb das Gedächtnis verloren, weil sein Verstand sich geweigert hatte, diese furchtbare Tat zu akzeptieren, und der Gedächtnisverlust war eine Schutzfunktion gegen das Erkennen des eigenen mörderischen Ichs.

„Was passiert jetzt mit mir?", fragte er heiser mit trockenem Mund.

„Du kannst dich beim Staatsanwalt Krämer bedanken, dass du nicht schon längst in der Zelle sitzt. Der hat vorhin in der Besprechung durchgesetzt, dass du fürs Erste nur vom Dienst suspendiert bist. Das hätte ich dir heute sowieso noch mitgeteilt. Ich muss dich auch bitten, morgen früh vorbeizukommen und deine Dienstmarke und deine Waffe abzugeben. Was dann wird, kann ich dir nicht sagen. Es gibt starke Kräfte hier im Haus, die wollen dich in Untersuchungshaft sehen. Ich kann dir nicht garantieren, wie lange sich der Staatsanwalt mit seiner, wie manche finden, sentimentalen Sichtweise behaupten kann. Hast du heute die *Heimatzeitung* gelesen? Nein? Solltest du aber. Natürlich wurde über den Toten berichtet. Natürlich wurde nicht versäumt, auf das Milieu hinzuweisen, in dem der Tote aktiv war. So etwas interessiert die Leute. Natürlich wird spätestens morgen bei der Presse ankommen, dass einer unserer bekanntesten Kriminalpolizisten als Verdächtiger gilt. Und ebenso natürlich wird von da an der öffentliche Druck auf uns derart zunehmen, dass Krämer gar nicht anders kann, als dich in U-Haft zu bringen."

„Also, du gehst davon aus, dass ich morgen um diese Zeit kein freier Mann mehr bin, verstehe ich das richtig?"

Sie antwortete nicht sofort.

„So kann man es sehen, ja."

Eine Minute lang sagte keiner der beiden etwas. Dann räusperte Schulte sich.

„Noch eine Frage. Deine ganz persönliche Meinung. Hältst du, ja, du ganz persönlich mich für schuldig oder nicht? Was denkst du?"

„Jupp, ist dir das wirklich wichtig?"

„Ja!"

Sie versuchte, ihre Worte gut zu wählen, gab den Versuch dann aber auf und entschied sich für Offenheit:

„Ich kenne dich nun schon einige Jahre. Bei all deinen Ecken, Kanten, kleinen und großen Schwächen bist du im Kern ein anständiger Kerl. Da bin ich mir absolut sicher. Bei klarem Verstand würdest du keinen Menschen töten. Aber war dein Verstand klar? Du hattest eine schwere Kopfverletzung, warst in keiner Weise du selbst. Ach Scheiße ... Jupp, ich weiß es doch auch nicht. Glaub mir, nichts wäre mir lieber als ..."

Schulte legte einfach auf.

Minutenlang saß er zusammengesunken in seinem Sessel.

Dann raffte er sich auf. Er würde nicht tatenlos abwarten, bis die Handschellen klicken, und sich dann still abführen lassen wie ein Schaf zur Schlachtbank.

Irgendwas musste er unternehmen. Und zwar sofort. Hier und heute.

27

Schulte fackelte nicht lange.

Das für ihn so deprimierend verlaufene Telefonat mit seiner Chefin hatte ihm klargemacht, dass er handeln musste. Wenn er sich so verhalten würde, wie man das von ihm erwartete, dann wäre er am nächsten Tag zur selben Zeit aller Möglichkeiten beraubt, sich selbst um seine Rehabilitation zu kümmern. Und auf wen, wenn nicht auf sich selbst, konnte er sich noch verlassen? Gut, selbst wenn die ganze Welt auf ihn einschlüge, würde sich immer noch Anton Fritzmeier bedingungslos an seine Seite stellen. Doch was konnte der alte Mann ihm nützen? Wen gab es sonst noch? Seine beiden Töchter? Die hatte er in den letzten Jahren so oft mit seinen Angelegenheiten in Schwierigkeiten gebracht, dass er sie jetzt heraushalten wollte. Sein alter Freund Detlev Dierkes fiel ihm ein. Für eine Übernachtung wäre der sicherlich gut. Aber mehr war auch dieser Familie nicht zuzumuten. Das waren alles keine Lösungen, um für längere Zeit unterzutauchen.

Von seinem Küchenfenster aus konnte er im Halbdunkeln Fritzmeiers Hofladen beobachten. Er sah im Licht der Außenlaterne, wie der letzte Kunde gerade vom Parkplatz fuhr. Ina würde gleich das Geschäft schließen und mit ihrem Jungen in ihre eigene Wohnung gehen. Merkwürdig, dass die Welt um ihn herum sich weiterdrehte wie immer, während bei ihm selbst alles zusammengebrochen war. Er wollte gerade in Selbstmitleid versinken, als ein Auto auf den Hof fuhr. Ein kleiner dicker Mann stieg aus, begrüßte Ina und Linus, die gerade den Laden abschlossen, und kam dann auf Schultes Häuschen zu.

Hermann Rodehutskors war Journalist, eigentlich seit Jahren im Ruhestand, tatsächlich aber immer noch sehr aktiv mit einem kleinen, aber feinen Pressebüro, immer noch bestens informiert, immer noch bereit, für eine gute Geschichte Kopf und Kragen zu riskieren. Schulte hatte mit ihm schon häufig zusammengearbeitet und sich stets auf den gemütlichen Genussmenschen Rodehutskors verlassen können. Klar doch, warum hatte er nicht gleich an den gedacht?

Wie es zu erwarten stand, war Rodehutskors über Schultes Problem nahezu vollkommen informiert. Weiß der Teufel, welche Quelle er bei der Polizei anzapfen konnte, dachte Schulte. Aber ihm war's egal, einen so kompetenten Verbündeten wie Hermann Rodehutskors konnte er sich nur wünschen. Die Frage war nur, ob der ihm vertrauen würde oder ob auch der ihn für einen Mörder hielt. Rodehutskors klärte die Lage gleich auf.

„In Ihrer Haut möchte ich nicht stecken, Herr Schulte!" Rodehutskors war kein Freund von großem Vorgeplänkel, er kam lieber direkt zur Sache. „Ich kann mich nicht entsinnen, dass sich ein Polizeibeamter in Detmold schon mal so tief in die Scheiße geritten hat. Glückwunsch! Aber mal im Ernst: Kann ich irgendwie helfen?"

Schulte war über das unverhoffte und hochwillkommene Angebot total verblüfft, wagte aber kaum, seinen Ohren zu trauen.

„Wollen Sie wirklich einem Mörder helfen? Haben Sie sich das gut überlegt?", fragte er vorsichtig.

„Schulte, hören Sie zu: Ich bin Ihr Freund, nicht Ihr Richter. Wenn Sie nicht mal selber sagen können, was in dieser fraglichen Stunde passiert ist, wie soll ich das wissen? Aber das ist mir auch nicht wichtig. Ich weiß, dass Sie ein anständiger Typ sind. Und wenn ich in einer solchen Sache stecken würde, dann wären Sie auch einer von denen, die ich anrufen würde. Also, lassen Sie uns mal alles andere nach hinten schieben. Ganz praktisch: Was kann ich hier und jetzt tun?"

Schulte musste nicht lange überlegen.

„Ich muss hier verschwinden. Sofort. Morgen früh soll ich meine Dienstmarke abgeben. Wenn ich Pech habe, lassen die mich gar nicht mehr gehen. Ich muss für eine unbestimmte Zeit irgendwo untertauchen. Aber so, dass ich handlungsfähig bin. Ich will und ich werde meine Unschuld beweisen. Vor allem“, setzte er leise hinzu, „muss ich mir das erst mal selber beweisen. Und das wird schwierig genug.“

„Okay!“ Rodehutskors rieb sich die Hände. „Dann lassen Sie uns loslegen. Wir brauchen erst mal einen Unterschlupf für diese Nacht. Am besten nicht so weit von hier entfernt. Sie kümmern sich um einen Schlafplatz, und ich bringe Sie mit meinem Auto dahin. Mit dem auffälligen Leichenwagen dürfen Sie ab sofort keinen Meter mehr fahren. Dann können Sie sich gleich selbst in U-Haft stecken.“

Schulte hängte sich, vom Tatendrang des dicken Mannes aufgepeitscht, ans Telefon und sprach mit seinem Freund Dierkes, der als Tierarzt auf einem einsamen Hof in der Nähe der Ortschaft Brüntrup bei Blomberg wohnte. Als er aufgelegt hatte, lächelte er seit Langem mal wieder.

„Alles klar! Schön zu wissen, dass man nicht ganz allein in der Welt steht. So, jetzt muss ich nur noch meinen alten Koffer finden.“

28

Schulte hatte genau das Richtige getan. Er hatte Braunert gedrängt, wieder an die Arbeit zu gehen. Sich um seine Angelegenheiten selbst zu kümmern. Den ganzen Tag hatte Axel Braunert sich in Bielefeld die Hacken abgelaufen. Hatte mit ehemaligen Freunden und guten Bekannten gesprochen. Und er war erfolgreich gewesen. Er wusste jetzt, dass es noch jemanden gab, der Wormsthal auf den Leim gegangen war. Es war Sascha Schäfer. Axel Braunert kannte ihn. Es war ein junger Mann, der in Detmold wohnte und immer mal wieder in der Szene auftauchte.

Ein Freund von Schäfer hatte Braunert erzählt, dass dieser ein Verhältnis mit einem Mann namens Wormsthal eingegangen war und schon seit über zwei Wochen von seiner Clique vermisst wurde. Braunerts Informant wusste sogar noch mehr. Er hatte erzählt, dass Schäfer gestern in Bielefeld aufgetaucht war und er wusste sogar,wo dieser Unterschlupf gefunden hatte. Braunert hatte nicht lange nachgedacht, sondern sich dazu entschlossen, das Haus zu observieren, in dem Schäfer Asyl gefunden hatte.

Als er so in seinem Auto saß und sich noch einmal seine eigene Situation durch den Kopf gehen ließ, wurde er von Sekunde zu Sekunde ruhiger und entspannter. Sicher, Schulte war in einer nicht gerade komfortablen Position. Aber die Bedrohung, die von Wormsthal ausging und Braunert betraf, hatte erst einmal an Brisanz verloren. Natürlich war er sich im Klaren darüber, dass Wormsthal Helfer hatte, und er konnte sich auch vorstellen, dass diese durchaus noch das eine oder andere Geschäft in Sachen Internet-Pornografie machen wollten. Schließlich hatten sie die nötigen Kontakte und die Strukturen.

Dieser verdammte Sumpf musste so schnell wie möglich ausgetrocknet werden. Und Axel Braunert war auf einmal fest entschlossen, entscheidend bei dieser Trockenlegung mitzuwirken.

Noch etwas wurde ihm klar: Wenn Schulte als Mörder entlastet würde, wäre er mit Sicherheit vorübergehend selbst einer der Hauptverdächtigen. Auch wenn Maren Köster gehört hatte, wie und zu welchem Zeitpunkt er letzten Dienstag nach Hause gekommen war, so wäre ihre Aussage dennoch nicht viel wert, nach dem ganzen Theater mit Schulte. Sie waren auf Gedeih und Verderb dazu gezwungen, diesen Fall aufzuklären. Morgen würde er wieder zur Arbeit gehen. Und er würde den wirklichen Mörder finden.

Bevor Axel Braunert sich weitere Gedanken machen konnte, öffnete sich die Haustür und heraus kam Sascha Schäfer. Er hatte eine Reisetasche in der Hand.

Schäfer schlug den Weg Richtung U-Bahn-Haltestelle ein. Braunert folgte ihm unauffällig. So würde auch er einmal wieder in den Genuss kommen, mit der Bielefelder Straßenbahn zu fahren.

Was war es denn nun, dachte er. Eine Straßenbahn oder eine U-Bahn? Irgendwie war das öffentliche Verkehrsmittel in Bielefeld weder Fisch noch Fleisch. Das zu klären, war für Braunert im Moment auch nicht so wichtig. Er würde sich unauffällig an die Fersen von Schäfer heften und zu gegebener Zeit Schulte über die Ereignisse informieren.

29

Kriegel rammte seinem Kollegen den Ellenbogen in die Seite.

„Fetti, wach auf!"

Durch diese unsanfte Attacke wurde Reichel am weiteren Schnarchen gehindert. Für Sekunden stockte ihm der Atem. Dann versuchte er, krampfhaft Luft zu holen. Dabei stieß er ein grunzendes Geräusch aus.

„Was ist los?", fragte er verwirrt, als er wieder Luft bekam.

„Kuck mal auf die Straße! Da vorne läuft unser schwules Vögelchen. Ich werde ihm unauffällig folgen. Und du hältst dich bereit. Vielleicht ergibt sich ja eine Möglichkeit, und wir können ihn schnappen. Also, sieh zu, dass du mit deiner Karre in der Nähe bist."

Im nächsten Moment war Kriegel aus dem Auto ausgestiegen und schlich katzengleich hinter Schäfer her. Der ging nur einige hundert Meter bis zur Haltestelle. Kriegel hielt einen ordentlichen Sicherheitsabstand. Da er während Schäfers Gefangenschaft immer eine Sturmhaube über den Kopf gezogen hatte, wenn er zu ihm in den Keller ging, brauchte er sich jetzt, trotz seiner auffälligen Körpergröße, keine Sorgen zu machen, erkannt zu werden. Also stellte er sich ebenfalls an die Haltestelle und spielte scheinbar unbeteiligt mit seinen Fingern.

Drei Minuten später kam die Straßenbahn. Schäfer stieg mit allen anderen Wartenden gemeinsam ein.

Diese neue Situation ließ Reichel sofort das Adrenalin unter die Schädeldecke knallen. Verdammte Scheiße, was sollte er machen? Hastig kurbelte er am Lenkrad und versuchte, seinen dicken Chrysler zu wenden. Als er es endlich geschafft hatte, verschwand die Straßenbahn hinter der nächsten Biegung. Hastig gab er Gas. Die Ampel sprang auf Rot. Egal, Reichel trat das Pedal durch und der Motor des Chryslers heulte auf, als ob er höllische Qualen erleiden müsste. Im nächsten Moment wurde Reichel durch einen orangefarbenen, grellen Blitz geblendet. Verdammt, eine stationäre Radarfalle. Das würde ihn den Führerschein für einige Monate kosten, zumindest richtig teuer werden. Na, jedenfalls war er wieder an der Straßenbahn dran. Er überholte sie nicht. Doch was war das? Plötzlich neigten sich die Schienen und der Triebwagen fuhr in einen Tunnel. Reichel war abgehängt. Das würde wieder Ärger geben.

Ziellos fuhr er durch Bielefeld. An einem Kiosk kaufte er sich erst einmal eine riesengroße Tafel Schokolade und eine Flasche Cola. Er brauchte Nervennahrung. Gerade als er den ersten Riegel in den Mund geschoben hatte, summte sein Telefon. Es war Kriegel.

„Hör zu, Fetti! Ich bin am Bahnhof. Unser Vögelchen will verreisen. Komm schnell her!“

„Okay“, versuchte Reichel mit vollem Mund zu sagen. Doch Kriegel hatte schon aufgelegt.

Mensch, der benutzte endlich mal sein Handy, dachte Reichel und schwang sich in sein Auto.

Als er auf dem Bahnhofsvorplatz ankam, war nirgendwo ein Parkplatz zu finden.

Einzig ein Behindertenplatz war frei. Ohne Rücksicht stellte Reichel seinen Van darauf und watschelte in die Bahnhofshalle. Er reckte und streckte sich, in der Hoffnung, seinen

Kollegen zu entdecken. Da Kriegel fast zwei Meter groß war, hatte er ihn bald erblickt. Auch der Hüne hatte ihn gesehen. Er machte ihm jedoch Andeutungen, sich im Hintergrund zu halten. Also ging Reichel, immer ungefähr zwanzig Meter Abstand haltend, hinter Kriegel her. Als Schäfer in einen Zug einstieg, tat Kriegel das ebenfalls und deutete Reichel an, ihm zu folgen.

Ohne nachzudenken, stieg auch der Dicke in den Waggon und wunderte sich Sekunden später, dass der Zug mit einem Ruck anfuhr. Er fluchte, weil er nichts dabei hatte. Keinen Ausweis, kein Portemonnaie und sein Auto hatte er auf einem Behindertenparkplatz abgestellt. Nie mehr würde er sich auf einen solchen Mist wie Beschattungen und Verfolgungsjagden einlassen.

Er war schließlich Programmierer und kein Privatdetektiv!Jetzt kam auch noch eine Oma mit einem riesigen Trolly auf ihn zu und bedeutete ihm, dass sie vorbei wollte. Wie stellte sich die Alte das vor, fragte er sich. Reichel konnte sich in diesem schmalen Gang nicht einmal umdrehen.

Zwanzig Meter weiter vorne signalisierte ihm nun Kriegel, er solle endlich zu ihm kommen. Reichel war völlig fertig. Wie kam er nur aus dieser Zwickmühle heraus? Multitasking war nicht seine Sache. Für ihn musste es eins nach dem anderen gehen.

Er wandte sich, so gut es bei seiner Leibesfülle ging, nach rechts und sah in ein Abteil. Es war vollständig besetzt. Egal, er riss die Tür auf und zwängte sich hinein. Natürlich kam der Dicke ins Stolpern und fiel auf eine junge Frau, die augenblicklich begann, um ihr Leben zu fürchten.

30

Als Schulte auf dem Beifahrersitz neben Hermann Rodehutskors Platz genommen hatte, fiel ihm siedend heiß sein Hund ein. Der war ja noch immer bei dieser unbekannten Frau in Detmold. Es war dieser Frau ja wohl kaum zumutbar, sich noch länger um das Tier zu kümmern. Sie hatte schließlich schon so viel für ihn getan. Andererseits konnte er den Hund zurzeit wirklich nicht gebrauchen. Ganz im Gegenteil. Aber das änderte nichts daran, dass er die Sache regeln musste. Er lief noch einmal ins Haus zurück und suchte die Telefonnummer der Frau, die Maren Köster ihm am Vortag dagelassen hatte.

Zurück im Auto bat er Rodehutskors um Rat.

„Ist doch kein Problem", meinte der. „Wir fahren da jetzt vorbei, packen den Hund ins Auto, und ich bringe ihn anschließend zu Fritzmeier. Ich hoffe nur, das Tier saut mir nicht mein schönes, sauberes Auto zu."

Dazu sagte Schulte lieber nichts, denn die Chancen dafür standen eher schlecht.

Unterwegs rief Schulte die Frau an und vereinbarte mit ihr, dass er in einer Viertelstunde bei ihr sei. Sie war einverstanden, und um kurz nach zwanzig Uhr parkte Rodehutskors seinen Daimler in der Seminarstraße.

Eine ausgesprochen schöne, zierliche Frau, nicht viel jünger als er selber, öffnete Schulte die Wohnungstür, und schon drängte sich ein zotteliges, schwarzes Hundevieh durch die Tür, jaulte wie angestochen und sprang an Schulte hoch. Erst als Monsters Wiedersehensfreude etwas ausgelebt war, konnte sich Schulte der Frau zuwenden. Er stellte Rodehutskors vor und bedankte sich endlich bei seiner Retterin.

„Vielen Dank für alles! Ohne Sie wäre ich vermutlich erfroren. Ich stehe tief in Ihrer Schuld." Schulte sagte und meinte dies auch mit einem solchen Ernst, dass die Frau rot wurde. Es stand ihr wunderbar.

„Aber das war doch selbstverständlich. Und dieses Tierchen“, dabei streichelte sie Monsters Zottelfell, „ist doch zu süß. Am liebsten würde ich ihn gar nicht mehr hergeben.“

Dann musste Schulte die Frau regelrecht dazu drängen, ihm alle Details der Szene am Weerthplatz zu schildern. „Wissen Sie, ich habe das heute alles schon einmal dem Mann von der Zeitung erzählt. Ja, heute Vormittag war jemand, der für die *Heimatzeitung* schreibt, bei mir. Er habe durch die Polizei von unserer Begegnung erfahren, sagte er.“

Schulte wunderte sich über gar nichts mehr und berichtete ihr von seinem Problem mit dem Gedächtnisverlust. Als Ursache gab er an, auf dem Schnee ausgerutscht und böse gestürzt zu sein.

„Es ist sehr wichtig für mich, möglichst lückenlos die verlorene Stunde wiederzuholen. Vielleicht ergibt dann ein kleiner Erinnerungsfetzen den nächsten und irgendwann ist das Puzzle zusammen. Hoffe ich jedenfalls.“

Als sie ihren Bericht beendet hatte, hakte Schulte nach:

„Sie sprachen von Ihrem Begleiter. Kann ich den vielleicht auch sprechen? Eventuell ist dem irgendeine Kleinigkeit aufgefallen, die für mich von Bedeutung sein kann.“

Das war ihr offenbar etwas unangenehm, denn sie rückte nicht gleich mit dem Namen raus.

„Ich glaube, das hat keinen Sinn. Erich wohnt nicht in Detmold, sondern in der Nähe von Gütersloh. Ich habe auch keinen Kontakt mehr zu ihm. In der bestimmten Nacht, nachdem wir Sie dem Notarzt übergeben hatten, haben wir uns zerstritten. Er ... na ja, er hatte sich den Rest des Abends anders ausgemalt, als sich um einen Verletzten und danach um einen Hund zu kümmern. Da war er natürlich enttäuscht, kann ich ja auch verstehen. Aber ich ... jedenfalls ist er dann etwas komisch geworden, und seitdem habe ich nicht mehr mit ihm gesprochen und möchte den Kontakt auch nicht mehr aufnehmen.“

Schulte verstand, dass er den Mann besser vergessen sollte. Diesen Gefallen war er der Frau wohl schuldig.

„Wie geht es Ihnen denn jetzt?“, fragte sie mitfühlend.

Schulte tat so, als sei alles in bester Ordnung. Überzeugt hatte er sie aber nicht, wie er an ihrem kritischen Blick erkennen konnte.

„Der Kopfverband sieht nicht mehr frisch aus“, stellte sie fest. „Der müsste dringend gewechselt werden.“

Dann bot sie den beiden Männer etwas zu trinken an. Beide lehnten mit dem Hinweis ab, unter hohem Zeitdruck zu stehen. Schulte stellte zu seiner Überraschung fest, dass er eigentlich ganz gern noch etwas geblieben wäre. Sein Hund schien ihn schon wieder völlig vergessen zu haben, lag unter dem Wohnzimmertisch und nagte hingebungsvoll an einem alten Schuh.

„Jupp, dein Hund scheint sich hier ja wohl zu fühlen“, sagte Rodehutskors. „Ich glaube, der will hier gar nicht mehr weg.“

Henrike Claes lachte.

„Von mir aus kann er gern noch etwas bleiben. Also, wenn es Ihnen im Moment sowieso schwer fällt, sich um ihn zu kümmern, dann lassen Sie ihn doch noch einen oder zwei Tage hier. Ich würde mich freuen.“

Schulte schaute Rodehutskors an. Der sah eine Chance, ein sauberes Auto zu behalten und nickte ihm aufmunternd zu.

Sie bestärkte ihn noch:

„Ich bin Übersetzerin und arbeite zu Hause. Es wäre für mich überhaupt kein Problem. Außerdem bin ich im Moment ganz froh, etwas Gesellschaft zu haben.“

Es blieb dabei. Minuten später saßen Schulte und Rodehutskors wieder im Auto und fuhren Richtung Blomberg. Schulte schwieg lange, bevor er leise sagte:

„Komisch, vor zwei Stunden hätte ich gewettet, die gesamte Welt sei gegen mich. Auf einmal, wie aus dem Nichts, tauchen Leute auf, die mir helfen. Genau zum richtigen Zeitpunkt, als gäbe es da eine Art Regie.“

Rodehutskors lachte.

„Jetzt werden Sie mal nicht philosophisch, Schulte. Das passt nicht zu Ihnen. Sagen Sie mir lieber, wo Ihr Kumpel wohnt. Hier in der Blomberger Ecke kenne ich mich nicht aus."

Zehn Minuten später saßen die beiden bei der Familie Dierkes am Küchentisch. Für Hermann Rodehutskors gab es eigentlich keinen Grund, noch länger dazubleiben, aber der kalte Schweinebraten, den man ihm als Begrüßungshappen auf den Tisch gestellt hatte, sah zu verführerisch aus. Auch Schultes Freund erkannte sofort, dass der Kopfverband dringend gewechselt werden musste. Er fackelte nicht lange und zerrte Schulte mit sich in seine Praxis.

„Aber du bist doch Tierarzt!", wehrte Schulte ab. „Kannst du das denn?"

Dierkes lachte.

„Glaubst du wirklich, dass es einen wesentlichen Unterschied zwischen dir und einem alten Gaul gibt? Bilde dir mal bloß nichts ein. Los, setz dich hin und halt still!"

31

Was war da auf dem Gang des Waggons los? Vor der Durchgangstür hatte sich ein Stau gebildet. Braunert hörte, wie eine Frau schrie und ein Mann schimpfte. Im Allgemeinen kümmerte er sich nicht um Ereignisse dieser Art. Er konnte durchaus einmal drei Minuten warten, bis die Ursache für solche Probleme geklärt und bereinigt wurde.

Doch im Moment war er etwas nervös. Er hatte Schäfer in den Zug einsteigen sehen. Aber um nicht von ihm erkannt zu werden, war er zwei Waggons weiter hinten zugestiegen. Erst hatte er überlegt, das Abteil des jungen Mannes zu suchen und so zu tun, als würde er ihn erkennen, was in gewisser Weise ja auch stimmte. Und sich dann, nach dem Motto, so ein Zufall, du auch hier in diesem Zug, zu ihm zu setzen. Doch die Idee hatte er verworfen. Schließlich hatte er weder eine Fahrkarte noch Reisegepäck. Da hätte Schäfer vielleicht schnell Verdacht schöpfen können. Es war nicht unwahrscheinlich, dass dieser aufmerksam und so außerordentlich sensibilisiert für ungewöhnliche Ereignisse und Verhaltensweisen war.

Wenn also jemand ohne Fahrkarte und ohne Gepäck auf eine weite Reise ging, war das verdächtig. Also hatte sich Braunert dazu entschlossen, erst einmal weiter im Hintergrund zu agieren und Schäfer zu beschatten. Wenn er wider Erwarten von ihm erkannt würde, könnte er sich immer noch auf Kamerad Zufall berufen. Außerdem nahm Braunert aus der Beobachterrolle eine ganz andere Sichtweise ein, als jemand, der Schäfer gegenübersaß und mit ihm plauderte.

Das Tohuwabohu im Gang hatte sich aufgelöst. Der Waggon war wieder begehbar. So unauffällig wie möglich versuchte Braunert nun, die Abteile zu scannen. Als Erstes fiel ihm ein ungewöhnlich fetter Mann auf, der gleich zwei Sitzplätze in Beschlag nahm. Der nächste Wagen war ein Großraumwaggon. Gleich beim Eintreten sah er Schäfer ziemlich weit vorne auf einem Fensterplatz sitzen. Zum Glück schaute dieser gerade stur zum Fenster hinaus. Braunert setzte sich so, dass er den Gang im Blick hatte und trotzdem nicht so ohne Weiteres von Schäfer gesehen werden konnte.

Es war eine Unart, in öffentlichen Bereichen, in denen man andere Leute stören konnte, mit dem Handy zu telefonieren. So jedenfalls dachte Braunert. Dennoch musste er unbedingt Schulte anrufen. Der ICE fuhr gerade durch Brackwede. Der nächste Haltebahnhof war Hamm. Vorher hatte Schäfer also nicht die Möglichkeit, den Zug zu verlassen. Also passte Braunert einen geeigneten Moment ab und verschwand, ohne von Schäfer gesehen worden zu sein, in den Gang des nächsten Waggons. Hier war er relativ ungestört. Er wählte Schultes Nummer und war völlig verwundert, Rodehutskors an dessen Telefon zu haben.

„Ja, Herr Braunert, ich weiß Bescheid. Ich gebe es sofort weiter, dass Sie angerufen haben. Ihr Kollege wird sich umgehend wieder melden.“ Und schon hatte der alte Journalist das Gespräch beendet.

Wieder einmal stieg der Respekt Braunerts vor seinem Kollegen. Schulte tat immer so, als wäre alles Technische ein Buch mit sieben Siegeln für ihn. Doch dann überraschte er alle mit weitsichtigen Handlungen, die nur jemand tätigen konnte, der sein Geschäft verstand. Wahrscheinlich hatte Schulte mehrere Handys getauscht und sich Telefone von unbeteiligten Personen besorgt, mit denen er telefonieren konnte. So erschwerte er die Möglichkeit, dass man auf diese Weise seinen Standort bestimmen konnte.

Braunert musste nicht lange warten. Nur zwei Minuten später kam der Rückruf. Er berichtete Schulte, dass er einen jungen Mann ausfindig gemacht habe, der Schäfer hieß. Dieser Schäfer habe ebenfalls ein Verhältnis mit Wormsthal gehabt. Er wäre mehr als zwei Wochen verschwunden gewesen und erst vor zwei Tagen wieder aufgetaucht. Also genau am Tag nach Wormsthals Tod. Weiter habe er herausgefunden, dass Wormsthal eine Wohnung in Paderborn an der Kilianstraße bewohnte. Die Hausnummer wisse er nicht. Aber das wäre ja wohl kein Problem, sie noch herauszufinden. Dann wies Braunert Schulte darauf hin, dass man natürlich auch die beiden anderen Männer, die an der Schlägerei beteiligt waren, finden müsse.

„Ja, aber wo bist du denn jetzt, Axel?“, fragte Schulte. „Es hört sich so an, als wenn du im Zug wärst.“

„Bin ich auch. Ich überwache Schäfer. Ich kenne ihn flüchtig, weil ich ihn schon mal auf einer Party gesehen habe. Wir haben aber noch nie ein Wort miteinander gewechselt. Auch jetzt habe ich mich nicht zu erkennen gegeben. Es ist schon eine komische Situation. Ich sitze in einem Zug, weiß nicht, wohin er fährt, und ein Fremder, den ich beschatte, bestimmt mein Ziel. – So Jupp, ich muss Schluss machen. Gleich fährt der Zug in Hamm ein. Könnte sein, dass Schäfer da aussteigt. Außerdem kommt da vorne gerade der Schaffner. Ich rufe wieder an. Du kannst dich ja mal um die Wohnung von Wormsthal kümmern, wenn das für dich nicht zu gefährlich ist."

„Hör mal, Axel. Bitte nur noch die nötigsten Anrufe und ab sofort keine Namen mehr am Telefon. Außerdem müssen wir uns sehr genau überlegen, wie wir bestimmte Dinge formulieren. Könnte sein, dass die Kollegen versuchen, mein Handy per IMSI-catcher zu orten und mein Haus überwachen. Ich versuche sie, wie du bemerkt hast, natürlich auszutricksen, aber sicher ist sicher. Ich bin untergetaucht. Wahrscheinlich wird heute noch ein Haftbefehl gegen mich erlassen."

„Okay," beendete er das Gespräch endgültig.

Braunert ging auf den Schaffner zu, wies sich als Polizist aus und bat den Beamten unauffällig herauszufinden, welches Reiseziel der junge Mann hatte, der im Großraumwaggon einundzwanzig in der siebten Sitzreihe rechts saß.

32

Gern hätte Schulte noch eine Stunde länger geschlafen, aber um kurz nach sieben kam sein Gastgeber Dierkes ins Zimmer und knallte ihm die *Heimatzeitung* aufs Bett.

„Lies das mal, auf der Detmoldseite. Du bist ja ein echter Promi!" Dann war er auch schon weg.

Schlaftrunken setzte Schulte sich auf. Es dauerte eine Zeit, bis er klar sehen konnte. Er glättete die zerknüllte Zeitung auf dem Bettlaken und blätterte.

Wie ein Stromschlag durchfuhr ihn der Schreck, als er auf der ersten lokalen Seite sich selbst sah. Auf einem dreispaltigen Foto blickte ihn ein schlecht rasierter Jupp Schulte leicht brummig an.

Darüber stand, in fetten Buchstaben: ***Stehen Polizisten über dem Gesetz?***

Was dann im Kleingedruckten folgte, war harter Stoff. Erst wurde relativ sachlich noch einmal über den Fund der Leiche in der Exterstraße berichtet. Dann kam Schulte ins Spiel. Es wurde beschrieben, dass er zur Tatzeit völlig verwirrt durch die Stadt gelaufen sei, dass er von einer Frau vor dem Kältetod gerettet worden sei und dass er vorgab, sein Gedächtnis verloren zu haben. Das könne aber durchaus, wie ein nicht genannter Rechtsmediziner gesagt habe, eine reine Schutzbehauptung sein. Der Zusammenhang zwischen diesem verwirrten Mann, Tatzeit und Fundort der Leiche sei aber mehr als offensichtlich und es sei absolut unverständlich, dass die Polizei diesen Mann nicht sofort in Untersuchungshaft genommen habe. Dann folgten Vermutungen über das Motiv der Polizei, ausgerechnet diesen Mann so schonend zu behandeln. Die Analyse gipfelte in der Unterstellung, dass hier Corpsgeist über Recht gestellt worden sei. Der letztendlich für die Ermittlung Verantwortliche, Staatsanwalt Krämer, sei aufgefordert, endlich angemessen zu handeln, um dem Eindruck entgegenzutreten, hier würde das Recht mit zweierlei Maß gemessen.

Dann gab es in einem kleinen Rahmen, der sich *Zur Person* nannte, die Biografie von Schulte zu lesen. Selbstverständlich war nicht versäumt worden, darauf hinzuweisen, dass Schulte bereits häufiger dadurch aufgefallen sei, die Buchstaben des Gesetzes nicht allzu wörtlich zu nehmen.

Mittlerweile schweißgebadet, las Schulte die Autorenzeile: *Von unserem Mitarbeiter Michael Grafenberg.*

Das war die Krönung! Diesen Grafenberg kannte er gut. Er hatte zusammen mit Hermann Rodehutskors das Pressebüro aufgemacht, die beiden waren mehrere Jahre lang Kollegen gewesen, dabei hatte auch Schulte immer wieder mal Kontakt zu diesem Mann bekommen, der ihm eigentlich ganz sympathisch war. Zwischen beiden Männern stand aber stets die Beziehung Grafenbergs zu Schultes Kollegin Maren Köster, bei der ja auch Schulte immer wieder seinen Hut in den Ring geworfen hatte. Im Vorjahr hatten sich Grafenberg und Maren

Köster nach heftigem Streit getrennt. Lag hier der Schlüssel für diese bösartige Schreibe?

Er überlegte. Diesen Artikel konnte selbst der gutmütigste Staatsanwalt nicht ignorieren. Von nun an würde die Hatz auf Schulte eröffnet. Spätestens in einer Stunde, wenn er nicht, wie anbefohlen, auftauchen und seine Dienstmarke abliefern würde, wäre für die Polizei klar, dass er nicht weiter kooperieren würde. Damit wäre der nächste Hausbesuch, diesmal mit Haftbefehl, bei ihm fällig. Da er nicht aufzufinden sein würde, müssten sie sich seine näheren Kontakte vornehmen. Es war nur eine Frage der Zeit, bis der erste Kollege hier bei der Familie Dierkes auftauchen würde. Er musste weg! Und zwar möglichst schnell. Aber nicht irgendwo hin. Es musste schon Sinn ergeben.

Braunerts Anruf fiel ihm ein. Die beiden Kumpane von diesem Wormsthal kamen aus Paderborn. Doch deren Adressen kannte Schulte nicht. Er wusste lediglich von Wormsthals Wohnung in der Kilianstraße. Die wollte Schulte sich, zumindest von außen, einmal ansehen. Dann musste man schauen, was sich ergab.

Schulte sprang aus dem Bett und duschte sich, trotz aller Eile. Er hatte keine Ahnung, wann er das nächste Mal Gelegenheit dazu haben würde. Dann rief er Rodehutskors an. Der kündigte an, in einer Stunde bei ihm zu sein und ihn zu chauffieren, wohin auch immer er wollte. Es war nicht nur der pure Altruismus, wie Schulte schnell klar wurde. Es war der Instinkt des alten Journalisten, der eine gute Geschichte witterte.

33

Maren Köster war sauer, nein, stinksauer. Schon mehrfach hatte sie versucht, Grafenberg zu erreichen. Wenn sie den in die Finger bekam! So ein Schmierenartikel. Das hätte sie nicht von ihm erwartet.

Doch das war nicht der einzige Grund für ihre schlechte Laune. Es war ihr zuwider, gegen ihren Kollegen Schulte zu ermitteln. Oft hatte sie sich über ihn geärgert. Aber wenn es darauf ankam, war er einer der besten Kollegen, die sie je gehabt hatte.

Und doch blieb ihr nichts anderes übrig, solange der Fall nicht nach Bielefeld abgegeben wurde. Manchmal ging ihr dieser lippische Patriotismus wirklich auf den Zeiger. Was hatten sie sich denn schon zu vergeben? Es wäre doch egal, wer sich letztendlich die Lorbeeren für einen gelösten Fall ans Revers heftete. Aber nein, wir können unsere Kriminalfälle selber lösen, hatte Krämer heute Morgen noch verkünden lassen. Dabei war der doch gar kein echter Lipper. Die Zugereisten waren die Schlimmsten, wenn es um lippische Tugenden ging, fand Maren Köster.

Vielleicht wollte der Staatsanwalt auch nur Schulte die Stange halten. Bis jetzt stand er ja diesbezüglich wie eine Eins. Maren Köster war beeindruckt, wie er sich für Schulte stark machte. Aber in diesem Falle war es, so glaubte sie, falsch verstandene Solidarität. Und spätestens nach dem Zeitungsartikel würde ihm so der Wind ins Gesicht blasen, dass er gar nicht mehr anders könnte. Er würde einen Haftbefehl erlassen müssen, wenn er nicht selber wegen Befangenheit aus dem Verkehr gezogen werden wollte.

Da klopfte es an der Tür. Kösters Chefin Margarete Bülow öffnete.

„Maren, das Liebespärchen, das am Dienstagabend in der Kneipe war, hat sich gemeldet. Die beiden wollen eine Zeugenaussage machen. Ich wollte die Befragung nicht auf die lange Bank schieben, weil uns sowieso schon die Zeit davonläuft. Daher habe ich sie sofort zur Polizeibehörde bestellt. Sie sind um zehn Uhr hier. Kannst du dich gemeinsam mit Hartel um die Angelegenheit kümmern?“

„Oh bitte, Margarete, nicht mit Hartel, der behandelt mich, seit Schulte unter Verdacht steht, wie den letzten Dreck. Wenn der den Bogen überspannt, weiß ich nicht, was ich mit ihm mache. Außerdem macht es bestimmt nicht den besten Eindruck, wenn zwei Polizisten eine Befragung durchführen, die sich so dermaßen angiften, wie wir beide das wahrscheinlich tun werden."

„Ich verstehe dich ja. Aber wir haben keine Leute. Lohmann ist schon ins Wochenende gegangen. Er hatte einen privaten Termin und Braunert ist, wie du weißt, immer noch krank. Wir müssen im Moment die Personen nehmen, die wir haben. Aber ich werde mir Hartel gleich noch einmal greifen."

Eine halbe Stunde später hatten sich Köster und Hartel, ohne sich vorher abgesprochen zu haben, im Verhörzimmer getroffen und warteten auf das Pärchen.

Pünktlich zur vereinbarten Uhrzeit meldeten sich die beiden unten an der Zentrale. Sie wurden von einem Kollegen nach oben gebracht. Hartel hatte anscheinend auch einen Termin. Ständig sah er auf die Uhr. Um die ganze Angelegenheit zu verkürzen, wollte er beide gleichzeitig vernehmen. Doch Maren Köster intervenierte sofort.

„Das kommt gar nicht infrage. Ich will zwei getrennte Aussagen. Die will ich nachher miteinander abgleichen."

Genervt verzog Hartel das Gesicht. Aber er schien zu wissen, dass er an dieser Stelle keine Chance hatte. Daher bestimmte Maren Köster unmissverständlich die Vorgehensweise.

Er ging hinaus auf den Flur, wo das Pärchen wartete. „Wer möchte zuerst?"

Da sich keiner der beiden meldete, sagte Hartel so galant, wie es ihm möglich war: „Dann eben *Ladies first*."

Die junge Frau kam mit ihm zu Maren Köster ins Verhörzimmer. Noch einmal wurden die nötigen persönlichen Daten abgeglichen.

„Sie heißen Lisa Mühlenbrink, ist das richtig?" Die Frau nickte.

„Wohnhaft in Detmold?"

Wieder nickte die Frau.

Nachdem diese Prozedur endlich abgeschlossen war, sagte Maren Köster: „So, Frau Mühlenbrink, Sie waren also am Dienstagabend gegen zweiundzwanzig Uhr Gäste im Irish Pub in der Exterstraße in Detmold."

Wieder nickte die Frau.

„Dann berichten Sie uns doch einmal, wie Sie die Ereignisse erlebt haben."

„Na ja, an sich ist das ja nicht gerade unsere Stammkneipe. Aber wir gehen ab und zu in den Pub, weil es da nie so laut ist und man sich in Ruhe unterhalten kann. So richtig viel haben wir am Dienstagabend nicht mitbekommen. Weil wir ganz angeregte, amüsante Gesprächsthemen hatten. Dann, ich glaube, es war kurz vor elf, kam ein Mann in die Gaststätte. Der war so unauffällig, es war purer Zufall, dass wir den bemerkt haben. Aber dennoch hat er sich ziemlich interessiert umgesehen, um sich dann unauffällig in eine Ecke zu verkrümeln, sodass man schon sehr genau hinsehen musste, wenn man ihn bemerken wollte. Kurze Zeit später betrat ein weiterer Mann den Gastraum. Der hatte einen Hund dabei. Das fand ich irgendwie so witzig. Die beiden, Herr und Hund, sahen so aus, als wenn sie ständig gemeinsam trinken gingen. Der Hund kam rein, wedelte einmal zur Begrüßung mit dem Schwanz, legte sich dann hin und kümmerte sich um nichts mehr, während der Mann zur Theke ging. Mein Freund und ich, wir haben uns noch darüber amüsiert. Jedenfalls war dieser zweite Mann der, der heute in der Zeitung abgebildet war. Das weiß ich genau, so gut habe ich ihn nicht beobachtet. Er stellte sich an die Theke, trank da sein Bier und kam mit den anderen drei Männern, die ebenfalls schon stundenlang an der Theke standen, ins Gespräch. Irgendwann ging er dann mit einem von denen nach draußen. Da muss es wohl, warum auch immer, zu Handgreiflichkeiten gekommen sein. Dann gingen auch die beiden anderen, die an der Theke geblieben waren, raus. Sie kamen dann kurze Zeit später mit ihrem Bekannten wieder herein. Anschließend amüsierten sie sich ein bisschen darüber, wie sie es dem Mann vor der Tür besorgt hätten. Was ich dann später seltsam fand: Irgendwie war der zweite Mann, der in der Ecke, auf einmal verschwunden. Aber ich weiß nicht, wie er rausgegangen ist. Durch den Gastraum auf keinen Fall. Das hätte ich bemerkt."

„Können Sie diesen Mann, der im Verborgenen gesessen hat, näher beschreiben?"

„Tut mir leid, der war so was von unauffällig, ich weiß nicht einmal, ob der groß oder klein oder dick oder dünn war. Ich wundere mich überhaupt, dass ich mich an ihn erinnere."

„Ich habe keine weiteren Fragen mehr, aber noch eine Bitte: Sie kennen das ja aus dem Fernsehen, die Verbrecherkartei. Wären Sie dazu bereit, sich ein paar Stunden Zeit zu nehmen, um diese einmal durchzusehen? Darüber hinaus bitte ich Sie, versuchen Sie doch mit Hilfe eines Kollegen Phantombilder von den Männern an der Theke und dem großen Unbekannten zu erstellen." Damit war die Frau einverstanden. „Wie ist es mit Ihnen, Kollege Hartel?" Der schüttelte nur missmutig den Kopf.

„Na gut, dann schicken Sie uns mal Ihren Freund rein."

Die Aussagen des Mannes stimmten mit denen der Frau genau überein.

Als die Polizisten nach einer gewissen Zeit auch diesen Zeugen verabschiedet hatten, sagte Hartel:

„Es ist doch wirklich ein starkes Stück, dass unser Kollege Schulte noch nicht im Knast ist. Andere brauchen nur ein paar Kaugummi mitgehen zu lassen und werden dafür eingebuchtet. Aber Schulte bringt einfach mal eben einen um und läuft weiter frei herum, als wäre nichts geschehen."

„Halt dein Drecksmaul, Hartel, sonst hau ich dir hier auf der Stelle eine rein. Ganz egal, was danach passiert. Aber sei dir sicher, danach wirst du die Brötchen eine Zeitlang aus der Schnabeltasse zu dir nehmen."

„Ich bin mir relativ sicher, dass da gar nichts passieren würde. Du, dieser kleine, schwule Braunert und Schulte, ihr seid doch die Lieblinge von der Bülow. Ihr könntet doch goldene Löffel klauen. Selbst das wäre der Alten egal. Auch wenn die nicht blind wäre, würde sie doch nichts sehen wollen, was euch betrifft. Und das Schlimme ist, dass der Staatsanwalt, wenn es um euch geht, schon genauso blind und korrupt ist wie die Bülow. Nimm doch mal den Zeitungsartikel. Wahrscheinlich bist du gestern Abend mit deinem ehemaligen Typen schön essen gegangen und dafür, dass er es dir so richtig prima besorgt hat, hast du ihm mal eben so ganz nebenbei die geheimsten Interna gesteckt, die es im Fall Schulte gibt. Der Staatsanwalt wird, weil es gerade gut passt, von deinem Grafenberg auch noch mal eben mit abgewatscht und der tut so, als wenn nichts gewesen wäre."

Maren Köster zitterte am ganzen Leib. „Hartel, du bist doch wirklich der widerlichste Kollege, den es bei uns in der Polizeibehörde gibt. Aber das, was du gerade gesagt hast, das werde ich an die Öffentlichkeit bringen." Demonstrativ drückte sie auf die Stopptaste des Aufnahmegeräts.

„So, und jetzt außerhalb des Protokolls. Wunder dich nicht, wenn dir nachts mal ein Sack über den Kopf gezogen wird und du anschließend so den Arsch voll kriegst, wie du es dir nie im Leben hast träumen lassen."

34

Für Schulte war es keine große Sache, die Hausnummer von Ingo Wormsthal in der Paderborner Kilianstraße herauszufinden. Rodehutskors wollte mit einem illegalen Besuch in einer fremden Wohnung nichts zu tun haben, hatte sich aber bereit erklärt, seinen Daimler mit Standheizung vor dem Haus zu parken, die Kilianstraße im Auge zu behalten und Schulte anzurufen, wenn irgendwas Auffälliges am Hauseingang zu sehen sein sollte. Wormsthal hatte ein Appartement im Obergeschoss eines der prunkvollen alten Bürgerhäuser an dieser

Straße bewohnt. Es war wieder richtig kalt geworden, Schulte konnte auf einem Thermometer am Hauseingang -8 Grad ablesen. Nicht gut, um lange draußen herumzulungern, aber gut, um eine große Fellmütze zu erklären. Die hatte sich Schulte von Dierkes ausgeliehen, um den auffälligen Kopfverband zu verdecken.

Schulte wartete, bis eine alte Dame aus der Haustür kam. Er grüßte freundlich und schlüpfte an ihr vorbei durch die noch offene Tür in ein weitläufiges, aber anscheinend menschenleeres Treppenhaus mit einer imposanten Marmortreppe. Schulte ging so ruhig und selbstverständlich wie möglich die Treppe hinauf bis zum dritten Stock. Es pochte heftig und schmerzhaft in seinem Kopf. So richtig fit war er noch immer nicht. Er schaute sich die Wohnungstür an und stellte fest, dass es sich um ein eher altmodisches Türschloss handelte, mit dem er keine Probleme haben würde. Ein wenig hatte er befürchtet, dass die Paderborner Polizei die Wohnung wegen der noch laufenden Ermittlungen zum Tode des Wohnungsinhabers verplombt hätte. Erstaunlicherweise hatten sie dies entweder versäumt oder nicht für notwendig gehalten.

Es dauerte, wie erwartet, nur wenige Sekunden, dann konnte Schulte die Tür hinter sich zuziehen und sich einen groben Überblick über die Wohnung verschaffen. Er pfiff durch die Zähne. Hier hatte es sich einer aber chic gemacht, keine Frage. Wormsthal musste gut verdient haben, wodurch auch immer. Es war zwar eine typische Junggesellenwohnung, in der es wenig Schnickschnack gab, aber sowohl die Möbel als auch die anderen Gegenstände waren durchweg sehr edel. Und es war erstaunlich sauber für eine reine Männerwirtschaft. Etwas beschämt dachte Schulte an sein eigenes Zuhause.

Zuerst suchte er nach einem Computer, fand aber keinen. Weder einen PC noch einen Laptop. Auch das imponierte Schulte, den sein Dienst-PC schon genug nervte und der zu Hause lieber auf dem Sofa lag, als im Internet zu surfen. Einen richtigen Schreibtisch gab es auch nicht, nur eine Art Sekretär. Schulte öffnete dessen Klappe und schaute hinein. Er fand ein paar Rechnungen, die als bezahlt gekennzeichnet waren, Reiseprospekte und andere belanglose Unterlagen. Auch im Wandschrank war nur das, was auch in jedem braven Haushalt zu erwarten gewesen wäre. Als Schulte fast alles durchsucht hatte, sogar den dicken Teppich im Wohnzimmer hatte er angehoben, setzte er sich erst mal erschöpft in einen der beiden weißen Ledersessel. Gern hätte er sich mit Wormsthals teurem Kaffeeautomaten eine Tasse Kaffee aufgebrüht, ließ es aber besser bleiben. Und doch ... Schulte stand auf und ging zur Kochnische, in der der Automat stand. An einer Kaffeedose klebte einer von diesen kleinen, gelben, selbstklebenden Zetteln, die immer irgendwann abfielen und dann unauffindbar waren. Zumindest in Schultes Büro. Er nahm den Zettel ab und schaute ihn an. Zu seiner Enttäuschung sah er, dass dies nur ein Einkaufszettel war.

Aber er fand hinter der Dose einen ganzen Block von diesen Post-it-Zetteln. Er schaute sich den Block an. Auf dem obersten Zettel sah er kleine, unscheinbare Rillen. Offenbar hatte Wormsthal den darüber liegenden Zettel beschrieben und ihn dann abgerissen. Dabei hatte sich die Schrift auf das darunter liegende Blatt durchgedrückt. Schulte suchte und fand einen weichen Bleistift. Damit schwärzte er die Fläche, die mit den Rillen bedeckt war, und eine Schrift zeichnete sich hell ab. Ein Name und eine Detmolder Telefonnummer. Schulte spürte ein Kribbeln unter der Schädeldecke, als ihm einfiel, dass er diesen Namen erst gestern gehört hatte. Von Braunert, der aus dem Zug heraus angerufen hatte. Sascha Schäfer.

Schulte wollte wieder zurück in den weißen Sessel, um nachzudenken, als sein Handy wimmerte. Eigentlich ja das Handy von Fritzmeier, von dem nur Hermann Rodehutskors wusste.

„Sind Sie noch in der Wohnung?“, fragte Rodehutskors aufgeregt. „Sie müssen sofort da raus! Hier ist ein Polizeiauto mit zwei Beamten vorgefahren. Die werden jeden Augenblick ins Haus gehen. Ich versuche, die beiden irgendwie noch ein bisschen auf Zeit zu halten."

Schulte sprang aus dem Sessel und steckte das Handy ein. Dieser Rodehutskors war nicht mit Gold aufzuwiegen. Rasch schaute er sich um, ob er irgendetwas Verräterisches zurückgelassen hatte. Dann schlüpfte er aus der Wohnungstür und zog sie sorgfältig hinter sich zu. Doch wohin? Raus konnte er nicht mehr, da die beiden Polizisten jede Sekunde ins Treppenhaus kommen mussten. Und die Gefahr, bei der Paderborner Polizei erkannt zu werden, war ziemlich groß. Das musste nicht sein. Also gab es nur einen Weg. Es gab noch ein paar Treppenstufen nach oben, zu einer weiteren Tür.

Schulte stieg schnell hoch und fand diese Tür unverschlossen. Es war nur ein Dachboden, aber besser aufgeräumt als Schultes Wohnzimmer. Er trat ein und konnte nach kurzer Zeit hören, wie schwere Schritte die Treppe heraufkamen und an Wormsthals Tür gewerkelt wurde.

Nachdem die beiden Polizisten in die Wohnung verschwunden waren, lief Schulte, so leise wie möglich, die Treppe hinunter und sah zu, dass er aus dem Haus kam. Zehn Meter weiter parkte Rodehutskors mit laufendem Motor. Als Schulte auf den Beifahrersitz sackte, fuhr der sofort los.

Dann lachte der alte Journalist.

„Ich bin ausgestiegen und habe so getan, als ob ich nach dem Weg suchen würde. Ich habe mich etwas dusselig angestellt, deshalb mussten sie mir den Weg zweimal erklären. Offenbar wirke ich sehr authentisch, wenn ich mich begriffsstutzig gebe. Das sollte mir eigentlich zu denken geben."

35

„Was ist denn das für'n Clown?", fragte der uniformierte Polizist, der gerade seinen Streifenwagen auf Fritzmeiers Hof fahren wollte und plötzlich feststellen musste, dass er nicht weiterkam. Denn in der schmalen Hofeinfahrt stand, mitten auf dem Weg, ein uralter Mann mit einer Mistforke, die er dem Polizeiauto drohend entgegenstreckte.

„Nein!", stöhnte sein Beifahrer, „nicht der schon wieder." Kommissar Oliver Hartel hatte mit Anton Fritzmeier bereits seine Erfahrungen gemacht. Er ließ den Kollegen anhalten und stieg aus.

Als er sich dem alten Bauern auf weniger als zwei Schritte genähert hatte, hob der die Forke noch etwas höher.

„Ach, da iss ja unsa Schlaumeier wieder!", dröhnte Fritzmeier.

„Na, willst du Schultes Klamotten wiederbringen? Habter die auch ordentlich chebügelt? Sonst müssen wa die zurückchehen lassen."

Hartel hatte überhaupt keine Lust auf diese Auseinandersetzung, er hatte aber auch gelernt, dass Fritzmeier nicht so einfach einzuschüchtern war. Also gab er sich große Mühe, freundlich zu erscheinen. Eine Charaktereigenschaft, die ihm nicht unbedingt in die Wiege gelegt worden war.

„Lassen Sie uns bitte durch, Herr Fritzmeier. Wir müssen mit unserem Kollegen Herrn Schulte sprechen."

„Und warum? Was wollter denn schon wieda von dem armen Kerl? Noch mehr Klamotten holen? Der hat, chlaube ich, nur zwei Hosen. Lasst ihm doch wenigstens eine übrig. Was solln denn die Kunden von mein Hofladen denken, wenn hier einer ohne Hose rumläuft?"

Hartel stöhnte. Mit seinen guten Vorsätzen war es schon wieder vorbei. Dieser Mann regte ihn einfach auf.

„Ich muss darauf bestehen, dass Sie uns hier hereinlassen. Wir haben einen Haftbefehl gegen Polizeirat Schulte zu vollstrecken und werden uns dabei nicht durch eine Mistforke abhalten lassen."

Fritzmeier lachte.

„Werdet ihr nich? Ha! Was wollter denn machen? 'nen alten Mann mitten Auto überfahren? Oder habter 'nen Wasserwerfer in euern kleinen Flitzer? Hör zu, das hier is mein Hof, und ich sage euch, das mitter Festnahme, das wird nix. Kapiert?"

Fritzmeiers Augen blitzten die beiden Polizisten kampflustig an. Hartel tuschelte mit seinem Kollegen, die beiden Beamten gingen so weit auseinander, wie die Hofeinfahrt dies zuließ. Dann sprangen sie beide blitzschnell nach vorn. Fritzmeier konnte sich nicht schnell genug entscheiden, wen er zuerst perforieren sollte und schon hatten sie ihm die Forke aus den Händen gewunden und ihm die Arme auf den Rücken gedreht. Zum ersten Mal in seinem langen Leben bekam Anton Fritzmeier Handschellen angelegt. Dann zerrten ihn die Polizisten auf den Rücksitz des Polizeiautos.

„So", grinste Hartel zufrieden. „Den haben wir schon mal außer Gefecht gesetzt. Jetzt kommt der nächste an die Reihe."

Sie stiegen in den Dienstwagen und fuhren die paar Meter bis zu Schultes Wohnung, die Hartel bereits kannte. Am liebsten hätte Hartel Fritzmeier noch geknebelt, denn der machte auf dem Rücksitz richtig Alarm.

Als sie bei Schulte klingelten, waren sie innerlich auf alles gefasst. Es passte Hartel gar nicht ins Konzept, dass plötzlich ein etwa vierjähriger Junge aus dem Nachbarhäuschen kam und ihnen interessiert zuschaute. Die Polizisten klingelten noch mal. Als wieder niemand öffnete, zog Hartel seine Dienstpistole. Der Junge war schwer beeindruckt.

Dann rief Hartel so laut, dass Schulte es im Haus einfach hören musste: „Schulte, kommen Sie raus. Sie haben keine Chance! Sie machen es nur noch schlimmer!"

Wieder keine Reaktion.

Hartel sah keine andere Möglichkeit, als die Haustür aufzubrechen. Die beiden Beamten warfen sich gleichzeitig gegen die alte Tür, die sofort nachgab. Die beiden purzelten fast ins Haus. Mit gezückten Waffen durchsuchten sie Zimmer für Zimmer, viele waren es ja nicht, Schultes Privatsphäre. Sie fanden alles Mögliche, aber keinen Schulte. Stinksauer mussten sie irgendwann einsehen, dass sie zu spät gekommen waren.

Als sie wieder aus dem Haus traten, sagte der kleine Junge wütend:

„Das sage ich der Polizei, dass ihr Opas Tür kaputt gemacht habt!"

Hartels Zorn hätte beinahe nicht mal vor einem Kind haltgemacht. Nur mit Mühe konnte er sich zusammenreißen.

Dann fragte sein Kollege:

„Was machen wir denn jetzt mit dem Alten? Mitnehmen oder laufen lassen?"

„Mitnehmen!", bestimmte Hartel. „Hier wohnen ja nur Spinner! Wenn ich nicht wenigstens einen davon festnehmen kann, dann platze ich."

36

Es war der reinste Stress. Braunert hatte schon einige Verdächtige beschattet. Aber so etwas hatte er noch nie erlebt. Schäfer saß ziemlich entspannt auf seinem Sitzplatz. Las in einem Buch und harrte der Dinge, die da kommen würden.

Das Wetter war schlechter geworden, und schon war der gesamte Fahrplan der Bundesbahn über den Haufen geworfen. Ständig stand der Zug auf offener Strecke. Dann ging es wieder weiter. Ab Dortmund wurde die Stimmung immer gereizter. Fahrgäste stiegen zu, die stundenlang auf kalten Bahnhöfen gefroren hatten, denen schon drei Anschlusszüge vor der Nase weggefahren oder gar nicht erst gekommen waren. Braunert erinnerte sich an eine Werbung der Bundesbahn aus den achtziger Jahren. „Sicher und entspannt angekommen", war damals der Slogan gewesen. Heute pure Realsatire.

In Duisburg ging es dann richtig los. Schäfer stieg aus. Doch der Anschlusszug war nicht da. Also ging Schäfer erst zur Information und dann in eine Kneipe in der Nähe des Bahnhofs. Nach einer Stunde Wartezeit machte er sich wieder auf den Weg zurück. Dann stand er am Gleis. Der Zug fuhr ein. Kaum waren sie eingestiegen, stiegen sie auch schon wieder aus, weil es der falsche war. Eine Lautsprecherstimme entschuldigte sich und berichtete, dass der Zug nach Utrecht nicht am Bahnsteig 11, sondern heute außerplanmäßig am Bahnsteig 13 halten werde. Die Reisenden wurden aufgefordert, sich schnellstens dorthin zu begeben. Also hastete alles eine Treppe hinunter und eine andere Treppe wieder hinauf. Als alle eingestiegen waren, ging der Kampf um die Plätze los. Dass hier keine Messer gezückt wurden, war reiner Zufall.

In Utrecht war der Anschlusszug natürlich längst weg. Wieder Warten auf dem kalten Bahnhof. Braunert war genervt. Dann endlich, um viertel vor acht hatten sie Amsterdam erreicht. Wie ging es jetzt weiter?

Schäfer telefonierte. Dann stand er wartend auf dem Bahnhofsvorplatz. Nach einer Viertelstunde kam ein Audi A6 und Schäfer stieg schneller ein, als Braunert gucken konnte. Er schaffte es gerade noch, sich die Nummer zu notieren. Ein Taxi, um dem Audi zu folgen, war weit und breit nicht zu sehen. Als er sich umdrehte, um zu Fuß in die Stadt zu gehen, stieß er fast mit dem unglaublich dicken Mann zusammen, der ihm schon in Bielefeld aufgefallen war. Er versuchte Schulte telefonisch zu erreichen, doch sein Handy streikte.

37

Hermann Rodehutskors schaute missbilligend drein, als Jupp Schulte Pommes-Reste auf die bislang so sorgsam gepflegten Polster des Daimlers bröselte. Er schickte einen stillen Protest zum Himmel, sagte aber nichts. Da Schulte es sich nicht erlauben konnte, in einem Restaurant aufzutauchen, hatte Rodehutskors an einer Imbissbude an der Detmolder Straße in Paderborn zwei „Manta-Teller" geholt, die sie nun im Auto verzehrten. Da das harte Winterwetter nicht dazu angetan war, viele Fußgänger auf die Straße zu locken, war die Gefahr, dass ein Passant Schulte erkennen könnte, recht gering. Rodehutskors hatte an einem Kiosk eine Zeitung gekauft und festgestellt, dass Schultes Bild und der Artikel auch hier in Paderborn veröffentlicht worden war. Vermutlich also in ganz OWL. Es gab daher Grund genug, vorsichtig zu sein. Rodehutskors war überhaupt nicht davon begeistert, dass sein ehemaliger Mitstreiter Michael Grafenberg diesen Artikel verzapft hatte.

„Wir müssen überlegen", mümmelte Schulte mit vollen Backen. Rodehutskors gruselte es. Er aß leidenschaftlich gerne, aber mit Stil. Schultes Art zu essen war ihm schon immer auf den Magen geschlagen. Er gab Schulte per Handzeichen zu verstehen, dass er sich Zeit lassen und erst einmal zu Ende kauen solle, was Schulte dann auch tat.

„Wir müssen überlegen, was wir jetzt machen", wiederholte Schulte, als er fertig war. „In Wormsthals Wohnung kommen wir nun kein zweites Mal hinein. Aber da wäre auch wohl nichts zu finden. Aber dieser Zettel ist interessant, denn hinter diesem Sascha Schäfer ist Braunert her. Und dass dessen Name und Telefonnummer bei Wormsthal lag, macht ihn zu einer wichtigen Spur für uns. Was können wir hier sonst noch tun? Der Gastwirt hatte ausgesagt, dass Wormsthal mit zwei Begleitern in seiner Kneipe war. Die beiden haben angeblich ebenfalls auf mich eingeprügelt, auch wenn ich mich nicht erinnern kann. Schon das wäre Grund genug, die beiden aufzuspüren. Sie sind zusammen mit Wormsthal aus der Kneipe gegangen. Es gibt keine wichtigere Spur als die beiden."

„Aber wie sollen wir an sie rankommen?", warf Rodehutskors skeptisch ein. „Wir wissen praktisch nichts über sie."

Schulte grübelte.

„Ja, das ist leider so. Außerdem kommen wir, wenn wir diese Spur verfolgen, mit Sicherheit meinen Kollegen in die Quere. Obwohl die ja anscheinend nur von einem Gedanken beherrscht werden, nämlich mich ans Messer zu liefern."

„Schulte, reden Sie nicht so einen Quatsch! Was sollen die denn anders machen? Ich wüsste vielmehr gerne, wer Grafenberg das alles gesteckt hat. Ich dachte, seitdem er mit Maren Köster auseinander ist, sei seine Quelle bei der Polizei versiegt. Aber anscheinend …"

„Maren war nie eine Quelle!", schnaubte Schulte, plötzlich wieder Partei ergreifend für seine Kollegin. „Da bin ich mir auch jetzt noch sicher. Aber es gibt andere in der Kreispolizeibehörde, die mich auf dem Kieker haben. Man macht sich nun mal im Laufe eines langen Berufslebens den ein oder anderen Feind."

„Ja, ja", sinnierte Rodehutskors, „wem sagen Sie das. Aber wo fahren wir jetzt hin?"

Schulte kramte Fritzmeiers Handy heraus und wählte die Nummer seiner Tochter Ina. „Alles in Ordnung zu Hause?", fragte er, als sei nie etwas zwischen ihnen schiefgelaufen.

Ina schien sehr aufgeregt zu sein.

„Nichts ist in Ordnung!", schrie sie ins Telefon. „Hier waren zwei Bullen, die dich verhaften wollten. Deine Haustür haben sie demoliert. Und das Schlimmste: Anton wollte sie nicht auf den Hof lassen, und jetzt haben sie ihn mitgenommen. In Handschellen! Sind das denn alles Verrückte bei der Polizei?" Dann berichtete sie von allen Einzelheiten, die ihr bekannt waren. Das Meiste hatte sie von Linus gehört.

Schulte war tief geschockt. Es war also soweit. Nun gab es für ihn kein Zurück mehr. Ab sofort würde nach ihm gefahndet werden. Er war ein Outlaw. Auch die Vorstellung, dass sein Zuhause, seine Intimsphäre, für ihn nicht mehr erreichbar war, machte ihn mutlos.

Er war gerührt und betroffen, als er sich vorstellte, wie sich Fritzmeier mit der Mistforke gegen das Polizeiauto gestellt hatte, um ihn zu schützen.

„Ich muss eine Zeitlang verschwinden. Nein, ich kann dir nicht sagen, wohin. Die Kollegen werden dich befragen, ganz sicher. Dann ist es für dich einfacher, wenn du tatsächlich nicht weißt, wo ich bin. Um ganz ehrlich zu sein, weiß ich das selbst noch nicht. Übrigens …“, Schulte suchte nach den richtigen Worten, dann entschuldigte er sich für sein Verhalten, als er letztens ihr Auto praktisch beschlagnahmt hatte.

„Jetzt haben wir den Salat“, gab er den Inhalt seines Telefonats an Rodehutskors weiter. „Ich werde gesucht. Das heißt auch, ab sofort sind Sie nicht mehr einfach mein Chauffeur, sondern mein Fluchthelfer. Der kleine Unterschied kann für Sie fatale Folgen haben. Überlegen Sie sich bitte ganz genau, was Sie machen. Es kann Sie Kopf und Kragen kosten.“

Rodehutskors schnaufte.

„Ich werde bei Gelegenheit darüber nachdenken. Jetzt müssen wir überlegen, wie es weitergeht.“

Die beiden Männer diskutierten eine ganze Weile, dann wurden sie unterbrochen, weil das Handy von Rodehutskors ging. Der schaute sich auf dem Display die Nummer an, drückte das Gespräch wortlos weg und nickte Schulte zu. Der wusste, dass er nun, wie vereinbart, Braunert zurückrufen musste.

„Was gibt’s?“

„Es ist mir gestern Abend nicht mehr gelungen, dich anzurufen. Das Handy war nicht aufgeladen, ich hatte keine Ladekabel dabei, dann keine Verbindung, und Telefonzellen gibt es auch nicht mehr. Es wird dich vermutlich wundern, wenn du hörst, wo ich bin. In Holland. Genauer gesagt in Amsterdam.“

„Amsterdam?“, rief Schulte erstaunt.

Braunert berichtete ausführlich von seiner Fahrt und davon, dass er das Objekt seiner Beschattung aus den Augen verloren hatte.

„Wenn ich jetzt nicht vogelfrei wäre, dann hätte ich das Auto in Nullkommanix identifiziert“, brummte Schulte missmutig. „Aber so?“

Braunert merkte an, dass er ja durchaus noch auf der legalen Seite stünde und dies für ihn übernehmen könnte. Kurz überlegten sie, ob Braunert nicht die Hilfe der Amsterdamer Polizei in Anspruch nehmen sollte. Das verwarfen sie aber schnell wieder, weil dadurch die Zusammenarbeit Braunerts mit Schulte deutlich geworden wäre.

„Du musst unbedingt sauber bleiben“, meinte Schulte. „Du bist mein einziger Zugang zum Polizeiapparat.“

Dann berichtete er von dem Zeitungsartikel und der versuchten Festnahme und von dem Zettel in Wormsthals Wohnung. Auch davon, dass er nun untertauchen musste. Dann kam ihm ein Gedanke:

„In Amsterdam kannst du nicht viel ausrichten, Axel. Du bist hier in Detmold viel wertvoller. Pass auf! Lass uns die Rollen tauschen. Du kommst so schnell wie möglich zurück und gehst hier wieder zur Arbeit. Ich komme sofort nach Amsterdam und übernehme diesen Sascha. Dann schlage ich zwei Fliegen mit einer Klappe: Ich verfolge eine wichtige Spur, die mich vielleicht entlasten kann, und bin erst mal den Kollegen aus den Augen. Was meinst du?“

Braunert, der wenig Lust verspürte, in seinem seelischen Zustand wieder in die dienstliche Tretmühle zu gehen, druckste herum, erklärte sich aber letztendlich dazu bereit. Damit war das Gespräch beendet.

Schulte gab Rodehutskors einen Überblick über das eben geführte Gespräch und wartete dessen Reaktion ab.

„Ich gebe Ihnen recht“, meinte dieser. „Sie müssen nach Amsterdam. Und ich auch!“

Schulte war baff.

„Was heißt das?“, stutzte er. „Wollen Sie mit? Sie machen sich damit kriminell!“

Rodehutskors lachte.

„Aber sicher! Meine Frau ist die ganze Woche bei einer Freundin. Niemand wartet zu Hause auf mich. Soll ich dort auf dem Sofa sitzen, bis ich Schimmel ansetze? Nein, wir sind ein gutes Team. Ich mache den Chauffeur, und Sie übernehmen die unangenehmen Dinge. Okay?“

38

Es war Samstagmorgen. Wie wunderbar! Maren Köster räkelte sich in ihrem Bett und hoffte auf einen geruhsamen Tag. Gleich würde sie Axel Braunert, den sie schon einige Tage nicht mehr gesehen hatte, zu einem gemeinsamen Frühstück einladen. Und dann würde sie sich weiter überlegen, wie sie es sich am heutigen Tag gut gehen lassen könnte.

Doch als sie zu ihrem Mitbewohner in die Wohnung kam, stellte sie fest, dass er nicht daheim war. Maren hatte Braunert schon einige Tage nicht mehr gesehen. Das letzte Mal, als sie ihm begegnet war, ging es ihm nicht gerade gut. Er machte einen depressiven Eindruck. Jetzt, nachdem er anscheinend schon einige Tage nicht mehr zu Hause war, machte sie sich doch etwas Sorgen.

Sie ging zurück in ihre Wohnung, zog sich einen Trainingsanzug an, darüber den Mantel und ging Brötchen holen. Es gab doch nichts Schöneres als frische Brötchen und eine Tageszeitung. Gut gelaunt ging sie zum Bäcker, wo es beides gab. Doch an der Theke sackte ihr Gute-Laune-Pegel auf den Tiefstpunkt. Ihr ehemaliger Lebenspartner Michael Grafenberg hatte sich mit einem Artikel auf die erste Seite der *Heimatzeitung* geschrieben. Beim Lesen der Schlagzeilen fühlte sich Maren Köster zutiefst angewidert.

Polizeirat beging Mord! Schlampigkeit der Kollegen ermöglichte seine Flucht.

Detmold *Die Indizien sind erdrückend. Am Mittwochmorgen wurde, wie von unserer Zeitung berichtet, ein Toter auf einem Grundstück an der Exterstraße entdeckt. Nach Lage der Dinge weist alles darauf hin, dass der Detmolder Polizeirat Schulte der Täter ist. Kurze Zeit vor der Bluttat prügelte sich der Polizist mit dem späteren Opfer vor einer Detmolder Gaststätte. Auch viele andere Beweise deuten darauf hin, dass der aufgefundene Mann von Schulte getötet wurde.*

Obwohl die Sachlage, so berichtete uns unser Informant, sonnenklar war, haben die Verantwortlichen der Polizei und der Staatsanwaltschaft nichts unternommen. Erst der Druck der Öffentlichkeit, der maßgeblich nach der gestrigen Berichterstattung zustande kam, veranlasste die verantwortlichen Personen, einen Haftbefehl gegen den Polizeirat auszustellen. Als die ermittelnden Beamten zu dessen Wohnung kamen, war der Polizeirat längst geflüchtet.

Diese Tatsache ist das Ergebnis schlampiger Arbeitsweise und eklatanter Ermittlungsfehler der Detmolder Polizei. Die Wahrscheinlichkeit, dass Polizeirat Schulte von seinen eigenen Kollegen gewarnt wurde, ist nicht ganz unwahrscheinlich.

Wie aus Polizeikreisen berichtet wurde, gibt es eine regelrechte Clique, die die Polizeidirektorin Frau Dr. Bülow um sich geschart hat. Diese Gruppe genießt nach Angaben unseres Informanten ständig besondere Privilegien. Zu diesem Personenkreis gehört auch der flüchtige Polizeirat Schulte.

Es drängt sich die Frage auf, ob hier der Vorwurf der Schlampigkeit nicht durch den Tatbestand handfester Korruption ersetzt werden muss. Der Staatsanwalt selbst wollte sich zu dieser Frage nicht äußern. Er versicherte jedoch, mit aller Härte vorgehen zu wollen, wenn die hier genannten Vorwürfe auch nur den kleinsten Wahrheitsgehalt hätten .

Polizeidirektorin Frau Dr. Bülow hingegen versucht abzulenken. Sie behauptete gestern im internen Kreis, dass es

Hinweise gebe, dass eine weitere Person zu den Verdächtigen gezählt werden müsse. Man darf darauf gespannt sein, ob es den großen Unbekannten wirklich gibt, oder ob dieser nur eine Erfindung der Bülow-Clique ist, die von ihrem eigenen Versagen ablenken will. Weder die Polizeibehörde noch die Staatsanwaltschaft haben die Existenz eines weiteren Verdächtigen bestätigt.

Wutentbrannt zerfetzte Maren Köster die Zeitung und warf sie in den Fußraum. Grafenberg würde sie die Augen auskratzen. Sofort machte sie sich auf den Weg zu ihm. Doch obwohl sie den Klingelknopf malträtierte, bis dieser seinen Geist aufgab, und obwohl sie die Tür mit ihren Fäusten bearbeitete, dass jeder Beobachter nicht einen Cent auf deren Fortbestand gewettet hätte, öffnete niemand. Grafenberg war anscheinend nicht zu Hause.

39

Was für eine Fahrt! Das hatten die beiden sich einfacher vorgestellt. Aber eine deutsche Autobahn war am Freitagnachmittag eigentlich keine Schnellstraße, sondern eine einzige unendlich lange Kette von langsam vor sich hinkriechenden LKWs. Die A2 war schon auf der Teilstrecke Ruhrgebiet ein Albtraum, die A3 von Oberhausen nach Emmerich ein Desaster und das Stück vom Grenzübergang bis hinter Arnheim die Hölle.

Es war bereits seit zwei Stunden dunkel, als sie in Amsterdam ankamen. Sie hatten sich unterwegs mit Axel Braunert über einen Treffpunkt verständigt. Und nun standen sie im typischen Amsterdamer Nieselregen auf dem riesigen Parkplatz hinter dem Rijksmuseum. Wie Braunert sie hier bei der schwachen Parkplatzbeleuchtung finden sollte, war Schulte nicht richtig klar. Aber er musste innerlich den Hut vor seinem Kollegen ziehen, als der fast auf die Minute genau, mit einer dunkelblauen Wollmütze bekleidet, an die Seitenscheibe klopfte. Sie öffneten ihm die hintere Tür und ließen ihn auf der Rückbank Platz nehmen.

„Hartelijk welkom in Amsterdam!", begrüßte er die beiden Neuen.

„Gib nicht so an", gab Schulte zurück, zeigte aber seine Freude darüber, den Kollegen zu sehen. „Erst mal müssen wir jetzt überlegen, wo wir übernachten. Spricht was gegen das Hotel, in dem du wohnst?"

„Willst du etwa in ein Hotel?", fragte Braunert überrascht. „Wie willst du dich denn da anmelden? Mit falschem Namen? Du wirst schließlich gesucht. Ich habe vor einer Stunde mit Maren telefoniert, die hat mir das bestätigt. Du bist zur Fahndung ausgeschrieben. Da kannst du nicht einfach in ein Hotel spazieren und es dir da gemütlich machen. Herr Rodehutskors kann selbstverständlich mit in dieses Hotel. Die haben in dieser Jahreszeit sowieso die Hälfte der Zimmer nicht belegt. Sorry Jupp, aber so ist das nun mal."

Schulte musste ihm zähneknirschend recht geben. Und wo sollte er übernachten? Im Auto? Das hatte er zuletzt vor rund dreißig Jahren hier in Amsterdam gemacht, auf genau diesem Parkplatz. Um halb vier morgens war Polizei gekommen, hatte seine Papiere sehen wollen und hatte ihn und seine beiden Kumpeln aufgefordert, sofort zu verschwinden, wenn sie keine Anzeige haben wollten. Kaum anzunehmen, dass es im Februar 2010 einfacher geworden sein sollte. Ob es das seinerzeit legendäre Sleep-in noch gab, wusste er nicht. Aber dafür war er nun wirklich zu alt. Dann erinnerte er sich daran, dass es im Amsterdamer Rotlichtviertel etliche sehr zweifelhafte Etablissements gab, wo es ausreichte, der Rezeption einen Geldschein auf den Tresen zu legen, auch ohne seinen Namen nennen zu müssen. Sicher hätte er in seinem sowieso angeschlagenen Zustand lieber die Wonnen eines Sterne-Hotels in Anspruch genommen, aber er hatte keine Wahl.

„In welchem Hotel wohnst du denn?“, fragte er Braunert.

„Im Krasnapolsky, am Damplatz. Kennst du das?“

Schulte grinste schief.

„Ja, aber nur von außen. Das war in meiner Amsterdamzeit nicht meine Gehaltsklasse. Soll aber gut sein.“

„Ich kann nicht klagen. Es liegt vor allem unschlagbar zentral. Da können Sie auch Ihr Auto abstellen, Herr Rodehutskors. Die haben eine Tiefgarage. Kostet allerdings ’ne Stange Geld.“

Rodehutskors winkte ab. „Wenn hieraus eine verkaufbare Story wird, dann soll mir das recht sein. Auf was warten wir noch? Reden können wir auch in einer Kneipe noch. Wo muss ich langfahren, Herr Braunert?“

Braunert schickte ihn nach einigen Links- und Rechtskurven rund um das gewaltige Rijksmuseum in die ewig lange Vijzelstraat, die hinter dem Munttoren zum Rokin wurde. Den Großstadtverkehr war Hermann Rodehutskors nun gar nicht gewöhnt.

Die Fahrräder, Straßenbahnen und die für lippische Verhältnisse völlig undisziplinierten Fußgänger brachten ihn an die Grenzen seiner Fahrkunst. Aber er schaffte es irgendwann, wenn auch schweißgebadet, in die Tiefgarage des Grandhotels Krasnapolsky abzutauchen.

„Das Auto hole ich hier erst wieder raus, wenn ich nach Hause fahre“, schimpfte er. „Freiwillig fahre ich hier keinen Meter mehr.“

Bevor sie ausstiegen, schaute Braunert noch kritisch an Schulte rauf und runter.

„Ist es möglich, dass du diesen Kopfverband abnimmst?“, fragte er vorsichtig. „Der ist einfach zu auffällig.“

Schulte hatte den Verband schon völlig vergessen. Aber Braunert hatte recht. Selbst im bunten Gewimmel von Amsterdam fiel ein Kopfverband auf.

„Kannst du mal die Klammer hinten am Kopf lösen?“, bat er Braunert.

Der tat dies, machte dabei aber eine Miene, als erwarte er, dass blutige Hirnmasse herausquoll, sobald der schützende Verband weg war.

Als Schulte die elend lange Binde abgewickelt hatte und sich bang selbst fragte, wie es ihm dabei ging, lachte Rodehutskors laut auf.

„Ob mit oder ohne Verband sind Sie die Attraktion in der Stadt!“, grölte er.

Schulte blickte ihn böse an, bis Braunert ihm ruhig die Ursache erklärte. „Du hast eine merkwürdige Frisur, Jupp. Die haben dir den ganzen Hinterkopf kahl rasiert. Das sieht schon ziemlich schrill aus. Außerdem“, er schaute sich Schultes Hinterkopf genau an, „sieht man noch ganz gut die Verletzung. Die Wunde ist zwar, soweit ich das laienhaft erkennen kann, gut zugeheilt, aber man sieht sie eben noch. Du wirst gut wiederzuerkennen sein. Ich empfehle eine ausreichend große Wollmütze. Hier, nimm meine. Die ist groß genug und passt auch gut zur Witterung.“

Dann gingen die drei Männer in das prachtvolle und behagliche Restaurant *Reflet* des Hotels. Rodehutskors hatte keine Lust mehr gehabt, noch in der Stadt herumzulaufen. Er wollte schnell und gut essen und trinken, dann einchecken und sich ins Bett legen. Und, es gab französische Küche, wirklich, das war mehr, als er von Holland erwartet hatte. Also zahlte er gern. Schulte genoss das Essen, er hatte keine Ahnung, wann er das nächste Mal etwas Gutes auf dem Teller haben würde.

Um zweiundzwanzig Uhr ging Rodehutskors zur Rezeption. Schulte und Braunert machten Pläne.

„Du musst so schnell wie möglich zurück nach Detmold!“, bestimmte Schulte.

„Ich brauche dich da. Du bist meine einzige Verbindung zum Polizeiapparat.“Braunert hatte seine Bedenken ja schon am Telefon geäußert und wollte sie jetzt nicht wiederholen.

„Aber es reicht, wenn ich Sonntag fahre. Vor Montag kann ich nichts ausrichten. Es wäre doch sehr auffällig, wenn ich nach mehreren Tagen Krankheit ausgerechnet am Sonntag wieder im Büro erscheine, oder?"

Das sah Schulte ein.

„Als Allererstes muss du rausfinden, welche Adresse hinter dem Autokennzeichen steckt. Sonst habe ich keinen Anhaltspunkt. Hier leben fast eine Millionen Menschen, wo soll ich da anfangen zu suchen?"

Auch diesem Vorschlag stimmte Brauner zu. Dann kauten sie noch gründlich alles durch, was Schulte in den letzten Tagen erlebt hatte. „Hast du denn immer noch keine Erinnerungen?", fragte Braunert.

Schulte schüttelte den Kopf.

„Manchmal kommt es mir so vor, als wäre da wieder was. Aber es ist immer nur ein verschwommenes Bild und auch gleich wieder weg. Aber es macht mir doch Hoffnung."

Um dreiundzwanzig Uhr verabschiedete sich Schulte von seinem Kollegen.

„So, ich will nun mal in die Unterwelt abtauchen. Das ist jetzt genau die richtige Uhrzeit für diese Art von Hotels. Wünsch mir Glück! Vielleicht können wir uns morgen noch mal treffen. Vorausgesetzt, man hat mich dann nicht längst ermordet und mich rücklings in eine Gracht geworfen!"

40

Auf was hatte er sich da eingelassen? Welches übelwollende Schicksal hatte ausgerechnet ihn auserkoren, hier im Nieselregen wohnungslos durch die schmuddeligen Gassen des Amsterdamer Rotlichtviertels zu laufen? Er war vom Hotel aus die recht trostlose Warmoestraat entlanggelaufen, dann nach rechts in die Sint Annenstraat abgebogen, wo bereits die ersten roten Neonröhren ankündigten, womit das Bruttosozialprodukt dieses ältesten Amsterdamer Stadtteils erwirtschaftet wurde.

Als Jugendlicher war er mit großen, staunenden Augen durch dieses Viertel gelaufen, hatte sich ankicken lassen von dieser brodelnden Mischung aus Sex & Crime, Kneipen, Musik, buntem Volk und Altstadtromantik. Er hatte sich damals keinen lebendigeren Ort auf der Welt vorstellen können.

Lebendig war es hier immer noch. Noch immer gab es viel zu sehen und zu hören. Schulte hatte durchaus einen gewissen Hang zum Voyeurismus, den brauchte ein guter Polizist wahrscheinlich auch, und ließ daher seine Augen angeregt schweifen. Aber jetzt sah er auch den Schmutz auf den Straßen und menschliche Wracks sowohl hinter den rot beleuchteten Schaufensterscheiben als auch davor.

Immer wieder wurde er von Betrunkenen angerempelt, von großen Gruppen japanischer Touristen beinahe überrollt. An jeder Ecke stand jemand, der ihm Drogen im Sonderangebot offerierte, alle paar Meter hörte er, wie eine der Damen hinter ihrer Schaufensterscheibe klopfte und ihm aufmunternd zulächelte. Er lächelte zurück, ging aber weiter. Lästiger waren die Frauen, die direkt auf der Straße standen und ihn ansprachen. Und am unangenehmsten erschienen ihm die Männer, deren Job es war, ihn in eines der Sextheater, in denen vom harmlosen Tabledance bis zum heftigsten Live-Sex alles angeboten wurde, zu locken.

Im engen und recht schmuddeligen Dollebegijnensteeg fand er dann, was er suchte. Eines der schmalbrüstigen Häuser nannte sich großmäulig *Hotel t'Swantje*. Kritisch schaute sich Schulte das Etablissement von außen an. Verlockend war das hier nicht. Das war kein Sterne-Hotel. Aber er hatte wohl keine Wahl und ging hinein.

Das sowieso schon beklemmend schmale Treppenhaus war noch enger geworden durch eine Art Theke, die wohl die Rezeption darstellen sollte. Das Licht war schummrig, die Luft zum Schneiden. Es roch nach kaltem Zigarettenrauch, Fusel und Erbsensuppe. Als er an die kleine Glocke auf der Theke schlug, hörte er im dahinterliegenden Raum ärgerliches Stöhnen und das Geräusch eines Menschen, der sich mühsam aus einem Sessel quält. Dann quoll ein massiger Frauenkörper durch die Tür hinter der Theke. Die Frau war vermutlich knapp über vierzig, wirkte aber wesentlich älter. Ihre Zigarette legte sie auf einem Aschenbecher ab. Dass der Rauch ihrem Gast unangenehm sein könnte, schien sie nicht zu erwägen. Und dieser Gast machte ja seinerseits auch nicht den Eindruck, als sei er an Viersterne-Standards gewöhnt.

Schulte kramte seine verschütteten Holländischkenntnisse heraus. Zu seinem Erstaunen antwortete ihm die Frau aber in recht brauchbarem Englisch. Offenbar hatte dieses Hotel internationale Gäste. Ohne weitere Absprache einigten die beiden sich auf Englisch als Lingua franca. Mit seiner Einschätzung, dass hier die Anmeldeformalitäten eher großzügig ausgelegt wurden, behielt er recht. Er zahlte zwei Nächte im Voraus, damit war die dicke Frau einverstanden. Das Zimmer sei im Dachgeschoss, wurde Schulte erklärt. Eigentlich hätte man erwarten können, dass die Frau nun mit ihm zusammen die steile und beängstigend schmale Treppe hochsteigen würde, um ihm das Zimmer zu zeigen, aber sie machte keinerlei Anstalten. Für die Dame wäre das auch wohl einer Matterhornbesteigung gleichgekommen. Also machte sich Schulte allein auf den Weg nach oben. Die Zimmernummer fand er, der Schlüssel passte, und er trat ein.

Das Zimmer entsprach in etwa dem Standard der Rezeption. Es roch allerdings anders. Wonach es roch, konnte Schulte nicht herausfinden. Aber es roch nicht gut, so viel war ihm klar. Besorgt klappte er das Bettlaken zurück. Na ja, dachte er. Es hätte noch schlimmer kommen können. Dass die Hüterin dieses Hauses nicht die Treppen hochkam, mochte seinen Vorteil haben. Dann schnüffelte sie wenigstens nicht bei ihm herum, wenn er mal raus war. Es hatte aber auch den Nachteil, dass sie offenbar nicht zum Putzen kam. Morgen früh würde er sich etwas zum Saubermachen besorgen und hier einmal alles feucht abwischen. Er war wirklich nicht pingelig, aber das hier ging selbst Jupp Schulte zu weit. Für diese Nacht musste es aber erst mal so reichen.

Er nahm die Wollmütze ab und befühlte seine Verletzung. Sie schien tatsächlich schon ganz gut verheilt zu sein. Aber er musste Axel Braunert recht geben: Seine Frisur war schrill, keine Frage. Und jetzt brauchte er Ruhe, viel Ruhe.

41

Die Stimmung war auf dem Tiefpunkt angelangt. Reichel saß auf einem klapprigen Stuhl und empfand tiefe Unzufriedenheit. Schon mehr als einen Tag waren seine Finger nicht mehr mit der Tastatur eines Rechners in Berührung gekommen. Langsam bekam er Entzugserscheinungen.

Die Situation hatte er ausschließlich Kriegel zu verdanken. So dachte er jedenfalls. Schließlich war er nur Programmierer. Aber Kriegel hatte ihn dazu gezwungen, gemeinsam mit ihm diese Schwuchtel von Schäfer zu beschatten. Alles war schiefgegangen. Wahrscheinlich war sein Auto, das in Bielefeld auf einem Behindertenparkplatz gestanden hatte, längst abgeschleppt worden. Seinen Führerschein würde er verlieren, weil er bei Rot über die Ampel gefahren war. Er hatte keine Klamotten dabei. Und Kleidung in seiner Größe zu bekommen, das war nicht einfach. Doch das Schlimmste war: Ihm fehlte sein Rechner!

Wenigstens sein Portemonnaie und seine Kreditkarten hatte er noch.

Unzufrieden trat er gegen den Bettpfosten. Selten hatte er schlechter geschlafen als in der vergangenen Nacht. Als er sich in diese Kiste gelegt hatte, hatte er das Gefühl, dass die Matratze unter seinem Hintern den Boden berührte. Sich umdrehen, das war überhaupt nicht möglich gewesen und nach kurzer Zeit hatte er Atemnot bekommen. Es war einfach alles beschissen gelaufen. Am liebsten hätte er dem Kriegel mal so richtig die Meinung gegeigt.

Kaum hatte Reichel an Kriegel gedacht, da stand dieser auch schon im Zimmer. Seine Stimmung schien auf demselben Level zu sein wie seine eigene.

„Sitz hier nicht rum, Fetti! Wir müssen was unternehmen."

„Hör endlich auf, mich Fetti zu nennen! Und was, bitte schön, will der Herr unternehmen? Ich habe nämlich langsam die Schnauze voll von deinem blinden Aktionismus. Wenn du deinen Job anständig gemacht hättest, dann wäre Schäfer nicht abgehauen. Denn es war deine Aufgabe, ihn zu bewachen. Nicht meine. Ich bin nämlich der Programmierer bei diesem Projekt. Auch wenn du das nicht hören willst. Und die Sache in Bielefeld war genauso schwachsinnig und überhaupt nicht geplant, wie alle deine Aktion in letzter Zeit. Seit Wormsthal tot ist, baust du nur noch Mist. Wahrscheinlich hast du keinen mehr, der dir sagt, wo's langgeht. Und selbstständig arbeiten, das ist wohl nicht deine Stärke."

Kriegel bebte vor Wut. „Fetti, du bist dir schon im Klaren darüber, dass du kurz davor stehst, so richtig was an den Hals zu bekommen? Noch ein falsches Wort und ich haue dir so was an die Ohren, dass du dir wünscht, mir nie begegnet zu sein."

Diese deutliche Ansage veranlasste Reichel, einen Gang zurückzuschalten und seine Wut zu unterdrücken. Auch Kriegel wusste, dass das Überflüssigste, was ihnen jetzt passieren konnte, Streitereien waren. Doch hier ging es auch um Macht. Wer würde in den nächsten Tagen den Ton angeben? Daher sorgte Kriegel sofort für klare Verhältnisse. Er schnappte sich Reichel und riss ihn trotz seiner Kilos hoch. Die beiden Nasen berührten sich fast, als Kriegel dem jetzt verängstigten Reichel wütend in die Augen blickte. Dann gab er dem Dicken ein paar, wie er meinte, leichte Ohrfeigen. Doch die Schläge trieben Reichel die Tränen in die Augen. Schmerzverzerrt verzog er das ohnehin schon ängstliche Gesicht.

„Hör zu, Fetti, mach jetzt keine Fisimatenten, klar? Ich gebe hier den Ton an, und du spurst. Wir müssen wieder einen Ansatzpunkt finden, der es uns ermöglicht, diesen Schäfer ausfindig zu machen, hast du das kapiert?“

Reichel nickte eingeschüchtert. Eine gewisse Zeit saßen beide Männer schweigend in Reichels Hotelzimmer.

„Okay, Fetti, es ist vielleicht alles etwas schlechter gelaufen als erwartet. Aber wenn wir uns gegenseitig fertigmachen, hilft das nur den anderen. Ich gebe zu, ich habe im Moment auch keine Idee, wie wir weitermachen können.

Die Wahrscheinlichkeit, dass wir in Amsterdam diesem Schäfer einfach so wieder über den Weg laufen, ist verdammt gering. Aber, das Beschissenste an der ganzen Sache ist, dass wir nicht einmal die Autonummer haben, geschweige denn eine Adresse.“

Reichel wurde augenblicklich bewusst, das Kriegel zwar den Hermann machte, solange er sich auf seine Körperkraft verlassen konnte. Doch wenn er seinen Kopf auch noch benutzen musste, dann war er schnell am Ende. Diese Schwäche musste der Dicke ausnutzen.

„Na gut, Kriegel, ich mache dir ein Angebot. Ich versuche herauszufinden, wo Schäfer untergekommen ist, aber wenn ich es weiß, dann übernimmst du die Beschattung allein.“

„Weil du ja nur der Programmierer bist, ich weiß.“

Jetzt grinsten die beiden Männer. Jedoch aus höchst unterschiedlichen Gründen: Kriegel glaubte einen guten Witz gemacht zu haben, während Reichel erleichtert war.

„Genau, ich werde mir jetzt erst mal einen Laptop kaufen. Und dann werde ich mal checken, was dieser Schäfer alles so auf seiner Festplatte hat. Vielleicht finde ich ja einen Hinweis auf Amsterdam oder vielleicht sogar seine Adresse. Ich denke die Chancen stehen fifty-fifty.“

„Keine schlechte Idee, Fetti. Dann sieh mal zu. Vielleicht haben wir ja Glück. Und nichts für ungut, ich bin einfach schlecht gelaunt.“

42

Schulte hatte sich während der ganzen Nacht von einer Seite auf die andere gewälzt. Die Matratze hing durch, das Zimmer ließ sich nicht richtig verdunkeln, es zog kalt durchs Fenster, von draußen drang der nie abreißende Lärm des Viertels herein, zu jeder Viertelstunde meldeten die Glocken der nahe gelegenen, altehrwürdigen Oude Kerk die Uhrzeit und schreckten ihn auf. Das war doch was anderes als die gewohnte himmlische Nachtruhe auf dem Fritzmeier'schen Hof.

Irgendwann dämmerte er ein, schlief auch ein paar Stunden, fühlte sich aber zerschlagen und übernächtigt, als er am Morgen wach wurde. Er blieb noch etwas im Bett liegen und dachte darüber nach, wie er diesen Tag sinnvoll gestalten sollte. Was konnte er tun, um seinem Ziel näher zu kommen? Das Ziel war, seine Unschuld zu beweisen. Wenn er denn tatsächlich unschuldig war, was Schulte immer noch nicht wusste. Der Schlüssel dazu war Sascha Schäfer. Dieser junge Mann war das Verbindungsstück von Wormsthal nach Detmold. Wenn der nicht zur Aufklärung beitragen konnte, wer dann? Aber wie sollte er diese winzige Nadel im riesigen Heuhaufen dieser Weltstadt finden? Es gab nur eine Möglichkeit: Er würde abwarten müssen, bis Braunert zurück in Detmold war und die Autonummer, mit der Schäfer abgeholt worden war, identifiziert hatte. Erst musste er diese Adresse haben, vorher konnte er nichts unternehmen.

Da er ganz offenbar auch gesundheitlich noch nicht wieder auf der Höhe war, konnte er übers Wochenende auch so viel Zeit wie möglich im Bett verbringen und wieder zu Kräften kommen, auch wenn das weniger reizvoll war, als es sich anhörte. Da es in diesem Qualitätshotel natürlich kein Frühstück gab, musste Schulte raus in die Kälte. An diesem Samstag hatte auch in Holland der Winter wieder die Oberhand gewonnen und vereinzelt fielen Schneeflocken, die sich allerdings schnell in graubraunen Matsch verwandelten.

Schulte fand ein kleines Café, das einigermaßen appetitlich aussah, trank Kaffee und aß einen Uitsmijter, die holländische Variante des ‚Strammen Max'. Es war faszinierend und ernüchternd zugleich, das Viertel am frühen Morgen zu erleben. Es wirkte, als käme es gerade verkatert aus dem Bett, ungeschminkt. Kehrmaschinen brausten durch die Straßen, kleinere LKWs wurden mit Waren be- und entladen. Ordentlich gekleidete Menschen gingen zur Arbeit. Mütter mit kleinen Kindern gingen einkaufen. Die roten Lichter waren ausgeschaltet, vor den Schaufenstern waren die Jalousien runtergezogen. Die Attraktionen dieser Fenster, die Damen, schliefen, von der langen Nachtschicht erschöpft. Der ganze Stadtteil wirkte ruhiger, bürgerlicher, friedlicher, aber das Monstrum dahinter holte nur Luft für den Höhepunkt der Woche, den Samstagabend.

Schulte kaufte sich noch Lebensmittel und einige Kleidungsstücke, dann packte er sich wieder ins Bett. Die dicke Frau wunderte sich darüber nicht. Sie schien sich über gar nichts zu wundern. Aber genau so hatte Schulte es gewollt.

Am Sonntag stand er früh auf und ging wieder frühstücken. Danach bummelte er gemächlich durch diesen ältesten Teil der Stadt Amsterdam. Es schneite wieder, aber nur leicht. Nach zehn Minuten stand er vor einer breiten Gracht, von der er nicht wusste, wie sie hieß. Die Straße, die an der Gracht entlangführte, hieß jedenfalls Kloveniersburgwal, das konnte Schulte erkennen.

Er schlenderte weiter in Richtung Süden. Hundert Meter weiter saß in einem Buswartehäuschen ein dicker, alter Mann vor einer Leinwand und malte. Unbeeindruckt vom Wetter schien er die Gracht zu malen. Schulte war neugierig geworden. So schön war diese Gracht doch nicht. Er kannte bedeutend malerischere Orte in Amsterdam. Vorsichtig blickte er dem Alten über die Schulter, konnte aber nicht wirklich etwas erkennen. Das, was er zu sehen glaubte, konnte einfach nicht sein. Oder doch? Schulte kramte in seinem Gedächtnis nach verbliebenen Holländisch-Brocken und fragte, ob er näher treten dürfe. Der alte Herr lächelte ihn freundlich an und lud ihn ein, sich das Bild anzuschauen. Schulte trat unter das schützende Dach des Buswartehäuschens und rieb sich die Augen. Was war das? Er sah eine ziemlich realistische Wiedergabe der Gracht, mit einigem handwerklichen Können ausgearbeitet, keine Frage. Aber der Blickfang des Bildes, sein Mittelpunkt, war eine tote Ente, die auf dem Wasser trieb. Kein gewöhnliches Motiv, fand Schulte. Gleichzeitig interessierte ihn der Mann, der tote Enten malte.

„Darf ich fragen, warum Sie gerade die tote Ente malen?", fragte er behutsam auf Holländisch.

Der Alte lachte und antwortete in recht gutem Deutsch:

„Ich male immer nur tote Enten. Jede Woche wird ein neues Bild fertig. Immer diese Gracht, aber immer eine andere tote Ente. Warum? Weiß ich auch nicht. Mir fällt nichts anderes ein. Koffie?" Damit hob er seine Thermoskanne hoch.

Schulte nickte. Der Mann rumpelte in seinem Rucksack herum, zerrte einen zweiten Becher heraus, füllte ihn mit dampfendem Kaffee und reichte ihn Schulte. Der setzte sich auf die Bank, verbrannte sich fast den Mund an dem heißen Kaffee und musste feststellen, dass der Alte einen sehr kräftigen Schluck Weinbrand dazugegeben hatte. Nach diesem Kaffee hätte man nicht mehr fahren dürfen. Aber bei dem Wetter passte es ganz gut. Irgendwie war es trotz der Kälte und des wenig einladenden Ambientes eines Buswartehäuschens ganz gemütlich hier, fand er.

„Sind Sie Kunstmaler von Beruf?", fragte er, um wieder zum Thema zu kommen. Nun aber auf Deutsch.

„Nein!", schmunzelte der Alte. „Früher war ich Polizist. Hier in Amsterdam. In der Wache, die für die Altstadt zuständig ist. Ich war der Adjutant Grijpstra, so kannten mich hier alle. Da war das hier noch eine große Gemeinschaft. Sogar die Zuhälter grüßten, wenn ich hier aufgetaucht bin. Und das war ehrlich gemeint. Heute ist hier Krieg. Ich bin nicht mehr so gerne hier. Ich wohne aber trotzdem noch im Viertel. Meine

Frau war hier früher beruflich tätig. Und jetzt gibt sie ihre Erfahrungen an jüngere Kolleginnen weiter, Sie verstehen? Ich bin da so eine Art Hausmeister. Und manchmal komme ich eben hierher und male. Tote Enten."

„Haben Sie immer schon tote Enten gemalt, oder auch mal was anderes?"

„Na ja, ich habe früher schon mal was anderes ausprobiert. Es hat mir aber nicht gefallen, und nun male ich seit über dreißig Jahren einfach immer weiter tote Enten. Was soll ich denn sonst machen?"

Gute Frage, fand Schulte, verabschiedete sich höflich und schlenderte weiter.

43

Das war sein Leben! Seine Finger flitzten über die Tastatur des neuen Laptops wie die eines Klaviervirtuosen, der seinen Flügel liebevoll bearbeitete. Nur, dass keine Töne entstanden, sondern Informationen. Ein Datum nach dem anderen. Es dauerte keine zwei Stunden, da hatte er es geschafft. Triumphierend präsentierte Reichel seinem Komplizen die Ergebnisse.

„Bevor Schäfers Festplatte gehimmelt wurde, hat der kleine süße Trojaner mir natürlich eine Kopie geschickt. Also, ich habe zuerst die Festplattenkopie von Schäfer auf Eintragungen zu der Stadt Amsterdam gecheckt. Dieses Wort tauchte jedoch in keinem Zusammenhang auf. Dann habe ich mir seinen Mail-Verkehr vorgenommen. Auch da gab es keine Korrespondenz mit holländischen Providern. Also habe ich überprüft, mit wem er über Internet Kontakt hielt. Einer, der häufig schrieb, war sein Vater. An dessen Mail-Adresse habe ich einen Trojaner geschickt. Als der sich von Papas Rechner zurückmeldete, habe ich mir dessen Posteingang kopiert. Und was denkst du?"

„Mach das nicht so spannend, Fetti!"

„Schäfers Vater hat in der Tat an einen Holländer eine Mail geschickt. Der Typ heißt Kees de Groot. Also habe ich diesem de Groot einen Trojaner nachgesandt. Doch der scheint mit seinem Rechner nicht ständig im Netz zu sein. Bis jetzt hat mein kleiner, elektronischer Freund sich noch nicht zurückgemeldet.

Es gibt wohl immer noch einige konservative Internetnutzer. Die gehen nur dann ins Netz, wenn sie ein Anliegen haben. Manchmal haben die auch nur eine Modemverbindung, die sie trennen, wenn sie sie nicht mehr benötigen. Dieser de Groot scheint so ein Anwender zu sein. An dieser Stelle komme ich erst mal nicht weiter. Aber es kann ja immer was passieren. Mein kleiner Trojaner sitzt jedenfalls erst einmal in der Warteschleife. Wenn der Typ den Rechner anstellt, sind wir drin. Das kann natürlich dauern. Darum habe ich gecheckt, wie viele Personen mit dem Namen de Groot in Amsterdam wohnen. Ich habe festgestellt, dass das ein ziemlich häufiger Name ist. Keine schöne Nachricht für dich, es sind vierzehn Stück in Amsterdam. Jetzt bist du dran. Du kannst ja stichprobenartig vorgehen oder erst die nehmen, die in unserer Nähe wohnen. Aber da will ich dir keine Ratschläge geben. Du weißt ja, ich bin ..."

„... nur der Programmierer. Und du meinst wirklich, das hätte Sinn, dass ich die Adressen überprüfe?"

Der Dicke zuckte mit den Schultern. „Das ist nicht mein Problem, unsere Abmachung lautet, ich sehe zu, was das Netz und Schäfers Daten hergeben, und du bist für die Beschattung zuständig. Sicherheitshalber habe ich hier mal eine Karte von Amsterdam ausgedruckt, auf der findest du die Wohnorte aller de Groots eingetragen. Eine Adressliste habe ich auch noch fertig gemacht." Er machte eine kurze Pause, dann fragt er:

„Sag mal, Kriegel, was hast du eigentlich mit Schäfer vor, wenn du ihn gefunden hast?"

Der vollführte nur die eindeutige Handbewegung des Kehle-Durchschneidens, ansonsten schwieg er beredt. Doch die

Geste reichte aus, um Reichel einen Schauer über den Rücken zu treiben. Gott sei Dank, dass er nur der Programmierer war. Dann wäre Kriegel eben nicht nur für die Beschattung, sondern auch für die Bestattung zuständig.

44

Es war Sonntagabend, als Axel Braunert ziemlich erschöpft endlich auf dem Bahnhofsvorplatz in Lemgo stand. Natürlich war weit und breit kein Taxi zu sehen. So ein bisschen Bewegung kann ja nicht schaden, dachte er und machte sich auf den Heimweg. Sein Gepäck bestand aus einer Plastiktasche. In der waren ein paar gebrauchte Klamotten. Das war alles.

Zu Hause angekommen, hatte er kaum Zeit den Mantel auszuziehen und seine Tüte ins Schlafzimmer zu stellen, da stand Maren Köster auch schon auf dem Flur: „Axel, gut, dass du wieder da bist! Ich habe mir solche Sorgen gemacht. Wo warst du?"

Lügen war an sich nicht Braunerts Sache. Aber im Moment hielt er dies für das Klügste.

„Weißt du, Maren, am Dienstag und auch am Mittwoch ging es mir so dermaßen dreckig, da habe ich mich Mittwochnachmittag dazu entschlossen, einen alten Freund zu besuchen. Ich war in Wendisch Rietz. Da lebt ein Kumpel von mir. Jo Dorn. Den habe ich schon jahrelang nicht mehr gesehen. Ich hatte mir immer wieder vorgenommen, ihn mal zu besuchen. Und da habe ich die Gelegenheit genutzt und bin an den Großen Glubigsee gefahren. Der liegt im Südosten von Berlin. Jo und ich haben es uns ein paar Tagen gut gehen lassen. Er hat gekocht. Ich bin spazieren gegangen. Das war einfach nett. Mir hat es gut getan. Ich habe mich gut erholt und morgen werde ich wieder arbeiten. Und was ist dir so passiert?"

„Axel, du glaubst es nicht. Ich habe die schrecklichsten Tage meines Lebens erlebt. Dass es in der Exterstraße einen Toten gegeben hat, hast du ja noch mitgekriegt. Aber, du glaubst nicht, wer der Tatverdächtige Nummer eins ist."

Maren Köster machte eine bedeutungsvolle Pause.

„Schulten Jupp!"

„Komm, Maren, jetzt lass aber mal die Kirche im Dorf. Jupp bringt doch keinen um. Der prügelt sich vielleicht mal. Aber jemanden töten, das kann ich mir nicht vorstellen. Und wenn es ein Unfall gewesen wäre, dann wäre Schulte der Erste, der zu der Sache gestanden hätte. Aber einen umbringen oder sich nach einem Unfall klammheimlich verdrücken, das kann ich mir bei Jupp nicht vorstellen."

„Ich glaube es ja auch nicht. Aber alle Indizien sprechen gegen ihn. Die sind so was von erdrückend. Wir haben fast nichts in der Hand, was ihn entlastet. Du glaubst es nicht. Eigentlich gibt es jede Menge anderer Stränge zu ermitteln. Am Freitag war ein Pärchen zur Zeugenaussage in der Polizeibehörde, das hat berichtet, dass zum gleichen Zeitpunkt, als Schulte in der Kneipe war, noch ein weiterer Fremder anwesend war. Doch es scheint keinen zu interessieren. Wenn ich ehrlich sein soll, nicht einmal mich.

Wir haben immer noch nicht die Namen der beiden Männer, mit denen Wormsthal kurz vor seinem Tod in der Kneipe war. Alles wichtige Fragen, die geklärt werden müssten, um Schulte zu entlasten. Aber keiner macht es. Und dann hat mein guter alter Freund Grafenberg sich zum sogenannten Investigationsjournalisten entwickelt. Er schreibt die reinsten Schmierenartikel. Sie sind gegen Schulte und uns, die Detmolder Polizei, gerichtet. Wenn ich den in die Finger kriege, der wird sein blaues Wunder erleben.

Doch das Schlimme an der ganzen Angelegenheit ist die Tatsache, dass wir einen Maulwurf im Team haben. Ich tippe ja auf Hartel. Aber das ist natürlich alles andere als objektiv. Bei dem Kerl habe ich immer einen Tunnelblick. Der ist für mich das personifizierte Arschloch. Ach, was erzähle ich dir das alles? Du wirst ja morgen den ganz normalen Wahnsinn live miterleben. Lassen wir den dienstlichen Kram. Ich bin froh, dass du heile zurück bist. Nur bitte, das nächste Mal ruf mich an. Ich habe mir solche Sorgen gemacht."

„Klar, mache ich, Maren, ich war nur so mit mir selbst beschäftigt, da habe ich einfach so gewisse Höflichkeitsrituale vorübergehend außer Acht gelassen. Tut mir wirklich leid und kommt nicht wieder vor."

Maren Köster hatte ein seltsames Gefühl, als sie wieder hinunter in ihre Wohnung ging. Sie konnte es nicht genau begründen, aber irgendwie verhielt sich Axel Braunert merkwürdig. Er wirkte so gelassen, so abgeklärt. Wenn sie nach fast einer Woche Abwesenheit erfahren hätte, dass der Kollege, mit dem sie am engsten zusammenarbeitete, unter Mordverdacht stand, dann hätte sie mit Sicherheit emotionaler reagiert, als Axel es jetzt tat. Sicher, Braunert war in den letzten Wochen etwas durch den Wind gewesen. Aber das war eine Verhaltensweise, die aus welchen Gründen auch immer nicht ins Bild passte.

Maren Köster blieb auf dem unteren Treppenabsatz stehen. Sollte sie noch einmal umkehren und Braunert zur Rede stellen? Nach einigen Sekunden des Nachdenkens, verwarf sie diesen Gedanken. Sie brauchte erst einmal selbst mehr Klarheit. Im Moment fühlte sich alles so unwirklich an, so wie in Watte gepackt.

45

Braunert hatte schlecht geschlafen. Die Tatsache, dass er seine Freundin, Vermieterin und Kollegin Maren Köster am Vortag belogen hatte, lag ihm noch schwer im Magen. Darüber hinaus musste er immer an Schäfer denken. Er konnte es kaum abwarten, die Autonummer des Autos herauszufinden, das ihn vom Bahnhof abgeholt hatte. Das Jagdfieber hatte ihn gepackt.

Schon kurz nach sechs stand er unter der Dusche. Eine Stunde später konnte er es dann nicht mehr erwarten. Er klopfte bei Maren Köster an die Wohnungstür und sagte ihr, dass er schon mal fahren würde. Er hätte nicht schlafen können und sei schon früh auf den Beinen gewesen. Außerdem gebe es für ihn ja noch einiges aufzuarbeiten.

Ohne eine Antwort abzuwarten, machte er sich dann auf den Weg.

Eine halbe Stunde später hatte er sich in das europäische Zentralverkehrsregister eingeloggt und den Halter des Audi A6 herausgefunden. Ohne lange zu zögern, rief er Hermann Rodehutskors an und teilte ihm mit, dass Sascha Schäfer wahrscheinlich in der Vondelkerkstraat 33 bei einem gewissen Kees de Groot untergekommen war.

Ohne langes Geplänkel beendeten die beiden Männer das Gespräch. Braunert hatte das Gefühl, dass Schulte ein ereignisreicher Tag bevorstand.

Er nahm sich alle Ermittlungsunterlagen zum Mordfall Wormsthal und begann sie durchzuarbeiten.

Gegen halb neun kam Köster in ihr gemeinsames Büro und brachte Kaffee für ihn und sich mit. Im Anschluss suchten sie noch einmal alle Kriterien heraus, die darauf hinwiesen, dass Schulte unter Umständen nicht der Täter war. Einfach, um die ganze Angelegenheit einmal aus einem anderen Blickwinkel zu sehen. Der Staatsanwalt hatte um elf Uhr zu einer Besprechung gebeten.

Nach einigen kurzen Höflichkeitsfloskeln kam er gleich zur Sache.

„Ich will nicht lange um den heißen Brei herumreden, aber der Wind bläst uns ins Gesicht. Sie können sich gar nicht vorstellen, wie sehr ich von meinen Kollegen und auch vom Ministerium Druck bekommen habe. Man merkt doch, dass der Wahlkampf in Nordrhein-Westfalen bevorsteht. Der Minister selber hat bei mir angerufen und mir noch mal unmissverständlich klargemacht, was er von uns erwartet. Wir müssen Schulte finden. Und zwar schnell, sonst werden wir alle die härtesten Zeiten unseres Dienstes erleben. Gott sei Dank steht heute nicht schon wieder so ein Hetzartikel in der *Heimatzeitung*. Ich möchte wirklich gerne wissen, wer der Maulwurf in dieser Abteilung ist."

Er sah Maren Köster an. Die wurde rot, und Hartel grinste. Allgemein herrschte betretenes Schweigen.

Da meldete sich Braunert zu Wort.

„Ich war ja letzte Woche krank und stecke nicht so in dem Ermittlungsprozess wie die anderen Anwesenden. Ich bin also in der seltenen Position, sozusagen aus der Vogelperspektive auf die Ermittlung zu blicken. Ich brauche sicher nicht zu sagen, dass ich mir nicht vorstellen kann, dass Schulte jemanden umgebracht hat. Ich denke, da stimmen alle Anwesenden mit mir überein."

Der Staatsanwalt und Hartel verdrehten die Augen.

„Ich bin heute Morgen sehr früh im Büro gewesen und habe mir die gesamten Ermittlungsunterlagen durchgesehen. Ich kannte sie ja noch nicht. Die erste Frage, die mich umtreibt, ist: Was hat Schulte für ein Motiv? Ich habe versucht, darauf eine Antwort zu finden. Und ich muss Ihnen gestehen, es ist mir nicht gelungen.

Des Weiteren halte ich es für sträflich, Schulte zu verdächtigen, ohne dass es einen Zeugen gibt, der gesehen hat, dass Schulte sich auf dem Gelände aufgehalten hat, auf dem der Tote gefunden wurde.

Das Einzige, was feststeht, ist, dass ein Polizist, und zwar eine Führungskraft der Kreispolizeibehörde, in eine Schlägerei verwickelt worden ist. Schulte ist Polizeirat, und er ist womöglich während einer Amtshandlung von verdächtigen Personen angegriffen worden."

Jetzt fiel ihm der Staatsanwalt ins Wort.

„Ach, hören Sie doch auf, Braunert. Das alles, was Sie hier vortragen, haben wir schon dreimal durchgekaut. Das ist doch nichts Neues. Lesen Sie die Zeitung, dieser Journalist, dieser Grafenberg, treibt uns vor sich her. In der Öffentlichkeit sind wir diejenigen, die angeblich schlampig ermittelt haben. Uns wirft man Vetternwirtschaft und Korruption vor. Und Sie kommen wieder mit dem Gesülze, es gäbe auch Hinweise, die dagegen sprechen, dass Schulte der Täter ist.

Ich will Ihnen etwas sagen, Herr Hauptkommissar Braunert. Ich habe diesem Schulte lange die Stange gehalten. Doch irgendwann ist Schluss. Ich will auch in einem Jahr noch Staatsanwalt sein. Und zwar hier in Detmold. Außerdem möchte ich mich nicht weiter zum Gespött der Öffentlichkeit und meiner Kollegen machen. Es gibt genügend Hinweise, die darauf hindeuten, dass Schulte der Mörder ist. Das reicht, um ihn festzunehmen. Und das wird jetzt erst einmal geschehen. Und wehe, in diesem Laden tanzt in den nächsten Tagen noch mal einer aus der Reihe! Der wird sein blaues Wunder erleben. Der wird wieder Knöllchen in der Innenstadt verteilen. Habe ich mich hier klar ausgedrückt?"

Alle Anwesenden glaubten, dass die Diskussion an dieser Stelle beendet sei. Doch sie hatten die Rechnung ohne Braunert gemacht.

„Sehr geehrter Herr Staatsanwalt", sagte er leise und ernst. „Der Polizeirat Schulte ist mein Kollege und Freund. Und ich werde alles dafür tun, herauszufinden, ob er wirklich den Mord begangen hat oder nicht. Und ich werde mich nicht irgendwelchen Sachzwängen unterwerfen, die meinen Pflichten als Polizeibeamter zuwiderlaufen. Ich werde Schulte nicht jetzt schon zum Mörder abstempeln, so wie es die Öffentlichkeit und dieser Grafenberg verlangen. Und ich lasse mir auch nicht von Ihnen vorschreiben, wie ich meine Ermittlungen zu führen habe. Es gibt immer noch eine demokratische Pflicht in diesem Land, die verlangt, dass auch entlastend ermittelt wird. Und genau das werde ich tun. Ich werde mich nicht dem öffentlichen Druck oder den Ergüssen eines Zeitungsschmierers unterwerfen, sondern ich werde meine Arbeit tun. So objektiv und so gewissenhaft wie möglich. Und daran lasse ich mich nicht hindern. Ich lasse mich weder zum Spielball der Politik noch irgendwelcher Pressefritzen machen, die nie einen vernünftigen Beruf erlernt haben. Die sich irgendwann aus mangelnden Perspektiven dem Hobbyjournalismus hingegeben haben und dann durch Zufälle und Blut triefende Berichterstattung zu Zeitungsjournalisten wurden. Für mich ist erst dann jemand ein Mörder, wenn er der Tat überführt wurde. Meine Aufgabe ist es, dies zu tun, und wenn es Hinweise dafür gibt, dass jemand anderes die Bluttat begangen hat, dann führe ich auch Ermittlungen in dieser Richtung. Ich möchte niemanden unschuldig ins Gefängnis bringen, nur weil ein Minister um seinen Posten fürchtet oder ein Zeitungsschreiber sich profilieren will."

Alle starrten Braunert an.

Dieser Traum aller Schwiegermütter legte sich mit dem Staatsanwalt an! Und dem blieb nichts anderes übrig als mit hochrotem Kopf das Besprechungszimmer zu verlassen. An der Tür drehte er sich noch einmal um und wandte sich an Braunert:

„Wir sprechen uns noch!"

46

Endlich konnte die Suche beginnen! Noch vor dem Frühstück am Montagmorgen hatte ihn der Anruf von Rodehutskors erreicht. Da sie am Telefon so wenig wie möglich Konkretes sagen wollten, lud Rodehutskors ihn zum gemeinsamen Frühstück in seinem Hotel ein. Welch ein Kontrast zum *t'Swantje*. Schulte passte nicht zum Ambiente des *Wintertuin*, dem spektakulären Wintergarten des Hotels, in dem gefrühstückt wurde. Aber in Amsterdam waren die Kellner schrilles Outfit gewohnt und niemand störte sich an dem Mann, der diese außergewöhnlich unvorteilhafte Frisur trug.

Schulte war ungeduldig und konnte nicht viel essen. Er wollte endlich loslegen. Das Wochenende war ihm schwergefallen, weil er nichts für sich tun konnte. Außerdem ging es ihm jetzt deutlich besser. Die beiden Ruhetage hatte er gebraucht. Rodehutskors schob ihm mampfend einen kleinen Zettel über den Tisch, auf dem ein Name und eine Adresse standen.

„Dort wohnt Ihr Sascha Schäfer. Jedenfalls behauptet das Herr Braunert. Ich kann natürlich mitkommen, wenn Sie wollen. Vier Augen sehen mehr als zwei. Aber ich habe ein wenig das Gefühl, dass ich hier überflüssig bin. Außerdem kommt meine Frau morgen wieder nach Hause. Brauchen Sie mich hier noch?“

Schulte überlegte kurz, dann schüttelte er den Kopf. Er bedankte sich noch einmal bei Rodehutskors für alles, stellte aber klar, dass er schon allein zurechtkommen würde. Davon war er zwar nicht unbedingt überzeugt, aber offenbar hatte sein Reisegefährte keine Lust mehr, und er wollte ihm nicht noch mehr zumuten. Vielleicht konnte Rodehutskors durch seinen Einfluss auf die lokale Presse zu Hause mehr für ihn bewirken als hier.

Kurz darauf stand Schulte allein auf dem berühmten Dam-Platz mit dem Heldendenkmal. Dies war in den späten Sechzigern der Hauptplatz der westeuropäischen Hippies gewesen. Immer wieder hatten hier in den Siebzigern und Achtzigern politische Kundgebungen und Happenings aller Art stattgefunden. Jetzt war es vor allem der zentrale Anlaufpunkt für Touristen. Wer in Amsterdam einen geeigneten Treffpunkt suchte, war hier meist richtig.

Schulte hatte sich einen Stadtplan gekauft, faltete den nun auf und suchte die Adresse, die ihm Axel Braunert über den Sicherheitsumweg Rodehutskors mitgeteilt hatte. Dann ging er strammen Schrittes los. Vom Dam-Platz aus die wichtigste Einkaufsstraße Amsterdams, die Kalverstraat, hinunter, dann bog er schräg rechts ab und kam kurz darauf auf die Leidse Straat. Der weltberühmte Grachtengürtel Amsterdams musste überquert werden, bevor Schulte auf dem immer quicklebendigen Leidseplein mit seinen unzähligen Kneipen und Restaurants ankam. Er schritt weiterhin kräftig aus, wunderte sich selbst, wie gut das schon wieder ging. Aber es war auch seit Langem der erste Tag mit Sonnenschein. Es war immer noch bitterkalt, doch die Sonne weckte in ihm neue Kräfte.

Hinter dem Platz und einer weiteren Brücke kam er über den breiten Boulevard Overtoom, eine der wichtigsten Ausfallstraßen aus der City heraus. Irgendwann schwanden ihm dann doch beinahe die Kräfte, denn es war ein ordentlicher Fußmarsch, den er sich da abverlangt hatte. Dann endlich ging es rechts ab in die Vondelkerkstraat. Er durchschritt die gepflegte Straße mit den wunderschönen, villenartigen Stadthäusern bis zum Ende, bis dahin, wo der große Vondelpark begann. Schulte ging bis in den Park und setzte sich dort auf eine Bank. Sein Zielobjekt war eines der beiden Häuser am Ende der Straße. Von seiner Bank aus konnte er das Haus im Auge behalten, ohne seinerseits vom Haus aus gesehen zu werden.

Es war nun kurz vor Mittag, die Sonne wärmte zwar nicht richtig, es ließ sich aber aushalten. Jedenfalls eine Stunde lang. Als Schulte anderthalb Stunden dort gesessen hatte, und ständig so tat, als lese er in seinem Stadtplan, weil immer wieder Passanten an ihm vorbeiliefen, wurde ihm doch kalt. Sehr lange würde er es nicht mehr aushalten, das war ihm schon klar. Aber er hatte keine echte Alternative, er musste einfach hoffen, dass irgendwann die Haustür sich öffnen und Sascha Schäfer heraustreten würde.

Er hatte schon klamme Finger, als er wieder mal den Stadtplan aufklappte, um wie ein normaler Tourist zu wirken, als er einen großen Mann auftauchen sah, der am Anfang der Vondelkerkstraat stand und offenbar unsicher war, ob er richtig oder falsch gelaufen war. Schulte packte seinen Stadtplan zusammen, aus Sorge, der Mann könne zu ihm kommen und nach dem Weg fragen. Er wollte jeden Kontakt vermeiden. Doch der riesige Kerl schaute in seine Richtung, schien zu überlegen, guckte dann noch mal, diesmal etwas länger, und ging dann weiter.

Irgendwie hatte Schulte das komische Gefühl, diesen Mann schon einmal gesehen zu haben.

47

Nach dem Eklat mit dem Staatsanwalt hatte sich Braunert in sein Büro zurückgezogen. Hier nahm er sich jedoch gleich wieder die Akte von Schultes Fall vor.

Maren Köster beobachtete ihn den ganzen Tag über, ohne etwas dazu zu sagen. Irgendetwas stimmte mit Braunert nicht. Bis gestern war es für sie unvorstellbar, dass er sich in einer Sitzung so mit jemandem anlegte. Das war eigentlich eher Schultes oder ihr Part.

Kurz vor Feierabend sprach sie ihn an.

„Was meinst du Axel, sollen wir heute zusammen zu Abend essen? Ich hätte Lust, mal wieder rauszugehen. Mir fällt langsam die Decke auf den Kopf."

„Tut mir leid, Maren, ich habe noch zu tun."

„Was hast du denn noch vor?"

„Ich werde noch einmal in den Pub fahren und mir den Wirt vornehmen. Ich habe so ein unbestimmtes Gefühl, dass unser großer Unbekannter etwas mit der ganzen Angelegenheit zu tun hat. Vielleicht liegt da ja der Schlüssel zur Lösung.

Aber vorher will ich noch zu Schultes Wohnung und mir ein paar Hundehaare holen."

„Hundehaare? Bist du jetzt völlig verrückt geworden? Was willst du denn damit?"

Axel Braunert hielt ihr die aufgeschlagene Seite der Akte hin.

„Hier steht, dass der Tote Tierhaare am Schuh und an der Hose hatte. Ich will überprüfen, ob die Haare mit denen von Schultes Hund übereinstimmen."

Verdammt, dachte Maren Köster, schon wieder so ein Detail, das ihnen durch die Lappen gegangen war. Sie hatten wirklich an vielen Stellen grobe handwerkliche Fehler gemacht. Vielleicht war es gar nicht so schlecht, dass Axel Braunert ein paar Tage nicht da war. Der ging ganz anders an die Sache ran, als die es taten, die schon seit Tagen mit dem Fall beschäftigt waren.

„Okay, Axel ich komme mit."

„Das ist nett von dir, Maren, aber ich möchte den Wirt lieber alleine sprechen. Wenn du dabei wärst, dann würdest du mit deinem Handeln die Rituale und Vorgehensweisen fortschreiben, die in den letzten Tagen eure Arbeitsweise bestimmt haben. Das will ich aber vermeiden. Ich will versuchen, noch einmal völlig anders an den Fall heranzugehen."

Maren Köster zuckte mit den Schultern. Sie musste zugeben, dass Braunert recht hatte. Dennoch gefiel ihr die Antwort nicht. Es hätte vielleicht die Möglichkeit gegeben, während der Autofahrt mit ihm zu reden. Jetzt hatte sie wieder ganz stark das Gefühl, dass er sich einem Gespräch entzog.

Nachdem Maren Köster sich auf den Heimweg gemacht hatte, fuhr Braunert zu Anton Fritzmeier. Der Hund Schultes war gar nicht auf dem Hof. Die Haustüre war nur notdürftig repariert. Fritzmeier ließ ihn in die Wohnung. Achtete aber mit Argusaugen darauf, dass Braunert wirklich nur ein Büschel Haare mitnahm. Auf dem Rückweg fuhr er zu dem Irish Pub in die Exterstraße. Es war jetzt gerade mal halb sechs. Der Wirt hatte erst vor einigen Minuten geöffnet. Außer ihm war noch niemand im Laden. Als Braunert eintrat, begrüßte er ihn. Denn Braunert war hier schon öfter Gast gewesen. Diesmal zeigte er ihm den Polizeiausweis und bat ihn um ein Gespräch.

„Das hätte ich jetzt nicht gedacht, dass Sie bei der Polizei sind", sagte der Mann, als er sich zu Braunert an den Tisch setzte.

„Wollen Sie was trinken?"

Braunert bedankte sich, lehnte aber ab.

Zunächst unterhielten sie sich über Wormsthal. Da der Wirt wusste, dass auch Braunert ihn kannte, war er nicht so zurückhaltend, wie an jenem Tag, als Maren Köster und Jupp Schulte ihn gefragt hatten.

„Ich sage Ihnen das jetzt außerhalb des Protokolls. Denn ich habe keine Lust, selbst irgendwann auf dem Grund des Detmolder Schlossgrabens zu liegen. Dieser Wormsthal war ein brutaler Kerl. Dem wollte ich nicht im Dunkeln begegnen. Aber sein Schatten und Bodyguard, dieser Kriegel, der ist noch um einiges brutaler. Wer dem in die Hände fällt, der ist so gut wie tot. Sie verstehen also, dass ich ihren Kollegen gegenüber meinen Mund gehalten habe. Ich bin nämlich nicht lebensmüde."

„Kriegel? Den Namen habe ich noch nie gehört. Ist das ein Detmolder?"

„Nee, ich glaube, er kommt genau wie Wormsthal und dieser Reichel, das ist so ein richtig fetter Kerl, aus Paderborn."

Braunert überlegte, ein fetter Kerl, wo hatte er einen übermäßig dicken Menschen gesehen?

Richtig: im Zug nach Amsterdam und auf dem Bahnhofsvorplatz. Er musste unbedingt Schulte erreichen und ihm diese Neuigkeit mitteilen. Vielleicht war es ja Spinnerei, aber unter Umständen könnte es auch verdammt gefährlich für seinen Kollegen werden.

Dann berichtete Braunert dem Gastwirt, dass ein Pärchen ausgesagt habe, dass an dem Abend, als die Schlägerei vor seinem Lokal stattgefunden hatte, noch ein weiterer Mann im Gastraum gewesen sei.

Der Wirt war ehrlich verwundert. Doch dann sagte er:

„Stimmt, an den habe ich überhaupt nicht mehr gedacht."

Doch auf die Frage, ob er ihn beschreiben könne, entgegnete dieser, dass der Mann so unscheinbar ausgesehen habe, er könne sich beim besten Willen nicht an dessen Gesicht erinnern.

Als Braunert dem Wirt berichtete, dass das Pärchen nicht bemerkt habe, wie dieser Fremde das Lokal verlassen hatte, dachte der Wirt längere Zeit nach.

„Auch das stimmt“, sagte er. „Irgendwann, als ich wieder zu dem Tisch da vorne ging“, dabei zeigte er auf eine dunkle Nische neben dem Gang zur Toilette, „stand dort nur noch das leere Glas und, darunter geschoben, lag ein Fünfeuroschein.“

Der Wirt kratzte sich am Kopf.

„Vielleicht ist er hinten raus. Da gibt es noch eine Tür zum Carport. Die ist an sich verschlossen, aber der Schlüssel steckt. Notausgang, Sie verstehen. Wir können ja mal nachsehen.“

Der Schlüssel steckte in der Tat. Doch als der Kneipier überprüfen wollte, ob die Tür verschlossen war, hielt Braunert ihn zurück.

„Es könnte ja sein, dass seit dem Abend diese Tür nicht mehr benutzt worden ist. Vielleicht haben wir ja Glück und finden ein paar Fingerabdrücke darauf.“

Der Wirt nickte. „Könnte sein.“

Braunert griff sich das Telefon und rief Renate Burghausen an. Sie hörte, was ihr Kollege zu sagen hatte, dann sagte sie: „Ich bin in einer Viertelstunde da.“

48

Während Schulte noch grübelte, warum ihm dieser Riese so bekannt vorgekommen war, öffnete sich die Haustür und ein junger, blonder Mann trat heraus. Schulte zog sich etwas weiter hinter den Busch zurück und kramte in seinem Gedächtnis nach der Personenbeschreibung, die ihm Braunert von Sascha Schäfer gegeben hatte. Sie passte. Knapp über zwanzig Jahre, blonde, längere Haare, circa 1,82 groß, schlank, gut aussehend.

Schäfer ging nicht Richtung Overtoom, sondern zum Vondelpark. Dadurch kam er in Schultes Richtung, warf ihm aber nur einen flüchtigen, uninteressierten Blick zu und ging dann weiter ins Zentrum des riesigen Parks. Schulte ließ ihn an sich vorüberziehen. Erst als Schäfer fast fünfzig Meter weiter war, stand Schulte auf und folgte ihm. Er versuchte, etwas schneller zu gehen als Schäfer, um langsam, aber unauffällig zu ihm aufzuschließen. Das erwies sich als gar nicht so einfach, denn Schäfer schien einen Termin zu haben und schritt ordentlich aus. Schulte blieb nichts anderes übrig, als in eine leichte Form von Dauerlauf zu verfallen.

Er war reichlich aus der Puste, als er zu dem Blondschopf aufgeschlossen hatte. Er entschloss sich, Schäfer sofort anzusprechen, denn ihm lag viel daran, Schäfer noch im Park zu erreichen, da sie hier am ehesten unbemerkt sprechen konnten.

Als Schulte bis zu einem Meter aufgeholt hatte, keuchte er: „Herr Schäfer?"

Der junge Mann drehte sich abrupt und erschrocken zu ihm um, sagte aber nichts.

Schulte stand nun direkt vor ihm, pumpte nach Luft und wiederholte die Ansprache.

„Herr Schäfer, vermute ich?"

Sein Gegenüber blickte ihn kritisch an.

„Ik kan U niet verstaan", versuchte Schäfer auf Holländisch zu radebrechen.

Schulte schmunzelte innerlich anerkennend. Dieser „Bengel" war nicht mehr der naive Junge, der hatte auch seine Erfahrungen gemacht und war wachsam geworden.

„Wenn Sie nicht Sascha Schäfer wären, dann hätten Sie sich eben nicht so spontan umgedreht. Keine Sorge, ich will Ihnen nichts verkaufen. Können wir uns kurz unterhalten?"

Schäfer blieb misstrauisch, sprach aber nun auf Deutsch:

„Wer sind Sie? Was wollen Sie von mir? Ich habe es eilig."

„Mein Name ist Schulte, ich bin Privatdetektiv. Mein Klient hat mir den Tipp gegeben, mich an Sie zu wenden. Wir wollen Ihnen nichts, keine Angst. Wir glauben aber, dass Sie uns helfen können. Sagt Ihnen der Name Wormsthal etwas?"

Der Schock bei dem Jungen hätte nicht größer sein können. Er machte unwillkürlich einen Schritt zurück, weg von Schulte, die weit aufgerissenen Augen drückten Angst aus, und er war blass geworden. Es dauerte etwas, bis er wieder Worte fand: „Nein! Den Namen habe ich nie gehört. Ich muss jetzt gehen."

Schulte verdrehte die Augen. Warum musste immer alles so kompliziert sein?

„Ihre Reaktion drückt genau das Gegenteil von dem aus, was Sie sagen. Ganz offensichtlich kennen Sie den Namen. Aber glauben Sie mir, ich bin nicht Ihr Gegner. Nicht Wormsthal war mein Klient. Ganz im Gegenteil. Mein Klient ist Opfer dieses Mannes geworden und will nun sein Recht. Dabei hofft er auf Ihre Mithilfe, denn er weiß, dass Sie ein ähnliches Schicksal hatten. Ich denke, Sie wissen, wovon ich spreche. Sie sind unsere größte und fast einzige Chance. Helfen Sie uns und damit wahrscheinlich auch sich selbst."

Schäfer schluckte. Schulte sah ihm an, dass er einen innerlichen Kampf ausfocht und konnte nur hoffen, dass dieser Kampf mit der Entscheidung Schäfers zur Kooperation endete. Doch vorerst ging die Auseinandersetzung offenbar unentschieden aus.

Schulte erkannte, dass er dem jungen Mann etwas mehr Zeit geben musste. Es war eine Entscheidung von großer Tragweite, die er von ihm verlangte.

Schulte kramte in seiner Jackentasche und tat, als suche er eine Visitenkarte.

„Mist", fluchte er. „Ich habe heute Morgen im Hotel die Jacke gewechselt, aber meine Brieftasche mit den Visitenkarten nicht umgepackt. Jetzt kann ich Ihnen leider keine Karte geben. Aber was halten Sie davon, wenn wir uns heute Abend irgendwo beim Bier treffen und uns unterhalten. Den Ort können Sie gern bestimmen."

Schäfer war noch nicht so weit, das konnte Schulte deutlich erkennen. Also musste er noch einen drauflegen.

„Haben Sie gewusst, dass Wormsthal tot ist?“

Wieder drohte Schäfer zu kollabieren. Diese Nachricht war neu für ihn, das war für Schulte deutlich zu erkennen.

„Wie“, stammelte der Jüngere, „wieso? Warum ist er tot?“

„Weil er vermutlich ermordet wurde“, schob Schulte nach, wobei er sich große Mühe geben musste, dabei kühl zu wirken.

„Ermordet?“ Nun war der Blondschopf restlos erledigt. Er brauchte eine volle Minute, um fragen zu können:

„Wer hat ihn ermordet?“

„Das ist noch nicht raus“, brummte Schulte, hütete sich aber, dieses Thema zu vertiefen. „Haben Sie ein Stückchen Papier?“, fragte er.

Als Schäfer aus seiner Collegemappe einen kleinen Block und einen Stift anbot, schrieb ihm Schulte seine Handynummer auf.

„Rufen Sie mich an, wenn Sie sich entschieden haben. Ich kann Sie gut verstehen. Sie haben, nach all dem, was ich weiß, eine schlimme Zeit durchgemacht. Jetzt möchten Sie die am liebsten vergessen. Aber als älterer Mann sage ich Ihnen voraus, dass Ihnen das nicht gelingen wird. Die Leute, die Ihnen so übel mitgespielt haben, sind nach wie vor eine Bedrohung für Sie. Genauso wie für meinen Klienten. Lassen Sie uns gemeinsam dafür sorgen, dass diese Verbrecher ausgeschaltet werden!“

Mit diesen Worten ließ Schulte den verblüfften und eingeschüchterten Jungen stehen und ging in die Richtung zurück, aus der er gekommen war.

Nach nur wenigen Metern sah er den riesenhaften Mann von vorher wieder. Und wieder hatte Schulte das Gefühl, diesen Menschen zu kennen. Wo hatte er den schon mal gesehen?

49

Nach einer kurzen Unterredung mit Renate Burghausen machte er sich auf den Heimweg. Die Frau von der Spurensicherung stellte keine Fragen. Sie machte ihren Job, und als Braunert andeutete, diese Sache etwas vertraulich zu behandeln, nickte sie nur zustimmend.

Als er schon vor der Kneipe stand und nach seinem Autoschlüssel suchte, fühlte er einen Plastikbeutel mit etwas Weichem darin. Richtig, die Hundehaare. Braunert machte noch einmal kehrt und bat die Kollegin, sie mit den Haaren zu vergleichen, die an der Hose des Toten gefunden wurden. Während der Fahrt nach Hause überlegte Braunert, wie er weiter vorgehen könnte.

Vom Staatsanwalt hatte er nichts mehr zu erwarten. Einerseits hatte der sich festgelegt. Der unterwarf sich den politischen Wünschen und dem Druck der Öffentlichkeit. Darüber hinaus war sich Braunert sicher, dass der Staatsanwalt mit ihm noch ein Hühnchen rupfen würde. Der würde ihm in der nächsten Zeit jeden erdenklichen Knüppel zwischen die Beine schmeißen, den er auftreiben konnte.

Mit Maren Köster musste er so schnell wie möglich reden. Das war klar. Aber den Zeitpunkt würde er noch etwas nach hinten schieben. Denn Maren würde ihm zurecht Vorhaltungen machen, und sie wäre natürlich auch sauer.

In irgendeiner Weise brauchte er Rückendeckung. Die würde er sich gleich morgen früh von Margarete Bülow holen. Vorausgesetzt seine Chefin würde nicht im gleichen Fahrwasser fahren, wie es der Staatsanwalt zurzeit tat.

Was war heute Abend noch zu erledigen? Er musste Schulte erreichen. Der Mittelsmann war Hermann Rodehutskors. Als er anrief, musste er feststellen, dass der alte Journalist schon wieder in Detmold war.

„Sie können gerne auf ein Glas Wein vorbeikommen“, plauderte Rodehutskors gut gelaunt, als er erkannte, wer am

Telefon war. „Dann können wir gemeinsam versuchen, Herrn Schulte zu erreichen. Wobei ich glaube, dass das ein hoffnungsloses Unterfangen ist. Ich bin mir ziemlich sicher, dass er nicht ans Telefon gehen wird. Aber was ist denn das konkrete Anliegen?“

Braunert, der die Zuverlässigkeit des Journalisten kannte, berichtete ihm vom Verlauf des Tages und gab Rodehutskors die beiden Namen weiter, die er in Erfahrung gebracht hatte, mit der Bitte, sie Schulte zukommen zu lassen. Auf einen Plausch mit dem alten Genießer hatte er keine Lust. Ihm stand nicht der Sinn nach netter Atmosphäre, guten Gesprächen und noch besserem Wein. Braunert ging es nicht gut. Er machte sich Sorgen um seine Zukunft als Polizist, um Schulte und um seine Freundschaft zu Maren Köster. In solchen Situationen war er am liebsten für sich.

Doch dann fiel ihm ein, dass es niemanden gab, der sich in der regionalen Zeitungswelt besser auskannte als Rodehutskors. Daher bat er ihn, sich ein bisschen unter den Kollegen umzuhören. Vielleicht bekäme er ja heraus, wer der Maulwurf in der Kreispolizeibehörde war.

In der selbst gewählten Einsamkeit war Braunert am ehesten dazu in der Lage, über seinen Fall nachzudenken. Alleine spazieren gehen, da hatte er schon die besten Eingebungen und Ideen gehabt. Deshalb tat er es oft, wenn er etwas zu überlegen hatte.

Zu Hause angekommen stellte er sein Auto ab und schlenderte durch Lemgo. Der Wall war seine Hausstrecke, die er sehr oft entlangging.

Was hatte er heute für Ergebnisse getätigt, und welche neuen Erkenntnisse waren daraus abzuleiten? Viel weitergekommen war er nicht. Wenn er Glück hatte, fand Renate Burghausen Fingerabdrücke auf der Türklinke des Notausgangs. Dann musste er abwarten, was der Vergleich der Hundehaare ergab.

Das Wichtigste, was er herausgefunden hatte, waren mit Sicherheit die Namen der beiden Personen, die mit Wormsthal in der Kneipe waren.

Doch es gab noch ein Problem. Um den Fall zu lösen und damit Schultes Unschuld zu beweisen, musste die Polizei den Missbrauch im Internet und das Tötungsdelikt ermitteln, da die beiden Straftaten unmittelbar zusammenhingen. Zum einen die Darstellung unerlaubter und nicht autorisierter sexueller Handlungen im Internet.

Und daraus resultierende Erpressungen und illegale Geschäfte. Und dann musste natürlich auch der Mord an Wormsthal aufgeklärt werden.

Braunert überlegte, wie er diese beiden Verbrechen zusammenbringen konnte, ohne dabei selbst zwischen die Mühlsteine zu geraten.

Denn schließlich war er einerseits Opfer und sollte selbst erpresst werden. Aber er deckte auch Schulte, der eines Verbrechens bezichtigt wurde. Die Möglichkeit, dass sexuelle Handlungen, an denen er beteiligt war, an die Öffentlichkeit gelangten, konnten ihn viel Reputation und Autorität als Polizist kosten. Vielleicht war es danach sogar unmöglich in seinem Beruf weiterzuarbeiten. Doch das würde er dann selbst entscheiden müssen. Das Wissen über Schultes Aufenthalt aber und gerade auch die Nichtweitergabe dieser Erkenntnis, beides könnte ihn locker den Job kosten. Darauf würde er keinen Einfluss haben.

Bis jetzt hatte er zu diesen Problemstellungen noch keine adäquaten Lösungen parat.

Aber er würde morgen darauf drängen, dass die Wohnungen der beiden Komplizen Wormsthals durchsucht würden. Vielleicht würden sich auf diesem Wege Hinweise ergeben, denen er nachgehen könnte, um so auf den Straftatbestand der Internetkriminalität zu schließen. Dann wäre es nicht mehr so kompliziert, diese beiden möglichen Verbrechen miteinander zu verknüpfen.

50

Man kann nun mal nicht alles können. Schulte konnte nicht warten. Geduld war etwas, was seine Eltern, als sie seinen Gen-Cocktail anmischten, schlicht und einfach vergessen hatten. Er brauchte sofort Ergebnisse, eine lückenlose Abfolge der Ereignisse, sonst wurde er raschelig, wie er dies ausdrückte. Und an diesem feuchtkalten Nachmittag in Amsterdam war er schnell unruhig geworden. Immer wieder zog er sein Handy aus der Jackentasche und schaute auf das Display, in der Hoffnung, einen Anruf nur überhört zu haben. Aber das Gerät zeigte nichts dergleichen an. So blieb Schulte nichts anderes übrig, als sich irgendwie und irgendwo im Warmen aufzuhalten. Vom Café zum Kaufhaus, vom Kaufhaus zum Plattenladen, dann in eine Buchhandlung, danach in ein Schnellrestaurant. Hauptsache beheizt.

Es dämmerte schon wieder. Nach einem furiosen Frühstart hatte die Sonne bereits gegen Mittag wieder resigniert und sich beleidigt hinter den vielen Wolken zurückgezogen. Schulte sah einem weiteren sinnlos verbrachten Abend in seinem trostlosen „Hotel“ entgegen.

Endlich spürte er den Vibrationsalarm seines Handys. Voller Hoffnung schaute er auf die Nummer, war aber enttäuscht, als sich Rodehutskors meldete und ihm auf Wunsch von Braunert einen Überblick über die Geschehnisse in Detmold verschaffte. Schulte berichtete seinerseits von seinem kleinen, bescheidenen Fortschritt bei der Suche nach Sascha Schäfer.

„Sie sollten sich hier auf keinen Fall sehen lassen“, riet Rodehutskors. „Sie sind nun einmal als der Böse auserkoren worden, und man wird keine Ruhe geben, bis Sie hinter Gittern sind. Leider spielt mein ehemaliger Kompagnon Grafenberg dabei eine üble Rolle. Was hat der eigentlich gegen Sie?“

Darauf wusste Schulte auch nichts zu sagen und die beiden Männer wollten das Gespräch beenden, als Rodehutskors noch etwas einfiel.

„Ach, noch eine Information: Ihr Kollege Braunert hat die Namen von Wormsthals Schergen herausgefunden. Sie heißen Reichel und Kriegel."

„Nie gehört."

„Ist auch nicht so bedeutend für sie. Viel wichtiger ist die Tatsache, dass Braunert die beiden Vögel in Amsterdam vermutet. Den einen, das muss wohl ein ungewöhnlich fetter Kerl sein, den hat er wahrscheinlich im Zug nach Amsterdam und dort auf dem Bahnhofsvorplatz gesehen."

Schulte bedankte sich für den Hinweis. Dann steckte er das Handy wieder ein.

Wieder verging eine halbe Stunde, bis endlich der Anruf von Sascha Schäfer kam.

„Heute Abend um acht Uhr im Hardrock-Café auf dem *Max-Eeuweplein, ganz in der Nähe des Leidseplein*. Okay? Aber ich warte nicht. Wenn Sie mehr als fünf Minuten zu spät kommen, bin ich weg."

Der ist aber auf Zack, dachte Schulte und steckte das Handy wieder weg.

Er ging zurück in seine Unterkunft und duschte. Es gab natürlich keine Dusche auf dem Zimmer, sondern Schulte musste eine Etage tiefer in ein winziges Badezimmer gehen, in dem er sich in einer sehr kleinen Badewanne stehend duschen konnte. Der Duschvorhang war voller Stockflecken und klebte widerwärtig an seinen Beinen. Die Badezimmertür ließ sich nicht mehr abschließen, sodass Schulte jeden Moment damit rechnen musste, Besuch zu bekommen.

Schulte war pünktlich. Nur drei Minuten Verspätung. Das war für seine Verhältnisse auf die Sekunde genau. Das Hardrock-Café war kein Laden nach Schultes Geschmack – viel zu touristisch. Ein Riesenschuppen mit einer sehr modernen Fassade aus Glas und Metall. Links vom Eingang des Cafés gab es einen eigenen Souvenirshop, in dem sich zu jeder Tages- und Nachtzeit Scharen von Asiaten tummelten.

Drinnen im Café war viel los. Schulte musste anerkennen, dass es gerade deshalb ein guter, weil absolut anonymer Treffpunkt war.

Sascha Schäfer saß ganz hinten, sodass Schulte ihn nicht sofort entdecken konnte. Auf dem Weg zu ihm sah er an einer Wand einen großen, goldenen Rahmen, in dem unter Glas Eddie van Halens ausgediente, aber originale E-Gitarre ruhte.

Schulte war es ganz recht, dass kein Tisch mehr frei war. Er tat, als bitte er Schäfer um die Erlaubnis, sich zu ihm an den Tisch zu setzen.

„Was trinkt man denn hier?“, fragte Schulte und schaute neugierig, was der Jüngere vor sich stehen hatte.

„Kaffee mit Baileys“, murmelte Schäfer. „Wird hier viel getrunken.“

Schulte schüttelte sich und bestellte ein großes Bier.

Schäfer war sichtlich angespannt. Nervös trommelte er mit den Fingern auf dem Tisch herum. Er wirkte, als sei er ständig auf dem Sprung. Als Schulte ihn vorsichtig darauf ansprach, gab Schäfer seinen Widerstand auf und sprach:

„Ich bin mir nicht hundertprozentig sicher, aber ich glaube, oder besser, ich fürchte, auf dem Weg hierher zwei Männer gesehen zu haben, von denen ich gehofft hatte, sie nie wieder zu sehen. Dabei weiß ich gar nicht so genau, wie die aussehen. Es ist mehr so ein Gefühl.“

Schulte wurde aufmerksam. Irgendwie war ihm das ja heute im Vondelpark genauso ergangen. Und dann war da noch die Warnung von Braunert. Also ließ er einfach mal einen Ballon steigen.

„Ist einer der beiden ein Mann von fast zwei Metern? Mit Schultern wie ein Preisboxer?“

Schäfer blickte überrascht auf.

„Stimmt! Woher kennen Sie den Mann?“

„Ich kenne ihn gar nicht. Aber ich …“, dann erzählte Schulte von dem wiederholten Zusammentreffen und seinem Gefühl dabei. Durch seine offene Art schien bei Schäfer langsam das

Eis zu brechen, und nach der nächsten Getränkebestellung fing dieser endlich an zu sprechen. Immer wieder unterbrochen durch sorgenvolle Blicke zum Eingang. Jetzt erst erkannte Schulte, wie raffiniert Schäfer diesen Platz ausgewählt hatte. Von hier aus konnte man den Eingang beobachten, ohne dabei selbst auf den ersten Blick gesehen zu werden. Sein Respekt vor dem Junior stieg.

„Ich habe das sonst noch keinem erzählt. Aber die Erlebnisse der letzten Wochen liegen wie eine zentnerschwere Last auf meiner Seele. Ich muss einfach darüber reden. Doch mit wem? Sie sind ein Wildfremder. Warum soll ich ausgerechnet mit Ihnen über meine Probleme sprechen? Doch es scheint mir, ich werde immer weiter in diesen Strudel hineingezogen. Ich glaubte, durch die Flucht nach Amsterdam meine Probleme hinter mir gelassen zu haben, das war wohl ein Irrtum. Jetzt, so scheint es, sind mir meine Peiniger schon wieder auf den Fersen. Ich halte das alles nicht mehr aus. Ich habe ständig das Gefühl, ich werde innerlich aufgefressen. Ich kann einfach nicht mehr."

Schäfer druckste herum: „Alles begann damit, dass ich …"

Nun folgte ein langer, deprimierender Bericht, der Schulte danach noch minutenlang verstört schweigen ließ. Schäfer, dem während seiner Pubertät klar wurde, dass er schwul war, hatte vor einem Vierteljahr einen über zehn Jahre älteren Mann kennen gelernt, viel Zeit mit ihm verbracht und sich in ihn verliebt. Dieser Mann war Wormsthal. Noch nie zuvor hatte jemand mit so viel Aufwand an Zeit und Fantasie bei ihm „gebaggert", noch nie hatte er sich so anerkannt gefühlt. Es war nur eine Frage der Zeit, bis er dem Werben des Älteren nachgab und sich mit ihm in dessen Wohnung traf. Sicher, sein Lover zeigte schnell eine Neigung zu Sexpraktiken, die ihm selbst eher zuwider waren, aber er ließ es mit sich geschehen. Dass er dabei gefilmt wurde, und dass diese Filme im Internet auftauchen konnten, hätte er sich nie träumen lassen. Aber das war erst der Anfang gewesen.

Vor nun etwa zweieinhalb Wochen hatte er in Wormsthals Wohnung etwas getrunken, und danach waren ihm die Sinne geschwunden. Als er wieder klar wurde, fand er sich in einem Kellerverlies wieder. Hier verbrachte er fast zwei Wochen, wurde von zwei Männern bewacht, die stets eine Sturmhaube aus Wolle trugen, wenn sie zu ihm kamen und mit Lebensmitteln versorgt. Ob die beiden auch schwul waren, wusste er nicht. Er glaubte es aber kaum. Einer der beiden war sehr groß, der andere extrem fett, vermutlich mit einem Pferdeschwanz, der noch etwas unter der Sturmhaube hervorgelugt hatte. Während der Große offenbar dafür zuständig war, ihn einzuschüchtern, hatte der Fette die Videokamera bedient, wenn Wormsthal wieder mal zu ihm in das Verlies gekommen war und …

Hier musste der junge Mann eine Pause machen, um seiner Emotionen Herr zu werden. Schulte ließ ihm Zeit. Minutenlang saßen sie schweigend da, als Schäfer urplötzlich die Augen aufriss und zum Eingang starrte.

„Da!“, flüsterte er heiser. „Ich glaube, das sind sie!“

Schulte kniff die Augen zusammen, um besser sehen zu können. Im Eingang standen zwei Männer. Der eine war auffällig groß und kräftig gebaut, der andere normal groß, aber ungewöhnlich fett. Er trug einen Pferdeschwanz. Auch bei Schulte setzte dieser Anblick etwas in Gang. Da war etwas, aus irgendeiner finsteren Ecke seines Gedächtnisses zwängte sich eine Erinnerung ans Licht. Auch er war diesen Männern schon einmal begegnet. Dem Großen erst heute im Vondelpark, daran gab es keinen Zweifel. Aber auch dem Dicken. Und noch ein anderer drängte sich in die verschwommene Erinnerung, aber er konnte das Bild nicht fokussieren, es blieb verschwommen.

Schulte handelte wie aus einem Guss. Er legte, nach der hier üblichen amerikanischen Weise, einen passenden Euroschein auf den Tisch, forderte Schäfer auf, sofort aufzustehen und zerrte ihn mit sich in einen Flur, der zu den Toiletten führte. Seine Hoffnung, dass die beiden Männer wieder verschwinden würden, wenn sie ihn und Schäfer nicht sahen, erfüllte sich nicht. Die beiden nutzten den einzigen freien Tisch und setzten sich.

„Uns bleibt nichts anderes übrig“, flüsterte Schulte. „Hier können wir nicht bleiben. Wir müssen hoffen, dass sie uns nicht sehen, wenn wir rausgehen.“

So unbefangen wie möglich schlenderte er wieder in den großen vollen und lärmenden Gastraum, an der Theke vorbei Richtung Ausgang. Er hoffte, dass Schäfer die Nerven behalten und genau so ruhig folgen würde. Erst als er in der Tür stand, wagte er es, sich umzudrehen.

Schäfer war direkt hinter ihm, aber aus dem Augenwinkel konnte Schulte erkennen, dass der Riese aufgesprungen war und in ihre Richtung starrte.

51

Rodehutskors überlegte, ob er Braunerts Bitte, nämlich herauszufinden, wer der Maulwurf war, nachkommen sollte. Er hatte den Autor des Artikels, seinen einstigen Zögling Grafenberg, schon länger nicht mehr gesprochen. Seitdem der eine Freundin in Dortmund hatte und oft unterwegs war, hatten sich ihre Wege getrennt.

Grafenberg arbeitete jetzt als freier Journalist für verschiedene Zeitungen, während Rodehutskors langsam kürzer trat. Der Alte übernahm nur noch die Aufgaben, die ihm Spaß machten. Durch seine Rente war er gut versorgt. Das Arbeiten für irgendwelche Zeitungen diente nur dazu, geistig nicht einzurosten. Außerdem hatte sein Hobbyjournalistendasein noch einen angenehmen Nebeneffekt. Oft, wenn er in Reportageangelegenheiten unterwegs war, traf er Leute, die er mochte. So ergaben sich vielfache Möglichkeiten, ein nettes Gespräch zu führen, oder die eine oder andere Gelegenheit, wieder einmal einen guten Wein oder einen guten Schnaps mit Bekannten zu trinken.

Grafenberg hatte eine völlig andere Mentalität als Rodehutskors. Manche würden ihn vielleicht als undankbar oder karrieregeil bezeichnen. Das war jedoch mit Sicherheit nicht der Fall. Im Moment hatte der Junge einfach einen Lauf. Warum sollte er diese Chance nicht nutzen? Sicher, er hatte eine andere Berufsauffassung als Rodehutskors. Aber die moderne Zeitungswelt verlangte nun mal nach Sensationsberichterstattung. Die Auffassung, die Rodehutskors von Journalismus hatte, war in Grafenbergs Augen Alteleutekram. Damit kam man in der Regel nirgendwo mehr an.

Doch das war ihm egal. Er pickte sich vor allem die Themen heraus, bei denen er sich sicher und kompetent fühlte. Wenn ein Thema nicht sein Interesse weckte, ließ er die Finger davon.

Und da Rodehutskors nach Lust und Laune arbeitete, merkte man dies auch seinen Artikeln an. Sie waren immer mit einer gewissen Freundlichkeit geschrieben, und er versuchte allen, über die er schrieb, die Würde zu lassen.

Er wusste, dass er Ärger mit seiner Frau bekommen würde, wenn er sich jetzt noch einmal auf den Weg machte. Aber das war für ihn alte Gewohnheit. Und so ließ er denn auch brav die Nörgeleien seiner besseren Hälfte über sich ergehen. Nachdem das ausgestanden war, setzte er sich in seinen Benz und fuhr noch einmal über den Apenberg Richtung Lemgo.

Rodehutskors hatte Glück. Grafenberg saß noch in seinem Büro und schrieb. Als der Alte eintrat, schaltete er den Rechner aus und grinste seinen ehemaligen Lehrer und Förderer an.

Es war ein verlegenes Grinsen. Rodehutskors sah ihm das schlechte Gewissen förmlich an. Sicher wusste Grafenberg genau, dass er durch die Veröffentlichung der letzten Artikel einen Menschen niedergeschrieben hatte, den Rodehutskors sehr schätzte. Aber so war das Geschäft.

„Na Hermann, kommst du, um mir den Kopf zu waschen?"

Rodehutskors kramte umständlich eine Zigarre aus der Tasche und schnitt sie an. Dann deutete er mit ihr in Richtung Grafenberg.

„Darf ich rauchen?“

Grafenberg zog einen Aschenbecher hervor, den Rodehutskors sofort als den erkannte, den er früher immer benutzt hatte, als sie noch zusammenarbeiteten.

Er zündete sich die Zigarre an, paffte ein bisschen und blies dann den ersten Rauchring durchs Büro.

„Warum sollte ich dir den Kopf waschen? Du bist doch alt genug. Jeder muss die Artikel schreiben, die er für richtig hält, und jeder, der sie liest, muss sich seine Meinung dazu bilden. Willst du meine hören?“

Grafenberg schüttelte den Kopf.

„Das ist nicht nötig. Ich kenne dich gut genug. Ich weiß, was du mir für eine Antwort geben würdest.“

Rodehutskors paffte weiter. „Du hast ja wieder gute Kontakte bei der Detmolder Polizei. Und das wird mit Sicherheit nicht die kleine Köster sein, oder?“

„Nee Hermann, die ist es ganz bestimmt nicht, da kannst du sicher sein. Du kannst dir aber auch sicher sein, dass ich dir nicht sagen werde, von wem ich die Informationen habe.“

„Würde ich an deiner Stelle auch nicht machen“, antwortete Rodehutskors. „Aber der oder die muss ganz schön clever sein. Die Person hat dich ja ruckzuck zu ihrem Werkzeug gemacht. Gibt sie dir nur die Informationen, oder diktiert sie dir auch, wie die Artikel auszusehen haben?“

Grafenberg wurde verlegen.

„Wie kommst du auf dieses schmale Brett?“, versuchte er Souveränität vorzutäuschen. „Bisher kann ich immer noch selbst entscheiden, was ich schreibe und was nicht.“

„Kann sein, aber dann hast du dich verändert. Früher, als wir beide noch zusammengearbeitet haben, hast du immer auch daran gedacht, dass Menschen von dem betroffen sind, was du aufs Papier bringst.

Gut, deine Beziehung mit der kleinen Köster ist vorbei. Ich will auch nicht bestreiten, dass sie manchmal verdammt kratzbürstig war und dich ab und zu ein bisschen gequält hat. Aber ich kann mir nicht vorstellen, dass sie dir völlig egal ist."

„Wieso meinst du das?"

„Auch wenn es völlig absurd ist, weil Maren Köster mit Sicherheit auf Schultes Seite steht, so halten sie doch viele für diejenige, die dir die Informationen gibt."

„Aber dafür kann ich doch nichts."

„Das stimmt, dafür kannst du nichts. Aber wenn ich an deiner Stelle gewesen wäre, dann hätte ich diese Artikel nicht geschrieben, weil es eben diese Verbindungen zwischen dir und ihr und ihren Kollegen gibt. Das ist der kleine Unterschied."

Grafenberg war schweigsam. Dann sagt er trotzig: „Wir sind eben unterschiedlich."

Rodehutskors nickte.

„Natürlich. Aber du hast vorhin schon recht gehabt, ich bin natürlich hier, um herauszufinden, wer dein Informant ist. Ich bin eben doch neugierig. Aber natürlich kann ich auch verstehen, dass du ihn nicht preisgibst. Dennoch eine Frage: Ist es Hartel?"

„Hermann, ich sage dir nicht, wer mein Informant ist. Aber diese Frage beantworte ich dir doch: Hartel kotzt mich an. Du weißt doch, dass der schon mal versucht hat, mich in den Knast zu bringen. Mit Hartel würde ich niemals zusammenarbeiten. Der ist es nicht. Und jetzt bitte ich dich! Hör auf, weiter zu insistieren. Ich sage dir nichts mehr."

Rodehutskors nickte und dachte, es reicht auch aus, was du erzählt hast. Laut sagte er: „Ist schon in Ordnung, ich frage ja gar nicht mehr. Und sonst, wie ist es? Gibt es in diesem Laden für mich noch einen Schnaps, oder hat sich das auch geändert?"

Grafenberg grinste und zog eine Flasche Calvados hinter einem Ordnerstapel hervor.

52

Zu spät! Schulte hatte keinen Zweifel daran, dass sie entdeckt worden waren. Er zog Schäfer hinaus aus dem Eingangsbereich des Hardrock-Cafés. Wohin so schnell? Direkt vor ihnen war Wasser, mangels Ortskenntnis blieb Schulte nichts übrig, als seiner Intuition zu folgen. Er lief nach links, über eine schmale Holzterrasse, die an wärmeren Tagen für Außengastronomie genutzt wurde, einmal um das große Rund des Cafés herum. Dann standen sie direkt vor einer Kirche. Als er kurz anhielt und sich umschaute, sah er, dass der Riese gar nicht weit hinter ihnen war. Schäfer war deutlich schneller als Schulte und war bereits über die nächste Straße gelaufen, als Schulte noch einmal alle Kräfte zusammennahm und beschleunigte, um mitzuhalten. Nachdem sie eine schmale Gracht überquert hatten, tauchten sie in das dichte und stark gastronomisch geprägte Häusermeer östlich des Leidsepleins ein. Hier war auch an einem Montagabend so viel Betrieb, dass sie gute Chancen hatten, in der Menschenmenge unterzutauchen.

Als sie annehmen durften, dem Riesen entkommen zu sein, schlüpften sie in eine der rappelvollen Kneipen, um Zeit zu gewinnen. Sie hatten die Hoffnung, der Kerl würde die Verfolgung abbrechen, wenn er sie lange genug aus den Augen verloren hatte.

„Junge“, hechelte Schulte, der ziemlich außer Atem war, „du musst dich stellen! Diese Leute sind skrupellose Verbrecher. Die suchen nicht mich, sondern dich. Dass du ihnen entkommen bist, war nicht vorgesehen und ist für sie ein unkalkulierbares Risiko. Sie werden alles dransetzen, um dich aus dem Weg zu räumen. Ich habe keine Ahnung, wie sie dich hier entdeckt haben, aber eines ist vollkommen klar: Du bist hier in Amsterdam nicht sicherer als zu Hause in Detmold! Eher im Gegenteil. Fahr nach Hause – und zwar so schnell wie möglich. Geh zur Polizei, da gibt es einen Hauptkommissar

Axel Braunert. Erzähl ihm alles. Glaub mir, der wird mehr Verständnis für dich aufbringen, als du dir vorstellen kannst. Sonst schwimmst du morgen oder übermorgen in einer Gracht, mit dem Gesicht nach unten. Wie eine tote Ente."

Sascha Schäfer war völlig von der Rolle. „Aber können Sie denn da gar nichts machen? Ich meine, Sie sind doch Detektiv, oder? Können sie die beiden nicht festnehmen lassen?"

Schulte lachte trocken und freudlos. „Festnehmen? Wegen was denn? Weil sie in einer Touristenfalle aufgetaucht sind? Keine Chance. Nein, du musst machen, was ich dir gerade gesagt habe. Du musst Anzeige erstatten. Bevor es für dich zu spät ist. Hast du verstanden?"

Schäfer nickte. Ob er tatsächlich den Ernst seiner Lage erkannt hatte oder ob dies nur dem augenblicklichen Schock geschuldet war, vermochte Schulte nicht zu sagen. Kurz überlegte er, ob er dem jungen Mann ganz offen seine eigene Lage und seine Interessen darlegen sollte, entschied sich aber dagegen. Wichtig war für Schulte, dass Schäfer Anzeige gegen die beiden Verfolger und vor allem auch posthum gegen Wormsthal stellte. Dann würde der Zug ins Rollen kommen, dann würde Wormsthal nicht nur als Opfer wahrgenommen, sondern sein gesamtes Umfeld umgekrempelt. Und dann würde sich mit Sicherheit irgendwann auch zeigen, dass es Leute gab, die ein deutlich stärkeres Motiv hatten, Wormsthal zu töten, als ein gewisser Josef Schulte. Und dann hatte er auch eine Chance, aus dieser schrecklichen Nummer wieder herauszukommen. Alles hing davon ab, Schäfer lebendig aus Amsterdam hinaus und nach Detmold zu schaffen.

„Pass auf! Ich bestelle jetzt von hier aus ein Taxi. Dann steigst du ein und lässt dich auf direktem Weg in die Vondelkerkstraat bringen. Und morgen früh, spätestens um acht Uhr, stehe ich wieder vor deiner Haustür und spiele den Bodyguard, wenn du mit deinem Koffer herauskommst und in das nächste Taxi steigst. Und damit fahren wir nicht direkt zum Hauptbahnhof, sondern nach Schiphol, zum Flughafen. Falls nämlich jemand so clever ist und herausfindet, wohin das Taxi gefahren ist, dann soll er denken, du seist abgeflogen. Von Schiphol aus kannst du dann mit der Bahn fahren. Ich fahre zurück nach Amsterdam. Ich bin im Moment in Detmold nicht gut aufgehoben. Mehr an Sicherheit kann ich dir im Augenblick nicht bieten. So ein bisschen muss ich auch auf mich selbst aufpassen."

Schäfer war mit allem einverstanden. Schulte konnte nur hoffen, dass die guten Vorsätze bis zum kommenden Morgen anhielten.

53

Alles hatte geklappt. Schulte hatte den jungen Mann sicher ins Taxi gesetzt. Dann hatte er es geschafft, quer durch die Amsterdamer Altstadt zu gelangen, ohne dem Riesen in die Arme zu laufen. Dass die beiden Verbrecher während der Nacht versuchen würden, in das Haus einzudringen, in dem Schäfer wohnte, erschien ihm wenig wahrscheinlich. Die beiden würden davon ausgehen, alle Zeit der Welt zu haben. Dass Schäfer morgen früh verschwinden wollte, konnten sie nicht wissen.

Es war nun kurz vor Mitternacht. Schulte war sicher, nicht sofort einschlafen zu können, dazu war er viel zu aufgeregt. Deshalb war er nicht gleich auf sein Zimmer gegangen, sondern hatte seine dicke Gastgeberin herausgeklingelt und gefragt, ob sie ihm ein oder zwei Flaschen Bier verkaufen könne. Er hatte die Frau in den letzten Tagen mehrfach getroffen und sich mit ihr unterhalten. Schulte hatte zu seiner eigenen Überraschung feststellen müssen, dass die Frau trotz ihres wenig einnehmenden Äußeren interessanter und sympathischer war, als er gedacht hatte. Sie war tatsächlich gerade mal knapp über vierzig, sah aber aus wie Mitte fünfzig. Bis vor zehn Jahren hatte sie gleich nebenan hinter einem Schaufenster gearbeitet. Als sie über dreißig war, hatten ihr die Bosse im Viertel klargemacht, dass sie für diese 1a-Lage nicht mehr geeignet sei und zu den Häusern direkt am Oudekerksplein umziehen müsse, wo die Alten, Dicken und Abgewrackten für 'nen Appel und 'n Ei ihre trostlosen Dienste anboten. Das hatte sie ein Jahr lang ertragen. Als sie mitbekam, dass das Hotel *'t Swantje* frei wurde, hatte sie all ihr Erspartes zusammengekratzt und sich damit eine mehr oder weniger bürgerliche Existenz geschaffen.

Da sie an diesem Abend besonders gemütlich gestimmt war, lud sie Schulte ein, das Bier in ihrem Wohnzimmer zu trinken. Schulte nahm die überraschende Einladung an, ohne lange darüber nachzudenken.

Der Fernseher lief, ohne dass ihn jemand beachtete. Die Luft im Wohnzimmer dieser Frau war unglaublich. Ein mörderisches Bouquet aus Nikotin und Parfüm. Keine Fliege oder Mücke hätte hier überleben können. Auch Schulte war der Herausforderung kaum gewachsen und hustete mehrfach, bis seine Lunge jede Hoffnung auf Sauerstoff aufgegeben hatte und sich beruhigte. Der Mensch hält mehr aus als man denkt. Auf dem Resopaltisch stand eine halbvolle Flasche *Southern Comfort*. Daneben, fein säuberlich aufgestapelt, mehrere Schachteln Zigaretten. Eine Brille, die beim Eintritt Schultes noch auf dem Tisch gelegen hatte, versteckte die Frau sofort, indem sie eine Zeitschrift darüber legte. An der Wand hing das Foto eines hübschen, jungen Mädchens, das ganz entfernte Ähnlichkeit mit der Frau hatte.

„Ihre Tochter?“, fragte Schulte neugierig.

Sie lachte ein heiseres Lachen, das dann in Husten überging.

„Das bin ich selbst! Oder vielmehr, das war ich einmal. Da war ich zweiundzwanzig und hatte gerade mein erstes Fenster am Voorburgwal bezogen. Das waren noch Zeiten. Ich habe das Geld nur so gescheffelt. Und es fast genauso schnell wieder ausgegeben.“

Schulte wunderte sich, wie offen sie damit umging, ja, dass sogar ein gewisser Stolz mitschwang.

„Haben Sie nie daran gedacht, dieses Viertel zu verlassen und mal ganz woanders hinzuziehen?"

Sie schaute ihn verwundert an.

„Warum? Das ist mein Zuhause. Sicher, es gibt in dieser Stadt feinere Viertel. Aber hier kenne ich mich aus, hier kennt man mich. Hier gibt es zwar 'ne Menge Scheißkerle, aber auch echte Seelen, das können Sie mir glauben. Die Leute hier sind meine Familie. Und in jeder Familie gibt es den einen oder anderen Onkel, der einfach zum Kotzen ist. Also ganz normale Verhältnisse. Ich heiße übrigens Lucie!", bot sie ihm das Du an, als sie sich zuprosteten.

Schulte fragte nicht weiter, ob es sich dabei um einen echten oder um einen Künstlernamen handelte, das ging ihn auch nichts an. Er stellte sich als „Jupp" vor und beide machten sich über ihr Getränk her. Schulte überlegte, ob er Lucie eine Zigarette abschwatzen sollte, bei der Raumluft kam es darauf nun auch nicht mehr an. Morgen würde er sowieso Kopfschmerzen haben.

Schulte hatte gerade, behaglich im Sofa sitzend, die zweite Flasche geöffnet, als es an der Haustür schellte. Lucie schien über die unbürgerlich späte Stunde nicht weiter verwundert zu sein, das war hier normal. Sie erhob sich ächzend aus ihrem Lieblingssessel und schlurfte aus dem Zimmer zur Haustür. Schulte konnte wegen des Fernsehers nicht verstehen, was an der Tür vor sich ging. Doch dann hörte er Lucies Stimme lauter werden, auch eine Männerstimme drang nun stärker durch. Die Männerstimme sprach deutsch und klang zunehmend bedrohlicher. Schulte war sofort wieder stocknüchtern. Verstehen konnte er nur Wortfetzen. Dann konnte er hören, wie die Tür mit lautem Knall zuschlug. Schulte war erleichtert, als er danach wieder das bekannte Schlurfen hörte.

„Ich glaube, du kriegst Ärger, mein Süßer!", sagte sie ernst, als sie wieder ins Wohnzimmer trat. Allein die Tatsache, dass sie stehen blieb und sich nicht wieder hinsetzte, war ein Signal, wie aufgeregt sie war.

„Da war gerade ein Riesenkerl, der wollte einen Deutschen sprechen. Kann es sein, dass du damit gemeint warst?“

Schulte nickte stumm.

„Der sah überhaupt nicht freundlich aus. Im Gegenteil. Ich habe mir gleich gedacht, dass er nur dich meinen kann. Schließlich habe ich keinen anderen deutschen Gast. Was will der Kerl von dir?“

Schulte sah sich außerstande, ihr nun eine lange Geschichte zu erzählen. Vor allem wollte er sich nicht als Polizist zu erkennen geben, da er keine Ahnung hatte, wie das bei Lucie ankommen würde.

„Das erzähle ich dir alles später, versprochen! Aber was hat er gesagt, worüber habt ihr euch gestritten? Was macht er jetzt?“

Sie schnaufte und steckte sich eine neue Zigarette an.

„Ich sollte ihm sagen, wo du bist. Und ich habe ihn nicht hereingelassen. Wenn ich in der Tür stehe, dann kann niemand einfach so an mir vorbeigehen. Und mich schubst man auch nicht so eben mal zur Seite. Und das hat ihn geärgert. Dann habe ich ihm die Tür vor der Nase zugeschlagen. Und jetzt steht er draußen und wird wahrscheinlich darüber nachdenken, was er nun machen soll. Dass er aufgibt, kann ich mir bei dem nicht vorstellen. Und glaub mir, Jupp. Ich habe in meinem Leben schon so manche Verbrechervisage gesehen und kenne mich aus. Der da draußen gibt nicht auf.“

Nun wurde Schulte doch nervös. Was war zu tun? Er konnte doch jetzt nicht einfach seelenruhig ins Bett gehen, während draußen ein Vollblutverbrecher vielleicht Pläne schmiedete, ins Haus einzudringen. Lucie schien Ähnliches zu denken, denn sie lugte vorsichtig aus dem Fenster heraus.

„Er steht noch draußen und scheint vor Wut zu kochen“, kommentierte sie. „Ich würde mich nicht wundern, wenn er gleich die Fensterscheibe einschlägt und ins Haus klettert.“

Als dann zu hören war, dass die Haustürklingel wieder schrillte und jemand kräftig an die Tür schlug, zog sie heftiger an ihrer Zigarette. Dann ging sie zum Telefon, wählte eine Nummer und sagte etwas auf Holländisch, was Schulte nicht verstand. Sie wirkte etwas angespannt, aber nicht ängstlich.

„Was hast du gemacht?“, wollte Schulte wissen. Sie antwortete nicht. Als nach wenigen Minuten das Klopfen aufhörte, dafür aber in der Straße kurzzeitig starker Lärm zu hören war, der nach einigen Sekunden aber nachließ, musste man schon genau hinschauen, um zu erkennen, dass sich ihre Körperhaltung wieder entspannte.

„So“, schmunzelte sie. „Nun kannst du friedlich ins Bett gehen, mein Süßer. Da draußen herrscht jetzt Ruhe. Aber pass morgen auf, wenn du durch die Stadt läufst.“

„Was ist denn passiert?“ Schulte war restlos verwirrt.

Sie schmunzelte wieder.

„Manchmal müssen wir hier im Viertel unsere Probleme selber regeln. Da können wir nicht immer die Polizei belästigen. Wir haben da ein paar Jungs, die machen das ganz gut. Kann ich ja auch wohl erwarten, schließlich zahle ich jeden Monat dafür. So, und jetzt leg dich hin, du siehst krank aus!“

54

Auch an diesem Morgen gab es wieder die obligatorische Besprechung. Doch es gab Unterschiede zu sonst. Die Laune des Staatsanwaltes war nicht besonders gut. Und als Braunert den Raum betrat, sackte sie auf einen Tiefpunkt. Obwohl der Polizist ihn grüßte, kam von ihm keine Erwiderung.

Frau Bülow, die die Sitzung leitete, versuchte, die schlechte Stimmung zu ignorieren. Von Schulte gab es nach wie vor keine Spur.

Diese Tatsache würdigte der Staatsanwalt mit einem Angriff auf das gesamte Team.

„Wenn ich Sie erlebe, dann frage ich mich, was Sie den ganzen Tag treiben? Trotz modernster Technik und Ermittlungsmethoden sind Sie seit gestern nicht einen Schritt weitergekommen."

Margarete Bülow versuchte, ihre Leute aus der Schusslinie zu nehmen, indem sie anmerkte, dass man es bei Schulte nicht mit einem x-beliebigen Flüchtigen zu tun habe, sondern mit jemandem, der das Handwerkszeug mindestens ebenso gut beherrsche wie alle anderen im Raum.

„Hat man versucht, sein Handy zu orten?", schoss der Staatsanwalt in die Luft.

Maren Köster machte einen genervten Gesichtsausdruck und hätte am liebsten gefragt: Für wie doof halten Sie uns eigentlich? Gab aber brav die Antwort:

„Das war einer unserer ersten Ermittlungsschritte. Wir haben es auch gefunden. Bei Schulte in der Wohnung auf dem Küchentisch."

„Wie sieht es mit den Konten aus? Haben Sie Schultes Konten gecheckt?"

Da der Staatsanwalt von niemandem eine Antwort bekam, ging er davon aus, dass auch dieser Ermittlungsvorgang bisher versäumt wurde. Wutadern zeichneten sich auf seinen Schläfen ab. „Ja, muss man Ihnen denn alles sagen?", brüllte er.

„Wohnt Schulte alleine?", feuerte der Staatsanwalt gleich die nächste Frage ab.

„Hat er Angehörige? Gibt es Freunde und Bekannte, die verhört werden müssen? Gibt es irgendwelche Personen, denen er vertraut? Herrgott noch mal, einen Hinweis auf diesen Kerl muss es doch geben!"

Hartel und Braunert meldeten sich. Der Staatsanwalt übersah Braunert und erteilte Hartel das Wort.

„Da gibt es so einen alten Bauern, der ist gleichzeitig der Vermieter von Schulte. Ich bin mir sicher, der weiß mehr, als er uns sagt."

„Ja und, warum wurde der noch nicht verhört?"

„Ich wollte es ja, aber die Kollegin Köster meinte, ich hätte einen Vogel."

Der Staatsanwalt warf Maren Köster einen wütenden Blick zu.

„Das könnte für Sie ein unangenehmes Nachspiel haben. Hartel, kümmern Sie sich um diesen alten Bauern. Gibt es sonst irgendwelche Verwandte?“

„Zwei Töchter“, antwortete Hartel gleich wieder dienstbeflissen. Endlich konnte er zeigen, was in ihm steckte.

„Sind die verhört worden?“

Betretenes Schweigen.

„Verdammt noch mal“, platzte es aus dem Staatsanwalt heraus, der sonst so viel Wert auf Höflichkeit legte. „Frau Dr. Bülow, was ist das denn hier für ein Sauladen? Beaufsichtigen Sie einen Haufen Schlafmützen? Manchmal habe ich wirklich den Eindruck, dass ihr körperliches Gebrechen Ihnen bei der Leitung dieser Kreispolizeibehörde erheblich im Wege steht.“

Noch bevor die Polizeidirektorin ein Wort zu ihrer Rechtfertigung sagen konnte, warf sich Maren Köster in die Bresche.

„Natürlich können Sie an unserer Arbeit herumkritteln. Aber wenn Sie die Tatsache, dass Frau Dr. Bülow blind ist, nutzen, um ihr berufliche Schwächen zu unterstellen, dann schießen Sie weit über das Ziel hinaus.“

„Verdammt noch einmal, arbeiten denn hier alle gegen mich?“, giftete der Staatsanwalt Maren Köster an.

„Ich hätte da noch etwas“, bemerkte Axel Braunert.

„Kümmern Sie sich erst mal um das nahe Liegende und erledigen Sie umgehend die Aufgaben, die ich Ihnen gerade gegeben habe!“

Jetzt ignorierte Braunert den Staatsanwalt einfach.

„Margarete, ich habe gestern die Namen der beiden Personen herausbekommen, die mit Wormsthal an der Theke standen und die auch in die Prügelei mit Schulte verwickelt waren. Ich halte es für dringend notwendig, dass wir diese beiden Personen verhören.“

„Braunert!“, schrie der Staatsanwalt ihn jetzt an. „Was haben Sie eigentlich zu vertuschen, dass Sie immer wieder irgendwelche unwesentlichen Nebenkriegsschauplätze aufmachen? Wollen Sie etwa auf diese Art verhindern, dass wir Herrn Schulte dingfest machen?"

„Jetzt reicht es, Herr Krämer!", sagte Margarete Bülow mit ganz leiser Stimme.

„Wenn Sie konstruktive Vorschläge machen wollen, hindert Sie daran keiner. Falls Sie neue Ideen in das Verfahren bringen, sind wir ihnen sehr dankbar. Wenn Sie es möchten, werden wir selbstverständlich die beiden Töchter von Herrn Schulte verhören und auch seinen Vermieter Herrn Fritzmeier.

Es kann ja durchaus ein Fehler von uns gewesen sein, dass wir diese Personen bisher nicht in unserem Fokus hatten.

Doch das will ich ihnen noch einmal ganz deutlich sagen! Die Indizienlage, die darauf hinweist, dass Schulte der Täter ist, ist verdammt dünn. Wir laufen uns seit Tagen die Hacken ab und versuchen irgendwelche Zeugen zu finden, denen eventuell in der Mordnacht etwas aufgefallen ist. Das ist uns bisher nicht gelungen.

Ich hatte sofort vorgeschlagen, den Fall nach Bielefeld abzugeben, als auch nur der kleinste Verdacht gegen Polizeirat Schulte auftauchte. Sie haben es verhindert, indem Sie mich unter Druck setzten. So nach dem Motto, wir Lipper brauchen keine Ausländer, um unsere Angelegenheiten zu regeln. Das sehe der Landrat genauso usw. und ich habe mich um des lieben Friedens willen gefügt. Das war ein Fehler.

Wenn Ihnen, wie Sie behaupten, der Minister Druck macht, dann sind in erster Linie Sie selbst dafür verantwortlich. Denn Sie haben von uns verlangt, dass wir gegen unseren Freund und Kollegen Ermittlungen anstellen.

Und aus meiner Sicht wollten Sie ab einem bestimmten Zeitpunkt einfach nur ein schnelles Ergebnis, um aus der Schusslinie zu gelangen. Aber jetzt werde ich mit Düsseldorf telefonieren. Ich habe nämlich auch so meine Kontakte. Schließlich habe ich lange in der Landeshauptstadt gearbeitet. Der Innenminister und ich haben zum Beispiel zusammen studiert und promoviert. Der hat zwar nicht unmittelbar mit dem Fall zu tun, aber er wird mir mit Sicherheit ein paar Türen Richtung Justizministerium öffnen können.

Und ich werde dafür sorgen, dass so schnell wie möglich externe Ermittler bei der weiteren Arbeit zumindest mit im Boot sitzen."

Wortlos erhob sich der Staatsanwalt und verließ den Raum. An der Tür drehte er sich noch einmal um.

„Frau Bülow, heute Nachmittag um fünfzehn Uhr erwarte ich Sie in meinem Büro. Bis dahin untersage ich Ihnen, sich mit irgendjemandem aus Düsseldorf in Verbindung zu setzen."

Dann wandte er sich noch einmal an die anderen Anwesenden.

„Und Sie werden die Angehörigen und den Vermieter von Schulte vernehmen. Auch Sie, Herr Braunert, arbeiten an dieser Stelle mit dem Team zusammen. Ich habe Ihre Alleingänge satt. Das ist eine dienstliche Anweisung. Bisher ist immer noch der Staatsanwalt der Herr des Verfahrens!"

55

Es war tatsächlich über Nacht ruhig geblieben. Die interne Ordnungsmacht des Viertels schien effektiv zu sein. Schulte stand nach unruhigem Schlaf um sechs Uhr auf. Um zehn vor acht stand er, wie versprochen, vor dem eleganten Haus in der Vondelkerkstraat.

Jetzt würde sich zeigen, ob Schäfer die Pille geschluckt hatte oder nicht, ob Schulte mit seiner Darstellung des Problems wirklich durchgedrungen war. Es hing so viel für Schulte davon ab.

Als um acht Uhr das bestellte Taxi eintraf, aber noch immer kein Schäfer vor die Haustür getreten war, wurde Schulte hektisch. Was tun, wenn Schäfer gar nicht herauskam? Klingeln? Und ihn mit Gewalt hinauszerren? Kaum vorstellbar.

Aber die Frage erübrigte sich kurz darauf, als ein niedergeschlagen wirkender, junger Mann mit einem großen Koffer das Haus verließ und auf Schulte zukam. Der atmete erleichtert durch. Sie begrüßten sich flüchtig, dann fuhr das Taxi mit den beiden ungleichen Passagieren los.

„Meine Gastgeber haben sich sehr gewundert, als ich ihnen gestern Abend erzählt habe, dass ich heute in aller Frühe wegfahre“, eröffnete Schäfer, nachdem sie schon einige Kilometer wortlos gefahren waren. „Ich habe, wie Sie mir geraten hatten, gesagt, ich würde nach London fliegen. Ganz wichtiger Studientermin. Ob sie mir auch nur ein Wort geglaubt haben, weiß ich nicht. Schade, das waren nette Leute.“

Schulte hatte keine Lust zu reden. Er hatte Kopfschmerzen. Ob nun vom Rauch in Lucies Wohnzimmer oder von der Aufregung des gestrigen Abends oder dem unruhigen Schlaf, das wusste er nicht. Eigentlich hätte er nur mal eine längere Auszeit benötigt. Allein der Stress der letzten Tage wäre geeignet gewesen, einen Mann über fünfzig aus der Spur zu bringen. Die Gehirnerschütterung war ein weiterer Faktor. Andere machten danach eine Kur, Schulte lebte im Rotlichtviertel und ließ sich von skrupellosen Verbrechern durch die Stadt jagen. Und über kurz oder lang würde auch die holländische Polizei ihn suchen. Es war nur eine Frage der Zeit. Es konnte jeden Augenblick soweit sein.

Am Flughafen Schiphol wurde der Taxifahrer abgefertigt, nicht ohne mehrmals beiläufig fallen gelassen zu haben, dass der junge Mann nach London fliegen wolle. Man wusste nie, mit wem der Taxifahrer anschließend ins Gespräch kommen würde. Der Form halber gingen sie auch ins Flughafengebäude und tranken einen Kaffee. Erst danach machten sie sich auf den Weg zum Flughafenbahnhof, wo Schulte so lange wartete, bis Schäfer in den ICE eingestiegen war und der Zug losfuhr. Mehr konnte er nicht tun.

Dann rief Schulte Rodehutskors an und teilte ihm mit, mit welchem Zug Schäfer kommen und wann er voraussichtlich eintreffen werde. Es sei ganz wichtig, dass Rodehutskors den jungen Mann abhole. Schäfer müsse unter Betreuung bleiben, bis er wirklich Anzeige erstattet habe. Aber auch in dessen eigenem Sicherheitsinteresse.

Als alles Menschenmögliche getan war, fuhr Schulte mit einem Nahverkehrszug zurück zum Hauptbahnhof. Es war immer noch Vormittag, es war wieder einmal kalt, und die Sonne schien. Herrliches Wetter, wenn man Urlaub hatte. Was tun? Sich wieder den ganzen Tag in der Stadt herumtreiben? Sollte das jetzt sein Schicksal sein? Aus Mangel an einem richtigen Zuhause wie ein Stadtstreicher durch die Straßen zu ziehen? Wie lange würde es wohl dauern, bis man völlig abgerutscht war? Bis man ganz unten aufgeschlagen war? Amsterdam war voll von Männern und Frauen, denen, zumindest äußerlich, nichts fehlte, als sie hier ankamen und die nun abends durch die Straßen zogen und Passanten anbettelten.

Er schüttelte sich. Nein, er würde heute nicht zum Asphaltcowboy werden. Er hatte genug geleistet. Es gab heute keine weitere Aufgabe für ihn, als sich um sich selbst zu kümmern. Er würde zum *'t Swantje* zurückgehen und sich für den Rest des Tages ins Bett legen. Wenn er Lucie ganz nett bitten würde, könnte er bestimmt ein frisches Bettlaken bekommen. Es kam zum ersten Mal so etwas wie leichte Vorfreude auf seine bescheidene Unterkunft auf.

Er ging gemächlich vom Bahnhof die ewig lange Warmoestraat hinunter, dann bog er am Wijde Kerksteeg ins Viertel ein. Trotz der frühen Stunde, es war noch nicht mal elf Uhr, waren schon einige der rot beleuchteten Fenster besetzt. Die Mädels klopfen schon nicht mehr an die Scheibe, als er grüßend vorüberging. Man kannte sich bereits.

Er war gerade mit viel Schwung um die letzte Hausecke gebogen, als er mit einem Mann zusammenprallte. Dieser Mann war mindestens einen Kopf größer als er und überstand den Zusammenprall ohne auch nur einen Millimeter zurückzutaumeln. Schulte hingegen hatte das Gefühl, gegen eine Wand gelaufen zu sein und wich kurz. Aus einem Augenwinkel konnte er noch sehen, dass ein zweiter Mann, ein enorm fetter Mensch, schnell auf ihn zukam. Dann spürte er, wie die beiden schweren Körper ihn in die Zange nahmen. Sie drehten ihm die Arme auf den Rücken und schoben ihn zurück in die Richtung, aus der Schulte gekommen war. Doch schon an der nächsten Ecke änderten sie die Richtung. Schulte erkannte, dass sie ihn zur Warmoestraat schoben. Vielleicht hatten die beiden sich ein Auto gemietet, mit dem sie Schulte irgendwo hinbringen würden, wo er keine Chance auf Flucht mehr hatte. Er musste also um jeden Preis verhindern, in dieses Auto gesteckt zu werden. Warum zum Teufel hatte er wieder mal keine Waffe dabei? Um Hilfe schreien? In diesem Viertel wurde oft um Hilfe geschrien, den wenigsten dürfte deshalb jemand zur Hilfe gekommen sein. Aber trotzdem, es gab nur eine Chance. So viel Unruhe stiften wie nur irgendwie möglich.

Schulte schrie aus Leibeskräften um Hilfe, gleichzeitig zog und schob er, trat seitlich aus, machte sich groß, machte sich klein – seine Entführer kamen keine Sekunde zur Ruhe. Als Schulte hörte, wie der Riese voller Wut zischte: „Mir reicht es jetzt! Ich mache ihn hier an Ort und Stelle fertig!“, mobilisierte das seine letzten Kräfte. Nachdem er seinen rechten Ellenbogen einmal wirkungsvoll in die Seite des Fetten platzieren konnte, knickte der etwas ein und ließ Schultes Arm für den Bruchteil einer Sekunde los. Sofort riss Schulte seinen Ellenbogen wieder hoch und rammte ihn dem Dicken vorn in den Hals. Der massive Körper wurde sofort schlaff, der Mann rang verzweifelt nach Luft und drehte sich dabei völlig von Schulte weg.

Der Riese hatte so schnell die ganze Tragweite der Aktion nicht mitbekommen und war unvorbereitet, als Schulte sich blitzschnell zu ihm drehte und ihm das Knie tief in die Weichteile trieb. So etwa musste sich ein Meteoriteneinschlag anfühlen. Der Mann konnte eine Menge einstecken, aber auch jemandem wie ihm fehlte dann die eine oder andere Sekunde Konzentration. Er klappte vor Schmerz leicht nach vorn über. Noch ehe er sich von dem Tiefschlag erholt hatte, krachte ihm bereits Schultes Faust wie eine Dampframme in den Magen. Der riesige Kerl brauchte nur wenige Sekunden, um sich auch davon zu erholen, aber für diese wenigen Sekunden musste er Schulte loslassen. Und der nutzte das blitzschnell aus.

Schulte rannte zurück in den engen Dollebegijnensteeg, wollte eigentlich in das *'t Swantje* entkommen. Aber da war der Riese schon wieder dicht hinter ihm, es wäre keine Zeit mehr geblieben, den Schlüssel in die Tür zu stecken und umzudrehen. Und der Goliath holte auf. Er war deutlich jünger und besser im Training als Schulte. Auf der schmalen Brücke über die Gracht hatte Schulte das verfluchte Glück, dass er so eben noch einem großen Rudel amerikanischer Touristen ausweichen konnte, während sein Verfolger für kurze Zeit darin stecken blieb. Schulte versuchte, einfach zu ignorieren, dass seine Lunge gleich explodieren würde, dass sein Herz jeden Moment wie ein kaputtes Uhrwerk zerspringen musste. Er lief und lief. Ohne irgendeine Vorstellung zu haben, wohin eigentlich. Dabei arbeitete sein sowieso erschüttertes Hirn auf Hochtouren. Wohin? Was konnte er machen? Wen kannte er hier? Gab es einen Schlupfwinkel? An der Kloveniersgracht sah er über die Schulter und entdeckte seinen Verfolger nicht mehr. Hatte der ihn verloren? Oder hatte er sogar aufgegeben? Das passte nicht zu dem, Schulte fiel auch wieder die Beobachtung von Lucie ein. Der gibt nicht auf! Der nicht! Also war Schultes Flucht noch nicht beendet.

Hörte das denn nie auf? Ihm schoss ein Bild in den Kopf: Auf dem Bauch in der Gracht treibend, wie eine tote Ente. Plötzlich kam ihm eine Idee. Das war doch ganz hier in der Nähe, oder nicht? Sicher! Schulte biss die Zähne zusammen und lief weiter, die Straße an der Gracht hinunter. Da war das Bushaltehäuschen. Und tatsächlich, da saß der dicke, alte Mann und malte. Tote Enten.

56

Als Maren Köster das Büro betrat, saß Braunert an seinem Schreibtisch und hatte seinen Kopf in die Hände gestützt.

„Axel, was ist los mit dir? Geht es dir nicht gut?"

„Doch, es ist alles in Ordnung. Aber im Moment verstehe ich so einiges nicht. Warum steht der Staatsanwalt so dermaßen unter Strom? Das ist doch eigentlich immer ein ganz gelassener Mann gewesen. Und plötzlich legt er sich mit jedem an. Sogar mit Margarete Bülow. Nur wegen dieser paar Zeitungsartikel und dem bisschen Druck aus Düsseldorf muss man sich doch nicht den Ast absägen, auf dem man sitzt. Ich meine, wenn wir alle an einem Strang ziehen würden, dann würden wir entscheiden, wohin die Reise geht. Aber nein, mittlerweile beginnt hier jeder gegen jeden zu kämpfen."

Maren Köster überlegte.

„Weißt du, Axel, ich glaube, dass solche Situationen immer eine gewisse Eigendynamik haben. Wenn in so einem Team wie in unserem Stress angesagt ist und die daraus resultierenden Aktionen nach innen und eben nicht nach außen gerichtet sind, also nicht gegen einen externen Straftäter, dann ist das eine für uns ungewohnte Situation, für die wir keine adäquaten Regeln und Verhaltensweisen haben. Da die Ursache unseres Problems binnenzentriert ist, wir suchen schließlich, zumindest formal, nach einem Täter, der aus unserem Team stammt, richten sich auch die Aggressionshandlungen nach innen. Sie finden im Team und gegen Teammitglieder statt."

Braunert überlegte.

„Nimm es mir nicht übel, Maren, es mag zwar stimmen, was du sagst, aber mir ist das im Moment einfach zu akademisch. Außerdem interessiert mich das, was hier im eigenen Laden mit uns passiert, eigentlich nur in zweiter Linie. Im Moment mache ich mir über eine ganz andere Sache Gedanken. Eben hat mich Hermann Rodehutskors angerufen. Er hatte auf meine Bitte hin unserem alten Freund Grafenberg auf den

Zahn gefühlt. Das Ergebnis hat mich ziemlich verblüfft. Jeder von uns hat wahrscheinlich gedacht, der Maulwurf sei Hartel. Rodehutskors hatten eben ziemlich glaubhaft versichert, dass der es auf keinen Fall ist. Wenn Hartel es aber nicht war, wer war es dann?"

„So ein Quatsch, natürlich war es dieser Scheißkerl."

„Maren, seitdem Schulte verdächtigt wird, greift immer wieder das gleiche Muster. Nach jedem unerwarteten Ereignis rückt immer einer aus diesem Team im weitesten Sinne in die Rolle des Täters. Und das schafft die Unsicherheit. Margarete Bülow hat recht. Aus diesem Teufelskreis kommen wir nur heraus, wenn externe Kollegen zumindest die Führungsrolle übernehmen. Du siehst ja, selbst der Staatsanwalt ist Opfer dieser Prozesse. Ich wollte sowieso einmal mit Bülow unter vier Augen sprechen. Das mache ich jetzt."

Axel Braunert stand entschlossen auf und ging zu seiner Chefin ins Büro. Die Tür stand auf. Das war das Zeichen, dass Margarete Bülow zu sprechen war. Braunert klopfte trotzdem kurz an den Türrahmen und trat ein. Kalle, ihr Blindenhund war nicht im Geschirr. Für das Tier war das gleichbedeutend mit: Ich habe frei. Also kam er schwanzwedelnd auf Braunert zu und begrüßte ihn freundlich. Der Hund holte sich seine Streicheleinheiten ab und legte sich dann wieder in sein Körbchen.

Margarete Bülow hob den Kopf.

„Axel, endlich kommst du. Ich habe dich schon früher erwartet."

Braunert war verunsichert. „Wieso?"

„Dein Auftritt gestern, er entsprach überhaupt nicht deiner Wesensart."

Braunert wollte nicht schon wieder einem Diskurs beiwohnen, in dem auf einer theoretischen Ebene versucht wurde, gerade stattfindende Ereignisse zu erklären. Darum sagte er nur:

„Mag sein, aber darüber möchte ich jetzt nicht sprechen. Ich halte es für nötig, dass wir uns die beiden Männer vorknöpfen, die in der Mordnacht mit Wormsthal in der Kneipe waren. Jetzt ist der Staatsanwalt dazwischengegangen und versucht, das zu verhindern. Ich wollte an sich nur das Okay von dir, dass ich in dieser Frage weiter ermitteln kann.“

„Da spricht grundsätzlich nichts gegen, Axel. Aber ich würde dich gerne etwas aus der Schusslinie nehmen. Wenn wir gleich die Verhöre abgeschlossen haben, die der Staatsanwalt von uns verlangt hat, dann kannst du nach Paderborn fahren und dich mit Willi Potthast treffen. Du kennst den Kollegen ja. Ich werde vorher mit ihm telefonieren, damit er grob Bescheid weiß. Solange uns hier die Hände gebunden sind, sollen die Paderborner Kollegen die Sache übernehmen.“

„In Ordnung. Dann wäre da noch was. Ich habe herausgefunden, dass Hartel nicht der Maulwurf ist.“

„Das hätte ich jetzt nicht gedacht. Und du bist dir wirklich sicher?“

„Zu neunzig Prozent.“

Da Margarete Bülow sich nicht weiter dazu äußerte, tat Braunert diesen Besprechungspunkt als erledigt ab. Er ergriff jedoch noch einmal das Wort: „Als Letztes möchte ich dich noch über zwei Dinge informieren, die ich eingestielt habe: Zum einen habe ich mir Haare von Schultes Hund besorgt. Und die mit den Haaren vergleichen lassen, die an der Hose des Toten waren. Die Spurensicherung hat mich eben angerufen und mir mitgeteilt, dass die Haare von der Kleidung Wormsthals nicht identisch sind mit den Haaren von Schultes Hund.

Darüber hinaus haben wir einen astreinen Fingerabdruck, von einer Türklinke des Pubs aus der Exterstraße. Wir können ihn zwar noch nicht zuordnen. Aber die Wahrscheinlichkeit, dass er von dem unbekannten Mann stammt, von dem einige Zeugen berichtet haben, ist nicht gering. Ich weiß nicht, wie du das siehst – ich würde diese Hinweise vorübergehend vertraulich behandeln. Sonst werden sie als mögliche Entlastungskriterien, die dazu beitragen könnten, Schultes Unschuld zu beweisen, frühzeitig entwertet.“

Margarete Bülow sah es ähnlich und stimmte dem Vorgehen zu.

Als Braunert das Büro schon verlassen hatte, fragte sie noch einmal:

„Axel, und sonst ist alles in Ordnung?“

57

Viel Zeit, sich die neuen toten Enten anzuschauen, hatte Schulte nicht. Er lief auf den alten Mann zu, der neugierig zu ihm aufschaute. Es dauerte etwas, bis der Entenmaler Schulte wiedererkannte und ihm freundlich zunickte.

„Koffie?“ Die Thermoskanne stand wie immer neben der Staffelei. Schulte schüttelte den Kopf und stieß atemlos hervor.

„Ich brauche Ihre Hilfe!“

Der Alte ließ überrascht den Pinsel sinken. Dann forderte er Schulte mit einer ruhigen Handbewegung auf, weiter zu sprechen. Schulte brauchte jedoch noch einige tiefe Atemzüge, um wieder ruhiger reden zu können. Noch immer um Luft ringend, berichtete er so knapp wie möglich, dass er von einem gefährlichen Mann verfolgt würde und ganz dringend irgendein sicheres Versteck brauchte. Der Mann habe ihn zwar offensichtlich für einen Moment aus den Augen verloren, könne aber jeden Augenblick hier auftauchen.

Schulte war erstaunt, wie ruhig und selbstverständlich der Alte diesen Hilferuf aufnahm. Nur eine Frage stellte er ihm noch: „Warum gehst du nicht zur Polizei?“

Schulte druckste herum und wusste nicht so recht, was er antworten sollte, als Grijpstra auch schon abwinkte. Die Frage schien für ihn keine entscheidende Bedeutung zu haben.

Er schaute sich um und schien zu überlegen. Dann stand er wortlos auf, zog ächzend seinen langen, dunkelbraunen Mantel aus und hielt ihn Schulte hin, der das Kleidungsstück völlig verwirrt entgegennahm. Anschließend nahm er seinen breitkrempigen, ebenfalls braunen, Filzhut vom Kopf und drückte ihn ebenfalls Schulte in die Hand. Danach machte er Schulte mit einer Handbewegung deutlich, dass er nun etwas zurückhaben wollte.

Endlich verstand Schulte. Er nahm seine Wollmütze ab, zog seine Lederjacke aus und übergab beides dem Alten. Jetzt versuchten beide Männer, in die Kleidung des anderen zu schlüpfen. Für Schulte kein Problem, denn der Mantel war ihm deutlich zu weit und der Hut ebenfalls. Grijpstra keuchte und quälte sich beim Versuch, Schultes Jacke überzustreifen. Es gelang, nur zuknöpfen konnte er die Jacke nicht. Sei's drum. Die Wollmütze war ihm aber dann doch nicht recht, die verstaute er in seinem Malerrucksack.

„Setz dich vor die Staffelei und tu so, als würdest du malen, Junge", wies er Schulte an, der verblüfft feststellen musste, dass er schon lange nicht mehr Junge genannt worden war. „Ich gehe mal kurz weg, bin aber gleich wieder hier. Versprochen. Aber lass das Bild in Ruhe. Es reicht, wenn man denkt, du seiest ein Maler. Dir fehlt jede Begabung, das sehe ich schon daran, wie du den Pinsel hältst. Tot ziens! Und zieh den Hut tief ins Gesicht!"

Schulte war es gar nicht recht, dass der Alte nun um die nächste Häuserecke verschwand und ihn hier auf dem Präsentierteller zurückließ. Er war noch keine zwei Minuten allein, da bog etwa fünfzig Meter nördlich ein riesengroßer Mann um die Ecke und kam mit strammem Schritt in Schultes Richtung. Zwei Seelen fochten in Schultes Brust. Einmal war da der Flüchtling, der nicht erkannt werden wollte, weil er Angst um sein Leben haben musste. Aber da war auch der Polizist, der den Impuls bekämpfen musste, aufzuspringen, seine Dienstmarke vorzuweisen und den Mann festzunehmen. Aber das wäre Wahnsinn. Er hatte keine Waffe dabei und konnte in keiner Weise auf die Unterstützung durch die Amsterdamer Polizei rechnen. Es würde eine Auseinandersetzung Mann gegen Mann werden und da, das musste Schulte sich eingestehen, hatte er gegen diesen durchtrainierten und rücksichtslosen Riesen keine Chance.

Er zog den Kopf noch weiter ein, als sein Verfolger bis auf wenige Schritte herangekommen war. Dann mischte er mit einer Vehemenz zwei Farben zusammen, als hinge sein Leben davon ab, was gar nicht mal so abwegig war.

Noch fünf Schritte, noch drei Schritte ... dann war der Kerl an Schulte vorbei. Hatte ihn aber offenbar keines Blickes gewürdigt. Schulte musste sich zusammennehmen, um sich nicht umzudrehen und hinter ihm herzuschauen. Fast im selben Augenblick tauchte Grijpstra wieder auf und kam über die Straße auf ihn zu.

Schulte legte den Zeigefinger auf seine Lippen, um ihm klar zu machen, dass er nicht reden solle. Vor allem nicht Deutsch.

58

Als es nach der Dienstbesprechung um die Aufgabenverteilung ging, ließ Hartel nichts anbrennen. Mit dem alten Bauern hatte er noch ein Hühnchen zu rupfen.

„Den Fritzmeier übernehme ich!“, sagte er mit neu hinzugewonnenem Selbstbewusstsein.

Keiner widersprach ihm, aber alle hielten ihn für einen Hanswurst. Jeder wusste, dass Hartel diese Gelegenheit zum Anlass nehmen wollte, um sich an Fritzmeier zu rächen.

Letztens, als Hartel den alten Bauern infolge eines Wutausbruchs verhaftet hatte, hatte der ihn auf der Polizeiwache vor einigen uniformierten Kollegen so richtig durch den Kakao gezogen. Dieser Stachel saß tief.

Als Hartel und Wachtmeister Volle auf Fritzmeiers Hof kamen, war von dem alten Bauern weit und breit nichts zu sehen. Im Hofladen arbeitete Ina, Schultes Tochter. Hartel bestellte sie für fünfzehn Uhr zur Kreispolizeibehörde. Noch bevor sie sich über diese Ladung beschweren konnte, gab ihr Hartel zu verstehen, dass bei Nichtbefolgung auch eine Zwangsvorführung möglich sei. Plötzlich hörte er eine Kinderstimme.

„Irgendwann tritt dir mein Opa mal in den Hintern!"

Ina konnte sich ein Grinsen nicht verkneifen.

„Sie hören es, Herr Kommissar, Kindermund tut Wahrheit kund. Wollen Sie meinen kleinen Sohn jetzt verhaften? Wegen Beleidigung und Missachtung der Staatsgewalt?"

Ärgerlich ging der Polizist über die Anspielung des kleinen Jungen und die der Mutter hinweg.

„Können Sie mir sagen, wo ich den Landwirt Anton Fritzmeier finde?"

„Unser Güllesilo war voll. Da er das Zeug im Moment nicht auf den Feldern verteilen kann, bringt er die Jauche zu unserem Nachbarn. Der hat mehr Lagerkapazitäten. Wieso, was wollen Sie denn von ihm?"

„Das kann ich Ihnen leider nicht sagen, Frau Schulte."

Ina zuckte mit den Schultern.

„Na gut, wollen Sie noch etwas kaufen?"

Hartel schüttelte den Kopf. Hofladenprodukte waren nicht seine Sache. Er stand auf Pizza und Fertigmenüs.

„Ja, dann können Sie ja gehen. Dies ist ein Hofladen und kein Wartesaal."

Ina Schulte wies auf die Ausgangstür.

Leise fluchend verließ Hartel den warmen Laden. Dicke, nasskalte Regentropfen klatschten ihm ins Gesicht. Fröstelnd schlug er seinen Mantelkragen hoch und hastete zum Auto. Vor einer riesigen Pfütze aus einem Wasser-Güllegemisch machte er halt. Gerade wollte er im großen Bogen um sie herum laufen, da lenkte jemand seinen Trecker, hinter dem ein Güllefass hing, auf den Hof. Das Gefährt fuhr in einem Meter Entfernung an Hartel vorbei. Wie aus Kübeln ergoss sich das Matschwasser, das ihn eben noch zum Anhalten gezwungen hatte, auf ihn. Seine Kleidung war ruiniert.

Zehn Meter weiter kam der Trecker zum Stehen. Umständlich kletterte der alte Bauer aus dem Führerhaus.

„Na, wat stehst du denn hier schon wieder herum? Willse schon wieder wen verhaften?“, fragte Fritzmeier den Polizisten, der wie ein begossener Pudel vor ihm stand.

Der wütende Hartel hätte dem Alten liebend gerne eine reingehauen. Schwer atmend nahm er sich zusammen.

„Nein, Herr Fritzmeier, ich möchte niemanden verhaften. Ich möchte Sie lediglich bitten, mir zu einer Zeugenbefragung auf die Kreispolizeibehörde zu folgen.“

„Ja, dann lass uns doch chehen.“

Hartel war völlig verdattert.

„Wie? So wie Sie sind? In den Klamotten, die Sie anhaben, wollen Sie in unser Polizeiauto steigen? Sie stinken ja wie ein Iltis.“

„Woher weiß du denn, wie ein Iltis riecht? Und außerdem, andere Klamotten hab ich nich.“

„Morgen früh um zehn Uhr will ich Sie in Detmold auf der Kreispolizeibehörde sehen. Wenn Sie auch nur eine Minute zu spät dran sind, dann brumme ich Ihnen ein Ordnungsgeld auf, das sich gewaschen hat.“

„Ja, aber neue Klamotten hab ich bis dahin auch nich. Im Übrigen solltest du dich mal riechen. Dat is auch nich besser. Und bei mir is wenigstens die Hose trocken.“

59

Der Zweimetermann bebte vor Wut. Wieder war ihm dieser Drecksbulle entwischt! Wie oft hatte er den Kerl jetzt eigentlich schon direkt vor den Fäusten gehabt? Damals vor diesem Tunten-Pub in Detmold, als Wormsthal ihn davon abgehalten hatte, diesen Bullenschnüffler richtig zu entsorgen. Dann gestern Nacht, als er in dieses Stinkloch von Hotel eindringen wollte und ihm die fette Schlampe fünf Schläger auf den Hals gehetzt hatte. Die Burschen verstanden ihr Handwerk, musste Kriegel sich eingestehen. Die hatten ihn ganz ordentlich zur Brust genommen. Immer noch bekam er sein linkes Auge kaum auf, die Schnittwunde am rechten Unterarm war auch noch nicht verheilt und nur notdürftig verbunden. Er hatte sich tapfer zur Wehr gesetzt, alles gegeben. Er war niemand, der aufgab. Egal, wie aussichtslos die Situation zu sein schien. Aber als er plötzlich den kalten Lauf eines Revolvers an der Schläfe verspürte, war ihm klar geworden, dass er diesen Kampf verloren hatte. Er musste noch einiges an Prügel einstecken, dann ließen ihn die Typen ziehen.

Als er in das billige Hotel zurückkam, in dem er zusammen mit dem dicken Reichel wohnte, hatte er wütend feststellen müssen, dass sein Kollege schon friedlich im Bett lag. Reichel hatte die Verfolgung des Jungen und des Bullen gar nicht erst aufgenommen, weil er viel zu unbeweglich war. Die ganzen Drecksarbeiten überließ der fette Sesselfurzer immer ihm. Oh, den Fettsack hatte er aber aus dem Bett gezerrt und ihm gezeigt, wo der Hammer hing. Er hatte ihm zwei Kopfnüsse von allerfeinster Qualität mitgegeben und den Dicken, als der aus seiner Bewusstlosigkeit erwacht war, gezwungen, seinen Arm zu verbinden. Seitdem hatte Reichel kein Wort mehr mit ihm gesprochen. Aber was tat das zur Sache? Reichel hatte seine Stärken zu Hause am Computer. Hier an der Front war er unbrauchbar. Auch eben, als sie den Bullen entführen wollten und ihn eigentlich schon im Sack hatten, war wieder Reichel der Schwachpunkt gewesen. Von jetzt an würde Kriegel alles allein machen.

Aber wo zum Teufel war dieser Bulle hin? Der konnte sich doch nicht in Luft aufgelöst haben. Nachdem er ihn zum ersten Mal aus den Augen verloren hatte, auf der Brücke, konnte er schnell wieder aufholen. Sicher, es war Glück gewesen, als dieser Schulte fast seinen Laufweg kreuzte. Dann waren beide gelaufen, was die Lungen hergaben. Und er war deutlich schneller, er hätte den anderen über kurz oder lang eingeholt. Wäre da nicht ein Kleintransporter gewesen, der genau zu dem Zeitpunkt das Ende einer schmalen Gasse blockierte, als Schulte schon durch war und er noch zehn Meter hinter ihm. Auch der Fahrer würde ihn so schnell nicht vergessen. Kriegel hatte rot gesehen, die Fahrertür aufgerissen, den völlig überraschten Mann herausgezogen, ihn geohrfeigt und dann gepackt und auf die Ladefläche seines eigenen Pick-ups geworfen. Dumm war nur, dass ihm dadurch dieser Bulle wieder entwischt war.

Dann war er auf einer breiteren Straße, direkt an einer Gracht. Die Straße wirkte leer und verloren. Keine Menschenseele weit und breit, nur ein paar Autos düsten hin und her. Vor allem: Keine Spur des Bullen! Nur etwa fünfzig Meter weiter, vor einer Art Buswartehäuschen, da saß jemand. Da er keine bessere Idee hatte, ging er in diese Richtung.

Er war überrascht, wie heftig sein Puls ausschlug, jetzt, wo er langsam ging. Zu Hause würde er härter trainieren müssen, offenbar war er für diesen Job nicht fit genug. Für den Türsteher-Job vor einer Paderborner Diskothek, der bis vor Kurzem sein Broterwerb gewesen war, hatte es gereicht. Hart zuschlagen konnte er, keine Frage. Aber Laufen hatte da auch nicht zum Anforderungsprofil gehört.

Das Buswartehäuschen kam näher und langsam konnte er mehr von der Person erkennen, die davor saß. Völlig bekloppt, diese Amsterdamer! Da saß doch wahrhaftig so ein Spinner bei dieser Kälte vor einer Staffelei und malte. Bestimmt so ein Irrer, das merkte man schon daran, dass der Mann nicht aufschaute, als er jetzt direkt neben ihm war. Nein, der tat, als hätte er die zwei Meter Mann, die ihm vorübergehend das Licht nahmen, nicht mal bemerkt. Verhaltensgestört, diese Leute. Aber er war nicht auf der Suche nach einem Amsterdamer Geistesgestörten, sondern nach einem deutschen Bullen. Und der war offenbar spurlos verschwunden.

Als er den Maler vierzig, fünfzig Meter hinter sich gelassen hatte, gab er einem Impuls nach und schaute sich noch einmal um. Was machte der Bekloppte denn da? Ein anderer Spinner war dazugekommen. Seltsam, sie tauschten ihre Jacken und packten dann auffällig hastig ihre Sachen zusammen. Dann überquerten sie die Straße, wobei beide immer wieder zu ihm hinschauten. Irgendwie komisch. Liefen die vor ihm weg? Die beiden Irren würde er sich greifen, mit denen stimmte doch etwas nicht.

60

Während der gesamten Rückfahrt standen Wachtmeister Volle die Tränen in den Augen.

Hartel stank bestialisch. Trotz dieses unangenehmen Raumklimas fing Volle immer wieder zusammenhangslos zu lachen an. Feinsinniger Humor war nichts für ihn, den viele für den dümmsten Polizisten Lippes hielten. Aber den Spaß, den Fritzmeier sich mit Hartel erlaubt hatte, den hatte selbst Volle verstanden.

„Was soll das Gekicher? Sie Idiot! Wenn Sie nicht gleich damit aufhören, werden Sie Ihr blaues Wunder erleben."

Diese Drohung führte dazu, dass der Uniformierte wieder einen Lachanfall bekam.

Hartel wusste, dass es aussichtslos war, weiter gegen Volles Verhalten zu intervenieren.

„Bringen Sie mich nach Hause, damit ich mich umziehen kann. Und wehe, Volle, ich höre von irgendwem auch nur eine dumme Anspielung zu diesem Vorfall, dann bereuen Sie jedes Wort, das Sie darüber verloren haben, das schwöre ich Ihnen."

Nach diesem Ereignis brauchte Hartel ein Erfolgserlebnis. Als er frisch geduscht und mit sauberer Kleidung wieder in seinem Büro saß, nahm er sich Schultes Konten vor. Schon nach wenigen Minuten ballte er die Hand zur Siegerfaust.

„Ja!“, motivierte Hartel sich selbst. Schulte war in Detmold. In den letzten fünf Tagen hatte er dreimal 400 € von seinem Konto abgehoben. Das letzte Mal heute Morgen und jedes Mal am gleichen Schalter. Das war ein wichtiger Hinweis.

Sofort machte er sich auf den Weg zur Sparkasse. So perfekt war Schulte eben doch nicht. Irgendwann machte jeder einen Fehler. Dann musste man als Polizist auf Zack sein. Und Hartel war einer von diesen ausgeschlafenen Cops, fand er. Gegen ihn war Schulte eben doch nur zweite Wahl. Das würde er beweisen. Hartel würde beißen, er würde es allen zeigen. Und wenn er Tag und Nacht arbeiten musste, er würde den Polizeirat festnehmen. Er allein. Das war sein einsamer Entschluss, den er gerade gefasst hatte.

Mit dem Filialleiter war er sich einig. Sobald Schulte wieder zum Bankautomaten kam, um Geld abzuholen, würde die Karte sofort eingezogen.

Gleichzeitig wollten die Kollegen der Detmolder Polizei ein Überwachungssystem im Schalterraum der Bank installieren. Damit sie sofort zugreifen konnten, wenn Schulte die Bank betrat. Einen unauffällig getarnten Überwachungswagen könnte man hier in der Nähe der Bank hervorragend in Position bringen. Er würde sich gleich mit dem Staatsanwalt in Verbindung setzen, um sich für diesen Schritt die Genehmigung zu holen. Bülow und den Kollegen würde er erst gar nichts erzählen. Diesmal würde er beim Staatsanwalt punkten können. Er, und sonst keiner, da war er sich gewiss.

Um auf Nummer sicher zu gehen, ließ sich Hartel das bankeigene Filmmaterial der Überwachungskameras mitgeben. Er wollte Schultes Verhaltensweisen genau studieren. Damit er bloß keinen Fehler machte. Die Zeiten, zu denen das Geld vom Konto abgehoben wurde, waren bekannt, daher brauchte sich Hartel nicht einmal endlos lange Überwachungsvideos anzusehen, sondern er konnte sehr gezielt suchen. Und so dauerte es keine Viertelstunde, da war er bei der Filmsequenz angelangt, die darstellte, wie Schulte Geld abhob.

In den nächsten Sekunden veränderte sich Hartels konzentriert angespannter Gesichtsausdruck wie bei einer Super-Slow-Motion zu einer blöd dreinblickenden Fratze.

Der Mann, den er da auf dem Video sah, war nicht Schulte. Das war Hermann Rodehutskors, der dicke Journalist, der früher mit diesem Grafenberg zusammengearbeitet hatte. Das war also der Komplize des Polizeirats. Den würde er sich greifen. Er rannte zum Parkplatz. Auf dem Weg dorthin telefonierte er mit Wachtmeister Volle.

„Bewegen Sie sich, Wachtmeister, wir treffen uns am Auto. Ich habe eine Spur, die zu Schulte führt."

Drei Minuten später raste ein Polizeifahrzeug mit Blaulicht und Martinshorn Richtung Berlebeck. Diesmal würden sie nichts dem Zufall überlassen oder aus welchen Gründen auch immer zu langsam sein.

Als der blau-weiße Passat mit quietschenden Reifen vor der Garage von Rodehutskors zum Stehen kam, standen alle Nachbarn am Fenster. Hastig stürmten die beiden Polizisten zum Haus des Journalisten. Hartel hatte seine Pistole aus dem Holster gerissen. Die ganze Inszenierung konnte mit einer Action-Filmszene aus einem amerikanischen Thriller konkurrieren. Halb Berlebeck war beeindruckt. Hartel klingelte Sturm. Nach wenigen Sekunden kam die Gattin des Journalisten zur Haustür gehetzt. Völlig verdattert blickte sie in die Läufe zweier Pistolen.

Doch sie ließ sich von der ganzen Dramaturgie nicht beeindrucken.

„Haben Sie einen Vogel? Hier mit so einem Affenzahn auf unseren Hof zu fahren? Stellen Sie sich einmal vor, unsere Katze Mimi wäre hier gerade langgelaufen. Sie hätten doch niemals bremsen können. Junger Mann, das wird ein Nachspiel haben! Wenn mein Mann wieder zurück ist, der wird Ihrem Chef die Meinung geigen. Dafür werde ich sorgen."

Hartel versuchte, absolut cool zu bleiben. Genau so, wie er es in unzähligen Kriminalfilmen gesehen hatte.

„Genau, Frau Rodehutskors, Ihren Mann, wo finden wir den?“

„Der ist nicht da.“

„Wie, nicht da?“

„Ja, der wollte jemanden vom Bahnhof abholen oder zum Bahnhof bringen. Ich habe nicht so genau zugehört. Erstens interessiere ich mich nicht sehr für seine Sachen und zweitens macht er sowieso, was er will.“

„Zu welchem Bahnhof ist er denn?“

„Keine Ahnung. Detmold, Bielefeld, Paderborn oder Horn-Bad Meinberg. Ich weiß es nicht.“

Aus den beiden Actionfilm-Helden waren im Nullkommanichts zwei traurig-schöne Gestalten worden. Wie auf ein Kommando, das nur Hartel und Volle hören konnten, drehten sie sich synchron um, steckten ihre Waffen in den Holster und trotteten wie zwei geprügelte Hunde zu ihrem Polizeifahrzeug. Alles ging schief. Na gut, dann würden sie sich jetzt eben in ihr Auto setzen und warten, bis Rodehutskors wiederkam. Dann mussten sie sich ihn eben später vornehmen. Aufgeschoben war nicht aufgehoben.

Auf die Idee, dass Frau Rodehutskors mit ihrem Mann telefonieren könnte, kamen sie erst Stunden später, als sie so dermaßen durchgefroren waren, dass sie kaum noch das Lenkrad festhalten konnten, als sie vom Hof fuhren. Fast alle Fahrzeuge der Detmolder Polizei hatten eine Standheizung. Nur eben diese verdammte Kiste von Volle nicht.

61

Endlich fühlte sich Schulte wieder sicher. Grijpstra hatte ihm gesagt, dass er für eine oder zwei Nächte bei ihm wohnen könne. Er müsse allerdings in Kauf nehmen, dass nachts viel Betrieb im Hause sei. Das hoffe er jedenfalls, lachte der dicke Mann. Damit hatte Schulte keine Probleme. Er war nicht pingelig. Hauptsache, er war erst einmal aus den Augen dieses Paderborner Totschlägers.

Das Haus von Grijpstras Frau lag in der Mitte des Kreupelsteeg, einer engen Gasse in der Nähe der Brücke, auf der Kriegel von den Touristen aufgehalten worden war. Grijpstra hatte kurz vor Erreichen des Hauses einen Bekannten getroffen und sich kurz mit ihm unterhalten, daher war Schulte bereits die paar Schritte bis zu dessen Haus allein gegangen. Es war nur wenig Betrieb auf der Straße. In den Bordellen schien nichts los zu sein. Es herrschte Ruhe im Puff.

Auch an diesem Haus waren, Schulte hätte es sich denken können, im Erdgeschoss zwei große Schaufenster, über denen rote Neonröhren glühten. Nur eines der beiden Schaufenster war besetzt, die Frau darin klopfte auffordernd von innen an die Scheibe. Als Schulte mit einem Handzeichen deutlich gemacht hatte, dass er nicht interessiert sei, sackte sie wieder zurück auf ihren Barhocker, steckte sich eine Zigarette an und machte das gleiche gelangweilte Gesicht wie vorher.

Während Schulte noch unschlüssig herumstand und auf Grijpstra wartete, sah er plötzlich, wie Leben in den massigen Körper des alten Entenmalers kam. Grijstra machte sich von seinem Bekannten los und stürzte mit einer Geschwindigkeit auf Schulte zu, die dieser nie für möglich gehalten hätte. Er fasste den völlig überraschten Schulte am Arm und zog und schob ihn in den Hauseingang.

„Dein Freund ist eben am Ende der Straße aufgetaucht. Ich weiß nicht, ob er dich gesehen hat. Aber es ist besser, wenn du schnell verschwindest!“

Mit diesen Worten öffnete er die Tür und schob Schulte in einen schmalen Flur. Auch der war von einigen Wandleuchten in ein schwindelig machendes, rotes Licht getaucht. Grijpstra war zurück auf die Straße gegangen und postierte sich als Wache vor dem Hauseingang.

Schulte ging unsicher durch eine weitere Tür und kam in eine Art Wohnküche. Das beherrschende Möbelstück darin war eine gepolsterte U-förmige Eckbank, die einen ganz normalen Küchentisch umschloss. Auf der Bank saßen drei junge Frauen, die rauchten und in einen Fernsehapparat schauten. Die Frauen saßen in Morgenmänteln da, unter denen sie ihre „Dienstkleidung“ trugen. Offenbar hatte ihre Schaufensterschicht noch nicht begonnen, stand aber kurz bevor. Schulte fühlte sich verpflichtet, in aller Form zu grüßen, aber die Damen sahen durch ihn hindurch auf den Fernseher, nahmen ihn gar nicht zur Kenntnis und rauchten schweigend weiter.

Plötzlich drehten sich alle Köpfe in eine Richtung, zur Haustür. Irgendwas war an der Haustür nicht, wie es sein sollte.

62

Es wurde Zeit, dass sich Braunert auf den Weg nach Paderborn machte. Er packte seine Sachen zusammen. Dann räumte er noch einmal kurz über den Schreibtisch. Schnappte sich seine Jacke und wollte gerade das Büro verlassen, da summte sein Handy. Ein Blick auf das Display verriet ihm, dass Rodehutskors ihn zu erreichen versuchte. Er nahm das Gespräch an.

„Hallo, Herr Kommissar, es gibt Neuigkeiten. In zwei Stunden kommt ein gewisser Sascha Schäfer auf dem Bahnhof in Bielefeld an. Für den müssen wir eine sichere Unterkunft finden. Vielleicht machen Sie sich auch einmal Gedanken. Vorübergehend kann er in seine alte Wohnung, da sich die beiden Komplizen von Wormsthal wohl noch in Amsterdam aufhalten. Aber höchstens für einen Tag. Dann muss er ein sicheres Versteck bekommen.“

„Wieso kommt dieser Schäfer wieder zurück nach Detmold?“

„Wormsthals Schläger haben ihn ausfindig gemacht und Schulte hat ihn überredet, sie anzuzeigen. Aber solange die Komplizen von Wormsthal noch nicht dingfest gemacht worden sind, muss Schäfer von der Bildfläche verschwunden bleiben."

„In Ordnung, Herr Rodehutskors. Ich lasse mir was einfallen. Doch jetzt muss ich erst mal nach Paderborn."

„Ach übrigens, seit einer Stunde steht ihr Kollege Hartel gemeinsam mit Wachtmeister Volle bei mir auf dem Hof und die beiden frieren sich ihre Hintern ab. Wie meine Frau berichtete, sind die beiden filmreif auf unser Grundstück gefahren. Mit Blaulicht und allem Pipapo. Meine Frau ist natürlich stinksauer, weil sie der Meinung ist, dass diese beiden Idioten uns bei der gesamten Nachbarschaft blamiert hätten."

„Da kann ich im Moment nichts zu sagen, Herr Rodehutskors. Könnten wir das später regeln?"

„Kein Problem, also bis nachher."

Der Polizeirat Potthast war ein guter Kumpel von Schulte. Sozusagen seit dem Sandkasten. Er hatte in Paderborn den gleichen Job inne, den Schulte in Detmold bekleidete. Und für seinen Jupp wäre er genauso durchs Feuer gegangen wie Schulte für ihn. In der Vergangenheit hatten sie einiges gemeinsam durchgemacht und erlebt. Sowohl dienstlich als auch privat. Der Nachricht, dass Schulte jemand umgebracht haben sollte, hatte er nicht eine Sekunde geglaubt. Aber er wusste auch, wie schwierig es war, mit so einer Situation angemessen umzugehen. Daher war er höchst interessiert an allem, was ihm Braunert zu sagen hatte.

Der Detmolder Kollege erstattete einen sehr gewissenhaften und umfangreichen Bericht. Doch auch Potthast gegenüber erwähnte Braunert seine Rolle in dem ganzen Fall nicht. Ebenso wenig berichtete er, dass sich Schulte und vermutlich die beiden Komplizen von Wormsthal zur Zeit in Amsterdam aufhielten.

Nachdem er geendet hatte, sagte Potthast:

„Wormsthal ist in Paderborn kein unbeschriebenes Blatt. Prostitution, Zuhälterei und Körperverletzung sind schon oft mit seiner Person in Verbindung gebracht worden. Aber der ist immer verdammt gerissen gewesen. Er hat sich nie die Finger schmutzig gemacht, hatte seine Handlanger. Darum taucht er auch in keinem Zentralregister auf. Anders ist es mit diesem Kriegel. Er hat eine Vorstrafenlatte, die ihresgleichen sucht. Ein hochgefährlicher Kerl. Rücksichtslos und brutal. Wen der in die Finger kriegt, der sieht nachher aus, als wäre er von einer Dampfwalze überfahren worden. Ich habe schon das eine oder andere Opfer von ihm gesehen und hätte nichts dagegen, wenn wir den wieder aus dem Verkehr ziehen könnten. Wenn möglich für längere Zeit."

Potthast verschluckte sich fast an seinem Kaffee, so ereiferte er sich.

„Bliebe noch dieser Reichel. Aus Sicht der Polizei ist das ein unbeschriebenes Blatt. Ist bisher nie mit dem Gesetz in Konflikt gekommen. Lediglich letzte Woche ist er in Bielefeld bei Dunkelrot über eine Ampelkreuzung gefahren. Aber das kann jedem mal passieren." Er hielt kurz inne, als müsse er sich sortieren, dann fuhr er fort: „Stellt sich nun die Frage, wie gehen wir weiter vor? Bisher haben wir ja keinerlei Handhabe, irgendetwas zu unternehmen. Solange euer Staatsanwalt in Detmold euch zeigt, wo es lang geht, können wir nicht so einfach tätig werden und die Wohnungen aufmachen."

„Vielleicht gibt es da noch eine andere Möglichkeit. Dieser Sascha Schäfer, von dem ich dir erzählt habe, der kommt heute aus Holland zurück und hat sich bereit erklärt, gegen Kriegel und Reichel Anzeige zu erstatten. Da Wormsthal tot ist, brauchen die Paderborner Kollegen in diese Richtung erst mal nicht mehr zu ermitteln. Rein formal können wir so tun, als wenn wir zwei völlig voneinander unabhängige Fälle bearbeiten. Der eine liegt im Verantwortungsbereich der Detmolder Polizei. Wir gehen nach den Anweisungen, die uns der Staatsanwalt gibt, vor. Den anderen Fall bearbeiten die Paderborner Kollegen. Und die stellen erst mal keine Verbindung zu dem Mordfall Wormsthal her.

Du und deine Leute tun einfach so, als gäbe es das Verbrechen in Detmold gar nicht. Wartet einfach ab, was eure eigenständigen Ermittlungen ergeben werden.

Wenn es dann irgendwann Querverbindungen nach Detmold geben sollte, sprich zu dem Mordfall Wormsthal oder zu der Person Wormsthal, dann muss die Paderborner Polizei das tun, was nötig ist. Und dann kann sich unser Staatsanwalt nicht einfach hinstellen und sagen, all das hätte mit dem Detmolder Mord nichts zu tun. –

Ich selber ermittele ebenfalls in Richtung Kriegel und Reichel. Doch alle Ergebnisse, die ich zu diesen beiden Personen herausfinde, teile ich lediglich meiner Chefin Margarete Bülow mit. Sie ist im Übrigen auch in allen Fragen Ansprechpartnerin aus Detmolder Sicht. “

Potthast pfiff anerkennend durch die Zähne.

„Donnerwetter, ihr wisst, wie ihr einen Staatsanwalt aufs Glatteis führen könnt. Ich denke, wir sind uns einig. Sobald die Anzeige vorliegt, werden wir tätig. Ich halte Margarete, aber natürlich auch dich, informell auf dem Laufenden.“

63

Kriegel hatte die beiden Verrückten bereits über hundert Meter verfolgt, war ihnen immer näher gekommen, aber erst kurz vor dem Kreupelsteeg hatte er verstanden, dass sich unter dem großen Hut und dem reichlich weiten Mantel der Mann verbarg, den er seit vielen Stunden suchte. Der Bulle! Unglaublich, dass er den eben nicht erkannt hatte, als er an dem vermeintlichen Maler vorbeigegangen war. Kriegel ballte die Fäuste, am liebsten hätte er sich selbst ausgepeitscht. Wie hatte er so blind sein können? Jetzt musste er den Kerl einfach in die Finger kriegen. Und er würde dann nicht mehr lange fackeln. Mit bloßen Händen würde er …

Kriegel beschleunigte seinen Schritt.

Als seine Zielobjekte wieder einmal um eine Hausecke bogen, ließ er alle Vorsicht außer Acht und rannte hinter ihnen her. Egal, ob er damit auffallen würde. Egal, ob die beiden Verfolgten dadurch gewarnt werden könnten. Er wollte nicht mehr taktisch denken, er wollte Tatsachen schaffen. Es reichte jetzt! Was konnte ihm schon passieren? Selbst wenn es Zeugen geben sollte. Wozu hatte man denn Kräfte wie ein urzeitliches Monstrum? Doch nicht, um sich von so einer kleinen Menschenmenge bange machen zu lassen! Als auch er um die Ecke in den kurzen und schmalen Kreupelsteeg gebogen war, sah er die beiden wieder vor sich. Sie hatten sich anscheinend getrennt. Der Alte stand bei einem anderen Mann und unterhielt sich, während der Bulle vor einem Nuttenschaufenster stand. Kriegel wurde nun wieder langsamer. Jetzt, wo er Schulte zum Greifen nah hatte, wollte er jede Sekunde bewusst wahrnehmen. Jeden Augenblick genießen, um dann die ganze angestaute Wut urplötzlich wie eine Atombombe zur Explosion zu bringen.

Was machte der dicke Alte denn jetzt? Hatte der ihn erkannt? Denn der rannte plötzlich zu dem Bullen und zog ihn in den nächsten Hauseingang.

Sofort beschleunigte auch Kriegel wieder, aber als er bei dem Hauseingang ankam, waren die beiden Männer verschwunden. Aus dem Schaufenster rechts neben ihm kamen Klopfgeräusche. Als er hinschaute, war sein Gesicht so von Wut verzerrt, dass die Frau auf dem Barhocker plötzlich schreckensstarr dasaß.

Nicht schon wieder! Dieser verfluchte Bulle konnte ihm nicht schon wieder entkommen sein. Kriegel griff sich den eisernen Fahrradständer neben dem Hauseingang, hob an und warf ihn in das leere Schaufenster. Warum blieben diese dämlichen Leute auf der Straße denn plötzlich stehen und glotzten ihn an? Was wollten die von ihm? Er brüllte sie an wie ein angeschossener Gorilla. Diese Weicheier! Wie sie wegliefen. Ja, er war eine Urgewalt und er würde dieses mickrige, alte Haus mit eigenen Händen abreißen, Stein für Stein plattmachen und allen, die darin waren, die Seele aus dem Leib dreschen.

Als er sich wieder zur Tür drehte, stand dort jemand direkt vor ihm. Was war das denn? Das war doch der Dicke, der eben den Bullen begleitet hatte. Was starrte der so zu ihm hoch? Und dann dieser Blick. Das war nicht der Blick eines dieser verdammten Weicheier. Dieser Blick konnte einen ganz unsicher machen. Weg damit, aus dem Weg mit dem Kerl, bevor ihm diese verfluchten, dunklen Augen die Knie weich machten und ihn handlungsunfähig werden ließen. Er schlug zu.

War die Tür stabil? Er dachte nicht lange nach, nahm zwei Schritte Anlauf und brach mit der Gewalt eines gereizten Kampfstieres durch die Holztür und stürzte in den Flur.

Wo war er? Hier war ja alles rot. Aber dahinten stand eine Tür offen, da hörte er Stimmen. Er rappelte sich auf und ging durch die Tür. Was war das denn hier? War er in einer Küche? Und wieso hockten drei Frauen in Morgenmänteln auf dieser Bank und starrten ihn zu Tode erschrocken an? Und wo war dieser verdammte Bulle? Wo?

64

Das Gebäude des Landgerichtes Detmold, Teile davon waren früher einmal der Lippische Landtag gewesen, prägte durch seine Monumentalität das Stadtbild um den Kaiser-Wilhelm-Platz herum maßgeblich. Maren Köster hatte ihre Chefin mit dem Auto hierher gefahren und sie noch bis vor die Bürotür von Staatsanwalt Krämer begleitet. Hier trennten sich nun ihre Wege. Maren Köster ging in die Stadt, um einige Besorgungen zu machen, während Margarete Bülow sich anschickte, die seit Langem notwendige Unterredung mit dem Staatsanwalt zu führen.

Die Polizeidirektorin war ausgesprochen pünktlich. Sie wollte die Atmosphäre zwischen ihr und dem Staatsanwalt nicht weiter strapazieren. Aber sie war fest entschlossen, ihre und die Interessen ihrer Kollegen durchzusetzen.

Das Klima war wie erwartet frostig. Der Staatsanwalt begegnete ihr wortkarg und fast unhöflich. Doch die Polizistin ließ sich von ihm nicht beeindrucken. Sie tastete sich zu dem Besprechungstisch vor. Schließlich war sie schon oft in diesem Büro gewesen und wusste, wo er stand. Und da ihr vom Hausherrn kein Platz angeboten wurde, setzte sie sich einfach auf den ersten freien Stuhl.

Dann wartete sie. Minuten endlosen Schweigens zogen sich dahin. Margarete Bülow hielt das gelassen aus. Sie hatte ein Konzept, und das würde sie mit großer Sicherheit umsetzen. Die erdrückende Stille, das wusste sie, war für den Staatsanwalt genauso unangenehm wie für sie.

Sie hatte ihm gegenüber jedoch einen kleinen Vorteil. Sie kommunizierte mit einem Sinneskanal weniger. All das, was der Staatsanwalt bei sehenden Gesprächspartnern körpersprachlich an emotionalem Druck erzeugen konnte, konnte er ihr gegenüber nicht einsetzen. Margarete Bülow aber, die mittlerweile seit mehr als zehn Jahren blind war, war dazu gezwungen gewesen, sich neue Strategien anzueignen. Die daraus entstandenen Fähigkeiten machten sie an vielen Punkten überlegen. Auf fremde Menschen wirkte ihre Ruhe so eindrucksvoll, als wäre sie von der harten Schule des Zen-Buddhismus geprägt worden. Sie strahlte bei aller Kompetenz, die sie verkörperte, eine vermeintliche Milde aus. Ihr Gehör war mittlerweile so exzellent geschult, dass sie wirklich jede Veränderung der Gemütslage, auch wenn es sich nur um Nuancen handelte, an der Stimme des anderen wahrnehmen konnte.

Als der Staatsanwalt endlich irgendwann zu sprechen begann, merkte sie ihm sofort die Unsicherheit an.

„Frau Bülow, im Moment habe ich das Gefühl, dass wir beide nicht an einem Strang ziehen. Ich kann begreifen, dass Ihr Team und Sie sehr verunsichert sind, ob der Tatsache, dass ihrem besten Mann ein Mord zur Last gelegt wird. Wie Sie sicherlich gemerkt haben, habe ich mich so lange wie möglich auf die Seite von Polizeirat Schulte geschlagen. Viel zu lange! Doch irgendwann war die Indizienlage so dermaßen erdrückend, dass ich nicht mehr anders handeln konnte, als ich es jetzt praktiziere. Auch wenn Sie immer noch nicht mit der Tatsache klarkommen, dass ein Kollege von Ihnen einen Mord begangen hat, so erwarte ich dennoch loyales Handeln von Ihnen. Ich erwarte darüber hinaus, dass Sie meine Rolle nicht, auch nicht ansatzweise, unterminieren."

„Sehr geehrter Herr Staatsanwalt, zunächst einmal bin ich meinem Kollegen Schulte genauso loyal und verpflichtet wie ich es Ihnen bin. Ich bin die Erste gewesen, die die Zwiespältigkeit der Situation, in der wir uns befinden, als gravierende Handlungsschwäche zur Sprache gebracht hat. Ich wollte schon am Donnerstag letzter Woche, dass der Fall Wormsthal an ein externes Ermittlungsteam abgegeben wird. Sie haben richtig gehört, Herr Krämer, ich rede vom Fall Wormsthal und nicht vom Fall Schulte. Ich bin von dessen Unschuld überzeugt, und ich bewerte die Indizienlage grundlegend anders als Sie." Margarete Bülow schwieg einen Moment. Sie blies sich eine imaginäre Locke aus der Stirn. Dann ergriff sie wieder das Wort: „Wenn Sie weiterhin darauf bestehen, dass die Ermittlungen genau so geführt werden, wie Sie es aus der Ferne gutheißen, dann kann ich Sie nicht daran hindern. Aber ich werde mich bei jeder Vorgehensweise detailliert absichern und ausnahmslos auf Ihre Anweisung hin handeln – und dieses Vorgehen ganz genau dokumentieren. Ich fordere Sie nochmals auf, geben Sie diesen Fall ab!"

„Gut, Frau Bülow, Sie haben mir Ihre Meinung gesagt, und ich habe meine Vorstellung. Ich bin genauso lange im Geschäft wie Sie. Vielleicht sogar noch ein paar Jahre länger. Verhalten Sie sich genauso, wie Sie es gerade angekündigt haben. Dann sind wir beide auf der sicheren Seite." Der Staatsanwalt ließ ein wütendes Schnauben hören. „Und wenn Sie mit Ihrer Düsseldorfer Connection über dienstliche Belange sprechen, dann möchte ich informiert sein. Ich fordere Sie nochmals auf: Halten Sie die Kleiderordnung ein!“

Wieder herrschte minutenlanges Schweigen. Irgendwann sagte der Staatsanwalt, und man merkte ihm an, wie unwohl er sich dabei fühlte: „Wenn es denn jetzt weiter nichts zu sagen gibt, sehen wir uns morgen früh bei der obligatorischen Dienstbesprechung. Ich wünsche Ihnen einen schönen Tag, Frau Bülow.“

65

Schon Sekunden bevor die Haustür in kleine Stücke zerbarst, hatte Schulte reagiert. Er war aus der Wohnküche durch eine weitere offen stehende Tür gelaufen und in ein schmales Treppenhaus gekommen. Die Atmosphäre hier unterschied sich deutlich von der im Eingangsbereich. Dies hier wirkte privat. Wohnlich. Am Fuß der Treppe stand eine schwere Holztruhe mit Eisenbeschlägen. Schulte hatte gekeucht und gestöhnt, aber es geschafft, die Truhe vor die Tür zu schieben, durch die er vorher entschlüpft war. Zwei dicke Bücher, die in einem Schmuckregal standen, hatte er auf die Truhe gelegt, um damit die Türklinke zu blockieren. Zumindest kurze Zeit sollte das den Berserker aufhalten können. Dann hatte er das Krachen der aus den Angeln berstenden Haustür gehört und gewusst, dass er seinen Verfolger noch lange nicht los war.

Was tun?

Vor sich sah Schulte nun eine steile Treppe. Ohne weiter zu überlegen, lief er hinauf, riss oben eine Zimmertür auf und stand in einem behaglichen, gutbürgerlichen Wohnzimmer. Eine Frau, die auf einem großen Sofa gesessen hatte, sprang entsetzt auf. Sie war Anfang sechzig, etwas zu stark geschminkt, aber noch immer eine sehr schöne Frau. Und sie hatte gute Nerven und ein erstaunliches Reaktionsvermögen.

Das bewies sie, als sie ihren Schrecken innerhalb von zwei Sekunden überwunden hatte, ein paar Schritte zur Schrankwand machte und urplötzlich eine kleine Pistole in der Hand hielt. Schulte blieb stehen und hob die Arme hoch.

„Hoe bent U?“, fragte die Frau und fuchtelte mit der Pistole. Wie sollte Schulte sich kenntlich machen? Viel Zeit blieb nicht, aber er versuchte, auf Holländisch zu antworten:

„’n vriend van Henk Grijpstra, de tekenaar van dode vogelen! Mevrouw Grijpsta?“

Er selbst fand diese Erklärung denkbar schwach, aber aus irgendeinem Grund schien die Frau damit etwas anfangen zu können. Zu seiner Frage nickte sie wortlos. Und da in diesem Moment im unteren Geschoss ein lärmendes Inferno losbrach, zählte die Frau rasch zwei und zwei zusammen und kam zu dem Ergebnis, dass Schulte eher Flüchtender als Eindringender sein musste. Sie ließ die Pistole zwar sinken, behielt sie aber in der Hand.

„Sind Sie Deutscher?“, fragte sie hastig, hatte dies wohl aus seinem schlechten Holländisch herausgehört. Als Schulte nickte, zögerte sie nicht lange und winkte ihm, ihr zu folgen. Sie führte ihn in ein kleines Badezimmer. Das Bad hatte eine Bodenluke mit einer Ausziehtreppe. Frau Grijpstra zog sie mit einem Haken herunter und bedeutete Schulte nun, die Leiter hochzuklettern.

Doch Schulte wollte nicht weiter flüchten. Er konnte diese anständigen Leute, Bordell hin, Bordell her, nicht mit diesem monströsen Kerl allein lassen. Und wenn schon die Frau zum Kämpfen bereit war, was sie mit ihrer kleinen Pistole nach wie vor deutlich machte, dann würde auch er sich irgendwas greifen, um den Verrückten aufzuhalten. Der Haken, mit dem die Treppe bedient wurde, erschien ihm durchaus brauchbar zu sein.

Von unten kam eine ganze Lärmwelle zu ihnen herauf. Krachen und Knallen hörten sie es, dass die Wände wackelten. Dazwischen das hysterische Geschrei der drei Frauen.

Und der Lärm kam näher, er arbeitete sich zu ihnen die Treppe hoch.

66

Irgendwann ging dieses Wetter jedem auf die Nerven. Als Braunert das Paderborner Polizeirevier verließ, schneite es schon wieder. Aber mehr und mehr mischten sich Regentropfen unter die Flocken. Der Polizist sprintete zu seinem Auto. Als er im Trockenen saß, sah er auf seine Uhr. Wenn das Wetter ihm keinen allzu dicken Strich durch die Rechnung machte, dann konnte er noch rechtzeitig in Bielefeld sein und gemeinsam mit Hermann Rodehutskors Sascha Schäfer am Bahnhof in Empfang nehmen.

Braunert war guter Dinge. Heute würde er dafür sorgen, dass Sascha Schäfer Anzeige erstattete.

Das Gespräch mit dem Paderborner Polizeirat hatte ihm gut getan. Auch der war ein Freund von Schulte. Dennoch wurde die gesamte Unterredung von Sachlichkeit beherrscht. Eine Tugend, die im Detmolder Team in den letzten Tagen zur Seltenheit geworden war. Auch die Strategie, die Braunert entwickelt hatte, war von Potthast, durchaus mit einem Schuss Anerkennung versehen, bedenkenlos übernommen worden.

Dieser Tagesordnungspunkt war also abgehakt. Als Nächstes stand nun Sascha Schäfer auf der Agenda. Braunert hatte noch nicht über eine mögliche Unterbringung für den jungen Mann nachgedacht. Bei ihm ging es auf keinen Fall. Wenn das herauskäme, dann würde ihm jeder Richter und jeder Staatsanwalt dieser Republik den Kopf abreißen. Und das gesamte Verfahren wäre wahrscheinlich hinfällig. Aber, Schultes Wohnung stand ja leer. Doch nach längerem Nachdenken verwarf Braunert auch diese Überlegung. Denn auch diese Variante könnte der eine oder andere Winkeladvokat irgendwann zu Schultes und auch Schäfers Nachteil auslegen.

Das Einzige, was blieb, war ein Hotel. Wahrscheinlich musste Schäfer ja höchstens eine Woche untergebracht werden. Das Geld, was dazu nötig war, würde der junge Mann sicherlich besitzen. Wenn nicht, würde man es auftreiben können. Diese Unterbringung wäre auf jeden Fall die neutralste, und in Horn-Bad Meinberg würde so schnell niemand nach Schäfer suchen. Mit dieser Idee war Braunert ganz zufrieden.

Als Braunert die Bielefelder Bahnhofshalle betrat, griff er nach seinem Handy und rief Hermann Rodehutskors an, der nur sagte: „Drehen Sie sich einfach um, Herr Hauptkommissar."

Und als dieser tat, wie ihm geheißen, lächelte ihn der beleibte Journalist aus einem gutmütigen Gesicht an und sagte: „In fünf Minuten fährt der Zug ein. Wir können ja schon mal zum Bahnsteig gehen."

Kurz nach Eintreffen des ICE nahmen Braunert und Rodehutskors den jungen Mann in Empfang. Immer wieder sah Schäfer Braunert an.

„Kennen wir uns nicht irgendwo her?"

„Ich glaube, wir haben uns schon öfter auf irgendwelchen Feten von gemeinsamen Freunden gesehen. Wir haben uns aber nie näher bekannt gemacht", entgegnete Braunert.

Schäfer nickte nachdenklich. „In dem Zug nach Amsterdam waren Sie auch?"

„Ja, war ich auch."

„Warum haben Sie mich nicht angesprochen?"

„Ich konnte die Situation nicht genau einschätzen."

Wieder nickte Schäfer und fragte, was man denn nun mit ihm vorhabe. Braunert unterbreitete ihm seinen Plan. Dabei trennte er geflissentlich den Mordfall Wormsthal und das, was Schäfer widerfahren war. Er schlug vor, dass Schäfer die Anzeige in Paderborn erstatten sollte, weil sowohl die handelnden Personen als auch der Ort der Straftat dort angesiedelt waren.

Aus irgendwelchen Gründen schien Schäfer dieses Vorgehen auch lieber zu sein. Der Polizist hatte den Eindruck, dass es dem jungen Mann leichter fiele, die Anzeige in Paderborn aufzugeben als in Detmold.

Braunert sagte ihm, dass er die nötigen Unterlagen vorbereitet habe und Schäfer sie nur noch unterzeichnen müsse. Rodehutskors würde dann noch heute die Dokumente zu einem gewissen Polizeirat Potthast bringen.

Rodehutskors sah Braunert fragend an, und als der ihm zunickte, erklärte er sich bereit, diese nicht abgesprochene Kurierfahrt vorzunehmen. Weiter schlug Braunert vor, Schäfer nicht in irgendeiner Privatwohnung, schon gar nicht in seiner eigenen, unterzubringen, sondern er möge in einem Hotel übernachten. Er, Braunert, würde vorschlagen, dass man das Hotel *Zum Stern* in Horn-Bad Meinberg suchen solle. Einerseits wäre die Unterbringung komfortabel, andererseits sei sie so abgelegen, dass die Wahrscheinlichkeit, ihn dort zu suchen und eventuell zu finden, relativ gering sei. Er fragte Schäfer, ob er sich das finanziell leisten könne. Da dies für den jungen Mann kein Problem darstellte, war der Plan abgemacht.

Rodehutskors fuhr nach Paderborn und Braunert mit Schäfer zum *Stern* in den bei Rentnern so beliebten lippischen Kurort Bad Meinberg.

67

Schulte überlegte fieberhaft. Wenn der Riese ihn hier in diesem engen Badezimmer stellte, hatte Schulte nicht die Spur einer Chance. Hier konnte er nicht ausweichen, hier gab es keine Deckung. Plötzlich erschien ihm der Treppenhaken doch sehr armselig. Und die Frau von Grijpstra wollte er möglichst raushalten. Was hatte die mit all dem zu tun? Also gab es nur einen Weg: Angriff als beste die Verteidigung!

Er fasste die Frau bei der Schulter und drehte sie um ihre eigene Achse. Dann schob er sie vor sich her in die hintere Ecke des Badezimmers. Bevor sie sich noch erklären konnte, was er von ihr wolle, hatte Schulte schon den Schlüssel aus der Badezimmertür gezogen, war durch die Tür gehuscht. Als sie wieder in der Nähe der Tür war, hatte er bereits von außen abgeschlossen.

Er lief, die Stange mit dem Metallhaken in der Hand, durch das Wohnzimmer der Grijpstras, bis er oberhalb der Treppe stand. Kriegel war bereits auf der Treppe, hatte nur noch wenige Stufen bis oben. Er hielt kurz an, als er Schulte so plötzlich direkt über sich stehen sah. Als sich die Blicke der beiden Männer trafen, durchzog Schulte ein Kälteschock, als hätte man einen Kübel Eiswasser in ihn hineingeschüttet. Aus Kriegels Augen sprach keine menschliche Regung mehr, Schulte blickte in blanke, ungefilterte Mordlust!

In diesem Augenblick, unerwartet und unpassend, traten ihm in schneller Folge Bilder vor sein inneres Auge. Bilder, die nur durchhuschten, kaum zu erkennen waren. Schulte sah wieder Kriegel vor sich, aber diesmal zusammen mit zwei anderen Männern, eine Schlägerei, Schulte spürte, wie er fiel und wie dann plötzlich das Licht ausging. Dann flackerte es wieder auf, er lag auf dem Asphalt, ein Hauseingang vor ihm, ein winselnder Hund leckte ihm durchs Gesicht. Dann ... dann war alles wieder weg.

Der ganze Vorgang hatte keine zwei Sekunden gedauert, und Schulte stand noch immer oben auf dem Treppenpodest. Zehn Stufen unter ihm starrten zwei wild flackernde Augen zu ihm hoch. Schulte war wieder in der Wirklichkeit angekommen. Aber auch in ihm war mittlerweile das Tier erwacht, alle zivilisatorischen Fesseln fielen von ihm ab, und er folgte nur noch purem, archaischem Kampfinstinkt, als er laut brüllend die Treppe hinunterrannte, die Stange mit dem Metallhaken wie eine Lanze vor sich haltend.

Dann krachten die beiden Männer zusammen.

Es gab vorübergehend so etwas wie ein Gleichgewicht der Kräfte. Kriegel war größer, stärker, schwerer und rücksichtsloser. Aber er hatte still gestanden. Schulte hatte den Vorteil, mit Schwung von oben gekommen zu sein und konnte dadurch den Aufprall zu seinen Gunsten verstärken. Mit der Zugstange zielte er auf Kriegels Brust, aber der konnte etwas ausweichen, sodass der Metallhaken sich nur in seine Rippen fräste. Kriegel schrie vor Schmerz auf, stand aber fest auf seinen gewaltigen Füßen.

Schulte hingegen wurde vom Aufprall der beiden Körper herumgeschleudert, verlor das Gleichgewicht und stürzte die restlichen Treppenstufen hinunter. Die Stange war ihm aus den Händen gerissen worden. Die zwei bis drei Sekunden, die Kriegel durch den brutalen Schmerz in den Rippen handlungsunfähig war, reichten Schulte aus, um wieder aufzuspringen. Im Flur sah es furchtbar aus, wie er aus den Augenwinkeln wahrnehmen konnte. Kriegel hatte, nachdem die Tür aufgesprengt war, offenbar die schwere Truhe hochgehoben und sie gegen die Wand geschleudert. Der Fußboden war übersät mit Resten der Holztruhe und deren Inhalt.

Schulte konnte unmöglich von unten aus angreifen. Das war aussichtslos. Also drehte er sich um, sprang über die Trümmer der Truhe und der Zwischentür und rannte in die Wohnküche. Hier standen drei vor Panik versteinerte Frauen in Morgenmänteln auf der Eckbank und hielten sich die Hände vors Gesicht. Dann hörte Schulte, dass der verletzte Kriegel den Kampf offenbar wieder aufnehmen konnte und laut polternd die Treppe herunterkam. Von draußen, von der Straße her, war ebenfalls Lärm zu hören. Schulte meinte sogar, eine Trillerpfeife vernommen zu haben.

Und schon stand Kriegel wie ein prähistorisches Ungeheuer in der Tür. Keine zwei Schritte von Schulte entfernt, der wie gelähmt dastand. Er war einfach platt, konnte nicht mehr, war fast bereit, sich vor Erschöpfung willenlos seinem Schicksal zu überlassen. Was immer da auch kommen möge, er war bereit. Und wieder tauchten diese Bilder auf. Er wankte durch eine dunkle Straße, eine Stimme beklagte sich über die Betrunkenen, ein schwarzer Hund neben ihm ... und zack: wieder war alles weg. Nur Kriegel nicht, und der stürzte sich jetzt laut schreiend auf ihn.

Schulte konnte sich gerade noch seitlich wegducken, Kriegel wurde von seinem eigenen Schwung mitgerissen und prallte nahezu ungebremst gegen einen Schrank, dessen Türen aufsprangen und aus dem etliche Tassen und Teller flogen und auf dem Fliesenboden laut scheppernd zerbrachen.

Schulte nutzte die schwierige Situation Kriegels, der weggerutscht war und Mühe hatte, sich auf den Beinen zu halten, hob einen Küchenstuhl und ließ ihn mit voller Wucht auf Kriegels Kopf krachen. Da er nicht abwarten wollte, bis Kriegel sich wieder berappelt hatte, stürmte er aus der Wohnküche, die nun eine Trümmerlandschaft war, hinaus, durch den nicht minder zerstörten Flur, durch die zerborstene Haustür, raus auf die Straße… und rein in eine ganze Schar uniformierter Polizisten.

Es dauerte nur Sekunden, bis Schulte überwältigt war und die Handschellen klickten.

68

Das war wieder ein ereignisreicher Tag, dachte Hermann Rodehutskors. Er hatte gerade noch die Anzeigen gegen Kriegel und Reichel bei Potthast vorbeigebracht. Ein kleines Schwätzchen mit dem Freund Schultes gehalten und sich dann auf den Heimweg gemacht. Jetzt fuhr er die Gauseköte hinab, Richtung Berlebeck.

Er war sichtlich erschöpft, aber sehr zufrieden. Wieder einmal hatte er den Eindruck, noch nicht zum alten Eisen zu gehören. Es gab Menschen in Lippe, die ihn schätzten und die ihm vertrauten. Das war ein gutes Gefühl.

Natürlich war es keine einfache Entscheidung für ihn gewesen, sich auf Gedeih und Verderb auf die Seite Schultes zu schlagen. Vielleicht machte er ja sogar einen großen Fehler. Aber er fühlte sich nun mal diesen manchmal chaotischen und anarchischen Polizisten über Jahre verpflichtet. Schulte war ein guter Typ, bei allen Schwächen, die er hatte. Und Rodehutskors war sich sicher, dass der Polizeirat kein gravierendes Verbrechen begangen hatte. Wäre es anders, dann würde er nicht weglaufen, sondern zu der Sache stehen. Schulte kämpfte um den Beweis seiner Unschuld. Dabei wollte ihm Rodehutskors helfen. Er hatte nicht den gesamten Überblick über den Stand der Ermittlungen. Das war ihm auch egal. Er handelte als Mensch. Er fühlte sich seinem Freund und seinem ureigensten Gefühl verpflichtet. Schulte litt unter einer vorübergehenden Amnesie. Aber Rodehutskors war sich sicher, wenn der Polizist und Freund seine Gedächtnislücken wieder geschlossen hätte und Schulte dabei herausfände, dass er mit dem Tod Wormsthals etwas zu tun hatte, dann würde er sich augenblicklich stellen. Dabei hoffte er, dass bei seinen ganzen Überlegungen nicht nur sein Wunsch der Vater dieser Gedanken war.

So in seine Gedanken vertieft, kam Rodehutskors irgendwann am Tor seines Anwesens an. Als er aus dem Auto ausstieg, standen ihm, wie aus dem Boden gewachsen, plötzlich Hartel und Wachtmeister Volle gegenüber.

Hatten sich die beiden Polizisten vorübergehend aufgewärmt? Hatten das Dienstfahrzeug getauscht und sich wieder vor Rodehutskors Haus auf die Lauer gelegt? Offenbar waren sie so schlau gewesen, sich im Verborgenen aufzuhalten. So war dieser Überraschungscoup möglich geworden.

Denn die Gattin des Journalisten hatte sie nicht bemerkt und somit ihren Mann auch nicht warnen können.

„Herr Rodehutskors! Ich muss Sie bitten, uns zur Kreispolizeibehörde zu folgen!“, wandte sich Hartel an den Journalisten.

„Warum sollte ich das tun?“

„Darüber werden wir auf der Polizeiwache sprechen.“

„Bin ich festgenommen?"

Hartel schüttelte den Kopf. „Im Moment noch nicht."

„Das heißt also, ich kann mit meinem eigenen Auto fahren?"

Hartel traute sich durchaus zu, bei einer möglichen Verfolgungsjagd, Rodehutskors überlegen zu sein. Sollte dieser wirklich den dummen Gedanken, flüchten zu wollen, im Kopf haben.

Eine Viertelstunde später saßen sich Hartel und Rodehutskors an einem Tisch gegenüber. Wachtmeister Volle war ebenfalls anwesend. Doch der besah sich abwesend seine Fingernägel und versuchte verzweifelt, diese zu polieren. Der inhaltliche Charakter dieses Verhörs war ihm schlicht zu kompliziert.

„Herr Rodehutskors, Sie haben in den letzten Tagen mehrfach Geld von dem Konto des Polizeirats Schulte abgehoben. Können Sie mir sagen, wie Sie in den Besitz der Scheckkarte des Polizisten und an die Geheimnummer gelangt sind?"

„Aber selbstverständlich kann ich das, Herr Hartel. Herr Schulte und ich waren am Montag, den 8. Februar gemeinsam essen. Als wir bezahlt haben, hat der Kellner unsere beiden Scheckkarten vertauscht. Dies habe ich jedoch erst am Mittwoch, den 10. Februar, bemerkt. Da ich Geld brauchte, habe ich Herrn Schulte angerufen und ihn um ein Treffen gebeten, wo ich den Kartentausch rückgängig machen wollte. Da es dem Polizeirat nicht gut ging, hat er um Verschiebung dieses Treffens gebeten. Er gab mir jedoch seine Geheimnummer, damit ich zumindest liquide bleiben konnte. Er schlug damals vor, den Tausch rückgängig zu machen, sobald es ihm besser ginge. Dann könne man auch abrechnen. Damit war ich einverstanden. Wie es dann weiterging, wissen Sie ja am besten. Herr Schulte ist verschwunden, mit meiner Scheckkarte und ich besitze seine. Solange Schultes Konto hergibt, was ich verlange, habe ich keine Sorgen. Und falls er länger unterwegs sein sollte, muss ich einfach nur mit meiner Bank sprechen."

„Herr Rodehutskors, Sie können verarschen, wen sie wollen, aber den Scheiß glaubt ihnen doch kein Mensch. Also halten Sie mich nicht weiter zum Narren."

„Ach, junger Mann, da fällt mir ein, Herr Schulte hat mir sogar noch eine schriftliche Vollmacht geschickt. Auf der bestätigt er mir ausdrücklich, dass ich über sein Konto verfügen kann." Der alte Journalist kramte einen zerknitterten Zettel aus der Brieftasche und legte ihn auf den Tisch. Es war ein abgerissenes Stück Zeitung, auf das Schulte handschriftlich diese Erlaubnis gekritzelt hatte. Hätte Hartel genauer hingesehen, hätte er vielleicht bemerkt, dass der Zeitungstext in holländischer Sprache verfasst war.

Rodehutskors erhob sich. „So, Herr Hartel, ich glaube, jetzt kann ich wohl in den verdienten Feierabend gehen, oder haben Sie etwa noch Fragen? Im Übrigen wissen Sie inzwischen ja, wo und wie ich wohne."

69

Diesen Tag würde Kriegel nie mehr vergessen!

Jetzt sah es schon wieder ganz danach aus, dass der Bulle ihm entkommen war. Kriegel kniete auf den Fliesen der zertrümmerten Wohnküche und hielt sich den Kopf, auf dem dieser Dreckskerl ihm gerade mit einem Stuhl den Scheitel nachgezogen hatte. Kriegel konnte nicht mehr unterscheiden, was stärker schmerzte. Die verletzten Rippen oder der Kopf. Warum kreischten die bekloppten Weiber in ihren Morgenmänteln eigentlich so? Konnten die nicht endlich Ruhe geben? Sein Schädel drohte ihm vor Schmerz zu platzen. Und wo war dieser Schulte jetzt hin?

Kriegel schaute sich um und stellte fest, dass kein Schulte mehr zu sehen war. Noch vor ein paar Minuten hätte ihn das rasend gemacht, jetzt legte sich der Schmerz wie eine schwere Decke über die Wut und erstickte sie.

Die Frauen schrien noch lauter, als er sich nun langsam wieder zu seiner vollen gigantischen Größe aufrappelte und sie anschaute. Sollte er ihnen die Hälse umdrehen? Damit endlich Ruhe war? Aber er fühlte sich schwach und matt. Er hatte keine Kraft mehr, diesen kreischenden Gänsen die Federn zu rupfen. Sollten sie doch kreischen, er wollte nur noch raus aus diesem Gebäude, aus dem er ein einziges Trümmerfeld gemacht hatte. Raus auf die offene Straße, frische Luft spüren und wieder neue Kraft tanken. Dann würde er weitersehen.

Kriegel wankte in den Flur, wollte gerade zur Haustür hinaus, als ein Impuls in stoppen ließ. Waren da nicht Uniformen auf der Straße? Polizeiuniformen? Kriegel drückte sich in die Ecke neben der zerstörten Haustür und gab keinen Mucks von sich. Die drei Schreihälse waren still geworden. Irgendwo im Obergeschoss bollerte jemand immer wieder an eine Tür und rief etwas. Draußen wurde es auch langsam stiller. Waren die Bullen weg?

Kriegel wagte es, kurz den Kopf durch die Haustüröffnung zu stecken. Eisiger Wind pfiff ihm um die Ohren, er sah noch, wie Schulte mit Handschellen auf die Rückbank eines Polizeifahrzeuges bugsiert wurde. Dann fuhren zwei Polizeiautos um die nächste Ecke und verschwanden. Dann war keine Uniform mehr auf der Straße zu sehen. Nur noch neugierige Passanten, die stehen geblieben waren. Touristen, die zufrieden ihr Klischee vom *Dirty Amsterdam* bestätigt sahen. Nachbarn, die sich Sorgen machten, wie es den Bewohnern des Hauses ergangen sein mochte, sich aber noch nicht näher herantrauten.

Okay, das war keine Bedrohung für ihn. Kriegel trat aus der Haustür auf die Straße. Warum starrten die ihn alle so an? Als sei er ein Außerirdischer. Wenn er nur etwas schneller gehen könnte. Aber seine Beine fühlten sich an wie Wackelpudding. Es waren noch zehn Meter bis zur Ecke Oudezijds Voorburgwal zu gehen, dann wäre er um die Ecke verschwunden und endlich allein. Aber da kamen ja Männer um die Ecke, drei, vier, fünf Männer. Zwei davon waren ebenso groß wie er.

Warum stellten die sich denn ihm in den Weg? Was wollten die von ihm? Waren das wieder diese Totschläger vom letzten Mal?

70

Alle starrten ihn an. Maren Köster ballte die Faust und holte zum Schlag aus. Hartel schrie und wachte schweißgebadet auf. Der Fall Schulte verfolgt ihn anscheinend bis in seine Träume. Jetzt war er wach. An Schlaf war nach dem, was ihm sein Unterbewusstsein auf die Bettdecke gezaubert hatte, nicht mehr zu denken. Hartel stand auf und wanderte durch die Wohnung.

Plötzlich kam ihm ein Gedanke. Er hatte einen Fehler gemacht. Er hätte nicht nur Schultes Konten checken müssen, sondern auch die von Rodehutskors. Das war natürlich nicht so einfach. Er musste gleich morgen früh mit dem Staatsanwalt reden. Er musste dafür sorgen, dass auch die Konten des Journalisten überprüft würden. Vielleicht könnte man über diesen Weg herausfinden, wo sich Schulte aufhielt.

Hartel dachte über alles nach, was er zu tun hatte und kritzelte immer wieder etwas auf einen Zettel. Der morgige Tag würde mit Sicherheit nicht einfach werden. Wenn die Kollegen hörten, dass er den Journalisten zum Revier zitiert hatte, dann würde er wieder in die Ecke des Schmuddelkindes gestellt werden. Aber das war ihm egal. In diesem Team arbeitete sowieso niemand mehr konstruktiv mit anderen zusammen. Jeder kochte sein eigenes Süppchen. Hartel war sich sicher, dass selbst Köster und Braunert gegeneinander arbeiten.

Er sah auf die Uhr. Es war kurz nach fünf. Sollte er sich wieder ins Bett legen und versuchen einzuschlafen? Wenn es gelänge, wäre er um sieben, wenn er aufstehen musste, wie gerädert. Also ging er unter die Dusche, aß eine Schnitte Brot, zog sich an und machte sich auf den Weg zur Kreispolizeibehörde.

Hier arbeitete er seinen Schreibtisch leer und wartete darauf, dass die morgendliche Besprechung begann.

Kurz vor neun versammelten sich alle in einem Konferenzraum. Es herrschte eine angespannte Stimmung. Der Staatsanwalt war vor einigen Minuten eingetrudelt und gleich ins Büro Margarete Bülows verschwunden. Eine Viertelstunde später, die Kollegen begann bereits unruhig zu werden, kamen die beiden hinzu. Ein völlig relaxter und entspannter Staatsanwalt, danach eine angespannt wirkende Margarete Bülow.

Hartel hatte sich gut auf diese Sitzung vorbereitet. Er hatte einige neue Ermittlungsergebnisse auf den Tisch zu legen. Zwar hatte er den Bauern Fritzmeier immer noch nicht verhört und die Befragung der Töchter Schultes hatte nichts Neues ergeben.

Aber der Konten-Check schien vielversprechend zu sein. Wenn sie Glück hatten, dann hatte auch Schulte die Scheckkarte von Rodehutskors benutzt. Dann würde man seinen Aufenthaltsort eingrenzen können.

Als der Staatsanwalt sich erhob, wurden noch einige Stühle zurechtgerückt, dann wurde es ruhig im Sitzungssaal.

„Meine Damen und Herren“, begann er seine Eröffnung. „Ich kann Ihnen mitteilen, dass der flüchtige Herr Schulte gefasst worden ist. Gestern in den Abendstunden randalierte er in einem Bordell in Amsterdam. Den genauen Tathergang und die nötigen Daten werden uns in Kürze zugestellt. Damit ist der Fall Wormsthal abgeschlossen. Herr Schulte wird heute nach Detmold überführt. Dann werde ich umgehend die nötigen Vernehmungen einleiten. Der Tatverdächtige wird zunächst hier in Detmold in Polizeigewahrsam genommen. Ich werde jedoch umgehend alle Formalitäten regeln und die Angelegenheit dem Untersuchungsrichter vorlegen. Sodass Herr Schulte dann so schnell wie möglich in die Untersuchungshaft überführt wird. Ich kann mir vorstellen, dass es für keinen von uns angenehm ist, einen ehemaligen Kollegen in einer Gefängniszelle zu erleben.“

„Was heißt hier ‚ehemaliger' Kollege?", brauste Maren Köster auf. Tränen standen ihr in den Augen.

„Noch ist die Schuld von Polizeirat Schulte nicht erwiesen."

Ganz im Gegensatz zu seinem gestrigen Sitzungsauftritt war der Staatsanwalt voller Milde und friedlich bestimmt.

„Ich kann mir gut vorstellen, Frau Köster, wie Sie sich fühlen. Mir geht es nicht viel anders. Aber es gibt nun einmal Fakten, die können wir nicht einfach wegdiskutieren. Herr Schulte steht unter Mordverdacht. Das können wir nicht ignorieren. Aber ich versichere Ihnen, ich werde alles tun, dass er einen fairen Prozess bekommt. Sie können mir vertrauen, wenn es auch nur den kleinsten Hinweis gibt, dass Herr Schulte unschuldig ist, werden wir diesem Hinweis nachgehen. Aber Gesetz ist Gesetz. Wir sind der Bundesrepublik Deutschland verpflichtet. Nicht nur dafür, dass wir den Rechtsstaat erhalten. Nein, es wird auch erwartet, dass wir nie die Kostenseite aus den Augen verlieren.

Die Ermittlungen im Verfahren Wormsthal sind abgeschlossen! Basta! Wir werden uns ab sofort wieder dem Tagesgeschäft widmen. Da Sie alle, so denke ich, Herrn Schulte sehr nahe stehen, werde ich die nötigen Verhöre selber führen. Aber ich verspreche Ihnen, an keiner Stelle zu vergessen, dass der Schulte einer von uns ist."

Alle schwiegen. Nur Maren Köster verließ mit Tränen in den Augen den Besprechungsraum.

Kaum hatte sie die Tür hinter sich geschlossen, da wurde an selbiger angeklopft. Ohne auf ein Herein zu warten, betrat ein alter Mann, der die Arbeitskleidung eines Bauern und Gummistiefel trug, den Raum.

Mit ihm waberte eine Duftwolke feinster Landluft durch das Zimmer. Das war wirklich ein Gülleduft der herbsten Note, die der Alte verströmte.

„Watt habt ihr denn mit dem Mädchen chemacht, der kleinen Köster, die is ja total durchen Wind."

Hartel sah auf die Uhr und dachte bei sich: Donnerwetter, die Drohung hat dieser Fritzmeier aber ernst genommen. Der ist aber verdammt pünktlich.

Der Staatsanwalt hingegen sah den alten Mann verwirrt an.

„Mein Herr, sind Sie sicher, dass Sie hier richtig sind?"

„Ne, sicher bin ich mir natürlich nich. Aber der Junge davorne", Fritzmeier zeigte auf Hartel. „Der hat chesacht, dat ich um zehn Uhr hier sein sollte. Sonst würde er mir 'ne Ordnungsstrafe aufbrummen, die so hoch wäre, dat ich meinen Hof verkaufen müsste, um se zu bezahlen. Na, dat wollte ich denn doch nich. Also, hier bin ich. Wat wollen se wissen?"

71

„Wie siehst du denn aus?", schrie Jan Reichel entsetzt, als er in den Warteraum der Unfallstation trat.

Er vergaß vollkommen, dass er nie wieder ein Wort mit diesem Monstrum sprechen wollte. Hier bot sich ein Bild, welches er nie für möglich gehalten hätte.

Kriegel sah nicht nur aus, als sei er unter eine Dampfwalze gekommen. Nein, er sah aus, als sei er zusätzlich noch geschreddert worden. Eigentlich gehörte er in die Grüne Tonne und nicht in ein Krankenhaus.

Kriegel schaute seinen Gefährten mit müden Augen an.

„Ich sehe aus wie einer, der versucht hat, seinen Job zu machen", antwortete er schlapp. „Aber davon verstehst du ja nichts, du Sesselfurzer!"

Als Kriegel zwei Stunden zuvor ganz überraschend fünf bulligen Männern gegenüber gestanden hatte, war er kurz versucht gewesen, diese Begegnung für Zufall zu halten. Doch als sie ihn umkreist hatten und wie auf Kommando alle gleichzeitig auf ihn einprügelten, da wusste er, dass Amsterdam für ihn ab sofort eine *No-go-Area* war. Und das hatten ihm die

Schläger obendrein noch verbal verdeutlicht, als er bereits am Boden gelegen hatte und nur noch wimmern konnte. Nicht, dass sie ihm direkt verboten hätten, jemals wieder seinen Fuß auf Amsterdamer Boden zu setzen. Nein, sie hatten freundlich, aber sehr bestimmt, darauf hingewiesen, dass bei seinem nächsten Besuch ihm nicht die Nase gebrochen würde, sondern der Hals.

Kriegel war nicht mehr in der Lage gewesen, dieses Angebot zu kommentieren. Freundliche Passanten hatten dann die Ambulanz gerufen, die mit viel Tatütata und Blaulicht angefahren kam und ihn in dieses *Ziekenhuis* gebracht hatte, wo man ihn kopfschüttelnd angeschaut, seine Wunden verarztet und seine Brüche behandelt hatte. Nach einer Stunde Erholungszeit war er wieder einigermaßen fähig gewesen, per Handy seinen Reisegefährten hierher zu beordern, um ihn abzuholen.

Reichel vergaß über seinem Schrecken völlig, sich zu verteidigen. Dabei hatte auch er seinen Job gemacht. Wie verabredet war er am Vormittag mit der Straßenbahn zum Overtoom gefahren und dann die fünfzig Meter bis zur Vondelkerkstraat gegangen, wo er im Hause des Advocaat de Groot vorsprach. Mijnheer de Groot, der ein sehr gepflegtes Deutsch sprach, hatte ihn freundlich empfangen, als Reichel sich als Freund von Sascha Schäfer auswies.

„Da kann ich Ihnen auch nicht helfen, junger Mann. Tut mir sehr leid, dass Sie umsonst gekommen sind. Aber Sascha hat uns gestern Abend ganz überraschend mitgeteilt, dass er heute nach London fliegen müsse. Wie lange er bleiben würde, konnte er nicht sagen. Er meinte, es könnten schon zwei oder drei Wochen werden, vielleicht auch mehr. Soll ich ihm was ausrichten, wenn er wiederkommt?“

Nein, sollte er nicht. Aber Reichel hatte noch eine andere Frage gehabt.

„Wissen Sie, was er überhaupt in Amsterdam macht? Er hat mir nur diese Adresse per SMS geschickt und geschrieben, dass ich ihn mal besuchen soll, wenn ich in Amsterdam bin. Aber nicht, was er hier so treibt. Studiert er? Oder arbeitet er hier?“

Mijnheer de Groot hatte geschmunzelt. „Das haben meine Frau und ich uns auch schon gefragt. Ich glaube, er wollte hier studieren. Aber meistens hat er in seiner Kammer gesessen und gelesen. Na ja, uns geht das nichts an. Sein Vater ist ein alter Freund von mir, aus Studienzeiten. Und der hatte mich gefragt, ob Sascha eine Zeitlang hier wohnen könne, während eines Auslandssemesters.“

Mehr hatte Reichel nicht herausbekommen können. Er hatte noch eine Tasse Tee getrunken, brav alle Kekse verzehrt, die ihm angeboten worden waren, und sich dann von dem netten, älteren Herrn verabschiedet.

Dass de Groot anschließend vor der leeren Keksdose gestanden und verständnislos den Kopf geschüttelt hatte, bekam Reichel nicht mehr mit.

Als sie nun zusammen zurück in ihrem Hotel waren, und Kriegel seine Abenteuer wortkarg geschildert hatte, fand Reichel endlich Gelegenheit, seine Arbeit darzustellen. Als er den Bericht beendete, schwiegen beide.

Kriegel unterbrach das Schweigen.

„Eigentlich sind wir wegen dieses Bengels hierhin gekommen. Wenn der nun wochenlang in London ist, haben wir hier nichts mehr verloren. Der andere, dieser Bulle, weiß mit Sicherheit jetzt viel zu viel, der müsste eigentlich ausgeschaltet werden. Aber wie? Der sitzt nun wahrscheinlich im Knast, an den kommen wir momentan nicht heran. Kurz, was sollen wir noch hier?“

Reichel zuckte ratlos mit den Schultern. Wie sollte er das wissen? Er war doch nur ...

Kriegel entschied schließlich für ihn mit:

„Wir fahren mit dem nächsten Zug nach Paderborn zurück. Basta!“

Reichel war überrascht und leicht entsetzt über die passive Haltung seines Kompagnons.

„Wie? Und was wird mit diesem Schulte? Was ist, wenn der nun verhört wird und auspackt? Dann haben die uns doch am Arsch.“

Kriegel gähnte.

„Was kann er schon erzählen? Dass wir uns mit ihm geschlagen haben? Und wenn schon, dann werden wir beide aussagen, dass er angefangen hatte. Und was die Sache mit den Videos im Internet angeht: Er kann nur das wissen, was dieser Bengel ihm erzählt hat. Und? Hat das was mit uns zu tun? Vergiss nicht, dieser Junge hat uns ja nie gesehen. Wir waren immer vermummt.“

Er blickte Reichel, der einen sichtlich betretenen Eindruck machte, zweifelnd an:

„Waren wir doch, oder? Oder Fetti? Oder warst du mal wieder schlampig und hast deine Sturmhaube vergessen, als du im Keller warst? Wenn das so gewesen sein sollte, dann werde ich aus deiner fetten Visage etwas machen, was niemand mehr mit dir in Verbindung bringen kann. Das schwöre ich dir.“

72

Sicher, das Milieu war ihm vertraut. Bestens vertraut sogar. Aber diesmal war alles anders. Radikal anders. Obwohl es eine Menge Ähnlichkeiten gab. Eine Polizeiwache ist eine Polizeiwache, ob in Detmold, Wanne-Eickel oder hier in Amsterdam. Nur das Publikum war hier etwas bunter und schriller. Aber die Abläufe und die Räumlichkeiten ähnelten stark denen, die er von Haus aus gewohnt war. Das größere Problem lag in der unbestreitbaren Tatsache, dass er diesmal auf der anderen Seite stand. Oder besser saß, denn Jupp Schulte saß nun bereits mehrere Stunden im Polizeigewahrsam. Und er wartete. Wartete darauf, endlich eine Antwort auf seine Fragen zu bekommen.

Doch man hatte ihm jedes Mal beschieden, sich in Geduld zu üben.

Die holländischen Beamten wussten nicht so recht, wie sie mit ihm umgehen sollten. Festgenommen hatten sie Schulte, weil sie davon ausgehen mussten, dass er es war, der das schöne, alte Bordell der Eheleute Grijpstra in kleine Einzelteile zerlegt hatte. Sehr schnell stellte sich dann bei der Überprüfung seiner Personalien heraus, dass dieser Mann ein Polizeibeamter aus Deutschland war. Ein Kollege, sozusagen. Wenn man ihm das auch nicht auf den ersten Blick ansah. Eigentlich hätte sich dann alles schnell aufklären können. Aber weil es sich nun mal um einen Kollegen aus dem Nachbarland handelte, gab man den Fall weiter an die Rijkspolitie. Die setzte sich mit Schultes Dienststelle in Detmold in Verbindung und ruckzuck war aus dem versehentlich festgenommenen Kollegen ein von den eigenen Leuten gesuchter mutmaßlicher Mörder geworden. So schnell konnte es gehen. Da es sich, das leidvolle Thema Fußball einmal ausgeklammert, um befreundete Länder handelte, würde man Schulte so schnell und so unbürokratisch wie möglich nach Detmold überführen. Aber das konnte frühestens am nächsten Tag passieren. Schließlich spielte Schulte auch eine wichtige Rolle als Zeuge bei der Randale am frühen Nachmittag.

Der Polizist im Ruhestand, heutiger Ehemann einer Bordellbesitzerin und Maler toter Enten, Grijpstra, war beim Sturm des Hauses durch Kriegel nicht wirklich gefährlich, aber immerhin krankenhausreif verletzt worden. Er war noch nicht wieder so weit hergestellt, dass er hätte befragt werden können. Frau Grijpstra konnte zu der ganzen Sache nicht viel sagen, da sie die Entstehung nicht mitbekommen hatte, und auch das Ende nur vom verschlossenen Badezimmer aus hatte hören können. Aber ihre Aussage hatte Schulte bereits ein wenig aus der Schusslinie genommen. Auch die drei Damen in Morgenmänteln waren befragt worden und auch sie hatten bestätigt, dass der alte Mann, damit war Schulte gemeint, wohl mehr verfolgtes Opfer denn Täter gewesen sei. Alle drei hatten von einem jüngeren, größeren, sportlicheren Mann gesprochen, der sich wie ein Amokläufer verhalten und alles kurz und klein geschlagen habe. Mehr als drei sich doch recht stark voneinander unterscheidende Personenbeschreibungen waren dabei aber nicht herausgekommen. Nach wie vor wusste niemand, wer dieser Furcht erregende Kerl war. Da die Polizisten Schulte für den Randalierer gehalten hatten, war niemand auf die Idee gekommen, nach einem weiteren Mann Ausschau zu halten. So hatte Kriegel in aller Seelenruhe aus dem Haus gehen können. Ruhig bis zu dem Zeitpunkt, an dem er dem Kiez-Trupp in deren kräftige Hände gefallen war.

Weil Schulte trotz allem ein Kollege war, bekam er alle halbe Stunde frischen Kaffee, und jemand war bereits zum *'t Swantje* gefahren, um seinen Koffer abzuholen. Zur Überraschung Schultes und der ganzen Polizeiwache kam der Polizist zwar mit einem Koffer in der Hand zurück, aber auch in Begleitung einer mordsmäßig fetten Frau, die finster dreinschaute. Sie sprach eine kleine Weile mit dem Leiter der Polizeiwache, wobei der Tonfall von beiden immer hitziger wurde. Die dicke Dame hatte ein hochrotes Gesicht, der Polizist schien ebenfalls kurz vorm Bersten zu sein.

„Ouwe Lul!“, warf sie letztendlich dem Mann an den Kopf. Und anstatt die Frau wegen Beamtenbeleidigung auf der Stelle festzunehmen, resignierte er und wies einen Beamten an, sie zu Schultes Zelle zu begleiten.

Der war nicht wenig überrascht, als er seine Wirtin Lucie breit und ungeheuer präsent in seiner Zellentür stehen sah.

„Jos“, rief sie empört aus, wechselte dann vom Holländischen ins vertrautere Englisch und fuhr fort:

„Was sind das hier für Vollidioten? Du sollst das Haus von Wilma Grijpstra kurz und klein gehauen haben? Und ihren Mann krankenhausreif geschlagen haben? Godverdomme!

Kein Wort glaube ich denen. Oder hast du das etwa wirklich alles gemacht?"

Schulte wusste nicht recht, ob er gerührt oder genervt sein sollte. Er hatte schon genug Probleme, aber wenn Lucie hier Krawall schlug, auch wenn sie nur helfen wollte, dann würde ihn das nur noch mehr in die Bredouille bringen. Andererseits musste er schlucken, wenn er den Mumm dieser Frau und ihr Vertrauen zu ihm sah. Sie hatten sich in den paar Tagen seines Amsterdamer Exils recht gut kennen und schätzen gelernt. Aber dass sie für ihn so durchs Feuer gehen würde, dass hätte er nie vermutet. Nie wieder würde er dicke holländische Frauen unterschätzen.

Er schilderte die Ereignisse aus seiner Sicht und bat sie, sich um die Eheleute Grijpstra zu kümmern, die Lucie offenbar recht gut kannte. Dann kam einer der Polizisten der Wache und machte Lucie darauf aufmerksam, dass sie nun gehen müsse. Sie reagierte erst wieder unwillig, gab sich aber dann geschlagen.

„Brauchst du einen Anwalt? Ich kenne einen sehr guten Mann. Sag mir einfach Bescheid. So, und damit du über Nacht nicht verhungerst, habe ich dir etwas mitgebracht."

Sie zerrte eine Plastiktüte unter ihrem weiten Mantel hervor und wollte ihn Schulte reichen. Doch der Beamte riss ihr die Tüte aus der Hand.

Wieder sah es kurz so aus, als wolle das mutige Meisje darum kämpfen, aber Schulte gab ihr ein eindeutiges Handzeichen, sich zurückzuhalten. Er wollte nicht, dass sie sich seinetwegen in Schwierigkeiten brachte. Als der Kiez-Polizist sich seiner Beute sicher war, schaute er in die Tüte, ging dann damit zu seinem Chef und zeigte ihm den Inhalt. Der nickte müde mit dem Kopf und Schulte bekam seine Tüte endlich überreicht.

Als Schulte allein in seiner kleinen, kargen Zelle saß, holte er den Inhalt der Tüte hervor und freute sich über drei große Tüten Kartoffelchips und zwei Dosen Bier.

Die Nacht war schrecklich. Obwohl er äußerst müde war, sowohl körperlich als auch geistig, wollte kein Schlaf kommen. Ob es an der harten Pritsche lag, daran, dass die Erinnerungen an diesen Tag einfach nicht aus dem Kopf verschwinden wollten oder auch an der Sorge um seine Zukunft, hätte er nicht sagen können. In seinem geplagten Kopf, der ja noch immer nicht auskuriert war, randalierten die Gedanken wie Poltergeister, fielen übereinander her, rissen sich in kleine Fetzen, verstreuten sich, fügten sich in unzähligen Konfigurationen wieder zusammen.

Dann endlich brach das ganze brüchige Gemäuer in sich zusammen, eine kurze Phase der Ruhe packte alles in Watte, bevor der erste, leichte Schlaf seine Sinne im dichten Nebel untergehen ließ.

Als Schulte nach einer Weile aufschreckte, spukten ihm Bilder durch den Kopf. Er war verwirrt, wusste nicht, ob dies Überreste eines Traumes waren oder tatsächliche Erinnerungen. Aber er hatte plötzlich alles wieder vor sich gesehen, was so lange versperrt gewesen war. Alles, vom Gespräch mit Wormsthal an der Theke angefangen bis zu dem Zeitpunkt, an dem er im Krankenhaus wieder aufgewacht war. Dann, als hätte Schulte den Dimmer einer Zimmerbeleuchtung langsam heruntergedreht, verblassten die Bilder, waren schnell kaum noch erkennbar. Halten wollte er sie, nach ihnen greifen, doch die flüchtigen Geister ließen sich nicht unter Kontrolle bringen. Er hätte schreien können, als er schweißgebadet dalag und sich leer und dumm und hilflos fühlte. Schulte schlug sich mit der Faust hart gegen die Stirn, aber auch das setzte den Motor nicht wieder in Bewegung. Aus, vorbei ... für immer würde ein schwarzes Loch in seinem Leben klaffen, ein gähnender Abgrund, der ihn eines Tages verschlucken würde. Dann schlief er wieder ein.

Um sieben Uhr am nächsten Morgen weckte ihn ein neuer Beamter und erklärte ihm in feinstem Deutsch, dass ein Auslieferungsersuchen der deutschen Polizei vorliege und Schulte in den nächsten Stunden nach Deutschland gebracht würde.

„In eine kleine Stadt namens Detmold. Liegt das im Sauerland? Den Namen habe ich noch nie gehört. Ist es schön dort?“

73

Nachdem Maren Köster sich emotional wieder einigermaßen gefangen hatte, saß sie in ihrem Büro und grübelte darüber nach, ob es damals wirklich eine gute Wahl gewesen war, Polizistin zu werden. Sie hatte immer Spaß an ihrem Beruf gehabt. Doch die Ereignisse der letzten Tage ließen sie an der Entscheidung, als junge Frau Polizistin zu werden, zweifeln.

Sie wusste nicht, wie lange sie an ihrem Schreibtisch gesessen hatte, als Braunert den Kopf durch die Tür steckte und sie bat, mit zu Margarete Bülow ins Büro zu kommen. In dem saß, neben der Polizeidirektorin, schon Bernhard Lohmann. Er hatte eine Tasse Kaffee vor sich auf dem Besprechungstisch stehen.

Als die beiden eintraten, bedeutete Margarete Bülow ihnen, die Tür zu schließen und sich zu setzen. Dann begann sie zu reden.

„Was ich euch jetzt sage, das darf diese vier Wände nicht verlassen. Wir sind sozusagen gerade dabei, eine konspirative Gruppe zu gründen.

Zunächst einmal, ich habe ein ganz starkes Gefühl, dass du, Axel, etwas mit dir herumträgst, was wir eigentlich wissen müssten. Ich will nicht weiter nachbohren. Es ist deine Entscheidung, wie du damit umgehst.“

Axel Braunert wurde verlegen.

„Das ist eine sehr private Angelegenheit. Ich möchte sie unter keinen Umständen erzählen. Auch euch nicht. Sobald sie jedoch für das Verfahren wichtig würde, werde ich das Allgemeininteresse über meine Privatsphäre stellen. Das sage ich euch zu.“

Wieder ergriff Margarete Bülow das Wort.

„Vielleicht noch ein paar allgemeine Überlegungen von mir.

Seit Schulte in die Rolle des Täters gerutscht ist, hat das Handeln des Teams sich verändert. Immer wieder, wenn Probleme auftauchten, kam es schnell zu einer Opfer-Tätermentalität mit verschiedensten Ausprägungen. Aber immer dann, wenn man über Probleme redet, impliziert dies die Möglichkeit, Lösungen zu finden. Redet man aber über Täter und Opfer, dann beinhaltet diese Konstellation immer so etwas wie eine Schuldfrage. Das heißt, immer dann, wenn ein Ereignis nicht in unserem Sinne verlief, haben wir jemandem die Schuld gegeben und haben uns dadurch Lösungsmöglichkeiten verstellt.

Die Zeitungsartikel, die in der lippischen *Heimatzeitung* standen, konnten nur geschrieben werden, weil es bei uns eine undichte Stelle gab. Alle, und ich muss gestehen auch ich, hatten Hartel in Verdacht. Nun hat mir Axel Braunert gestern überzeugend gesagt, dass Hartel mit großer Wahrscheinlichkeit nicht die undichte Stelle ist. Wenn das wirklich so ist, dann könnte der Maulwurf sogar etwas mit der Tat zu tun haben. Oder es gibt noch jemanden mit einem ähnlichen Motiv, wie Hartel eines hat.“

„Was hat Hartel denn für ein Motiv?“, fragte Maren Köster.

„Er hat ein Geltungsbedürfnis. In Düsseldorf war er einer der besten jungen Polizisten. Als er nach Detmold kam, hat er sich an Erpentrup, dem alten Chef dieses Kommissariats, orientiert. Der hat ihn geschickt benutzt und ihn dadurch automatisch in die Oppositionsrolle gebracht. Die hat Hartel nie mehr verlassen.“

Alle schwiegen mehr oder weniger betroffen.

Die Polizeidirektorin fuhr fort:

„Schulte ist im Moment in der Täterrolle unseres Teams. Diese Rolle strahlt so mächtig auf uns alle aus, dass ich das Gefühl habe, dass es wirklich einen Täter unter uns gibt. Vielleicht Schulte. Vielleicht jemand anderes. Jedenfalls macht diese Vermutung unsere weitere Arbeit nicht gerade einfacher.

Gestern habe ich mich das erste Mal mit Axel zusammengesetzt und habe mit ihm allein über den Fall geredet. Wir hatten uns gestern dafür entschieden, die Ergebnisse erst einmal für uns zu behalten.“ Einen Moment dachte sie nach. Dann fuhr Margarete Bülow fort: „Nachdem Schulte nun gefasst wurde und der Staatsanwalt das Verfahren abgeschlossen hat, erachten wir es als notwendig, euch unsere Überlegungen mitzuteilen.

Wir haben in einer Vorahnung auf die jetzt eingetretenen Ereignisse einen anderen Weg gesucht, um das vom Staatsanwalt beendete Verfahren auf mehr oder weniger legale Art und Weise fortzuführen.

Es gibt einen jungen Mann, der von Wormsthal und seinen Komplizen sexuell misshandelt und entführt wurde. Dieser junge Mann hat gestern Anzeige erstattet. Und zwar nicht in Detmold, sondern in Paderborn.

Wenn wir es geschickt anfangen, sind wir hier über kurz oder lang wieder im Geschäft und der Fall Wormsthal muss neu aufgerollt werden beziehungsweise müssen wir aus anderen Gründen in der Mordsache Exterstraße weiter ermitteln. Dabei können wir gleichzeitig weiteres Entlastungsmaterial suchen, was wiederum Schulte hilft.

Als Nächstes sollten wir also versuchen, noch einmal die Punkte zusammenzustellen, die gegen eine mögliche Tat Schultes sprechen. Solange die Paderborner Kollegen noch nicht an uns herangetreten sind, müssen alle Ermittlungsschritte im Falle Wormsthal außerhalb jeglicher Öffentlichkeit passieren. Ich werde mit dem Staatsanwalt reden und von ihm verlangen, dass ich den Verhören hinter der Scheibe beiwohnen kann. Das wird er mir nicht abschlagen können.“

74

Ina Schulte machte sich Sorgen um ihren Vater, der bereits seit einigen Tagen verschwunden war und von dem sie seitdem nichts mehr gehört hatte. Sie hatte natürlich mitbekommen, dass er polizeilich gesucht wurde. Mehrfach hatte sie versucht, bei der Polizei vorzusprechen, aber man hatte sie stets damit abgewimmelt, dass es sich um eine laufende Ermittlung handele und man keine Informationen zum Stand der Fahndung herausgeben könne.

Heute hatte sich Hermann Rodehutskors gemeldet. Er bot ihr jede erdenkliche Hilfe an, wollte sich bei Bedarf auch um einen Anwalt für Schulte kümmern.

Ina seufzte. Sie brachte ihren Sohn zu Bett. Als sie danach zurück in die Küche kam, hockte dort schlaff auf dem Küchenstuhl Anton Fritzmeier. Er hatte sich bereits eine Bierflasche genommen die nur noch halb voll war. Das war kein gutes Zeichen.

„So ein Mist aber auch!“, stöhnte er wieder einmal.

Sie seufzte, sagte aber nichts.

„Kann man denn charnix machen?“, fasste Fritzmeier nach. Aber auch diese Frage hatte er bereits mehrfach gestellt. „Mädchen, du hass doch studiert. Da muss du doch wissen, was man macht in sonne Lage.“

Manchmal wusste Ina nicht, ob sie lachen oder weinen sollte über diese Worte. Das Vertrauen des alten Mannes ehrte sie, seine Naivität in solchen Dingen nervte aber auch.

„Ich werde morgen früh noch mal versuchen, mit Maren Köster zu sprechen.“

„Ja, ja“, murmelte Fritzmeier. „Issen feines Mädchen, die kleine Köster. Schade, dass Jupp mit ihr immer noch nich inne Pötte chekommen iss. Er hat sich aber manchmal auch chanz schön dusselig angestellt, der Blödmann. Aber auf mich wollte er ja nie hören. Und chetz sitzt er in sein Alter bald chanz alleine hier auffen Hof.“

Ina musste trotz allem schmunzeln.

„Was hast du denn erwartet? Hat denn dein eigener Sohn jemals auf dich gehört?"

Damit hatte sie wohl einen wunden Punkt bei Fritzmeier getroffen, denn der machte sich plötzlich ganz grade und steif im Stuhl. Sehr ernst, fast schon wütend, gab er ihr zu verstehen:

„Nee! Hatter nich! Und was hatter chetz davon? Sitzt auffen fremden Hof mit 'ner nörgelnden Frau, während der Hof seiner eigenen Familie vore Hunde cheht. Und wat machter, wenn seine Frau ihn mal fünf Minuten in Ruhe lässt? Er schreibt Chedichte! Stell dir das ma vor, Mädchen!"

Ina konnte den alten Mann nicht verstehen.

„Was ist denn daran so schlimm? Das ist doch ein schönes Hobby."

Fritzmeier schnaubte vor Empörung.

„Wenn er ja nur dichten würde, dann chinge das ja noch. Aber er will die Chedichte auch noch vorlesen. In aller Öffentlichkeit. Was sachse chetz?"

Ina wusste immer noch nicht, was daran so schlimm sein sollte, und machte dies deutlich.

Aber für Fritzmeier schien dies tatsächlich ein großes Problem zu sein.

„Dat chibt doch 'ne Riesenblamage! Weisse, wasser vorhat? Auftreten willer, in Detmold, innen Kaiserkeller. Nächste Woche. Da iss sonne Veranstaltung, die nennt sich … warte ma, wie heißt das noch? Pötrischlamm, oder so!"

Er kramte in seiner Jackentasche und zerrte einen Brief heraus, der schon reichlich mitgenommen aussah.

„Hier, hier steht's!", rief er und gab ihr das zerknitterte Papier.

Ina nahm es und überflog den Inhalt des Briefes. Die letzte Passage las sie laut vor:

„*… deshalb würde ich mich freuen, wenn du am Samstagabend zum Poetry Slam in den Kaiserkeller kommen könntest.*

Ich werde dort auftreten und ein Gedicht vortragen. Du bist selbstverständlich eingeladen. Bring auch Jupp Schulte mit, wenn er Lust hat. Dein Sohn Egon."

Sie stoppte und schaute ihn an.

„Aber das ist doch nett von ihm. Gehst du hin?"

Fritzmeier starrte sie an, als hätte sie gerade um seine Hand angehalten.

„Bisse völlig verrückt? Wenn der Junge meint, dasser sich unbedingt bis auffe Knochen blamieren muss, dann solla das machen. Aber mich kricht da keiner hin, für kein Cheld inne Welt. Dat tu ich mir nich an. Und Jupp kann sowieso nich kommen, wegen die schwedischen Chardinen."

75

Das Leben ist grausam, dachte Schulte, als er in Handschellen durch den Haupteingang der Kreispolizeibehörde geführt wurde. Schon die letzten dreißig Meter hatte er das Gefühl gehabt, dass sich alle Kollegen des Hauses ihre Nasen an den Fensterscheiben platt drückten. Dann musste er sich durch ein Spalier von Fotografen und Kameramännern drängeln.

Gut, dass seiner alten Mutter die *Aktuelle Stunde* im Regionalfernsehen des WDR am Abend erspart bliebe. Diesem unangenehmen Ereignis war sie durch ihren Tod vor zwei Jahren entgangen.

Unten, in dem Glaskasten am Eingang der Detmolder Polizeibehausung, in welchem sich sonst zwei bis drei Kollegen langweilten, drängten sich jetzt zwölf äußerst interessierte Personen. Allen vorweg: Wachtmeister Volle mit seinem dummdreisten Grinsen.

Schulte hatte schon immer das Gefühl gehabt, in gewisser Weise ein Outsider zu sein, den gesellschaftliche Konventionen nur marginal interessierten. Doch da hatte er sich wohl in sich selbst getäuscht. Diese Demütigung, die er gerade über sich ergehen lassen musste, machte ihm doch mehr zu schaffen, als er gedacht und gehofft hatte. Er wurde umgehend in den Polizeigewahrsam überführt. Sicher war es nur eine Frage der Zeit, bis er vor einem Haftrichter stand.

Kaum hatte er sich gesetzt, da kam auch schon wieder dieser blöde Volle, grinste noch dämlicher als eben im Aquarium. Dann plusterte er sich auf und sagte: „Herr Schulte, zum Verhör!"

Hätte ich auch so gemacht, dachte Schulte, als er in das Vernehmungszimmer geführt wurde. Den Delinquenten erst mal weich klopfen, durch ein paar kleine Demütigungen und dann gleich in die Mangel nehmen. Wer würde gleich wohl vor ihm sitzen? Margarete Bülow? Maren Köster? Oder Bernhard Lohmann? Schulte nahm sich vor, so aufmerksam wie möglich zu sein und niemandem zu trauen.

Keine der drei Personen, an die er gerade noch gedacht hatte, kam in den Raum, sondern der Staatsanwalt. Der war ihm ja letzte Woche noch am ehesten wohlgesonnen. Doch Schulte machte sich keine Hoffnungen. Mal sehen, wie sich die Zeiten seit ihrer letzten Begegnung geändert hatten. Einlullen ließ er sich jedenfalls nicht durch dessen Freundlichkeit.

Krämer ging auf Schulte zu und gab ihm die Hand.

„Herr Schulte, Sie können sich gar nicht vorstellen, wie peinlich es mir ist, diese Prozedur gemeinsam mit Ihnen zu durchlaufen. Aber ich versichere Ihnen, wenn das hier alles durchgestanden ist, dann trinken wir erst einmal gemeinsam ein großes Bier."

Schulte war sich nicht sicher, ob er das dann noch wollte, sagte aber:

„Sie können mir glauben, mir ist dies weitaus peinlicher."

Auf diese plumpe Verbrüderungsstrategie wollte er sich auf keinen Fall einlassen.

„Auf Ihre Rechte brauche ich sie ja wohl nicht aufmerksam zu machen. Wollen sie gleich einen Anwalt haben oder sollen wir uns erst einmal unterhalten?"

„Ich glaube, ich brauche keinen Anwalt. Ich habe mir nichts zuschulden kommen lassen, und ich gehe davon aus, dass ich spätestens in einer halben Stunde diesen Raum als freier Mann verlassen werde."

„Wären sie nur nicht geflüchtet, Herr Schulte, dann hätten wir das alles schon längst hinter uns gebracht und Sie würden wahrscheinlich schon wieder Ihren Dienst tun. Aber durch ihr Untertauchen haben sich die Verdachtsmomente gegen Ihre Person natürlich erheblich erhärtet. Aber was erzähle ich Ihnen, das wissen Sie besser als jeder andere."

Schulte sah den Staatsanwalt verblüfft an.

„Wer ist denn hier untergetaucht, Herr Krämer?"

Der Staatsanwalt war kurz verunsichert. Dann sagte er: „Na Sie, Herr Schulte."

„Wie kommen Sie denn auf dieses schmale Brett? Ich wurde vom Dienst suspendiert. Und weil ich mir das ganze Elend hier nicht ansehen und die Schmierenartikel der Zeitungen nicht über mich ergehen lassen wollte, habe ich mich dazu entschlossen, ein paar Tage Urlaub zu machen. Was ist daran verboten? Ich habe nichts verbrochen, und mit jedem Dreck muss ich mich nun auch nicht bewerfen lassen. Das Einzige, was Sie mir vielleicht vorwerfen können, ist die Tatsache, dass ich Ihnen diesen Kurztrip nicht mitgeteilt habe. Aber Sie hätten mich jederzeit erreichen können, dann wäre ich in drei Stunden zurück gewesen."

„Sie waren nicht zu erreichen, Herr Schulte!", trumpfte der Staatsanwalt auf.

„Ihr Handy haben Sie nämlich auf dem Küchentisch Ihrer Wohnung liegen lassen."

„Sehen Sie, Krämer, hätten Sie mich angerufen, dann wäre die Mailbox angesprungen. Auf der hätten Sie eine Nachricht hinterlassen können. Ich hätte beim nächsten Abhören erfahren, dass Sie etwas von mir wollten, und hätte mich umgehend mit Ihnen in Verbindung gesetzt. Da Sie mich aber wie einen Verdächtigen behandeln, haben Sie das mit dem Anrufen gelassen und gleich mein Handy orten lassen und IMSI-catcher gegen mich eingesetzt."

Der Staatsanwalt geriet jetzt noch mehr unter Druck.

„Ich höre daraus, Herr Schulte, dass Sie behaupten, mit dem Mord an Wormsthal nichts zu tun zu haben."

„Ich behaupte es nicht nur, Herr Krämer! Ich habe mit dem Mord tatsächlich nichts zu tun!"

„Wenn das so ist, dann können Sie mir ja auch berichten, wie Sie den Abend erlebt haben."

„Das kann ich in der Tat. Ich habe an besagtem Abend herausgefunden, dass Wormsthal illegal Videoaufnahmen von sexuellen Handlungen vornimmt und diese ins Internet stellt. Dabei hatte ich Grund anzunehmen, dass dieser Wormsthal auch nicht vor Tötungsakten zurückschrecken würde, die er ebenfalls filmen und über das Internet verbreiten wollte.

Als ich im Rahmen der Ermittlungen Wormsthal um eine Unterredung bat, wurde ich von ihm und von zwei seiner Komplizen verprügelt. Und zwar mit einer solchen Brutalität, dass ich, als ich wieder zu mir kam, vorübergehend an einer Amnesie litt."

Sollte Schulte erwähnen, dass er sich immer noch nicht gänzlich im Klaren über alle Details der Nacht war, die er erlebt hatte? Natürlich hatte er über genau diese Frage schon lange nachgedacht, war aber noch zu keinem richtigen Ergebnis gekommen. In Sekundenbruchteilen entschloss er sich jetzt instinktiv dagegen. Daher sagte er:

„Mittlerweile verfüge ich jedoch wieder über alle Details des Abends. Ich schleppte mich auf der Suche nach meinem Auto durch die Stadt. Nachdem ich irgendwann infolge meiner Verletzungen zusammengebrochen war, wurde ich von einem Pärchen gefunden und ins Klinikum Detmold eingewiesen. Das ist die Wahrheit.

Und ich möchte an dieser Stelle anmerken, dass ich während einer dienstlichen Handlung angegriffen und schwer verprügelt wurde. Es wundert mich, dass Sie diesem Straftatbestand keine Beachtung schenken, sondern versuchen, mich als Mörder hinzustellen."

„Dienstliche Handlung, das behaupten Sie, Schulte. Ich dagegen sage Ihnen, Sie haben mit den Männern an der Theke Alkohol getrunken, was verschiedene Zeugen unabhängig voneinander bestätigt haben. Und dann haben Sie im betrunkenen Zustand Streit mit Wormsthal angefangen. Die Folge dieses Streits war eine Handgreiflichkeit, die Sie nicht gewinnen konnten, weil Herrn Wormsthal zwei Männer zu Hilfe kamen und ihn in der Auseinandersetzung unterstützten. Sie waren über diese Niederlage verärgert. Darum haben Sie Ihrem Widersacher aufgelauert, um ihn allein zu erwischen. Sie sind ihm gefolgt und haben ihn, als er in seinen Wagen steigen wollte, erneut angegriffen. Sie haben mit einem runden Gegenstand, eventuell einem Knüppel, auf ihn eingeschlagen. Dabei wurde Wormsthal das Schlüsselbein gebrochen. Und dann haben Sie ihn gegen eine Mauer gestoßen, wo er sich an einem Metallstab, der aus der Mauer herausragte, tödlich verletzt hat. Es ist ein Mann mit einem schwarzen Hund gesehen worden. Und den haben Sie ja wohl dabei gehabt. Sie wurden gesehen, wie Sie nach dem Kampf fluchtartig das Gelände verließen. Ihre Internetgeschichte haben Sie sich fein säuberlich ausgedacht. Die müssen Sie erst einmal beweisen."

„Ich bin so dermaßen von den drei Männern verprügelt worden, dass ich überhaupt nicht mehr in der Lage gewesen war, mich mit Wormsthal noch ein zweites Mal auseinanderzusetzen. Wissen Sie, was mich doch immer mehr verwundert, Herr Krämer? Letzte Woche, als wir uns das letzte Mal unterhalten haben, da hatte ich den Eindruck, dass Sie durchaus auf meiner Seite stünden. Dieser Eindruck ist mir jetzt jedoch vollkommen abhandengekommen."

„Ich will Ihnen etwas sagen, Schulte, unsere gesamten Ermittlungsergebnisse deuten darauf hin, dass Sie der Täter waren. Wir haben alle Anwohner befragt. Und immer wieder rückte ein Mann mit einem schwarzen Hund als Täter in den

Fokus. Das waren ja wohl eindeutig Sie. Und von der Internetgeschichte, von der Sie gerade reden, haben wir bisher noch nichts gehört. Keinen einzigen Hinweis darauf haben wir gefunden. Sie sind bisher der Einzige, der von solchen Dingen spricht. Ich halte diese Aussage für ein Hirngespinst von Ihnen."

„Keinen Hinweis?", fragte Schulte ungläubig.

„Nein, keinen einzigen!"

War dieser Sascha Schäfer doch umgekippt, hatte der Junge doch keine Anzeige erstattet? Sollte er dem Staatsanwalt den Namen nennen und ihn auffordern, den jungen Mann zu suchen? Aus irgendwelchen Gründen entschied sich Schulte dazu, nichts über den Jungen zu sagen. Er musste erst mit Rodehutskors und Braunert sprechen.

Der Staatsanwalt ergriff wieder das Wort:

„Ich merke schon, Herr Schulte, Sie wollen nicht kooperieren. Das macht die Angelegenheit für beide Seiten nicht einfacher. Ich werde Sie erst einmal noch kurze Zeit hier in Polizeigewahrsam unterbringen. Sie aber dann so schnell wie möglich dem Haftrichter vorführen. Und dann wollen wir einmal weitersehen. Für mich ist die Beweislast gegen Sie so dermaßen erdrückend, dass ich Sie nicht einfach mir nichts dir nichts wieder freilassen kann. Außerdem sind Sie schon einmal untergetaucht. Es besteht also akute Verdunklungs- und Fluchtgefahr. Ich rate Ihnen eindringlich, nehmen Sie sich so schnell wie möglich einen guten Anwalt. Vielleicht schafft der es ja, den Richter zu überzeugen. Ich glaube Ihnen nicht."

76

Potthast hatte sich gleich am nächsten Morgen mit ein paar Kollegen auf den Weg zu den Wohnungen von Reichel und Kriegel gemacht. Doch beide Orte verließen die Polizisten unverrichteter Dinge.

Die Vögel waren ausgeflogen. Es gelang dem Paderborner Polizisten jedoch, den zuständigen Staatsanwalt davon zu überzeugen, dass Eile in dieser Angelegenheit geboten war. Und so bekam Potthast ohne Probleme die gewünschte Erlaubnis zur Hausdurchsuchung.

Nun stellte sich die Frage des weiteren Vorgehens. Sollte er die Wohnungen einfach öffnen lassen? Wenn er das täte, wären die beiden Flüchtigen natürlich gewarnt, wenn sie zu ihren Behausungen zurückkehrten und diese durchsucht vorfanden. Also entschloss sich der Polizist zu folgendem Vorgehen: Erst einmal, dachte er sich, würde eine vermehrte Kontrolle der obligatorischen Polizeistreife ausreichen. Sollte sich dann etwas tun, hätte man die Möglichkeit zuzugreifen.

Das alles hatte sich am Vortag abgespielt. Und gerade kam die Nachricht herein, dass Räume in der Wohnung Reichels beleuchtet waren. Potthast fackelte jetzt nicht mehr lange. Er trommelte alle verfügbaren Polizeikräfte zusammen und machte sich mit ihnen gemeinsam in Richtung Grüner Weg auf.

Um besonderes Aufsehen zu verhindern, bediente man sich ziviler Polizeifahrzeuge. Potthast beschloss, zwei Kollegen hinter dem Haus zu postieren und zwei am Eingang. Er selber wollte dann mit zwei Kollegen an der Bürotür klingeln. Er wartete, bis alle Beteiligten ihre Position eingenommen hatten.

Das war für die beiden Männer, die hinter dem Haus sein sollten, nicht so einfach. Sie mussten zwei Gartenzäune übersteigen.

77

Der Schnee hatte zu schmelzen begonnen. Ein permanenter leichter Regen sorgte dafür, dass die einstmals weiße Pracht nach und nach unansehnlich wurde. Aber noch bestimmte sie das Bild.

Kriegel sah aus dem Fenster und bemerkte in der einsetzenden Dämmerung, wie zwei Männer über den Zaun des Nachbargartens kletterten. Sofort klingelten bei ihm alle Alarmglocken.

Das war ungewöhnlich. Zwei Männer liefen quer durch die Gärten und störten sich nicht an Matsch und nassem Schnee. Die hatten doch garantiert schon nasse Füße, dachte er. Wer nahm das schon freiwillig in Kauf? Das waren garantiert Bullen.

Sofort knallte ihm Adrenalin in die Blutbahn. Hastig schob er den Dicken beiseite und rannte ins Nachbarzimmer. Von hier konnte er die Straße überblicken. Auch da trieben sich fünf Männer herum. Einer gab Anweisungen. Kriegel kannte ihn aus einigen Verhören. Das war doch dieser Potthast. Dem wollte er schon immer mal was auf die Schnauze hauen. Doch im Moment musste er sehen, dass er aus dieser Mausefalle herauskam. Den Dicken hatte er auch noch an der Backe. Der war nicht einmal dazu in der Lage, auch nur dreißig Meter am Stück zu rennen. Wie war, solchen Ballast am Hacken, eine Flucht möglich? Aber zurücklassen konnte er Reichel auch nicht. Wenn die Bullen ihn in die Finger bekamen, dann würde der wie ein Vögelchen singen. Mittelfristig musste er den Dicken auf jeden Fall loswerden und zwar so, dass er kein Geheimnis mehr ausplaudern konnte. Aber jetzt war der falsche Zeitpunkt dafür.

„Fetti, da draußen sind die Bullen!“

„Und, was ist daran schlimm?“

Kriegel schlug seinem Kumpanen die flache Hand auf die Stirn.

„Ich weiß, du bist nur der Programmierer! Aber wenn die uns erwischen, dann gehst du mit in den Knast, das schwöre ich dir. Wir müssen hier raus, aber wie?“

„Ich habe oben noch ein Zimmer, das gehört auch zu dieser Wohnung, ist aber nur eine Rumpelkammer, vielleicht können wir uns da ja verstecken?“

Der Dicke hatte den Satz noch nicht ganz ausgesprochen, da fasste Kriegel ihm an den Kragen und schob ihn Richtung Wohnungstür.

„Wo ist der Schlüssel?“

„Habe ich in der Tasche.

„Dann komm, aber leise!“

In dem Moment, in dem Potthast unten die Haustür öffnete, schloss sich oben – zwei Etagen höher – leise eine Tür.

78

Leise schlichen die drei Polizisten das Treppenhaus hinauf. Als sie an der Wohnung Reichels ankamen, überlegte Potthast das weitere Vorgehen. Sollten sie überfallartig eindringen? Dafür waren sie eigentlich nicht ausgerüstet. Außerdem gab es keinen Grund dafür. Reichel war polizeilich nie aufgefallen, und nur die Tatsachen, dass sein Auto tagelang auf einem Behindertenparkplatz gestanden hatte und er kurze Zeit vorher über eine rote Ampel gefahren war, waren noch lange kein Grund, ihm die Tür einzutreten. Also betätigte er ordnungsgemäß die Etagenklingel. Doch weder war etwas zu hören, noch öffnete jemand. Komisch, Potthast glaubte, vom Garten aus Bewegungen gesehen zu haben. Sollte er sich so geirrt haben? Fragend sah er seine beiden Kollegen an.

„Aufmachen?“, flüsterte einer der beiden.

Potthast nickte. Da nahm der Polizist Anlauf und wollte sich gegen die Tür stemmen. Potthast konnte ihn gerade noch an dieser brachialen Vorgehensweise hindern. Er zeigt ihm einen

Vogel. Dann zog er eine Art Scheckkarte hervor und machte sich an der Tür zu schaffen. Keine Minute später hatte er sie geöffnet.

Obwohl in allen Zimmern Licht brannte, war niemand anwesend. Es deutete auch nichts darauf hin, dass hier in letzter Zeit jemand aktiv gelebt hatte. Aber, im Gegensatz zu heute Morgen war die Wohnung hell erleuchtet. Eine Zeitschaltuhr, die ab einer bestimmten Zeit automatisch das Licht einschaltete, um Anwesenheit vorzutäuschen, war auch nicht zu finden. Überall standen Computer herum. Doch nur einer war eingeschaltet. Das war sicher ein Server.

Potthast setzte sich an den Schreibtisch und betätigte die On-Taste von einem der Rechner. Der Bildschirm erhellte sich. Auf ihm erschien eine Maske, die ein Passwort verlangte. Im Verlauf der nächsten Minuten schalteten die Polizisten alle anderen Computer ebenfalls ein. Alle waren auf die gleiche Weise gesichert.

„Um die werden sich unsere Techniker auch noch kümmern."

Sie gingen durch die Räume. Nirgendwo ein Hinweis auf Reichel.

79

Diese elende Enge. Reichel merkte, wie sich Schweißtropfen auf seiner Haut bildeten. Dann diese Nähe zu Kriegel. Der Körpergeruch des brutalen Kerls sprengte alle olfaktorischen Sinne, er wirkte wie ätzende Säure. Und dann diese Wärme, die von ihm ausging. Wie konnte ein Mensch nur eine so unglaubliche Hitze produzieren. All dies, dazu die Dunkelheit und die Polizisten in seiner Wohnung, bereitete Reichel unglaublichen Stress.

Er fing an zu zittern, schnaubte hörbar. Bewegte seinen Oberkörper im Takt vor und zurück. In ihm entwickelte sich das Bedürfnis, den Raum zu verlassen. Doch sofort stieß er gegen Kriegel. Der griff mit einer Hand nach Reichels Kehle. Die andere presste er auf dessen Mund, sodass der Dicke nicht schreien konnte.

„Wenn du jetzt nicht aufhörst, hier so einen Stress zu verbreiten, dann wirst du diese Kammer nicht lebend verlassen, Fetti!"

Reichel hätte am liebsten sofort die Tür aufgestoßen und wäre die Treppe hinuntergeflüchtet. Die Angst vor Kriegel nahm ihn in Besitz. Langsam schien Reichel die Polizei das geringere Übel zu sein. Doch er wusste, wie gewalttätig Kriegel war. Plötzlich hörten die beiden Männer die Treppenstufen knarren. Diese Geräusche potenzierten Reichels Stress.

Aber auch bei seinem Kumpanen stieg die Anspannung. Kurzfristig drückte er die Kehle Reichels kräftiger zu. Dann flüsterte er:

„Ich lasse dich jetzt los, Fetti. Wehe, du gibst auch nur einen Ton von dir, dann bist du ein toter Mann."

Reichel drückte sich zitternd in die hintere Ecke des Raumes. Dabei stieß er versehentlich an einen Karton. Der mit einem Plopp zu Boden fiel.

80

Die Wohnung schien wirklich leer zu sein. Am besten wäre es, wenn man abziehen würde, ohne großartige Spuren zu hinterlassen. Vielleicht gingen ihnen die beiden Handlanger von Wormsthal später doch noch in die Falle. Bevor Potthast das veranlasste, entschloss er sich jedoch dazu, noch einmal in das nächste Stockwerk zu gehen. Seine beiden Kollegen folgten ihm, mehr aus Verlegenheit, die Treppe hinauf. Potthast wusste später nicht genau, warum er schlich, als er sich auf den Stufen nach oben bewegte. Irgendeine Intuition, eine alte Gewohnheit oder eine zufällige Eingabe? Da er sich bemühte, so leise wie möglich zu sein, taten es ihm seine Kollegen nach. Doch die alten Stufen ächzten und knarrten unter dem Gewicht der Polizisten. Jede zweite gab ein individuelles Geräusch von sich. Plötzlich hörten sie ein kaum vernehmliches: Plopp! Da sich die Polizisten bewegten wie Indianer auf dem Kriegspfad, nahmen sie das Geräusch, trotz seiner geringen Lautstärke, sehr intensiv wahr. Die Trommelfelle der Polizisten reagierten darauf, als hätte jemand die Bass Drum eines Schlagzeugs malträtiert.

Wie auf Kommando griffen alle drei Männer nach ihren Waffen. Irgendwas war dort hinter der Tür. Potthast legte den Finger auf die Lippen und bedeutete den beiden Männern nochmals eindringlich, keinen Ton von sich zu geben. In Dreierformation, Potthast an der Spitze des Trupps, schlichen sie auf die Tür zu. Gerade als er die Hand ausstreckte, um die Klinke herunterzudrücken, wurde diese mit aller Kraft aufgedrückt. Wie in Zeitlupe sah der Polizist die Kante der Tür auf sich zukommen. Noch eher er Hand oder Fuß benutzen konnte, um sich vor der nahenden Kollision zu schützen, wurden Nase, Kinn und Kiefer zertrümmert. Potthast stürzte wie ein ausgeknockter Boxer zu Boden. Sein Kollege, der direkt neben ihm stand, riss die Waffe hoch. Doch ehe er sie noch richtig in Anschlag bringen konnte, spürte er einen stechenden Schmerz in seiner Schulter. Fast gleichzeitig vernahm er etwas, das sich wie „Petsch“ anhörte. Nur etwas lauter. Ein Revolver mit Schalldämpfer, dachte er, als ihm die Knie weich wurden und er in sich zusammenfiel.

Dem dritten Kollegen spritzte Blut ins Gesicht, als die Kugel die Schulter durchschlug. Fast gleichzeitig traf ihn eine Faust mit solcher Macht, dass dieser eine Schlag ausreichte, ihn zu Boden zu schicken.

Kriegel stürzte aus dem Verschlag und zerrte Reichel am Aufschlag seiner Jacke hinter sich her.

„Los, Fetti, beweg deinen Arsch oder willst du hier Wurzeln schlagen?“

81

Langsam aber sicher suchte sich das Wasser seinen Weg durch das Leder ihrer Schuhe. Gemeinsam mit der Kälte nagte es nun an den Zehen der wartenden Männer. Die Polizisten im Garten traten von einem Fuß auf den anderen, um durch diese Bewegungen die Kälte daran zu hindern, sich nicht weiter in den Schuhen breitzumachen. Der Kampf gegen das Kaltwerden nahm so viel Energie in Anspruch, dass die Aufmerksamkeit, die nötig war, die Umgebung wahrzunehmen, mehr und mehr nachließ.

„Verdammt noch mal!“, fluchte einer der beiden Männer. „Will der Potthast da oben Wurzeln schlagen? Wenn niemand in der Wohnung ist, kann er die Aktion auch abbrechen.“

„So ein Polizeirat hat eben vergessen, wie kalt es um diese Zeit in einem Garten sein kann. Besonders, wenn einem das Wasser in die Schuhe reinfließt und dort langsam zu Eis wird“, entgegnete der ebenfalls durchgefrorene Kollege.

Kaum hatte er ausgesprochen, riss ihm irgendetwas das Bein weg und er fiel wie ein gefällter Baum in den Schnee. Augenblicklich färbte sich der noch vor einer Sekunde schmuddelige Schnee in der Umgebung des rechten Oberschenkels blutrot. Der gefallene Mann schrie vor Schreck und Schmerzen. Der andere starrte nach oben auf die erleuchteten Fenster und sah die Silhouette eines Mannes, der jetzt mit dem Revolver auf ihn zielte. Augenblicklich warf sich der unverletzte Polizist hinter eine spärliche Hecke. Diese Reaktion verhinderte, dass ihn die Kugel traf, die eine Zehntelsekunde später abgefeuert wurde. Hastig robbte er hinter eine Mauer. Wieder pfiff eine Kugel nur wenige Zentimeter an seinem Kopf vorbei. Angst packte den Flüchtenden. Verzweifelt schrie er um Hilfe.

82

Ein Mann schrie. Jemand rief um Hilfe. Jetzt wurde geschossen. Die beiden Polizisten, die vor dem Haus standen, waren für einen Moment ratlos. Dann rief einer der beiden:

„Ich gehe nach hinten, helfen. Ruf du Verstärkung. Die sollen zusehen, dass sie die Straßen hier in der Umgebung abgesperrt bekommen.“ Der Kollege nickte und sprintete zum Auto. Der andere war schon über den Gartenzaun gesprungen und hastete um das Gebäude herum. Immer wieder fielen Schüsse, während der Polizist im Auto mit vor Aufregung zitternden Fingern versuchte, das Funkgerät zu bedienen.

Als er die Anlage endlich eingeschaltet hatte, brüllte der Mann seine verzweifelten Anweisungen und Hilferufe in das Mikrofon.

Plötzlich wurde die Tür des Autos aufgerissen. Im nächsten Moment griff eine riesige Hand nach dem Polizisten. Der Uniformierte wurde mit geradezu übermenschlicher Kraft aus dem Fahrzeug gerissen und auf die Straße geschleudert. Er lag kaum am Boden, da wurde nach ihm getreten. Aus den Augenwinkeln sah er, wie etwas Schwarzes auf seinen Kopf zusauste und verspürte im nächsten Moment einen höllischen Schmerz über dem rechten Auge. Er sah Funken aufblitzen und sofort wieder erlöschen. Der darauf folgende Tritt ging in seine Weichteile. Ein weiterer traf ihn in der Nierengegend. Der Polizist schrie vor Schmerzen, bevor ihm gnädigerweise die Sinne schwanden.

Danach kehrte Stille ein. Es wurde nicht mehr geschossen. Eine Minute später tauchte der dicke Reichel in der Haustür auf und watschelte, so schnell es seine Leibesfülle zuließ, durch den Vorgarten. Kriegel startete den Polizeiwagen. Wie eine alte Dampflok schnaufend, erreichte der Dicke die Beifahrertür und versuchte, sich hineinzuzwängen. Kaum hatte sein Hintern die Sitzfläche berührt, schoss das Fahrzeug mit kreischenden Reifen nach vorne. Vor Angst wimmernd versuchte Reichel, die immer noch offene Beifahrertür zu schließen. Kriegel schrie ihn an, doch Reichel hörte nicht zu, er machte sich voller Verzweiflung weiter an der noch immer einen Spaltbreit geöffneten Tür zu schaffen.

Der Wagen jagte Richtung Frankfurter Weg. Als sie ihn fast erreicht hatten, sahen sie den ersten Polizeiwagen mit Blaulicht von rechts in den Grünen Weg abbiegen. Kriegel trat mit aller Kraft auf die Bremse. Reichel knallte mit dem Kopf gegen die Windschutzscheibe. Er schrie vor Schmerz. Kaum, dass der Wagen zum Stehen gekommen war, gab Kriegel schon wieder Gas und riss das Lenkrad herum. Das Auto drehte sich um die eigene Achse. Die Fliehkraft schloss die Beifahrertür. Drückte aber auch gleichzeitig den Dicken Richtung Fahrersitz. Um den näher kommenden Reichel abzuwehren, stellte Kriegel seinen Ellenbogen aus. Wieder wurde Reichel am Kopf getroffen und war kurz vor der Bewusstlosigkeit. Er hatte unglaubliche Angst. Kriegel hingegen gab wieder Gas und fuhr dahin zurück, von wo er gekommen war. Vielleicht gab es ja doch noch einen Ausweg. Aufgeben war noch nie seine Sache gewesen.

Er jagte den gestohlenen Polizeiwagen den Grünen Weg zurück. Jetzt in Richtung Stadt.

Gleichzeitig brüllte er den halb toten Reichel an:

„Wenn die Bullen uns wirklich kriegen sollten, einfach nur die Schnauze halten. Verstanden! Kein Wort! Ist das klar?"

Reichel nickte apathisch. Dann sah er auf die Straße und riss die Augen auf. Die beiden noch nicht kampfunfähigen Polizisten, die sich weiterhin an seiner Wohnung aufhielten, waren wieder von hinten aus dem Garten, nach vorne zur Straße gekommen. Als diese das Auto auf sich zurasen sahen, zogen sie augenblicklich ihre Waffen und feuerten. Eine Kugel ließ die Windschutzscheibe zerbersten, sirrte an den Köpfen der beiden Männer vorbei durchs Auto und trat danach durch das Heckfenster wieder aus. Augenblicklich zerlegte sich die Frontscheibe in Tausende kleine Teilchen, blieb aber in ihrem

Rahmen. Die so zerstörte Scheibe wurde innerhalb von Bruchteilen einer Sekunde undurchsichtig. Hastig schlug Kriegel mit dem Kolben seiner Waffe ein Loch in das mosaikartige Etwas, während Reichel nur noch vor sich hinwimmerte.

Auf der Wollmarktstraße war die Polizei mittlerweile dabei, eine Straßensperre aufzubauen. Kriegel fuhr ohne Rücksicht weiter geradeaus, auf die blecherne Barrikade zu. Während die Männer, die sich eben noch an dem in aller Eile errichteten Hindernis zu schaffen machten, schreiend nach hinten flüchteten, raste Kriegel in Kamikazemanier direkt in die Richtung der quer gestellten Autos. Er hoffte, sich einen Weg freischieben zu können. Eine Sekunde später traf sein Wagen einen Passat am Heck. Durch die Wucht des Aufpralls schleuderte der auf die Straßenmitte. Aber Kriegel bekam sein Fahrzeug nicht mehr unter Kontrolle. Das jetzt quer stehende Auto fungierte nämlich auch als Rampe: Kriegels Gefährt wurde, kaum dass er den als Rammbock benutzten Passat der Staatsdiener touchiert hatte, durch die Luft katapultiert und gegen eine Backsteinmauer auf der linken Straßenseite geschleudert.

83

Fast vierundzwanzig Stunden war Schulte mittlerweile im polizeilichen Gewahrsam. Seine Zuversicht hatte nur für die erste Hälfte dieser Zeit gereicht, danach hatten trübsinnige Gedanken jede Hoffnung auf baldige Lösung seiner Probleme in Nichts aufgelöst. Es würde nun bald Zeit werden, über seinen weiteren Verbleib zu entscheiden. Aber Schulte machte sich keine Illusionen. Ganz im Gegenteil. Es gab nur zwei Möglichkeiten: Freilassung oder Untersuchungshaft in der JVA. Da Freilassen kaum zu erwarten war, blieb eigentlich nur der Knast. Und davor graute es ihm. Als Polizist hatte er häufiger dort sein müssen und war immer wieder froh gewesen, wenn er das Gefängnistor auf der richtigen Seite hinter sich lassen konnte. Dort eingeschlossen zu sein, vielleicht für lange, lange Zeit, würde ihn in den Wahnsinn treiben. Allein der Gedanke daran ließ ihn immer wieder von seiner unbequemen Holzpritsche aufspringen und in seiner Zelle umherirren. Wie ein Tiger im Käfig.

Über Nacht waren wieder Erinnerungen hochgequollen wie Luftblasen. Und diesmal waren sie von einer anderen, einer festeren Substanz. Greifbarer. Und lange Sequenzen standen ihm wieder klar vor Augen, ließen sich wie ein Film abspulen.

Er wusste wieder, warum er in diese Kneipe gegangen war. Dann sah er sich im Pub sitzen, im Gespräch mit drei ihm unbekannten Männern. Dann die Prügelei. Das langsame Erwachen aus der Ohnmacht, die Schmerzen im ganzen Körper, aber besonders die im Kopf. Und wieder die Erinnerung an die nächtliche Straße, den Neuschnee, die Stille. Die Frau, die ihn untersuchte. Aber, was war dazwischen passiert? Es gab noch immer eine nicht belichtete Stelle im Film. Schwarze Leinwand.

Er schlug sich mit der flachen Hand an die Stirn, als wolle er das eingerostete Hirn zu höherer Leistung antreiben. Wollte es unbedingt wissen – und hatte doch schreckliche Angst vor dem, was auf diesem kleinen Stückchen Film zu sehen sein mochte.

Dann wurde die Tür geöffnet und ein ihm unbekannter, junger Polizist trat ein.

„Kommen Sie mit!“, brummelte er fast unhörbar.

Schulte ließ sich von dem jungen Mann in das ihm bestens bekannte Verhörzimmer führen. Wie oft hatte er hier gesessen und versucht, aus einem verstockten Verbrecher die Wahrheit herauszulocken! Oder waren diese Leute gar nicht so verstockt gewesen? Waren sie vielleicht nur genauso verunsichert wie er jetzt, womöglich noch viel stärker? Schulte sah plötzlich alles mit anderen Augen.

Im Raum saßen der Staatsanwalt Krämer und Margarete Bülow. Schultes erster Impuls war, deshalb erleichtert durchzuatmen. Aber dann sah er ihre Miene. Es war ihr anzusehen, dass sie nicht freiwillig hier saß, dass sie diesen Kelch gern an sich vorübergehen lassen würde. Doch es war ihr Job, dies zu tun, sie konnte sich nicht wehren.

Ihre Körperhaltung und Mimik machten klar, dass sie hier keine Partei ergreifen, sich vor keinen Karren spannen lassen würde. Schulte wusste, dass sie lange versucht hatte, seine Position zu stärken, die Ermittlungen nicht einseitig zu führen. Aber die Indizienlage hatte sich in den letzten Tagen deutlich zu seinen Ungunsten verändert. Hätte sie nicht schon längst alle persönlichen Beziehungen beiseite schieben und ihn ganz nüchtern als das ansehen müssen, was er ziemlich offensichtlich auch war? Ein Mörder. Oder zumindest ein Totschläger. Konnte er es ihr übel nehmen, wenn sie nun versuchte, persönlich ohne weiteren Schaden aus dieser unerfreulichen Nummer herauszukommen? Wohl kaum. Aber warum hatte sie den Fall nicht längst abgegeben? Schulte konnte sich das nicht erklären.

Da Schulte die Örtlichkeiten bestens kannte, wusste er auch, dass hinter einer der Wände weitere Beamte sitzen und lauschen würden. Sie würden mitschreiben, sich ihre Gedanken machen, vielleicht ein paar bösartige Witze über den Bullen Schulte machen, der nun mit über fünfzig endlich seiner eigentlichen, nämlich kriminellen Bestimmung nachkam. Der junge Beamte, der ihn aus der Zelle geholt hatte, führte offenbar das Protokoll.

Margarete Bülow blieb nichts anderes übrig, als Schulte die üblichen Fragen zur Person zu stellen. Dabei siezte sie ihn. Sie fragte ihn ausdrücklich, ob er einen Anwalt hinzuziehen möchte. Schulte verneinte dies. Der Staatsanwalt hatte bislang noch kein Wort gesagt, überließ auch weiterhin die Führung des Verhöres der Polizistin. Sie legte ihm die ganze Liste von

Indizien vor, die gegen ihn sprach. Schulte hörte sich alles an. Nach außen mochte er dabei stoisch, wenn nicht sogar unbeteiligt wirken, innerlich war er aufgewühlt, verunsichert, nahe an der Verzweiflung.

Die Liste war lang. Da waren die Zeugenaussagen:

Der Gastwirt, der bezeugen konnte, dass Schulte mit dem späteren Opfer erst an der Theke gesprochen und sich dann mit ihm geprügelt hatte. Nach dessen Aussage auch klar war, dass Wormsthal nach der Schlägerei wieder gesund und munter zurück in die Kneipe gekommen war. Keine Spur von Verletzung, ganz zu schweigen von einem Bruch der Schulter.

Das junge Paar, von dem Schulte angenommen hatte, es hätte vor lauter Liebesglück nichts gesehen und gehört. Sie hatten im Wesentlichen das Gleiche ausgesagt wie der Wirt.

Der Anwohner, der aus dem Fenster geschaut und einen randalierenden Mann, auf den die Beschreibung Schultes wunderbar passte, mit einem schwarzen Hund gesehen hatte.

Die Frau, die ihn in unmittelbarer Nähe des Tatortes und kurz nach der vermuteten Tatzeit fast besinnungslos und unterkühlt gefunden und gerettet hatte. In Gesellschaft eines schwarzen Hundes. Sie war sich auch sicher gewesen, dass der Mann zu diesem Zeitpunkt stark verwirrt gewesen sei.

Margarete Bülow machte eine längere Pause, in deren Verlauf der Staatsanwalt sich mehrfach vernehmlich räusperte, als wolle er sie antreiben, mit dem Tribunal fortzufahren. Aber sie schwieg weiter. Offenbar war bei ihr der innere Widerstand zu groß geworden.

Also übernahm der Staatsanwalt die Leitung des Verhöres. Seine sonst klare und angenehm klingende Stimme hatte nun etwas Militärisches, Herausforderndes. Das war nicht mehr der privat so nette, ältere Herr. Hier war er ganz Staatsanwalt, der Vertreter des Staates, der Herr des Ermittlungsverfahrens. So trat er vor dem Gericht auf, wusste Schulte, der oft genug dabei gewesen war.

„Und dann haben wir die Spuren, Herr Schulte. Wir haben an der Hose des Toten schwarze Haare gefunden. Es sind eindeutig Hundehaare. Wir fragen uns nun, wie kommen die Haare Ihres Hundes an die Hose eines Mannes, der erschlagen worden ist? Na, was meinen Sie?“

Schulte hatte tatsächlich keine Ahnung. Vielleicht war Monster herumgestreunt, während sein Herr verwirrt durch Detmold gelaufen war. Vielleicht war er aber auch selbst in die Nähe des Toten gekommen, zusammen mit dem Hund. Vielleicht! Warum er da gewesen war, und, was er dabei gemacht hatte, das wäre vermutlich auf dem noch nicht restaurierten Teil seines Erinnerungsfilmes zu erkennen.

Margarete Bülow versuchte sich das Wort zu verschaffen.

„Das mit den Hundehaaren ...“

„Sie sind jetzt einen Moment ruhig!“, blaffte der Staatsanwalt. Dann wandte er sich wieder an Schulte: „Also, was können Sie dazu sagen?“, bohrte der Vertreter der Anklage nach.

„Dass ich mich absolut nicht erinnern kann“, murmelte Schulte. „Ich habe keine Erinnerung mehr an die Phase zwischen der Schlägerei und meiner Rettung. Ich kann daher keine Aussage zu Ihrer Frage machen.“

Am liebsten hätte Margarete Bülow erklärt, dass die Hundehaare nicht von Schultes Hund waren. Doch ihr erschien der Zeitpunkt äußerst unglücklich. Braunert hatte gegen Anweisungen gehandelt, als er die Haare untersuchen ließ, und der Staatsanwalt war so dermaßen emotional, dass sie den Eindruck hatte, jedes weitere Wort würde mehr schaden als nützen. Außerdem konnte diese Information sich zu einem späteren Zeitpunkt noch als Trumpfkarte entpuppen.

Eine Minute sprach niemand. Dann wieder der Staatsanwalt.

„Ihnen ist klar, dass dies nicht zu Ihren Gunsten spricht, oder?“

Schulte nickte, sagte aber nichts.

„Wir haben die Kleidung, die Sie in jener Nacht getragen haben, untersucht“, fuhr der Staatsanwalt fort, „und haben daran Blutspuren gefunden. Das Blut stammt ohne Zweifel von Ingo Wormsthal, dem Toten. Wir …“

„Aber das ist doch völlig logisch!“, rief Schulte aufgebracht dazwischen. „Wir haben uns heftig geprügelt. Da bleibt es doch nicht aus, dass man ein paar Blutspritzer abkriegt. Das bedeutet gar nichts!“

„Na, na, na“, wiegelte der Staatsanwalt ab. „Das lassen wir erst mal so stehen. Vielleicht haben Sie recht, vielleicht auch nicht. Auf jeden Fall begründet die Schlägerei, bei der Sie nach Aussagen aller Zuschauer den Kürzeren gezogen haben, Ihr Motiv.“

Nun war Schulte sprachlos.

„Mein Motiv? Wieso das denn?“

Der Staatsanwalt lächelte.

„Nun, lassen Sie uns den Fall doch einmal chronologisch aufrollen. Sie hatten mit dem späteren Opfer eine Diskussion. Sie haben sich gestritten. Vor der Tür der Gaststätte haben Sie sich mit ihm geschlagen. Wie der Gastwirt ausgesagt hat, sind die beiden Bekannten Wormsthals dann ebenfalls hinausgegangen. Vielleicht haben die beiden nur zugeschaut, vielleicht haben Sie sich auch eingemischt. Das wissen wir nicht genau. Auf jeden Fall haben Sie, Herr Schulte, den Kürzeren gezogen, lagen vermutlich minutenlang bewusstlos vor der Kneipe, während Wormsthal munter zurück in die Kneipe ging. Sie wachten wieder auf, fühlten sich tief gedemütigt und beschlossen, Wormsthal aufzulauern, wenn er allein zu seinem Auto gehen würde. Sie waren nur noch von dem Gedanken nach Rache beseelt. Außerdem steht in der Krankenakte, dass Sie eine Gehirnerschütterung mit temporären Ausfallerscheinungen hatten. Kurz und gut, Sie waren überhaupt nicht Herr über sich selbst. Und in einer solchen Situation konnten Sie auch …“

„Aber das ist doch Schwachsinn!“, schrie Schulte mit fast umkippender Stimme.

Doch bevor er weiterschreien konnte, legte der Staatsanwalt eiskalt nach.

„Schwachsinn? Sie haben doch eben selbst gesagt, dass Sie sich an große Teile des Geschehens nicht mehr erinnern können. Was denn nun? Ich nenne das Ausfall, wie würden Sie das denn bezeichnen?"

Als Schulte darauf schwieg, ging es weiter. Diesmal wieder in dem so gut bekannten väterlichen Tonfall.

„Ich will Ihnen doch gar nicht unterstellen, dass Sie aus purer Mordlust gehandelt hätten, Herr Schulte. Ich bin persönlich fest davon überzeugt, dass Sie im Vollbesitz Ihrer geistigen Kräfte keinen Mord begehen würden. Aber alles, ich betone wirklich alles spricht dafür, dass in jener Nacht etwas bei Ihnen schiefgelaufen ist, dass Sie eben nicht im Besitz Ihrer geistigen Kräfte gewesen sind. Herr Schulte, alles spricht gegen Sie. Es gibt kein einziges Entlastungsindiz. Das reicht vor Gericht."

Schulte schnappte nach Luft. Ihm fehlten die Worte, nur langsam begann er, seine Entrüstung zu formulieren.

„Das reicht? Es reicht nicht, sage ich Ihnen! Indizien, gut und schön, aber Sie haben nicht einen einzigen handfesten Beweis auf den Tisch gelegt."

Der Staatsanwalt lächelte nachsichtig.

„Das stimmt. Aber die Indizienkette geht ja weiter. Wir haben ihr Handy gefunden. Das lag genau auf dem Weg von der Kneipe zum Tatort. Als Sie das Gerät verloren haben, waren Sie also auf dem Weg zum Tatort. Was glauben Sie denn, was ein Richter zu all dem sagt?"

„Lächerlich!", Schulte versuchte zu lachen, es gelang ihm aber nicht.

„Mir ist bei dieser Prügelei, die ich ja gar nicht in Abrede stelle, das Handy aus der Jackentasche gefallen. Na und? Wahrscheinlich hat es jemand am frühen Morgen auf dem Weg zur Arbeit gefunden, hat es aufgehoben, kurz durchgeklickt und es viele Meter weiter einfach wieder weggeworfen. Das bedeutet gar nichts. Ich kann genauso gut in die andere Richtung gegangen sein."

„Aber an dem Handy haben wir nur Ihre Fingerabdrücke gefunden. Sonst keine. Wenn Ihre Theorie stimmt, dann müssten doch die Abdrücke des Finders darauf sein, oder?"

Nun gelang Schulte fast ein mitleidiges Lächeln.

„Herr Staatsanwalt, es hatte geschneit, die Temperaturen waren um den Gefrierpunkt. Der Mensch wird wohl Handschuhe getragen haben, denke ich."

Der Ankläger hob abwehrend die rechte Hand, als Zeichen dafür, dass er sich in diesem einen Punkt geschlagen gab.

Sofort setzte Schulte nach.

„Bringen Sie jemanden, der bezeugen kann, dass ich zur Tatzeit in unmittelbarer Nähe des Tatortes war. Aber nicht nur ungefähr zu der Zeit und irgendwo in der Gegend. Aber so einen Zeugen haben Sie nicht. Den gibt es auch nicht. Und solange Sie den nicht haben, gibt es keinen Beweis. Bis dahin erwarte ich, auf freien Fuß gesetzt zu werden."

Zwei Minuten lang sprach keiner ein Wort. Schulte fühlte, wie neue Hoffnung in ihm aufstieg. Offenbar hatte der Staatsanwalt tatsächlich nicht mehr zu bieten als diese Indizien. Damit würde er schon fertig werden.

Dann stand der Staatsanwalt auf, ging ein paar Schritte zur Tür des Vernehmungszimmers und rief hinaus:

„Bringen Sie bitte den Zeugen Heimann herein!"

Noch bevor Schulte sich fragen konnte, wer zum Teufel der Zeuge Heimann sein könne, trat ein großer, schwerer Mann durch die Tür, grüßte verlegen und schaute in die Runde. Dann schien sein Blick an Jupp Schulte festzufrieren.

„Das ist er!", rief er aufgeregt. „Das ist der Mann, den ich beinahe überfahren hätte."

Schulte war völlig platt. Wer war dieser Kerl, und wovon redete der? Wieso überfahren? Er schaute hilflos zu Margarete Bülow, die traurig ins Leere zu starren schien. Dann zum Staatsanwalt, der zufrieden schmunzelte und zu Schulte sagte:

„Herr Heimann hat heute Morgen eine Zeugenaussage zu Protokoll gegeben. Allerdings erst, nachdem wir ihm aufgrund von Lackspuren nachweisen konnten, dass er in der Nacht von Dienstag auf Mittwoch letzter Woche eine Straßenlampe an der Leopoldstraße mit seinem Auto erheblich beschädigt hatte. Zu unserer Überraschung hat er heute nicht nur diese Sachbeschädigung gestanden, sondern auch noch eine ganz interessante Beobachtung zu Protokoll gegeben. Herr Heimann, erzählen Sie doch mal!“

Dem großen Mann war sichtlich unwohl zumute. Er stotterte, bevor er die richtigen Worte fand.

„Ja, ich bin durch die Leopoldstraße gefahren. Es war vielleicht zwei Minuten nach Mitternacht. Das weiß ich so genau, weil ich ja das Autoradio laufen hatte und da war gerade die Uhrzeit durchgegeben worden. Auf einmal, an der Ecke zur Exterstraße, kam dieser Mann hinter einem Kleintransporter hervor. Ganz plötzlich, ohne Vorwarnung. Dieser Mann und sein Hund. Ich bin voll in die Bremsen gestiegen, bin aber ins Schleudern gekommen und dann voll vor die Straßenlampe gekracht. Konnte ich echt nichts zu, Herr Staatsanwalt. Hätte ich etwa diesen Mann überfahren sollen?“

Heimann wischte sich den Schweiß von der Stirn, als hätten ihn die paar Worte körperlich angestrengt.

„Wir haben uns dann lange angeglotzt, der besoffene Kerl und ich. Einer hatte sich mehr erschrocken als der andere. Ich hatte jedenfalls Zeit genug, mir dieses Gesicht zu merken. Und ich bin hundertprozentig sicher: Das ist der Mann!“

Der Staatsanwalt trat dicht an Schulte heran, seufzte und fasste, nun wieder in seinem üblichen väterlichen Tonfall zusammen:

„Tut mir leid, Herr Schulte. Aber nun haben Sie den Zeugen, von dem Sie eben gesprochen haben. Die Tatzeit war ziemlich exakt um Mitternacht herum. Um zwei Minuten nach Mitternacht wurden Sie gesehen. Der Tatort liegt etwa zwanzig Meter von der Stelle entfernt, wo Herr Heimann Sie beinahe überfahren hätte. Denken Sie wirklich, dass der Richter Ihnen noch glauben wird?"

84

Es war unglaublich! Fünf schwer verletzte Polizisten und ein fast toter Reichel. Selten hatte Axel Braunert von einem Täter gehört, der ein so durch und durch brutales Vorgehen an den Tag gelegt hatte, wie es Kriegel, laut Bericht der Paderborner Polizisten, durchgezogen hatte. Fünf Menschen waren dem Tod nur knapp von der Schippe gesprungen. Nur der Verursacher all dieser Gewalt war, von ein paar Schrammen abgesehen, unverletzt davongekommen. Jetzt war Kriegel in Polizeigewahrsam in Paderborn und tat so, als wenn sein Handeln das Normalste von der Welt gewesen sei.

Vor einer halben Stunde hatte der Paderborner Polizeichef Margarete Bülow informiert. Anschließend hatte es in Detmold eine kurze Besprechung gegeben, an der neben Braunert Maren Köster und Lohmann teilgenommen hatten. In dieser Sitzung berichtete die Polizeidirektorin, dass es heute eine weitere Vernehmung Schultes gegeben habe. In der habe der Staatsanwalt richtig ernst gemacht. Er habe Schulte ziemlich unter Druck gesetzt und einen neuen Zeugen präsentiert. Genaueres wollte die Polizistin berichten, wenn das Vernehmungsprotokoll vorläge. Im Anschluss an diesen Kurzbericht wurde nach längerer Diskussion beschlossen, dass Margarete Bülow sich gleich morgen mit dem Staatsanwalt verständigen sollte. Sie wollte sich das Okay holen, um die Ermittlungen auch aus Detmolder Sicht gegen Reichel und Kriegel wieder aufzunehmen. Schließlich war auch Schulte von Kriegel auf brutalste Weise zusammengeschlagen worden.

Braunert hatte sich nach Absprache mit seinen Kollegen dazu entschlossen, noch einmal mit Sascha Schäfer zu sprechen. Vielleicht konnte der Ihnen bei der Aufdeckung der Internetkriminalität helfen, an der Kriegel und Reichel beteiligt waren.

Außerdem bestand keine Gefahr mehr für den jungen Mann. Er konnte seine Zelte im Hotel *Zum Stern* in Horn Bad Meinberg abbrechen und wieder zurück in seine Wohnung gehen.

Braunert hatte sich telefonisch angekündigt und so erwartete ihn Schäfer schon im Foyer des Hotels. Als er erfuhr, dass die Kumpane von Wormsthal dingfest gemacht worden waren, wollte er so schnell wie möglich in seine Wohnung zurück. Schäfer brauchte endlich wieder so etwas wie ein Zuhause. Er wünschte sich nichts mehr, als wieder in seinen eigenen vier Wänden leben zu können. Daher bat er den Polizisten, ihn nach Detmold zu fahren, nachdem er ausgecheckt hatte.

Braunert hatte nichts dagegen. Schließlich wollte er noch einiges mit Schäfer besprechen. Da bot sich die Fahrt für ein solches Gespräch geradezu an.

Auf dem Weg zu Schäfers Wohnung machte Braunert dem jungen Mann unmissverständlich klar, dass die Polizei auf jeden Fall auf seine Hilfe angewiesen sei. Bisher hätte man, außer seiner Aussage, keinerlei Beweise für die kriminellen Handlungen, die Wormsthal mit seinen Komplizen im Internet lanciert hatte. Wenn man nicht allmählich Beweise finden würde, könnte man Kriegel und Reichel diesbezüglich nichts nachweisen.

Schäfer schwieg. Er hatte so gehofft, dass die Angelegenheit ohne großes Aufsehen in den nächsten Tagen im Sande verlaufen könnte. Doch da hatte er sich wohl geirrt. Braunert merkte ihm an, dass er mit sich rang.

Nach längerer Zeit brach der junge Mann sein Schweigen. Er verriet dem Polizisten, dass er über einen USB-Stick verfüge, mit dessen Hilfe man auf die geschlossenen Internetseiten Wormsthals käme.

Axel Braunert bekam feuchte Hände. Natürlich war er froh, einen Zugang gefunden zu haben, um den beiden Männern das Handwerk zu legen. Doch im gleichen Moment wurde auch ihm der bittere Zusammenhang klar. Auch er wäre vermutlich, genau wie Schäfer, einer jener unfreiwilligen Akteure, die auf der geschlossenen Internetplattform in beschämender Weise zu sehen sein würden. So peinlich, wie es auch war, er musste sich dieser Situation jetzt stellen. Gleich morgen früh würde er mit Margarete Bülow darüber reden und ihr reinen Wein einschenken. Wenn ihm in dieser Angelegenheit noch jemand helfen konnte, dann war allein sie es.

Den Rest der Autofahrt verbrachten die beiden Männer schweigend. In Detmold nannte Schäfer seine Adresse. Die Anspannung im Auto steigerte sich. Braunert war sich absolut im Klaren darüber, dass Schäfer sich in einer höchst unangenehmen Situation befand. Unter Umständen würde er, Braunert, und wahrscheinlich auch noch andere Polizisten in Schäfers intimste Lebensbereiche, die er wohl oder übel preisgeben musste, Einblick bekommen. Doch Schäfer wusste, dass er keine Wahl hatte. Er musste es zulassen, damit dieser Spuk endlich beendet werden könnte.

Gemeinsam betraten sie Schäfers Wohnung. Doch schon kurze Zeit später war diesem klar, dass während seiner Abwesenheit jemand hier gewesen war. Schäfer schaltete den Computer ein. Der Bildschirm blieb blau. Die Festplatte war gelöscht. Hastig durchsuchte Schäfer seinen Schreibtisch. Doch auch der versprochene USB-Stick war nicht zu finden. Der unerwünschte Besucher schien ganze Arbeit geleistet zu haben. Axel Braunert blieb nichts anderes übrig, als unverrichteter Dinge wieder abzuziehen.

Ihm wurde unmissverständlich klar, dass beide Männer eines verband: die Tatsache, dass wahrscheinlich der privateste Bestandteil ihres Lebens für eine gewisse Öffentlichkeit gegen ihren Willen zugänglich war. Allein der Gedanke daran gab ihm das Gefühl, jede Würde verloren zu haben. Auf dem

Heimweg grübelte Braunert weiter darüber nach, wie er mit dem Verlust dieser Privatsphäre weiterleben könne. Plötzlich wurde ihm speiübel. Er musste sich übergeben.

85

Sie hatte gerade ihren Mantel ausgezogen, da hörte Margarete Bülow, wie jemand mit energischen Schritten näherkam. Das musste Maren Köster sein. Bei ihr konnte man schon am Gang erkennen, wie gerade ihre Stimmungslage war.

Die Schritte klangen nach heftiger Verärgerung. Die Polizeidirektorin bereitete sich darauf vor, dass in der nächsten Sekunde in ihrem Zimmer ein Vulkan ausbrechen könnte.

Unaufgefordert betrat Maren Köster das Büro ihrer Chefin. Es wurden Stühle gerückt. Eine Zeitung raschelte. Dann schlug sie mit der Hand auf den Tisch. Der Schall wurde durch Papier, das zwischen Hand und Tischplatte lag, gedämpft.

„Margarete! Das musst du dir anhören. Dieser Zeitungsschmierer von Grafenberg hat Schulte schon verurteilt. Wie konnte ich damals nur auf diesen Mistkerl hereinfallen?"

Maren Köster war bis vor einem Jahr mit dem Journalisten liiert gewesen.

„Der setzt keinen Fuß mehr über meine Schwelle, das schwöre ich dir."

Ohne eine Reaktion oder Entgegnung von Margarete Bülow abzuwarten, begann sie zu lesen.

„Als Überschrift fett", kommentierte sie für Margarete Bülow.

„Ist Polizeirat Schulte der Mörder?"

Dann weiter:

„Alle Indizien weisen darauf hin, dass nur Polizeirat Schulte der Mörder gewesen sein kann.

Der Polizist mit den unkonventionellen Ermittlungsmethoden war schon öfter in gewaltsame Auseinandersetzungen verwickelt. Wer Schulte kennt, der weiß, dass der Polizeirat in Arbeitszusammenhängen nicht nur eine derbe Sprache verwendet, sondern auch gerne hin und wieder einmal zuschlägt, seinen Klienten aber zumindest manchmal Prügel androht. Bisher konnte er diese Gewalteskalationen immer als Notwehr darstellen. Es dürfte jedoch dieses Mal schwierig werden, seine wahrscheinlich begangene Tat in die Notwehrecke zu rücken.

Der Tote, es handelt sich um einen Paderborner Kaufmann namens Wormsthal, wurde nach Aussagen eines kompetenten Informanten, der nicht namentlich genannt werden möchte, aktiv von dem Polizisten angegriffen. Im Verlauf des Kampfes wurde Wormsthal mit einem runden Gegenstand niedergeschlagen. Als das Opfer wieder auf die Füße kam, wurde es mit aller Kraft gegen eine Hauswand gestoßen. Sein Kopf schlug gegen einen hervorstehenden Metallbolzen. Diese Kollision führte bei dem, aller Voraussicht nach von Schulte malträtiertem Mann, sofort den Tod herbei.

Als möglicher Täter kommt bisher denn auch nur der Polizeirat Schulte infrage. Er bedrohte den Toten schon im Vorfeld in einer Detmolder Gaststätte. Dann prügelte er sich mit ihm vor dem Eingang der Kneipe. Nur dem beherzten Eingreifen von Bekannten des Opfers ist es zu verdanken, dass nicht im Verlauf dieser Auseinandersetzung schon Schlimmeres passierte.

Erst gestern meldete sich ein Zeuge, der berichtete, dass er Schulte, kurze Zeit später, mit seinem Hund in unmittelbarer Nähe des Tatorts gesehen habe. Es ist sehr wahrscheinlich, dass der Polizist den Mord zu diesem Zeitpunkt schon begangen hatte. An der Kleidung des Toten wurden außerdem Hundehaare und fremdes Blut entdeckt."

„Ach, dieser ganze Artikel kotzt mich dermaßen an, ich will ihn nicht zu Ende lesen."

Margarete Bülow hörte, wie ihre Kollegen die Zeitung von sich wegschob.

„Außerdem“, ärgerte sich Köster weiter, „ist sowieso das Wichtigste gesagt. Der Artikel von Michael Grafenberg ist eine ganz klare Vorverurteilung. Selbst wenn wir Schultes Unschuld noch beweisen können, wird sein Hemd nicht mehr ganz sauber werden.

Darüber hinaus möchte ich wirklich wissen, wer Grafenbergs Informant ist. Wenn ich den in die Finger bekomme, der kann was erleben. Dem werde ich eine Abreibung verpassen, danach wird der Typ sich wünschen, mich niemals kennen gelernt zu haben.“

Das war wieder mal typisch Maren Köster, dachte Margarete Bülow. Wenn ihre Kollegin wütend war, dann mit Herzblut.

Laut sagte sie: „Ich kann dich verstehen, Maren. Aber es hilft nichts. Ob du jemandem die Nase brichst oder nicht, bringt uns in Schultes Angelegenheit keinen Zentimeter weiter.

Ich muss los, zum Staatsanwalt. Es wird nicht einfach werden, ihn für unsere Absicht zu gewinnen, die Ermittlungen gegen Kriegel und Reichel wieder aufzunehmen. Dieses Vorhaben wird der nicht ohne Widerspruch hinnehmen. Jetzt, wo Krämer noch den Zeugen ausfindig gemacht hat, hält der an seiner Sichtweise, dass Schulte die Tat begangen hat, sicherlich unter allen Umständen fest, solange es geht.“

Zuversichtlich sagte sie dann jedoch: „Aber fünf schwer verletzte Polizisten sind nicht so ohne Weiteres zu übergehen. Er wird zwar lamentieren, doch ich kann mir nicht vorstellen, dass er die Neuaufnahme der Ermittlungen letzten Endes verhindert.

Bist du so nett und fährst mich zu ihm? Er ist nicht im Gericht. Da habe ich eben angerufen. Wahrscheinlich arbeitet Krämer zu Hause.

Ihn privat zu besuchen, ist zwar nicht gerade üblich, aber die Zeit drängt.“

Eine Viertelstunde später hielt ein Polizeifahrzeug vor dem Haus des Staatsanwalts.

„Ich bleibe am besten im Auto“, schlug Maren Köster vor. „Wenn ich mir nur vorstelle, wie Krämer herumlamentieren wird, nur weil er verhindern will, dass wir herausbekommen, dass er sich unter Umständen geirrt hat, dann gehen mir jetzt schon die Haare hoch. Tut mir leid, Margarete, das Gesülze kann ich mir einfach nicht mit anhören.

Und wie du schon sagtest, es nutzt nichts, wenn ich die Beherrschung verliere.“

„In Ordnung, Maren, aber bitte bringe mich noch zur Tür.“

Nachdem Maren Köster sich wieder ins Auto gesetzt hatte, drückte die Polizeidirektorin auf die Klingel neben der Haustür.

Nach einigen Augenblicken öffnete ihr ein Jugendlicher. Er war mit einer Schultasche bestückt und hatte es anscheinend sehr eilig.

„Sie wollen sicher zu meinem Vater“, sagte er und drückte sich an der Polizistin vorbei in den Garten. Schon im Gehen begriffen, führte er weiter aus: „Der ist in seinem Büro. Wenn Sie den Flur langgehen, die vierte Tür rechts. Nehmen Sie es mir bitte nicht übel, ich muss zur Schule und bin spät dran.“

Danach wartete er nicht mehr auf eine Entgegnung, sondern rannte los.

Margarete Bülow überlegte, ob sie nochmals klingeln sollte oder tun, wie es ihr der Sohn des Staatsanwaltes empfohlen hatte.

Sie entschloss sich für das Türenabzählen. Irgendwie roch es nach Hund. Sie hörte jedoch nichts von dem Tier. Kaum hatte sie drei Schritte getan, da stand ihr etwas im Weg. Margarete Bülow kam ins Stolpern und landete in einem Korb. Jetzt roch es intensivst nach Hund. Sie tastete um sich und fühlte ein Büschel Haare. Wahrscheinlich durch die Geräusche, die die Polizistin durch ihr Fallen erzeugt hatte, war Krämer aufmerksam geworden. Die Tür seines Büros wurde geöffnet.

„Frau Dr. Bülow, was machen Sie denn hier?", kam es von einem völlig entgeisterten Staatsanwalt. Er ging auf sie zu und half ihr wieder auf die Beine.

Margarete Bülow griff sich ein Taschentuch, mit dem rieb sie sich die Hände ab. Etwas verlegen sagte sie, dass der Sohn des Hauses ihr die Tür geöffnet und sie in diesen Flur geschickt habe.

„Dieser Bengel, ich sage es Ihnen, Frau Dr. Bülow, Benehmen ist Glücksache bei diesen jungen Leuten. Wo ist mein Filius denn jetzt?"

Die Polizeidirektorin zeigte Richtung Tür.

„Er sagte, er habe es eilig und müsse zur Schule."

„Immer auf den letzten Drücker, dieser Bursche. Ich muss mich noch einmal für ihn entschuldigen. Aber kommen Sie doch erst mal herein und berichten Sie mir, was Sie hertreibt."

Nachdem Margarete Bülow Platz genommen hatte, gab sie einen detaillierten Bericht über die Paderborner Ereignisse ab. Und bat den Staatsanwalt darum, sein Okay zu geben, in der Angelegenheit Kriegel & Reichel auch in Detmold wieder zu ermitteln. Krämer war ob dieses Wunsches sichtlich ungehalten. Aber wie sie schon vermutet hatte, konnte er nicht ohne Weiteres über die Gewalttaten, die Kriegel begangen hatte, hinweggehen. „Ich kann natürlich verstehen, dass diese Ereignisse das Bedürfnis von Ihnen und Teilen Ihres Teams, noch einmal in diese Richtung zu ermitteln, unterstützen. Grundsätzlich habe ich auch nichts dagegen. Aber ich wüsste nicht, wo Sie in diesem Fall einsteigen könnten. Wenn Sie einen konkreten Anhaltspunkt hätten, der sich auf Detmold bezieht, würde ich sofort und ohne Bedenken sagen, legen Sie los. Aber so einfach mit der Stange im Nebel herumstochern, dafür ist mir unsere Manpower doch zu schade. Was das wieder für Ressourcen bindet …

Tut mir leid, Frau Dr. Bülow, die Leute werden an anderer Stelle gebraucht."

„Auch ich kann Ihre Sichtweise verstehen, Herr Krämer. Doch eines wissen Sie noch nicht: Der Mann, der Kriegel und Reichel angezeigt und damit die Ermittlungen in Paderborn erst ins Rollen gebracht hat, ist Detmolder. Er wird einer der wichtigsten Zeugen sein."

Der Staatsanwalt horchte auf.

„Durch diese Information wird der ganze Fall natürlich noch einmal von einem anderen Licht beschienen. Wenn das so ist, dann müssen wir natürlich noch einmal neu denken. Wie heißt denn die Person, die Anzeige erstattet hat?"

„Der Mann heißt Sascha Schäfer."

„Gut. Frau Dr. Bülow, ich kümmere mich um dieses Geschehnis. Ich werde den Mann vorladen. Und wenn ich der Meinung bin, dass es in irgendeiner Weise Sinn hat, dann nehmen wir den Fall wieder auf. Auch hinsichtlich ihres Kollegen Schulte."

Margarete Bülow glaubte, eine leichte Unsicherheit in der Stimme des Staatsanwalts zu hören. Sie selbst war auch nicht glücklich darüber, dass Krämer die Angelegenheit an sich zog und so womöglich auf die lange Bank schob. Aber mehr war für den Augenblick nicht zu erreichen. Da war sich die erfahrene Polizistin ziemlich sicher.

86

Die Zeit drängte. Polizeirat Schulte war jetzt fast achtundvierzig Stunden in Polizeigewahrsam. Langsam aber sicher musste er dem Untersuchungsrichter vorgeführt werden. Krämer durchsuchte seine Schublade nach dem Stick, auf dem er Formularentwürfe für diesen Verwaltungsakt vorbereitet hatte.

An sich war es nicht gestattet, an die Rechner der Staatsanwaltschaft externe Speichermedien anzuschließen. Da er aber oft zu Hause arbeitete, war das kleine, handliche Gerät eine optimale Lösung für ihn, Daten zu transportieren und auf dem Rechner der Staatsanwaltschaft weiter zu bearbeiten.

Das Telefon klingelte. Während er sich mit der einen Hand den Hörer ans Ohr drückte, fummelte er mit der anderen den USB-Stick in die dafür vorgesehene Halterung. Am Telefon war eine Dame aus dem Schreibdienst, die mit ihm einige Formulierungsvorschläge durchgehen wollte. Krämer kannte diese Kollegin und wusste, dass es länger dauern würde, wenn es ihm nicht gelänge, sie jetzt abzuwimmeln.

Es gelang ihm nicht! Daher kam er erst zwanzig Minuten später zu seiner geplanten Arbeit. Komisch, die Festplatte ratterte unaufhörlich. Als er die Tastatur benutzte, reagierte sein PC nicht auf irgendwelche Befehle, die er mit Hilfe des Schreibgerätes eingab. Auch als Krämer die Maus betätigte, passierte nichts. Der kleine weiße Pfeil rührte sich nicht einen Millimeter von der Stelle.

Das war nun wirklich komisch. Noch nie hatte Krämer Schwierigkeiten mit dem Gerät gehabt. Und plötzlich dies. Sicher, es gab Gerüchte, dass gewisse Betriebssysteme die Personal Computer mit der Zeit langsam werden ließen. Aber so von heute auf morgen, das war schon seltsam. Krämer ordnete seine Bleistifte, legte die einzelnen Akten sorgfältig aufeinander. Dabei wurde er von Minute zu Minute nervöser. Die Festplatte ratterte und knatterte, aber sonst tat sich nichts. Was war nur mit diesem verdammten Rechner los? Plötzlich veränderte sich der Bildschirm. Dort, wo eben noch die Oberfläche des Betriebssystems zu sehen war, tauchte jetzt der typische Blue Screen auf, der unmissverständlich signalisierte: Mit diesem Rechner passiert nichts mehr! Krämer fluchte, zog den Stick ab, steckte ihn in seine Hosentasche und versuchte den Rechner erneut hochzufahren. Nichts passierte. Verärgert rief er die EDV-Abteilung an und verlangte nach dem Administrator.

Noch bevor Krämer den Hauch einer Chance hatte, seinem Unmut Luft zu machen, tat dies der Mann aus dem Rechenzentrum.

„Was haben Sie sich denn da gerade geleistet, Herr Krämer? Die gesamte EDV-Anlage der Staatsanwaltschaft ist zusammengebrochen. Durch einen bisher noch nicht erklärbaren Vorgang wurde ein großer Teil der Festplattendaten der Staatsanwaltschaft kopiert und an einen bisher unbekannten Server geschickt. Die Befehle, die diese Prozeduren eingeleitet haben, kamen von Ihrem Rechner!"

Der Staatsanwalt ahnte Schreckliches. Sollte er etwa? Er griff in seine Hosentasche und sah sich den Minispeicher an. Erst jetzt begriff er, dass es nicht der war, auf dem er seine Mustervordrucke abgespeichert hatte. Diesen Stick hatte er auf dem Schreibtisch seines Sohnes gefunden. Hastig ließ Krämer das kleine Speichergerät wieder dorthin verschwinden, wo er es hergeholt hatte.

„Rühren Sie Ihren Rechner nicht mehr an, Herr Staatsanwalt! Wir müssen jetzt erst einmal herausfinden, was passiert ist. Einen solchen Angriff auf die Daten einer Staatsanwaltschaft hat es meines Wissens noch nicht gegeben. Ich muss diesen Vorgang umgehend dem KUI melden. Die werden sicherlich noch heute Spezialisten schicken."

Der Staatsanwalt wurde blass. Das hatte ihm gerade noch gefehlt. Und ausgerechnet er war der Verursacher. Wie sollte er sich da rausreden? Jetzt auch noch das KUI. Wenn die kämen, da war er sich sicher, würde das Datenproblem, welches er erzeugt hatte, in wenigen Stunden Thema jeder Kaffeerunde in der Kreispolizeibehörde Lippe sein.Vorsichtig versuchte er dem Administrator vorzuschlagen, dass es ja vielleicht noch einen anderen Weg gäbe, das Problem zu lösen. Man müsse doch nicht gleich mit Kanonen auf Spatzen schießen. Nur weil es einmal ein Problem mit dem Netzwerk gäbe, müsste man doch nicht gleich das Kommissariat für Kommunikations- und Informationsdelikte einschalten.

Doch der EDV-Experte ließ sich nicht überzeugen. Vielmehr zeichnete er Krämer verschiedene Szenarien auf, die eintreten könnten, wenn man an dieser Stelle nicht penibel handelte.

„Wie gesagt, so einen dreisten Datenklau hat es bei einer Behörde der Bundesrepublik Deutschland meines Wissens noch nicht gegeben. Da müssen wir unmittelbar handeln. Ich halte Sie daher ausdrücklich dazu an: Lassen Sie Ihren Rechner so, wie er ist! Verändern Sie nichts mehr."

Der Staatsanwalt fluchte. Was blieb ihm anderes übrig? Krämers Nervosität nahm zu. Langsam aber sicher lief ihm die Zeit in jeder Hinsicht davon. Schulte musste dem Haftrichter vorgeführt werden.

Die Bülow saß ihm mit dem Versuch im Nacken, den Fall Wormsthal neu aufzurollen. Und jetzt war auch noch sein Rechner durch seine eigene Dummheit gehimmelt worden und gleichzeitig damit das gesamte Netz der Detmolder Staatsanwaltschaft.

Zunächst musste Krämer auf jeden Fall mit dem Haftrichter sprechen. Dann würde man weitersehen.

87

Heute Morgen war Axel Braunert früher im Büro als Bernhard Lohmann. Wenn sich jemand mit dem Ruhm eines Frühaufstehers schmücken wollte, dann war Lohmann das Maß aller Dinge. Wenn der alte Kommissar demnächst in Rente gehen würde, ginge den Kollegen etwas verloren. Niemand hätte mehr die Möglichkeit, sich damit zu rühmen, dass er morgens noch vor Bernhard Lohmann im Büro war. Vielleicht sollte man dem dann ehemaligen Kollegen zu Ehren die Maßeinheit für frühes Anfangen einführen: Ein Lohmann wäre eine halbe Stunde vor Dienstbeginn. Zwei Lohmann eine Stunde und so weiter.

„Braunert, du bist bescheuert!", sagte Axel laut zu sich selbst. „Wir haben jede Menge Arbeit vor der Brust, und du machst dir Gedanken über so einen Blödsinn. Aber gut ist die Idee doch", gestand er sich zu.

Dann machte er sich an die Arbeit. Ganz oben auf dem Aktenstapel lag das Vernehmungsprotokoll, das der Staatsanwalt von Schultes Verhör angefertigt hatte. Braunert klappte den Aktendeckel auf und begann, das Protokoll zu studieren. Nach einer Viertelstunde legte er die Blätter beiseite. Man kann eine Sichtweise auch aufblasen, dachte er. Im Grunde gab es immer noch keine stichhaltigen Beweise gegen Schulte.

Ob der neue Zeuge, auf den der Krämer sich jetzt berief, ihn auf der Straße in der Nähe des Tatortes gesehen hatte oder nicht, würde bei einem guten Anwalt als Beweis für den Mord mit Sicherheit nicht lange standhalten. Schultes Argumentation aus dem ersten Verhör fand Braunert weitaus stichhaltiger.

Außerdem hatte Schulte ja wirklich in einer Straftat ermittelt und war in seiner Eigenschaft als Polizist angegriffen worden.

Gleich heute Morgen würde Braunert mit Margarete Bülow sprechen und ihr erklären, wie es dazu kam, dass Schulte überhaupt in den Irish Pub gegangen war. Es war zwar nicht klar, wie die Polizeidirektorin mit den neuen Informationen umgehen würde, aber Braunert war sich sicher, dass, wenn er aussagte, es keinen Grund mehr gab, Schulte festzuhalten. Ob er anschließend von sämtlichen Polizisten Detmolds durch den Kakao gezogen wurde, würde sich herausstellen, und, wie er damit klarkam, würde er sehen. Braunert nahm sich das Protokoll nochmals vor und las es erneut. Diesmal blieb er an dem Satz: *An der Hose des Toten wurden Tierhaare gefunden, die wahrscheinlich von dem Hund des Verdächtigen stammten* hängen.

Braunert pfiff durch die Zähne.

„Da haben wir doch noch einen Knüppel, den wir dem Staatsanwalt zwischen die Beine werfen können.“ Schließlich hatte er sich schon vor Tagen Haare von Schultes Hund besorgt und sie analysieren lassen. Sie waren nicht identisch mit denen, die an der Hose gefunden worden waren.

Die Tür flog auf. Braunert fühlte sich gestört und hob den Kopf.

Herein kam Maren Köster mit zwei Bechern Kaffee.

„Hast du schon gehört, Axel? Krämer hat die EDV der Staatsanwaltschaft lahmgelegt. Es ist zwar noch nicht klar, wie ihm das gelingen konnte. Aber bevor das Netz zusammenbrach, wurden Daten kopiert und an einen Server versandt. Der EDV-Fuzzi hat daraufhin das KUI eingeschaltet. Die Kollegen haben sich des Vorfalls angenommen. Und was glaubst du, wer der Besitzer dieses Servers ist, zu dem die Daten gesendet wurden?“

Braunert zuckte mit den Schultern. „Keine Ahnung.“

„Der Server gehört einem gewissen Reichel“, frohlockte Maren Köster.

„Etwa unserem Reichel?“

„Genau! Mehr konnten die Jungens vom KUI leider bisher noch nicht herausfinden. Mein Informant behauptet, dass der Reichel in EDV-Fragen ein Genie sei. Auf dem Server liege so ein ausgeklügeltes Sicherheitssystem, dass die Detmolder Kollegen mit ihrem Latein bereits am Ende seien. Die überlegen jetzt, ob Sie die ganze Sache nicht ans LKA übergeben. Könnte ja sein, dass noch andere Staatsanwaltschaften in Nordrhein-Westfalen zukünftig betroffen wären. Außerdem habe das Landeskriminalamt die besser ausgebildeten Spezialisten.“

Anstatt weiter am Gespräch teilzunehmen, kritzelte Braunert etwas auf einen Zettel.

„Was ist, Axel? Interessiert dich dieser Bericht aus dem Flurfunk nicht?“

„Und ob der mich interessiert. Ich bin gerade dabei, eine Liste zu erstellen, in der ich differenziere zwischen den Punkten, die dafür sprechen, dass Schulte einen Mord begangen hat und denen, die explizit dagegen sprechen. Aus meiner Sicht steht es zehn zu eins für Schultes Unschuld. Der Staatsanwalt hat die Fakten, die darauf hindeuten, dass Schulte der Mörder ist, aufgeblasen wie einen Riesenluftballon. Dass Krämer jetzt auch noch einen Bezug zu Reichel hat, macht mich mehr als stutzig."

Braunert sah auf die Uhr. „Tut mir leid, Maren, ich habe noch ein Date."

Der Polizist schnappte sich einige handgeschriebene Zettel. Nur wenige Sekunden später war er zur Tür hinaus und ließ eine völlig verdatterte Maren Köster zurück.

Es war nicht einfach für Braunert gewesen, Margarete Bülow seine Geschichte zu erzählen. Jetzt saßen sie schweigend nebeneinander. Nach einer unendlich langen Zeit der Stille, so kam es Braunert jedenfalls vor, tastete die Polizeidirektorin nach seiner Hand und drückte sie.

„Das, was du erlebt hast, muss schrecklich für dich sein. Ich danke dir für dein Vertrauen. Jetzt habe ich endlich die Möglichkeit zu handeln. Du erzählst erst einmal niemandem davon. Aber du musst dir so schnell wie möglich noch einmal diesen Sascha Schäfer vornehmen."

„Meine persönlichen Erlebnisse sind die eine Sache. Sascha Schäfer knöpfe ich mir vor, okay. Dann wäre da aber noch etwas anderes. Ich habe mir noch einmal alle Akten angesehen. Wenn man die Fakten ernst nimmt, hat der Staatsanwalt nichts gegen Schulte in der Hand. Darüber hinaus hat er einige Tatsachen einfach übersehen. Zum Beispiel, die Tierhaare an der Hose des Toten. Die sind eindeutig nicht von Schultes Hund. Wie du weißt, hatte ich das ja überprüfen lassen. Wie abgesprochen habe ich den Bericht zwar nicht in den Besprechungen erwähnt. In den Akten habe ich es jedoch schriftlich vermerkt und dem Untersuchungsbericht angehängt. Entweder hat der Staatsanwalt diesen Fakt übersehen oder ihn bewusst nicht in Betracht gezogen. Außerdem kennt Krämer Reichel, beziehungsweise hat er irgendwelche Kenntnisse über diesen Mann, die wir nicht haben. Gestern wurde die EDV der Staatsanwaltschaft lahmgelegt. Der Prozess wurde von Krämers Rechner ausgelöst. Doch bevor das alles geschah, wurden interne Daten an einen Server übermittelt, dessen Besitzer Reichel ist. Ich kann das Ganze zwar noch nicht einordnen, aber ich habe so ein Bauchgefühl, als wenn dieses Wissen des Staatsanwaltes und der Mord, der Schulte vorgeworfen wird, etwas miteinander zu tun haben." Er holt einmal tief Luft. Braunert war jetzt kurz davor, sich in Rage zu reden. „Ich glaube, so wie der Staatsanwalt sich ziert, wenn es um Kriegel und Reichel geht, dass diese beiden Typen V-Männer oder irgend so etwas sind. Aber ich kann mir dann auch wieder nicht vorstellen, dass die beiden Kerle so wichtig sind, dass man einen Kollegen wie Schulte für sie opfert. Besonders seltsam wird es, wenn man noch berücksichtigt, was die beiden in Paderborn für einen Streifen abgezogen haben. Dafür gehen sie mit Sicherheit in den Knast. Davor kann sie auch kein hyperaktiver Staatsanwalt mehr bewahren."

Nach kurzem Nachdenken griff Margarete Bülow zum Telefon und rief bei Krämer an. Sie stellte ihr Telefon laut, sodass Braunert mithören konnte. Ohne Umschweife gab sie Krämer zu verstehen, dass sie mit ihm reden müsse. Braunert hatte das Gefühl, dass der Staatsanwalt überhaupt kein Interesse an diesem Gespräch hatte. Doch die Polizeidirektorin hielt an ihrem Ansinnen fest.

„In einer halben Stunde haben wir ein Date mit Krämer."

„Okay", erwiderte Braunert, „aber wir haben kein ‚Date' mit dem Staatsanwalt, sondern ein ‚Appointment'! Unter ‚Date' versteht der Engländer nämlich ein Treffen privater, ja geradezu intimer Natur ..."

„Sei's drum, Axel, ich möchte, dass du dabei bist. Und jetzt werde ich mal ein ernstes Wörtchen mit unserer KUI reden. Ich will augenblicklich wissen, was hinter dieser EDV-Geschichte steckt."

88

Was für eine dumme Unachtsamkeit! Krämer suchte krampfhaft nach Erklärungen, warum ausgerechnet von seinem Rechner die Ursachen für Datenklau und Netzausfall ausgegangen sein könnten. Sicher, er selbst war Mitinitiator der Dienstvereinbarung gewesen. Sie beinhaltete, dass keine fremden Datenträger mit dem EDV-Netz der Staatsanwaltschaft verknüpft werden durften. Jetzt stand er unmittelbar davor, zugeben zu müssen, dass er selbst gegen diese Anweisung verstoßen hatte.

Da sein Rechner passwortgeschützt war, war es natürlich schlecht möglich, jemand anderen zu bezichtigen, seinen PC benutzt zu haben.

Flucht nach vorne war die einzige Chance, die er hatte. Er würde mit dem Administrator und dem Kommissariat für IUK reden und so versuchen, Herr des Geschehens zu bleiben.

Er musste es schaffen, diesen Personen klarzumachen, dass er genau der richtige Mann für die Aufklärung des Datenvergehens sei. Es dürfte auf keinen Fall der Eindruck entstehen, dass er in dieser Frage befangen sei. Dann müsste der Fall an eine andere Staatsanwaltschaft, entweder nach Bielefeld oder nach Paderborn abgegeben werden. Das durfte auf keinen Fall passieren. Es musste ihm gelingen, diesem Personenkreis plausibel zu machen, dass die Aufklärung des Datenvergehens unmittelbar mit der Mordsache Wormsthal zu tun hatte. Nur, wenn er diese Botschaft glaubhaft transportieren könnte, bliebe er Herr des Geschehens. Schließlich hatten die Polizisten vom KUI herausbekommen, dass der Empfänger der Daten dieser Reichel war, einer der beiden Schergen, mit denen Wormsthal zusammengearbeitet hatte.

Reichel lag immer noch im Koma. Er war noch nicht außer Lebensgefahr. Die Tatsache, dass der Verunglückte bei dem Unfall an der Straßensperre in Paderborn nicht angeschnallt war, hatte ihn fast das Leben gekostet. Reichel war schwer verletzt ins Krankenhaus gebracht worden. Kriegel jedoch hatte nur einigen Schrammen abbekommen. Ihn hatte man sofort festgenommen.

Der Staatsanwalt sah auf die Uhr. In fünf Minuten würde die Polizeidirektorin auf der Matte stehen. Die war pünktlich. Krämer überlegte, was Margarete Bülow Neues wusste, dass sie mit aller Vehemenz auf dieses Gespräch gedrungen hatte. Hartnäckig war sie ja, das musste er zugeben. In anderen Zusammenhängen wäre er sehr zufrieden mit ihr gewesen. Doch im Moment störte sie seine Strategien. In dem Telefonat vor einer halben Stunde hatte sie mit aller Macht auf dieses Treffen gepocht. Er hatte keine Möglichkeit gefunden, sie abzuwimmeln.

Wieder sah Krämer auf die Uhr. Er wollte das Gespräch nicht führen. Die Tatsache, dass er die Inhalte, die die Polizistin ansprechen würde, nicht kannte, machte ihn nervös. Ebenso das Warten auf sie.

Er hörte Schritte und Gemurmel auf dem Flur. Das würde sie sein. Doch, wen hatte sie mitgebracht? Hastig öffnete er die Tür. Im gleichen Moment dachte er, den Gelassenen zu spielen wäre sinnvoller. Die Polizeidirektorin wurde von diesem Braunert geführt. Der Staatsanwalt ging den beiden entgegen und begrüßte sie.

„Kommen Sie doch herein, Frau Dr. Bülow!“, forderte er die Polizistin auf. Gleichzeitig signalisierte er dem Hauptkommissar, dass er jetzt gehen könne. Doch der machte keine Anstalten dies zu tun, sondern führte die Polizistin weiter in Richtung Büro des Staatsanwalts.

„Ich wünsche, dass Hauptkommissar Braunert an diesem Gespräch teilnimmt!“, sagte die Polizeidirektorin fast im Befehlston. Diese Deutlichkeit hinderte Krämer daran, zu widersprechen.

Der Staatsanwalt wies auf eine Sitzgruppe, die er für Besprechungen nutzte. Nachdem die drei Platz genommen hatten, kam Krämer ohne große Umschweife zur Sache: „Frau

Dr. Bülow, was haben Sie Wichtiges auf dem Herzen, das Sie dazu veranlasst hat, auf diese kurzfristige Besprechung zu drängen?“

Die Polizistin schwieg einen bedeutungsvollen Augenblick. „Das ist nicht ganz einfach zu erklären. Sagen wir es einmal so: Ich habe mir die Mühe gemacht, alle losen Fäden im Fall Wormsthal nochmals in die Hand zu nehmen. Mein Kollege Braunert hat mir dabei geholfen. Am Ende unserer Betrachtungen kamen wir zu anderen Schlüssen als Sie, Herr Krämer. Der Hauptkommissar hat die Haare an der Hose des Toten mit denen von Schultes Hund vergleichen lassen. Die Spurensicherung hat festgestellt, dass sie nicht übereinstimmen. Das hatte Herr Braunert übrigens auch in der Akte vermerkt. Der Flurfunk der Kreispolizeibehörde behauptet, dass Daten vom Server der Staatsanwaltschaft kopiert und an ein Rechenzentrum gesendet wurden, das dem verdächtigen Reichel gehört. Ich hatte Sie gebeten, den Zeugen Sascha Schäfer erneut zu verhören. Der, so vermute ich, könnte Polizeirat Schulte maßgeblich entlasten. Meines Wissens ist dies nicht passiert. Darüber hinaus hat Polizeirat Schulte im ersten Verhör sein Handeln sehr plausibel erklärt. Er hat behauptet, dass er von dem Toten Wormsthal bei polizeilichen Ermittlungen erst behindert und später tätlich angegriffen wurde. Sie hingegen stützten sich bei der Annahme, dass Schulte der Täter sei, allein auf die Tatsache, dass der sich zum fraglichen Zeitpunkt in der Nähe des Tatorts aufgehalten hat. Dabei beachten Sie allerdings Folgendes nicht: Erstens: Polizeirat Schulte war in seiner Eigenschaft als Polizist am fraglichen Abend in der Exterstraße. Zweitens: Zum Zeitpunkt des Mordes war Polizeirat Schulte wahrscheinlich schon so schwer verletzt, dass er gar nicht dazu in der Lage gewesen wäre, den zu diesem Zeitpunkt noch körperlich unversehrten Wormsthal anzugreifen.“

„Liebe Frau Dr. Bülow, wenn ich mir Ihre Ausführungen noch einmal gründlich überlege, komme ich zu dem Schluss, dass Sie der Meinung sind, ich hätte kein Interesse daran, Polizeirat Schulte zu entlasten. Über diese Unterstellung sehe ich jetzt großzügig hinweg. Aber noch einmal! Sie haben recht, ich bewerte die Rolle Schultes in diesem Fall anders als Sie. Als Ankläger habe ich die Pflicht, mir eine unabhängige Meinung zu bilden. Das habe ich getan. Ich gestehe Ihnen, Frau Dr. Bülow zu, dass Sie aufgrund Ihrer beruflichen Nähe zu dem Verdächtigen nicht die gleiche Objektivität an den Tag legen können, wie ich es tue. Sie machen mir meine Rolle als Ankläger nicht einfach. Nein, Sie stellen sogar meine Kompetenz und meine Objektivität infrage. Viel mehr noch, Sie gestehen mir nicht zu, dass ich der Herr des Verfahrens bin. Ich kämpfe sozusagen an zwei Fronten. Zum einen versuche ich eine möglichst objektive Haltung im Fall Schulte zu bewahren. Zum anderen muss ich mich ständig gegen Ihre Interventionen und subjektiven Handlungsweisen wehren. Das macht meine Arbeit nicht unbedingt einfacher."

Einen kurzen Moment hielt er inne. Dann setzte er wieder an: „Dennoch muss ich Ihnen zugestehen, Frau Dr. Bülow, dass die Tatsachen, die zu der Datenkriminalität hinsichtlich unserer EDV-Anlage geführt haben, noch einmal ein anderes Licht auf den gesamten Fall werfen. Diese Ereignisse zwingen mich dazu, meine Modelle und Theorien noch einmal zu überdenken. Dabei kann es durchaus möglich sein, dass mein objektives Herangehen letztendlich Ihrer subjektiven Sichtweise nahe kommt."

Mit diesen rhetorischen Finessen hatte Margarete Bülow nicht gerechnet. Dennoch beging sie jetzt nicht den Fehler, eine Gegendarstellung zu den Thesen, die der Staatsanwalt entwickelt hatte, zu versuchen, sondern sagte: „Ihre Sichtweise in Ehren, Herr Krämer. Ich habe eine andere. Spätestens seit dem Moment, an dem Sie, wie auch immer, dafür gesorgt haben, dass Daten an einen Verdächtigen übermittelt wurden, sind Sie hier am falschen Platz. Ich fordere Sie hiermit ein letztes Mal auf: Übergeben Sie den Fall mit all seinen Facetten an die Staatsanwaltschaft Paderborn oder Bielefeld! Sollten

Sie diesen Vorgang bis morgen nicht eingeleitet haben, halte ich den Dienstweg ein."

„Tun Sie, was Sie nicht lassen können!", entgegnete der Staatsanwalt mit einer Kälte, die den beiden Polizisten das Blut in den Adern gefrieren ließ. „Ich hoffe nur für Sie, Frau Dr. Bülow, dass Sie begründet handeln. Denn ab jetzt ist unsere Zusammenarbeit durch Ihr nachhaltig gezeigtes Misstrauen mir gegenüber in einem solchen Maße getrübt, dass ich für eine gemeinsame berufliche Zukunft keine Chancen mehr sehe."

89

Die Abendsonne stand sehr tief und blendete ihn, als er in Schlangen auf die B1 auffuhr, Richtung Paderborn. Reichel und Kriegel waren ein größeres Risiko, als er gedacht hatte. Sicher, Kriegel war der Mann fürs Grobe gewesen, das war ihm klar geworden. Aber Reichel verfügte als Administrator und EDV-Fachmann über sehr viele Informationen. Die Tatsache, dass er ein Fachidiot war, der wahrscheinlich im Leben noch keine Tageszeitung gelesen hatte, aber Computerzeitschriften ebenso gierig verschlang wie Erdnüsse, machte ihn geradezu gemeingefährlich. Seine Programmiertricks würde Reichel hüten wie seinen Augapfel. Bei den anderen Informationen, die er durch seine schmierigen Geschäfte bekam, sah das anders aus. Darüber würde er bei einem Verhör plappern wie ein Marktweib. Vorausgesetzt, er hatte jemals einen Blick in die gesammelten Daten geworfen.

Natürlich könnte es sein, dass Reichel in den nächsten Tagen seinen schweren Verletzungen erlag. Aber da spielte Kamerad Zufall eine nicht unbedeutende Rolle. Außerdem wollte er sich nicht auf solche Unwägbarkeiten verlassen, das war ihm zu unsicher. Er stand heftig unter Druck. Es musste etwas geschehen. Wenn er das Ruder noch mal herumreißen wollte, dann musste Reichel sterben. Das war die einzige

Chance, seinen Kopf noch einmal aus der Schlinge zu ziehen. Er war sich zwar noch nicht sicher, wie er es anstellen sollte, aber so eine Intensivstation würde ihm schon genügend Möglichkeiten bieten, jemanden ins Jenseits zu befördern.

90

Es war verrückt! Vor einigen Tagen waren noch zwanzig Zentimeter Schnee in einer Nacht gefallen, und heute am späten Nachmittag war das Thermometer auf zwölf Grad über Null geklettert. Die tief stehende Sonne wärmte sein Gesicht. Axel Braunert genoss dieses lange vermisste, für ihn überaus angenehme Gefühl von Wärme. Er stand vor dem Gebäude der Kreispolizeibehörde und hielt sein Gesicht Richtung Westen. Ob des guten Wetters entschloss er sich, zu der Wohnung Schäfers zu laufen. Wenn der Staatsanwalt das nötige Verhör nicht führen wollte, würde er es eben selber in die Hand nehmen. Die Disziplinarmaßnahme, die sein Handeln wahrscheinlich nach sich ziehen würde, war ihm egal. Schließlich hatte er Schulte in diese ganze Angelegenheit hineingezogen. Also war es dem Kollegen gegenüber auch seine verdammte Pflicht, ihn da wieder rauszuhauen.

Nach einem viertelstündigen Fußmarsch stand Braunert vor dem Mehrfamilienhaus von Sascha Schäfer. Der war zu Hause und öffnete ihm. Als er Braunert sah, entspannten sich seine Gesichtszüge.

„Herr Braunert, kommen Sie herein! Gibt es etwas zu berichten? Habe ich etwa Glück und die Tortur wird mir erspart?“

Braunert schüttelte den Kopf. „Da kann ich Ihnen keine Hoffnungen machen. Polizeirat Schulte, den sie in Amsterdam kennen gelernt haben, ist als Verdächtiger verhaftet worden. Der Staatsanwalt hat sich darauf versteift, dass unser Kollege der Mörder ist. Ich persönlich habe jedoch da meine erheblichen Zweifel. Selbst, nachdem Sie, Herr Schäfer, Anzeige gegen Ihre Peiniger erstattet haben, blendet Krämer, so heißt der zuständige Staatsanwalt, diesen Fakt völlig aus. Er behandelt Ihren Fall völlig unabhängig von den Ereignissen, die hier in Detmold stattgefunden haben."

91

Das Brüderkrankenhaus lag an der Husener Straße. Nirgendwo war ein Parkplatz zu finden. Erst am Turnplatz fand er eine Möglichkeit, das Auto abzustellen. Zunächst galt es, die Lage zu sondieren. Je näher er dem Krankenhaus kam, umso mehr Aufregung verspürte er. Ganz ruhig, sprach er sich selbst Mut zu, und er versuchte, seine Gefühlsregung zu kontrollieren. Er ging zu der im Eingang eingerichteten Information und erkundigte sich nach Reichel. Dabei schlug das Herz in seiner Brust, als wolle es ihm die Rippen brechen. Die Bedienstete des Krankenhauses tippte etwas in ihren Computer und erklärte ihm, dass der Patient auf der Intensivstation liege. Er könne den Kranken nicht einfach so besuchen. Sie empfahl ihm, sich zu der Station zu begeben und die Modalitäten mit dem Dienst habenden Arzt oder dem verantwortlichen Personal zu besprechen.

Auf dem Weg nach oben dachte er über die Frage nach, wie er sich möglichst unauffällig bewegen könnte? Am besten so, wie damals im Irish Pub, da war es später niemandem gelungen, sich an sein Aussehen zu erinnern.

Wo Reichel zu finden war, wusste er wenigstens schon einmal. Er entschloss sich, zur Station zu gehen, um zu sehen, welche Umgangsmodalitäten dort herrschten. Dann würde er weiter sehen.

Die Station war ein geschlossener Bereich. Er sah sich um. Gegenüber dem Eingang zur Station war eine Sitzecke. Hier setze er sich nieder und bemühte sich gleichzeitig, so unauffällig wie möglich zu wirken. Auf einem Tischchen lagen Zeitungen. Er griff sich eine. Eine gute Tarnung, um dezent die Umgebung beobachten zu können. Er war sehr aufgeregt. Das Sitzen kam ihm so untätig vor. Seine Anspannung forderte Aktion. Doch die Situation verlangte Gelassenheit. Dieser Widerspruch zerriss ihn fast.

Nach fünf Minuten wurde es plötzlich laut.

92

Schweigen! Sascha Schäfer war bleich geworden. Er musste gerade irgendetwas erfahren haben, was bei ihm einen großen Schreck ausgelöst hatte. Der Polizist bemerkte die Veränderung des jungen Mannes sofort. Er schwieg ebenfalls und wartete. Die Sekunden, die verstrichen, fühlten sich an wie Stunden. Das musste Braunert jetzt aushalten. Für Schäfer waren diese Augenblicke mit Sicherheit genauso zäh wie für ihn selbst.

Dann, als die Stille unerträglich geworden war, sagte Schäfer: „Staatsanwalt Krämer ist mein Vater."

Er sagte diesen Satz ganz leise, aber in Braunerts Ohren dröhnte er, als hätte man ihm die Worte über eine 10.000-Watt-Verstärkeranlage in den Gehörgang gepustet. „Krämer ist Ihr Vater?", kam es ungläubig über seine Lippen.

„Ja, ich bin sein Sohn aus erster Ehe. Nach der Scheidung sorgte meine Mutter dafür, dass ich ihren Familiennamen annahm. Bei ihr wuchs ich auch auf. Unser Verhältnis war nie sehr gut. Und als er erfuhr, dass ich schwul bin, ging er noch mehr auf Distanz. Er hat sich geschämt und hat mir verboten, mich gegenüber Verwandten und Freunden zu outen. Obwohl wir in der gleichen Stadt wohnen, besucht er mich nur selten. Wir haben zwar regelmäßig telefoniert, aber er möchte in der Öffentlichkeit nicht mit mir gesehen werden. Mein Vater zahlt meine Wohnung und finanziert mein Studium. Ansonsten behandelt er mich wie einen Fremden." Schäfer schluckte. Sein Blick war leer. Er spulte das, was er erzählte, monoton herunter. „Nachdem ich mich in Paderborn befreien konnte, wusste ich nicht, wohin. Da bin ich zu ihm, zu seiner jetzigen Familie gegangen. Mein Vater mochte es nicht, dass ich ihn dort besuche.

Seine zweite Frau hat ein sehr distanziertes Verhältnis zu mir. Am liebsten hätte sie es gehabt, wenn mein Vater das Verhältnis zu mir ganz abgebrochen hätte. Vielleicht dachte sie, ich würde mich zwischen sie und meinen Vater stellen? Oder sie war der Meinung, meine Mutter könnte über mich Einfluss auf die neue Familie nehmen? Ich weiß nicht, welche Gründe die neue Frau meines Vaters umtrieben. Meinen Halb-Geschwistern hat sie den Umgang mit mir, wenn überhaupt, nur widerwillig gestattet.

Als ich an besagtem Morgen bei meinem Vater ankam, sah ich aus wie der letzte Penner, und ich stank auch so. Normalerweise hätte ein solches Auftreten tausend Fragen seinerseits zur Folge gehabt. An dem Morgen seltsamerweise nicht. Er half mir sofort und unkompliziert. Gab mir Geld und besorgte mir eine Unterkunft in Amsterdam. Er stellte eine Frage, die ich ihm nicht beantwortete. Dabei beließ er es. Ich hatte das erste Mal in meinem Leben das Gefühl, dass er mich akzeptiert."

Wieder schwieg Schäfer eine scheinbar unendlich lange Zeit. Doch diesmal dachte er intensiv nach. „Wenn ich es mir so recht überlege, kann eigentlich nur mein Vater in der Wohnung gewesen sein. Er ist der Hauptmieter, und ich könnte mir vorstellen, dass er in seinem Kontrollwahn einen Schlüssel einbehalten hat. Als ich längere Zeit nichts von mir hören ließ, hat er wahrscheinlich versucht, mich zu erreichen. Natürlich vergeblich! Ich vermute, dass er dann meine Wohnung durchsucht hat. Er hat den Stick gefunden, der dazu diente, auf die geschlossene Internetplattform von Wormsthal zu kommen. Wahrscheinlich hatte er ihn auch benutzt.

Reichel wird bemerkt haben, dass ein Unbefugter auf die Seiten ging. Schließlich hatten sie mich ja gekidnappt und wussten, dass ich den Zugang nicht nutzen konnte. Daraufhin muss eine Prozedur aktiviert worden sein, die meine Festplatte gelöscht hat. Das ist die einzige Erklärung, die ich dafür habe, dass der USB-Stick verschwunden und mein PC nicht mehr zu gebrauchen ist.“

Jetzt war es an Braunert, zu schweigen. Ihm ratterten nun seinerseits tausend Gedanken durch den Kopf. „Das würde ja bedeuten, dass Ihr Vater von Ihrem Schicksal wusste. Jedenfalls ab dem Zeitpunkt, an dem er in Ihrer Wohnung war. Und weil er nicht wollte, dass über Ihre sexuellen Interessen in der Öffentlichkeit geredet würde, hat er alles für sich behalten und jede polizeiliche Ermittlung in Ihre Richtung verhindert. Das ging so lange gut, bis Schulte versucht hat, den Fall auf eigene Faust zu lösen. Wahrscheinlich hat Ihr Vater mit niemandem darüber geredet. Nicht einmal mit seiner Familie.“

„Mit der hat er mit Sicherheit nicht darüber gesprochen. Selbst seine jetzige Frau weiß nicht, dass ich schwul bin. Er wollte das vor aller Welt verheimlichen“, sagte Schäfer und seinen Worten entnahm Braunert tiefste Niedergeschlagenheit und auch so etwas wie Wut und Ärger.

Plötzlich sprang Braunert auf. „Kommen Sie mit“, Herr Schäfer, „ich ahne Schreckliches.“ Während der nach seiner Jacke griff, hatte der Polizist schon das Handy am Ohr und sprach aufgeregt hinein.

93

Eine Großfamilie mit Migrationshintergrund verlangte Einlass in die Intensivstation.

Doch die Krankenschwester überwachte die Eingangstür wie der dreiköpfige Höllenhund Zerberus den Zugang zur Unterwelt.

„Nix! Nicht mit der ganzen Familie! Hier liegen lauter schwer kranke Menschen. Zu wem wollen Sie überhaupt?“

Ein Mann, anscheinend das Familienoberhaupt, sagte etwas in gebrochenem Deutsch. Das schien genau richtig zu sein. Der dreiköpfige Hund im weißen Kittel lenkte ein.

„Na gut, Einer darf den Kranken besuchen. Können Sie sich ausweisen?“

Anscheinend konnte der Mann das nicht. Verzweifelt fragte er in die Runde, aber offenbar hatte niemand einen Pass oder ein ähnliches Dokument dabei. Das Familienoberhaupt mit den schwarzen Haaren, das mit der Krankenschwester gesprochen hatte, sah diese abschätzend an. Die Wahrscheinlichkeit, dass der Wiener Walzer türkischer Nationaltanz würde, war größer als die, an dieser Frau vorbeizukommen.

„Nix Ausweis“, sagte er in gebrochenem Deutsch. „Aber meine Frau sehr krank. Ich mache mir Sorgen.“ Dabei versuchte er einen traurigen, hilflosen Gesichtsausdruck zu machen.

Das hatte Erfolg. Die Krankenschwester lenkte ein. „In Ordnung, ausnahmsweise, aber nur Sie! Und Sie müssen sich umziehen. In Straßenkleidung dürfen Sie nicht ans Krankenbett.“

Der Mann bedankte sich überschwänglich und befahl den anderen Familienmitgliedern zu warten. Im nächsten Augenblick war er hinter der jetzt wieder geschlossenen Milchglastür verschwunden und seine Sippe bevölkerte die Sitzgruppe.

In der griechischen Mythologie war das Totenreich von einem Fluss umgeben. An dem Höllenhund kam man nur mit Hilfe des Fährmanns Charon vorbei. Hier am Eingang der Intensivstation gab es den nicht. Um Zerberus heutzutage zu überwinden, hieß es, kleine Brötchen backen und devote Haltung annehmen.

Okay, die erste Möglichkeit, wie er auf die Intensivstation kommen konnte, hatte er gerade beobachten können. Aber vielleicht gab es ja noch einen zweiten Eingang. Er stand auf, stieg über ein paar spielende Kinder hinweg und ging einen Flur entlang, der rechts an dem Gebäudetrakt vorbeiführte, in dem auch die Intensivstation lag.

Doch die Idee, vom Einschleichen durch die Hintertür, löste sich angesichts der langen, einlasslosen Wand innerhalb kürzester Zeit nichts auf. Es würde ihm nichts anderes übrig bleiben: Er musste an der Krankenschwester vorbei. Vielleicht würde er dabei ja ähnlich erfolgreich sein, wie der Besucher vorhin. Aber dann, wenn er diese Hürde genommen hätte, käme das nächste Problem auf ihn zu. Wie sollte er Reichel ins Reich der Toten befördern, ohne dass sein Abgang dorthin mit seiner Person in Verbindung gebracht werden konnte?

Ihm kamen Zweifel, ob sein Plan der richtige sei. Sicher, Reichel und Kriegel hatten vielen Leuten beträchtliches Leid angetan. Aber war deren Handeln schlimm genug, um sie dafür mit dem Tode zu bestrafen?

Nein, bestrafen wollte er sie sowieso nicht. Jedenfalls nicht auf diese Art und Weise. Dass Wormsthal ums Leben gekommen war, war ein bedauerlicher Unfall gewesen. Er hatte ihn nicht töten wollen. Aber ebenso wenig wollte er, dass die Homosexualität seines Sohnes in die Öffentlichkeit gerückt wurde. Unter anderem hatten ihn diese beiden Fakten zum Subjekt der Ereignisse werden lassen, von denen er jetzt wie ein Blatt im Sturm durch die Welt geweht wurde, bar jeder Handlungsfähigkeit.

Aber er wollte nicht ins Gerede kommen und auf keinen Fall ins Gefängnis gehen. Das hatte er sich fest vorgenommen. Würde Reichels Tod ihn wirklich wieder in ruhiges Fahrwasser bringen, oder würde aus dem Sturm ein Orkan?

Zunächst schien alles, was er bislang unternommen hatte, um den Verdacht von sich abzulenken, zu funktionieren. Selbst Schultes Kollegen, so hatte es den Anschein, waren vorübergehend von dessen Schuld überzeugt gewesen. Doch dann hatten sich Freundschaft und Loyalität durchgesetzt. Die Detmolder

Kolleginnen und Kollegen kämpften mit einer nicht vermuteten Hartnäckigkeit für den Polizeirat. Sie wollten seine Unschuld unter allen Umständen beweisen. Dieses Handeln hatte seinen Plan durchkreuzt und ihn entgegen seiner Strategie immer tiefer in den Strudel der unseligen Ereignisse gezogen. Sollte er aufgeben?

Er dachte nach. Es war nicht richtig, was er tat. Aber er war schon so weit gegangen, jetzt musste er es zu Ende bringen. Er hatte nichts mehr zu verlieren. Er würde Reichel töten. Das war die letzte Chance, die er sah. Zu verlieren hatte er sowieso nichts mehr. Jetzt würde er alles auf eine Karte setzen. Freiheit oder Knast, das würde sich in der nächsten Stunde entscheiden.

So mit sich beschäftigt, gelangte er wieder zu der Sitzgruppe, die vor dem Eingang der Intensivstation aufgebaut war. Das Nachdenken nahm ihn sehr in Anspruch, daher bemerkte er nicht, dass der türkische Familienvater seinen Besuch auf der Intensivstation beendet hatte und wieder durch die Glastür auf den Flur hinausgetreten war. Beide Männer dachten über ihre Probleme nach. Was in ihrer Umgebung stattfand, beachteten sie nicht. Sie stießen zusammen. Beide erschraken.

Der türkische Mann war zuerst wieder Herr des Geschehens. Er entschuldigte sich in seiner Muttersprache. Offensichtlich war er der Ansicht, es mit einem Landsmann zu tun zu haben.

Als er bemerkte, dass dies nicht der Fall war, sagte er auf Deutsch: „Tut mir leid, habe große Sorgen. Habe nicht aufgepasst."

„Ich auch nicht. Ist ja nichts passiert", antwortete der Staatsanwalt und wunderte sich noch darüber, dass der Mann ihn für einen Türken gehalten hatte.

Dann fiel sein Blick auf den Fußboden. Da lag ein Brief. Auf der Vorderseite stand: *Orhan Ozgül.* Er hob das Dokument auf und rief:

„Herr Ozgül! Sie haben etwas verloren!"

Der drehte sich um und nahm ihm den Umschlag aus der Hand. Traurig sagte er: „Ist nur schlechte Nachricht."

Dann steckte er das Dokument in seine Jackentasche und ging zu seiner Familie.

94

Mittlerweile war in der Detmolder Kreispolizeibehörde nichts mehr los. Axel Braunert und Sascha Schäfer gingen über leere Flure zum Büro der Polizeidirektorin. Maren Köster war schon auf dem Heimweg gewesen, als sie Braunerts Anruf erreichte. Als sie die Neuigkeiten hörte, wendete sie an der nächsten möglichen Stelle ihr Auto und fuhr wieder Richtung Detmold.

Margarete Bülow hatte versucht, den Staatsanwalt telefonisch zu erreichen, um ihm die neuesten Erkenntnisse, die sie besaß, mitzuteilen. Doch er hatte sein Handy abgeschaltet. Seine Frau wusste nicht, wo er sich befand, und in seinem Büro ging niemand ans Telefon. Also setzte sie sich mit seinem Chef, dem Oberstaatsanwalt, in Verbindung. Sie teilte ihm mit, dass sie Krämer für befangen hielt, und bat ihn, diesen von dem Fall abzuziehen.

Im ersten Moment reagierte der oberste Beamte der Detmolder Staatsanwaltschaft verärgert über die vermeintlichen Unterstellungen, die die Polizeidirektorin gegen Krämer vorbrachte.

Doch als sie ihm die Einzelheiten schilderte, ruderte der Oberstaatsanwalt zurück. Er werde sich des Falles selber annehmen, erklärte er Margarete Bülow und kündigte an, ebenfalls umgehend in ihr Büro zu kommen, um dem Verhör Schäfers beizuwohnen.

In der nächsten Stunde musste der Sohn Krämers eine intensive Befragung über sich ergehen lassen. Nachdem alles gesagt war, rief der sich ein Taxi, um nach Hause zu fahren. Braunert bot sich an, ihn zu begleiten. Doch Schäfer lehnte das Angebot ab. Er wollte allein sein.

Anschließend saßen die drei Polizisten und der Oberstaatsanwalt schweigend da. Was hatte diese neue Erkenntnis für Folgen?

„Ich sehe keinen Grund mehr, Schulte weiterhin in U-Haft zu belassen", meldete sich Maren Köster. Sie sagte das, was die anderen beiden Polizisten dachten.

Doch der Vertreter der Anklage hielt sich zurück, ihr beizupflichten.

„Ich habe ein mehr als ungutes Gefühl", äußerte sich Margarete Bülow. „Axel und ich haben Krämer heute ziemlich unter Druck gesetzt. Jetzt ist er nicht zu erreichen. Nehmen wir einmal an, er wusste schon vor dem Tod Wormsthals von dessen Verbindung zu seinem Sohn, ohne dass Schäfer selber davon Kenntnis hatte. Schließlich hat Krämer dessen Wohnung durchsucht und einen USB-Stick an sich genommen, das zumindest behauptet Sascha Schäfer. Und mit dem hat er dann aller Wahrscheinlichkeit nach später die gesamte EDV der Staatsanwaltschaft lahmgelegt. Nehmen wir also einmal an, auch Krämer war an besagtem Abend in der Exterstraße. Vielleicht sogar in dem Irish Pub. Schließlich gibt es da ja immer noch den großen Unbekannten, der bisher noch nicht ausfindig gemacht werden konnte. Wenn diese Hypothese zutrifft, dann würde der Staatsanwalt zum Kreis der Verdächtigen gehören."

„Also, jetzt machen Sie aber mal halblang, Frau Dr. Bülow! Ich gebe ja zu, der Tatbestand der Befangenheit liegt bei meinem Kollegen vor. So weit würde ich Ihnen noch folgen. Aber ihn dann gleich zum Verdächtigen zu machen, das geht ja wohl ein bisschen zu weit."

„Mag sein", entgegnete die Polizeidirektorin. „Betrachten Sie meine Überlegungen einfach als Stochern im Nebel. Aber wenn ich recht habe, dann muss Krämer etwas unternehmen, um seine Rolle weiterhin geheimzuhalten. Seinen Sohn kann er schlecht aus dem Verkehr ziehen. Krämer kann ihn höchstens auffordern, sich nicht zu äußern. Dabei sind wir ihm jedoch schon zuvorgekommen. Schließlich hatte der gerade eine umfassende Aussage gemacht.

Okay, die rückt den Vater zwar in eine zweifelhafte Position, aber sie überführt ihn nicht. Doch weiß Krämer, wie gesagt, nichts von dieser Aussage, und daher ziehe ich in Erwägung, dass der Staatsanwalt etwas mit dem Tod von Wormsthal zu tun hat!"

„Hören Sie auf, so einen Unsinn zu reden!", fiel ihr der Oberstaatsanwalt wieder ins Wort.

„Lassen Sie mich meine Hypothese zu Ende bringen! Wir müssen ja nicht an ihr festhalten. Also, der Staatsanwalt hat etwas mit dem Mord zu tun!"

Der Oberstaatsanwalt schnaubte wütend, sagte aber nichts.

„Wer ist dann die größte Gefahr für ihn? Meiner Meinung nach Kriegel und Reichel."

„Das ist doch so etwas von an den Haaren herbeigezogen, da weigere ich mich einfach, weiter darüber nachzudenken."

„Das sei Ihnen unbenommen, Herr Oberstaatsanwalt. Doch nehmen wir einmal an, Krämer geht weiterhin davon aus, dass wir noch nicht wissen, dass Sascha Schäfer sein Sohn ist. Gehen wir weiter davon aus, dass er diese Tatsache solange wie möglich vor uns verheimlichen will, genauso wie er verheimlichen will, dass Schäfer homosexuell ist. Wenn das so ist, dann wird ihm klar sein, dass es für uns nur wenige Möglichkeiten gibt, etwas über Schäfers Sexualität zu erfahren. Eine ist der Einblick auf die Internetseiten. Nämlich nur dann, wenn es uns oder anderen Polizisten gelingt, auf die geschlossene Plattform Wormsthals zu gelangen, kämen wir hinter das von Krämer so sehr gehütete Geheimnis. Diese Seiten sind jedoch für Außenstehende besser geschützt als das Intranet der CIA.

Die Wahrscheinlichkeit, dass wir es schaffen, sie zu knacken, ist demnach sehr gering. Ebenso gering, wie einen

Nutzer zu finden, der zu dem kleinen, erlauchten Kreis der Berechtigten gehört. Denn nur die wenigsten, die solche Seiten besuchen, würden in der Öffentlichkeit darüber reden.

Im Übrigen hat Krämer es bislang geschafft, dass wir erst gar nicht den Versuch unternehmen konnten, auf diese Internetplattform zu gelangen. Wenn er weiterhin in den Fall involviert ist, so glaubt er, wird es ihm also auch mit großer Wahrscheinlichkeit in Zukunft gelingen, das zu verhindern.

Jetzt aber besteht die Gefahr, dass unsere Kollegen von der Paderborner Polizei, mit Hilfe Reichels, irgendwann Einblick bekommen."

Margarete Bülow machte eine Pause, um dem Oberstaatsanwalt Zeit zum Nachdenken zu geben. Dann fuhr sie fort:

„Über diesen Umweg hätten dann auch wir die Möglichkeit, Details zu erfahren. Das weiß Krämer. Also muss er unter allen Umständen verhindern, dass Reichel seine Geheimnisse preisgibt.

Wenn wir im Laufe der Ermittlungen erfahren, dass Sascha Schäfer sein Sohn ist, dann hat er nur eine letzte Chance, innerhalb von Polizeikreisen und seiner beruflichen Umgebung zu verheimlichen, dass Sascha Schäfer sein Sohn und homosexuell ist. Er muss unter allen Umständen abwenden, dass wir in Kenntnis der Inhalte der Seiten kommen, die auf der Internetplattform Wormsthals präsentiert werden. Mit anderen Worten, er muss Reichel, der zurzeit noch im Koma liegt, sicher und für immer zum Schweigen bringen. Und, wie macht man das?" Die Polizeidirektorin sah den Oberstaatsanwalt sibyllinisch an.

„So einen ausgemachten Unsinn habe ich schon lange nicht mehr gehört."

„Wenn meine gerade geäußerten Vermutungen Unsinn sind, dann wäre ich sehr froh darüber. Sind sie es nicht, dann schwebt Reichel unter Umständen, zusätzlich zu seinem bedenklichen Gesundheitszustand, in akuter Lebensgefahr. Darüber hinaus läuft Staatsanwalt Krämer Gefahr, ein Verbrechen zu begehen, präziser: Ein weiteres! Solange wir mit dem Staatsanwalt noch nicht gesprochen haben, ist es meiner Meinung nach unsere Pflicht, auch diese unangenehme Hypothese, die ich gerade zum Besten gegeben habe, in unserem Handeln zu berücksichtigen."

Wortlos zückte der Oberstaatsanwalt sein Handy.

95

Sah er wirklich aus wie ein türkischer Mann? Prüfend warf er einen Blick in den Spiegel der Herrentoilette. Seine Augen waren braun, fast schwarz und sein Gesicht kantig. In seiner Jugend hatte er pechschwarze Haare gehabt. Jetzt waren sie grau.

Sicher, man konnte ihn schon für einen Südeuropäer halten. Plötzlich wunderte es ihn nicht mehr, dass dieser Herr Ozgül ihn als einen Landsmann angesehen hatte.

Im Bewusstsein dieser Erkenntnis wuchs eine Idee. Warum sollte er sich nicht ebenfalls als Türke und Mitglied der Familie Ozgül ausgeben.

Mit diesem Trick hatte er eine gute Chance, die Intensivstationen unerkannt zu betreten. Er würde ebenso, wie der Mann es vorhin getan hatte, auf die Mitleidstour setzen. Diese Strategie, gepaart mit Sprachschwierigkeiten, könnte ihm einen ähnlichen Erfolg verschaffen, wie es *Orhan Ozgül vor einer halben Stunde gelungen war.*

Genau so würde er es machen.

Er sah an sich hinab. Die Kleidung, die er trug, war teuer und entsprach nicht dem Klischee, das man assoziierte, wenn man an einen türkischen Mann dachte. Er sah auf die Uhr. Kurz nach halb sieben. Gott sei Dank gab es mittlerweile kein Ladenschluss-, sondern ein Ladenöffnungsgesetz. Das größte Kaufhaus in Paderborn, der *Südring* hatte noch länger geöffnet. Hier würde er alles finden, was er brauchte.

96

Der Oberstaatsanwalt ließ sein Handy in die Jackentasche gleiten. „Auch wenn ich Krämer nicht erreiche, ist das noch lange kein Grund, irgendwelche hanebüchenen Vermutungen anzustellen. Also halten Sie die Füße still, Frau Dr. Bülow. Es wird sich alles aufklären. So, und jetzt entschuldigen Sie mich bitte. Diese Anschuldigungen gegenüber Krämer haben jetzt ein Ende! Der wird vom Fall abgezogen, bis sich die Verhältnisse aufgeklärt haben. Ab jetzt bin ich gerne Ansprechpartner für Sie, und morgen werden wir weitersehen. Guten Abend! "

Nur wenige Augenblicke später öffnete der Oberstaatsanwalt die Tür und verließ das Büro. Während er über den Flur ging, murmelte er vor sich hin: „Krämer ein Mörder, so ein Schwachsinn!"

Zurück blieben drei Polizisten, die das Gefühl hatten, gegen Windmühlen kämpfen zu müssen.

„Ich fasse es nicht!", entfuhr es Maren Köster ärgerlich. „Schulte kommt auf der Grundlage einiger weniger, haltloser Indizien in den Knast, und unser Staatsanwalt ist unangreifbar. Ja, leben wir denn hier in einer Bananenrepublik?"

Die Polizeidirektorin blieb von den Emotionen unberührt. Einige Zeit saß sie nachdenklich hinter ihrem Schreibtisch. „Niemand kann uns davon abhalten, einmal nachzusehen, wie es dem guten Reichel geht. Liegt euch die Gesundheit dieses armen Mannes nicht auch am Herzen? Ich würde vorschlagen, wir machen jetzt Feierabend. Vielleicht hat ja noch jemand Lust, einen Besuch zu tätigen?"

„Keine schlechte Idee", grinste Maren Köster. „Axel, kommst du mit? Ich lade dich anschließend auch zum Spanier in der Paderborner Geroldstraße ein."

97

Ein blauer Nadelstreifenanzug mit Weste für 69,80 Euro. Geradezu ein Schnäppchen. Der Anzug war zwar eine Nummer zu eng, doch er hatte das Gefühl, das Kleidungsstück war genau richtig, um ihn der türkischen Identität, die er vortäuschen wollte, etwas näherzubringen. Hinter seinem Auto zog er sich um.

Wohl fühlte er sich in diesem Aufzug nicht. Irgendwie sah er doch anders aus als Orhan Ozgül. Anscheinend hatte er noch das Gastarbeiterklischee von vor dreißig Jahren im Kopf. Egal, jetzt konnte er nicht mehr zurück. Also würde er es versuchen.

Die erste Prüfung, die er zu bestehen hatte, war unten am Eingang des Brüderkrankenhauses, nämlich an der Information. Je näher er dem Portal des Hospitals kam, desto aufgeregter wurde er. Was würde passieren, wenn er nicht als türkischer Landsmann akzeptiert wurde? Er bekam feuchte Hände. Was, wenn die Frau an der Pforte sich von ihm auf den Arm genommen fühlte? Mit jedem Schritt, den er dem Krankenhauseingang näher kam, spürte er sein Herz deutlicher. Stell dich nicht so an, versuchte er sich einzureden. Was war denn schon dabei, wenn die Bedienstete des Krankenhauses ihm seine türkische Herkunft nicht abnahm? Dann konnte er sich einfach umdrehen und gehen. Es war schließlich nicht strafbar, so zu tun als sei man ein Türke. Doch, was wäre, wenn er gefilmt würde? Heutzutage war Videoüberwachung an der Tagesordnung.

Ihm war klar, wenn er an der Pforte schon scheitern würde, dann musste er sich etwas anderes einfallen lassen. Einfach nach oben marschieren und Reichel ein Kissen ins Gesicht drücken, das wäre dann nicht mehr möglich. Die Aufregung stieg mit jedem Meter, den er dem Eingang des Hospitals näher kam. Er glaubte, Schweißperlen auf seiner Stirn zu fühlen. Dann stand er vor dem Glaskasten. In dem saß jetzt am Abend nur eine Person. Die Frau telefonierte. Sie bedeutete ihm, gleich für ihn da zu sein. Das Warten wurde von Sekunde zu Sekunde unerträglicher.

Dann endlich legte die Krankenhausangestellte den Hörer auf und wandte sich ihm zu. Er wollte etwas sagen. Doch es wurde nur ein Räuspern. Dann brachte er, im zweiten Versuch, in gebrochenem Deutsch mit einem, wie er meinte, türkischen Akzent die ersten Worte heraus. Er fragte nach dem Zimmer, in dem Frau Ozgül untergebracht sei.

Sein Deutsch musste sich anscheinend wirklich sehr schlecht anhören. Denn die Frau hinter dem Tresen antwortete: „Musst du gehen drei Treppen hoch, dann rechts." Dabei fuchtelte sie mit der rechten Hand, um ihm die Richtung deutlich zu machen. „Musst du klingeln an Glastür und guckst du Frau Ozgül. Verstanden?"

Er nickte. „Verstanden, habe verstanden!" Sich mehrfach verbeugend, steuerte der frisch gebackene türkische Landsmann Richtung Treppenaufgang.

Die erste Hürde war genommen. So, wie die Frau reagiert hatte, schien er glaubwürdig gewesen zu sein.

98

Es war dunkel geworden, und die Regentropfen fielen wie aus Kübeln geschüttet vom Himmel.

Maren Köster sah auf die Uhr. „Es wird Zeit, dass wir loskommen. Wir haben gleich acht Uhr. Ganz lange wird man uns einen privaten Krankenbesuch nicht mehr gestatten. Ich kann mir gut vorstellen, dass es in einem Krankenhaus so etwas wie Nachtruhe gibt."

Braunert steuerte auf einen Dienstwagen zu.

„Lass uns lieber deinen Privatwagen nehmen. Wenn rauskommt, dass wir nach Paderborn gefahren sind, um Reichel einen Besuch abzustatten und das Ganze dann als Privatangelegenheit deklarieren, sollten wir dazu auf keinen Fall ein Polizeifahrzeug nehmen. Eine solche Gelegenheit würde sich der Staatsanwalt mit Sicherheit nicht entgehen lassen, um unseren Ungehorsam zu ahnden."

Also stiegen sie in Braunerts Auto ein. Sie waren kaum hundert Meter gefahren, da leuchtete ein orangefarbenes Lämpchen auf, eine Zapfsäule war deutlich zu erkennen.

„Mist! Jetzt muss ich auch noch tanken."

„Ach, komm Axel, bis Paderborn kommst du! Wir haben es eilig."

„Wäre ich mir nicht so sicher. Ich habe es allerdings auch noch nie bis zum letzten Tropfen ausprobiert."

99

Auf keinen Fall die Treppen hinaufrennen, dachte er.

Ganz ruhig und unauffällig bleiben.

Drei Stockwerke hatte er zu bewältigen. Ungefähr zwei Minuten Zeit, um umzukehren.

Sollte er es wirklich tun?

Von Treppenstufe zu Treppenstufe wechselte seine Überzeugung.

Gib auf! Du hast schon verloren!

Nächste Treppenstufe.

Es gibt kein Zurück. Da musst du durch.

Wieder einen Schritt nach oben.

Es gibt immer einen Ausweg.

Jetzt war er auf dem Absatz des ersten Stocks angekommen.

Genau, der Ausweg hieß: Reichel musste sterben!

Er nahm zwei Stufen auf einmal.

Nicht hastig werden! Ganz cool!

Es folgte der nächste Schritt.

Wenn man dir den Tod von Reichel anlasten kann, bis du eine gescheiterte Existenz.

Der Weg führte weiter Richtung dritter Stock.

Wenn du es geschickt anfängst, kann dir nichts passieren.

Das zweite Stockwerk war erreicht.

Eine gescheiterte Existenz bist du sowieso schon. Schließlich hast du Wormsthal auf dem Gewissen.

Weitere zwei Stufen.

Das war ein Unfall!

Wieder nahm er eine Stufe.

Aber du bist geflohen wie ein Mörder. Das mit dem Unfall musst du erst einmal beweisen.

Jetzt stand er vor der Glastür, die ihn von der Intensivstation trennte. An dieser Stelle bot sich ihm die letzte Gelegenheit, sein Vorhaben zu stoppen.

100

Das Auto stotterte. Der Motor ging aus. Es kam genau auf der Brücke über den Eisenbahnschienen am Kasseler Tor zum Stehen. Maren Köster und Axel Braunert fluchten, jeder auf seine Weise. Eine hervorragende Situation, um sich gegenseitig Vorwürfe zu machen. Doch jetzt ging es um viel.

„Los, Maren, setzt dich ans Steuer, ich schiebe. Lenk das Auto da rechts in die Straße. Wie heißt die?" Er strengte sich an, die Schrift auf dem blauen Schild zu lesen. „Leostraße!"

Hinter ihnen hupten die ersten Autos. Maren Köster und Axel Braunert stiegen gleichzeitig aus. Eine Sekunde später saß die Polizistin hinter dem Lenkrad. Auch der Fahrer, der im Fahrzeug hinter ihnen gesessen hatte, verließ sein Auto.

„Keinen Sprit! Helfen Sie bitte schieben!", erklärte ihm Axel Braunert die Situation.

Beide Männer stemmten sich mit aller Kraft gegen das Fahrzeug. Die Massenträgheit wurde überwunden, und das Auto setzte sich langsam in Bewegung. Meter für Meter rollte es von der Brücke. Maren Köster schlug das Lenkrad ein und fuhr zehn Meter hinter der Einmündung auf den Gehweg. Die Männer, die ihre Absicht erkannten, legten sich noch einmal richtig ins Zeug, um die Masse des Wagens über die Bordsteinkante zu wuchten. Sie hatten genug Kraft und schafften es.

Die Männer waren ziemlich außer Atem, als Maren Köster die Autotür zuschlug. Auf der Brücke ertönte mittlerweile ein Hupkonzert.

„Wir müssen zum Brüderkrankenhaus. Wie weit ist es bis dahin noch?“, fragte Axel Braunert seinen Helfer.

„Ungefähr ein halber Kilometer. Vielleicht etwas weiter. Steigen Sie ein, ich bringe Sie dort eben vorbei.“

101

Nein! Das bringe ich zu Ende! Komme, was da was wolle! Augen zu und durch!

Diese Gedanken schossen ihm durch den Kopf und zwangen ihn zum Handeln. Wie von Geisterhand geführt, streckte er seinen Zeigefinger aus und näherte sich mit absoluter Zielstrebigkeit dem Knopf der Türklingel.

Die Krankenschwester von vorhin schien Feierabend zu haben.

Denn die Glastür zur Intensivstation wurde von einem jungen Pfleger geöffnet. Geöffnet? Aufgerissen!

„Warum klingeln Sie denn wie ein Irrer? Ich bin doch nicht taub!“

„Entschuldigung, ich nix verstehen! Will zu Frau Ozgül!“

Der Krankenpfleger sah auf die Uhr.

„Es ist aber verdammt spät. Ich weiß nicht, ob es sinnvoll ist, die Patientin jetzt noch zu stören?“

„Nix verstehen! Will zu Frau Ozgül! Ganz wichtig für mich!“

„Können Sie sich ausweisen?“

„Ausweisen? Was ist das?“

Den Pfleger schien das Gespräch anzustrengen. Es war offensichtlich, dass er keine Lust auf Stress hatte. „Wie heißen sie?“, fragte er.

„Habe ich schon gesagt, heute Nachmittag, Orhan Ozgül.“

„Okay, Herr Ozgül, kommen Sie herein. Sie müssen sich aber umziehen.“

„Ich weiß, umziehe, habe heute Nachmittag schon gemacht.“

Der Pfleger ließ ihn eintreten und führte ihn in eine Umkleidekabine, in der mehrere Stapel von sterilen Kleidungsstücken in Plastik verpackt lagerten. „Sie kennen sich aus?“

„Ja, kenne aus.“

„Dann lasse ich Sie jetzt allein. Ich habe noch viel zu tun.“

Nur wenige Minuten später lief Krämer, gut getarnt durch die sterile Kleidung, über den Flur der Intensivstation. Nervös sah er sich immer wieder um. Er schwitzte unter den grünen Klamotten. Die Rinnsale von Schweiß, die an seinem Rücken herunterliefen, bereiteten ihm zusätzliches Unbehagen. Der Flur war leer. Doch diese Tatsache trug nicht dazu bei, dass er sich entspannte. Er zwang sich zur Konzentration, öffnete auf gut Glück die erste Zimmertür, warf einen Blick hinein und entschuldigte sich. Drei Türen weiter lag ein Fleischkoloss von Mann in einem Standardbett. Von dem hingen mindestens zwanzig Kabel und Schläuche an irgendwelchen Geräten und Flaschen. Auf den Bildschirmen von drei verschiedenen Oszillografen waren unterschiedlichste Kurven zu sehen.

Er sah sich um. Wie sollte er den Mann ins Jenseits befördern? Wahrscheinlich würde die kleinste Veränderung an den Gerätschaften sofortigen Alarm auslösen und der Pfleger käme herbeigeeilt.

Er ärgerte sich. Sein ganzes Vorhaben war er viel zu überhastet angegangen. Bis jetzt hatte er nicht wirklich einen Plan.

Er lauschte und glaubte, von dem Dicken im Bett ein leises Stöhnen zu hören. Dieses vermeintliche Geräusch bereitete ihm zusätzlichen Stress. Sollte Reichel jetzt in diesem Moment wieder zu sich kommen? Verdammt, irgendwie musste er ihn aus der Welt bringen. Dazu war er mittlerweile fest entschlossen.

Da sah er auf dem Nachttisch eine Nierenschale stehen. In ihr lag eine noch nicht aufgezogene Kanüle. Wahrscheinlich hatte der Pfleger die Metallschale mit der Spritze dort hingestellt und war dann durch das Klingeln am Eingang davon abgehalten worden seine Aufgabe zu Ende zu bringen. Also würde er gleich wiederkommen, um Reichel eine Spritze zu geben.

Der Zeitdruck erhöhte sich und ließ ihn hektisch werden. Dann kam ihm endlich die rettende Idee. Genau, das war es, dachte er. Genauso würde er es machen. Er würde dem Mann Luft in die Venen spritzen. Kurze Zeit später würde Reichel eine Lungenembolie bekommen. Die Zeit müsste reichen, um ungesehen die Intensivstation verlassen zu können.

Vorsichtig ging er um das Bett herum. Griff nach der Kanüle. Zog sie auf. Lauschte. Dann näherte er sich Reichel. Eine Vene würde er bei dem Fettkloß nicht finden. Aber die Ärzte hatten gute Vorarbeit geleistet. Sie hatten ihm einen Zugang gelegt, von dem aus ein Schlauch zu einem Tropf ging, der an einem Galgen hing. Um zu ihm zu gelangen, musste er wieder um das Bett herumgehen.

Wie in Trance bewegte er sich. Seine Hand griff nach dem Schlauchende, das mit dem Zugang verbunden war. Mit zitternder Hand führte er die Spritze in Richtung der biegsamen Gummiröhre.

Noch einmal meldete sich sein Gewissen: „Wenn du das jetzt zu Ende bringst, bist du wirklich ein Mörder!“ Er zögerte. Dann bewegte sich die Nadel entschlossen zu ihrem Ziel.

„Halt!“ schrie plötzlich eine fast hysterische Frauenstimme hinter ihm. „Haben Sie nicht schon genug Unheil angerichtet?“

Als er sich umdrehte, sah er in das Gesicht von Maren Köster.

102

Es war das erste Mal in der Geschichte der Kreispolizeibehörde Lippe, dass ein Staatsanwalt verhört wurde. Und Krämer wusste, wie er mit den vernehmenden Bekannten umzugehen hatte. Seit Stunden mühten sie sich mit ihm ab. Doch langsam begann er zu wanken.

„Jetzt sagen Sie nicht, dass Sie es waren, der Grafenberg die Informationen zugespielt hat! Und das alles nur, um den Verdacht auf Schulte zu lenken", brüllte Maren Köster. Ihr schwoll der Kamm. Sie baute sich vor dem Staatsanwalt auf und sah ihn, so böse sie konnte, an. Dann schlug sie wütend mit der Hand auf den Tisch. Das konnte doch wohl nicht wahr sein. Wollte Staatsanwalt Krämer sie verarschen, oder war das wirklich seine Weltsicht? „Feierabend! Es reicht mir! Sie wollen mir doch nicht allen Ernstes erzählen, dass Sie sich nicht getraut haben, vor der Detmolder Öffentlichkeit zuzugeben, dass ihr Sohn schwul ist. Sie wollen mir doch nicht erzählen, dass Sie, um dieses Geheimnis zu wahren, getötet haben."

„Es war ein Unfall, Frau Köster, das müssen Sie mir glauben!", brachte der sonst so souveräne Staatsanwalt mit verzweifelter Stimme hervor.

„Hier im Raum bestreitet das keiner, Herr Krämer. Und es wäre auch schon eine Stunde nach der Tat so gewesen. Keiner hätte sie des Mordes verdächtigt. Und keiner hätte versucht, ihr Ansehen zu beschädigen. Warum haben sie sich nicht gleich der Polizei gestellt?"

Der Staatsanwalt wollte etwas erwidern, doch Maren Köster fiel ihm ins Wort. „Ich weiß, Herr Krämer! Dann hätte die Öffentlichkeit erfahren, dass sie einen schwulen Sohn haben. Was für eine Tragik! Ich fasse es einfach nicht! Ihr kleines Familiengeheimnis war Ihnen so wichtig, dass sie dafür in Kauf genommen haben, Polizeirat Schulte unschuldig in den Knast zu bringen.

Es war Ihnen so wichtig, dass Sie zugelassen hätten, dass Wormsthals Kumpane auch zukünftig unschuldige Menschen durch diese Schweinevideos gequält und entwürdigt hätten. Sie hätten diese widerlichen Straftaten geduldet. Und nicht nur das! Sie waren bereit, einen zweiten Menschen zu töten. Und zwar diesmal vorsätzlich! Das alles nur, um in der Öffentlichkeit eine weiße Weste zu behalten. Sie Saubermann, Sie!" Maren Köster spuckte dem Staatsanwalt die letzten Worte geradezu vor die Füße.

Bevor sich die Polizistin weiter empören konnte, stellte sich Axel Braunert zwischen sie und den Staatsanwalt. „Lass uns eine Pause machen, Maren! So kommen wir doch nicht weiter."

Maren Köster blies sich eine imaginäre Locke aus dem Gesicht. Funkelte ihren Kollegen mit den gleichen, bösen Augen an, die eben schon der Staatsanwalt zu sehen bekommen hatte. Dann verließ sie das Zimmer.

Braunert warf einen entschuldigenden Blick zu Krämer und ärgerte sich im nächsten Moment über sein devotes Handeln.

Übellaunig rief er nach einem uniformierten Kollegen und übergab ihm den Staatsanwalt. Dann folgte er der Polizistin in ihr gemeinsames Büro.

Schon beim Eintreten bemerkte er, dass Maren Köster immer noch unter Höchstspannung stand.

Noch ehe er etwas fragen konnte, fuhr sie ihn wütend an. „Du brauchst mir gar nichts zu sagen! Ich habe immer gedacht, wir wären Freunde. Da habe ich mich anscheinend gewaltig geirrt. Ich komme mir richtig benutzt von dir vor. Alle wussten, dass du ebenfalls in der Sache drinsteckst. Schulte und Margarete Bülow. Nur ich, ich kleines Blödchen, wusste von nichts."

Maren Köster standen Tränen in den Augen. Doch als Braunert sie tröstend in den Arm nehmen wollte, wehrte sie sich energisch gegen jede Berührung. „Fass mich nicht an!", presste sie wütend durch die Lippen.

„Sei nicht sauer, Maren! Es war nicht richtig, wie ich die Sache angegangen bin. Ich hätte gleich mit dir reden sollen. Aber, auch ich fühlte mich so erniedrigt und gedemütigt, als ich das Video von mir im Internet gesehen habe. Ich konnte einfach nicht mehr klar denken. Ich wusste nicht, was ich machen sollte. Da habe ich Schulte eingeweiht. Ich dachte, der wäre am ehesten geeignet, um mit Wormsthal und Konsorten zu reden. Ich weiß jetzt, ich habe mich weder dir noch Schulte gegenüber korrekt verhalten. Aber ich hatte so etwas noch nie erlebt. Es war, als würde ich in einen Tunnel gehen. Links und rechts nur Mauern. Und ganz vorne, unendlich weit entfernt, ein kleines Licht. Die Chance, die, wie ich jetzt weiß, keine war. Aber es ist passiert. Ich kann es nicht rückgängig machen. Entschuldige! Bitte, du bist meine Freundin, die beste, die ich habe. Und ich hoffe, es bleibt so."

Maren Köster schniefte. Dann straffte sich ihr Körper.

„Okay, Axel! Schwamm drüber! Aber jetzt nehme ich mir Grafenberg vor. Wenn ich mit dem fertig bin, passt der in keine Hutschachtel. Das war das letzte Mal, dass er einen meiner Freunde mit seinen Schmierenartikeln durch den Dreck gezogen hat."

Maren Köster schnappte sich ihre Jacke und verließ das Büro, noch ehe Axel Braunert darauf hinweisen konnte, dass sie mit Krämer noch längst nicht fertig seien.

103

So richtig war Jupp Schulte noch nicht wieder in der Wirklichkeit angekommen.

„Kann ich dir helfen?", war die häufigste Frage seiner Tochter Ina in diesen Tagen. Schulte machte tatsächlich einen reichlich verwirrten Eindruck. Er fühlte sich ein wenig so, als sei er von einem langen Raumflug wieder zurück auf die Erde gekommen. Dabei hätte er erleichtert sein müssen, eigentlich sogar glücklich. Denn diese für ihn so unangenehme Geschichte hätte deutlich schlimmer enden können. Er war frei und rehabilitiert. Aber auch beschädigt. Äußerlich und innerlich. Die äußerlichen Schäden würden in ein paar Wochen wieder vollständig verheilt sein. Die inneren kannte außer ihm selbst niemand, würde auch wohl nie jemand kennen lernen. Nie hätte er es für möglich gehalten, einmal auf der anderen Seite der Strafverfolgung zu stehen. Von seiner eigenen Organisation verdächtigt und verfolgt zu werden. Hier war endgültig etwas zerbrochen, das würde niemand mehr zusammenschweißen können.

Aber der größte Schock war für ihn die eigene Unsicherheit gewesen, die schreckliche Angst davor, es tatsächlich getan zu haben. Das Vertrauen zu sich selbst verloren zu haben. Schulte hatte sich nicht nur dem Polizeiapparat restlos entfremdet, er musste sich auch erst wieder mit sich selbst versöhnen. Vor ein paar Wochen hatte er noch Witze über Polizisten gerissen, die therapeutischen Beistand brauchten. In zwei Tagen würde er selbst zum ersten Mal in seinem Leben bei einem Psychologen sitzen. Die Verhältnisse änderten sich eben manchmal – und das bisweilen radikal.

Die Zeitungen hatten Schulte zerrissen, als er als Mörder gehandelt wurde. Ähnliches widerfuhr jetzt dem Staatsanwalt. Grafenberg, der erstaunlich schnell sein Zielobjekt gewechselt hatte, fiel nun, nachdem er Schulte beinahe ruiniert hätte, über den Staatsanwalt her und überschüttete ihn mit Vorverurteilungen.

Über das Schicksal Krämers hatte in Kürze das Gericht zu entscheiden. Auch Schulte würde gegen den ehemaligen Staatsanwalt aussagen müssen. Doch er verspürte keine Genugtuung, keinen Hass, nur einen fahlen Geschmack.

In seiner Zelle hatte er erleben dürfen, wie seine Erinnerung in ganz kleinen Bröckchen zurückkam. Sie waren wie hunderte kleiner und kleinster Mosaiksteinchen, die am Anfang wie ein bunter, ungeordneter Haufen einem klaren Bild eher hinderlich als nützlich waren. Die sich dann aber wundersam zusammenfügten, teilweise von selbst, teilweise hatte er nachhelfen müssen, bis endlich das komplette Mosaik gut sichtbar vor ihm lag. Und obwohl dieses Bild ihn unendlich beruhigt hatte, drängten sich sofort andere Gedanken in den Vordergrund. Verrat! So empfand er in den ersten Tagen seiner Untersuchungshaft das Verhalten seiner Kollegen und Vorgesetzten. Mit zunehmendem Einblick in das Geschehen wurde dieses Urteil aber etwas differenzierter, ja, es kippte in einigen Fällen sogar komplett.

Das Verhalten von Maren Köster war zum Beispiel ohne Fehl und Tadel gewesen, musste er anerkennen. Und ein angenehmes, warmes Gefühl stieg in ihm auf, als ihm dies klar wurde. Er hatte sich mit dieser Frau schon ebenso heftig und leidenschaftlich gestritten, wie er sie erfolglos begehrt hatte. Immer wieder waren die Fetzen geflogen, aber immer wieder hatte sie, wenn es wirklich darauf ankam, zu ihm gestanden.

Auch Margarete Bülow hatte im Rahmen ihrer Möglichkeiten alles versucht, ihm gerecht zu werden, und letztendlich ja auch Erfolg gehabt.

Zu Hause hatte sich Ina große Mühe gegeben, ihm die Rückkehr ins bürgerliche Leben so angenehm wie möglich zu machen. Linus berichtete ein ums andere Mal voller Stolz, wie er den beiden Polizisten gesagt hatte, sein Opa würde ihnen in den Hintern treten. Und Schulte musste vor Rührung schlucken, als Ina ihm erzählte, dass Anton Fritzmeier seinetwegen Widerstand gegen die Polizei geleistet hatte und festgenommen worden war.

Dennoch war Anton Fritzmeier in den Tagen seit Schultes Rückkehr merkwürdig verschlossen und ungenießbar. Erst hatte Schulte dies auf sich bezogen, war dann aber eines Besseren belehrt worden. Fritzmeier war einfach nur nervös. Es ging nämlich eigentlich um seinen Sohn, genauer um dessen bevorstehenden Auftritt beim Poetry Slam im Detmolder

Kaiserkeller. Es war eine Mischung aus Fremdschämen und Ärger über dessen „total bekloppte Spinnerei".

„Wenner so viel Zeit hat, dann kanner doch was Vernünftiges machen!", hatte Fritzmeier immer wieder geschimpft. „Fussball gucken oder mit sein Motorrad durche Gegend fahrn. Und wenner den chanzen lieben langen Tach hintere Weiber herläuft ... alles kein Problem. Aber Chedichte machen, dat iss doch nix fürn richtigen Kerl. In Chrund und Boden schämen werde ich mich, wenner da auffe Bühne steht und sich und seinen alten Vatter zum Affen macht!"

„Also gehst du tatsächlich hin?", fragte Ina überrascht und erfreut.

Fritzmeier schnaubte.

„Wat bleibt mir anderes übrig? Das wird chanz schrecklich für den Bengel und wenner hinterher mit sein Vatter drüber sprechen will, so wegen Traumatabewältigung und so, dann muss ich doch wissen, wie's chewesen iss. Ihr kommt doch mit, oder?"

104

Am nächsten Samstag war es soweit. Um zweiundzwanzig Uhr sollte es losgehen. Poetry Slam! Was in deutschen Großstädten schon seit ein paar Jahren vom Geheimtipp zum Kultur-Event der etwas schrägeren Art aufgestiegen war, sollte nun auch in Detmold eine originelle Ergänzung zum etablierten Kulturbetrieb werden. Jeder, der mutig genug war, fand hier Gelegenheit, ein eigenes Gedicht vorzutragen. Die Resonanz des Publikums war niemals vorhersehbar, das Spektrum reichte von Standing Ovations mit Zugabeforderung über eiskalte, schweigende Ablehnung bis hin zu Buhrufen und fliegenden Bierdeckeln. Ort der Handlung war der Detmolder *Kaiserkeller*, die Kellerkneipe, die seit vielen Jahren so tapfer Live-Musik der rockigen, bluesigen und jazzigen Art bot.

Schulte kam zwar nur selten dazu, mal eines dieser Konzerte zu besuchen, aber er mochte diesen Laden und war froh, dass es so was in Detmold gab. Und da das Ganze ja erst so spät beginnen würde, hatte er für neunzehnUhr zum Essen eingeladen. Schulte wollte seine Rückkehr ins bürgerliche Leben nicht klammheimlich beginnen, sondern, wie es seine Art war, dies gemeinsam mit guten Freunden feiern. Ausgewählt hatte er dafür das griechische Restaurant *Plaka*. Man saß dort ganz nett und wurde überaus freundlich bedient. Außerdem war es von da aus ein nicht zu langer Fußmarsch. Denn nach dem Essen würden sie alle rübergehen in den *Kaiserkeller*, Fritzmeiers Sohn zujubeln und weitertrinken, bis der Wirt irgendwann am frühen Morgen die letzte Runde ausrufen würde.

Es kamen nicht alle gleichzeit die Schulte geladen hatte. Aber nach einer halben Stunde saß dort um einen großen Tisch herum die vielleicht seltsamste Gästemischung, die dieses alteingesessene Lokal jemals beherbergt hatte. Am Kopfende thronte Jupp Schulte als Gastgeber und als der, welcher die ganze Zeche zu zahlen hatte. Rechts von ihm hatte man Anton Fritzmeier, den mit Abstand ältesten Gast, platziert. Neben Fritzmeier saßen die beiden Jüngsten, Schultes Töchter Ina und Lena. Dann kamen Axel Braunert und Maren Köster. Margarete Bülow war auch eingeladen gewesen, sie hatte aber einen wichtigen Termin gehabt und mit Bedauern abgesagt. Neben Maren Köster saß deshalb in seiner ganzen beeindruckenden Breite Hermann Rodehutskors und fragte den armen, aber immer freundlichen Wirt über die griechische Finanzkrise aus. Bis dahin kannte sich die Gruppe untereinander. Aber neben Rodehutskors saß eine zierliche Frau von Mitte vierzig, die außer Schulte nur Rodehutskors schon einmal gesehen hatte. Henrike Claes hatte Schultes Hund deutlich länger betüddelt, als dies ursprünglich zu erwarten gewesen wäre. Sie hatte es gern getan und war fast ein wenig traurig, als sie das zottelige, rabenschwarze Ungetüm wieder abgeben musste. Schulte hatte sie eingeladen, weil er ihr zu großem Dank verpflichtet war, nicht nur wegen des Hundes, sondern auch, weil er ohne sie wahrscheinlich erfroren wäre. Außerdem fand er diese Frau sympathisch und auch sonst recht ansprechend. Zwischen ihr und Schulte, und damit wäre der Tischkreis geschlossen gewesen, waren noch zwei Plätze leer.

Auf Fritzmeiers Frage, wer denn noch kommen würde, antwortete Schulte nur:

„Kennst du nicht! Die kommen aber gleich! Wir warten mit dem Essen noch solange, okay?“

Es dauerte keine zehn Minuten mehr, da öffnete sich die Tür des Restaurants und ein merkwürdiges Paar trat ein. Ein dicker Mann, etwa im Alter von Rodehutskors, der ein großes, flaches Paket unter dem Arm trug und schon von weitem Schulte fröhlich zuwinkte. Neben ihm eine furchtbar fette Frau, deren Alter auf den ersten Blick nicht zu erraten war, gekleidet in einen Rausch von Farben, grell geschminkt. Die wirkte zwischen all den anderen Gästen des Restaurants so fremd wie der Papst in einer Peepshow.

Schulte sprang freudig strahlend auf, als die beiden den Gastraum betraten und ging ihnen entgegen. „Hartelijk welkom!“, rief er und umarmte mit einiger Mühe die dicke Frau. Dann geleitete er die beiden zu den noch freien Stühlen. Die Frau, die gut und gerne auch zwei Stühle hätte gebrauchen können, ließ sich schwer ächzend auf den Stuhl direkt neben Schulte fallen, während der ältere Mann erst einen höflichen Smalltalk in gebrochenem Deutsch mit Henrike Claes hielt, bevor er sich neben sie setzte. Aber er sprang sofort wieder auf, nahm das eingewickelte Paket und reichte es Schulte mit den mühsam deutsch gesprochenen Worten:

„Eine Erinnerung an dein kleines Abenteuer zu Amsterdam!“

Schulte entfernte die Schutzhülle und begann zu lachen. Dann zeigte er das Geschenk stolz in die Runde. Einige von Schultes Gästen trauten ihren Augen nicht, als sie ein buntes

Acrylbild vor sich sahen, auf dem Wasser zu erkennen war, eine Uferbefestigung und etwas, was auf dem Wasser schwamm.

„Da schwimmt ja 'ne tote Ente auffen Wasser!", rief Fritzmeier, der sich als Bauer mit toten Tieren bestens auskannte.

Schulte umarmte nun auch den Mann und bedankte sich sehr herzlich für das Bild.

„An diesem Bild hast du selber mitgemalt", erklärte der Besucher. „Erinnerst du dich? Als du dich an der Gracht vor diesem furchtbaren Mann verstecken musstest. Ein paar Striche sind also von dir."

Schulte hatte Tränen in den Augen, als er mit der Hand auf die beiden Besucher wies und sagte: „Darf ich vorstellen? Das ist Lucie aus Amsterdam, ohne die ich wohl kaum so unversehrt hier stehen würde. Ihr Deutsch ist furchtbar, aber ihre Seele hat eigentlich ein Denkmal verdient. Und daneben sitzt Henk Grijpstra, ehemaliger Polizist und heute der beste Tote-Enten-Maler der Welt. Ohne diese beiden gäbe es mich vermutlich nicht mehr. Ich freue mich, dass ihr alle gekommen seid. Prost!"

Während des Essens entspann sich ein munteres Gespräch zwischen den Gästen. Die beiden Holländer, die alles andere als kontaktscheu waren, fühlten sich bereits nach wenigen Minuten wie alte Bekannte. Lucie hatte offenbar großen Gefallen an Anton Fritzmeier gefunden, den sie einfach „knuffelijk" fand. Die beiden saßen sich gegenüber. Ihr Deutsch war tatsächlich nicht gut, aber sie gab sich große Mühe. Und Fritzmeier, der sich vom Interesse dieser Frau geschmeichelt fühlte, lief als Charmeur zu ganz großer Form auf.

Etwas unwohl wurde es Schulte, der zwischen den beiden saß und alles mitbekam, als Fritzmeier plötzlich die Holländerin fragte: „Und wat machsse so beruflich?"

Als Lucie ihm fröhlich darlegte, dass sie ein kleines Hotel in der Amsterdamer Altstadt betreibe, atmete Schulte erleichtert durch und auch Fritzmeier wäre damit zufrieden gewesen, nur diesen Teil ihres Lebens kennen gelernt zu haben. Aber Lucie war viel zu echt, um auch nur den kleinsten Teil ihrer selbst zu verleugnen. Völlig unbefangen erzählte sie, dass sie jahrelang „anschaffen“ gegangen war. Mittlerweile hatte sich das Interesse auch der anderen Gäste ihr zugewandt und alle hörten ihr aufmerksam zu.

Fritzmeier schluckte einige Male. Für den alten Bauern war eine Tischgenossin wie Lucie recht exotisch. Aber er hatte in den Jahren mit Schulte gelernt, dass auch Menschen, die deutlich von der bürgerlichen Norm abwichen, grundanständige Menschen und eine Bereicherung für sein Leben sein konnten. Er hob, bereits leicht angeschickert, sein Weinglas und rief: „Prost, Meisje! Ich heiße Anton!“ Dann beugte er sich zu ihr über den Tisch und erzählte ernsthaft von seinem Problem, gleich seinem Sohn beim peinlichsten Auftritt seines Lebens zuschauen zu müssen.

Sie verstand kaum ein Wort.

Nach einer weiteren Stunde und weiteren fröhlich geleerten Gläsern bezahlte Schulte, die ganze Gesellschaft stand auf und ging in die kühle, aber trockene Nacht hinaus.

Kurz darauf stapften sie die Treppe in den *Kaiserkeller* hinunter. Egon, Fritzmeiers Sohn, hatte einen Tisch direkt vor der kleinen Bühne für sie freigehalten. Schulte bestellte eine Lage Bier für alle. Er selbst war nun neben Maren Köster zu sitzen gekommen, was ihm alles andere als unbehaglich war. Auch sie war an diesem Abend verändert, fand er. Wirkte weicher als sonst, strahlte mehr Wärme aus.

Die Kneipe wurde nun rappelvoll und der breitschultrige, kahlköpfige Wirt hatte am Zapfhahn alle Hände voll zu tun. Die meisten von Schultes Gästen konnten nach Herzenslust trinken. Ina hatte sich bereit erklärt, für alle den Fahrdienst zu machen. Nur Anton Fritzmeier wurde immer ernster und nervöser, je näher der Auftritt seines Sohnes kam. Am liebsten wäre er aufgestanden und hätte fluchtartig den Raum verlassen. Aber das hätte nach Feigheit ausgesehen, und feige, feige war Fritzmeier zweiundachtzig Jahre lang nicht gewesen und würde das jetzt auch nicht mehr werden. Trotzdem schwante ihm Schlimmes.

Endlich war es soweit. Der Moderator holte den ersten Künstler auf die Bühne. Ein junger Kerl, höchstens Anfang zwanzig, mit einem hellblauen Touristenschlapphut auf dem Kopf, sprang auf das Parkett und legte mit einem stakkatohaft vorgetragenen, in holprige Reime gefassten Text los. Es ging darum, dass er ein ewiger Verlierer sei, dem alles aus den Händen glitt, soweit Schulte dies verstehen konnte. Das Ende des Gedichtes kam für die Zuhörer so überraschend, dass ein paar Sekunden lang keine Reaktion kam. Alle warteten darauf, dass es weiterging. Als der junge Mann sich aber verlegen mit einem Handzeichen verabschieden wollte, rührten sich einige Hände zu einem zaghaften Applaus. Nun folgte ein noch sehr junges Mädchen, dessen Text nur unwesentlich geschliffener war, aber mit deutlich mehr Vehemenz vorgetragen wurde. Tobender Applaus.

Nach dem dritten Auftritt war Schulte völlig begeistert. Ihm gefiel, was er hier zu hören bekam. Und ihm gefiel auch, was Maren Köster machte. Sie unterhielt sich in den Pausen angeregt mit Grijpstra, rückte dabei aber immer näher an Schulte heran. Ob mit Absicht oder nicht, konnte er nicht erkennen, aber mittlerweile war sie ihm so nahe, dass er glaubte, die Wärme ihres Körpers spüren zu können.

Er riss sich zusammen und lauschte wieder den Gedichten. Die waren von sehr unterschiedlicher Qualität. Es gab völlige Nieten, viel Mittelmaß, aber auch einige echte Perlen. Manche waren cool, manche erstaunlich emotional. Aber in der Regel waren die Texte, ausnahmslos von noch sehr jungen Leuten vorgetragen, herzerfrischend ungeschliffen und unverbraucht.

Schulte stellte zu seiner Überraschung fest, dass ihm fast alles gut gefiel. Das Publikum ging gut mit, nahm sich selbst mindestens genauso wichtig wie die Künstler und gefiel sich darin, Gott und Teufel, Glück und Unglück zugleich für die

Vortragenden zu sein. Fritzmeier, der die Reaktionen des mehrheitlich jugendlichen Publikums besorgt beobachtete, wurde immer nervöser, wie Schulte sehen konnte. Und er musste Fritzmeiers Besorgnis teilen. Er wusste zwar nicht, was Egon Fritzmeier hier vortragen würde, aber er war sich völlig sicher, dass dieser weder altersmäßig noch optisch, weder sprachlich noch vom Habitus her zu diesem Publikum passte. Die würden ihn begeistert vernichten, niedermetzeln, in kleine Stücke reißen. Schulte nahm sich vor, leidenschaftlich zu applaudieren, komme, was da wolle. Das war er dem guten Egon schuldig.

Dann endlich kündigte der Moderator Egon Fritzmeier an.

Bildete Schulte sich das ein oder gab es diesen erwartungsvoll schadenfrohen Unterton in der Stimme des Moderators tatsächlich? Ein kurzer, sorgenvoller Blick zu Fritzmeier ließ Schulte erschrecken. Der alte Mann starrte mit eingefrorener Miene auf die Bühne, eine Hand umklammerte das Bierglas derart fest, dass die Knöchel weiß hervortraten und zu befürchten stand, dass das Glas gleich klirrend zerbersten werde. Fritzmeier stand offenbar kurz vor einem Nervenzusammenbruch. Gerührt beobachtete Schulte, dass seine Tochter Ina sich neben Fritzmeier gesetzt hatte und ihm die andere, freie Hand tätschelte.

Schulte seufzte leise, als Egon Fritzmeier den Raum betrat und die Bühne erklomm. Er war gekleidet, als wäre er bei der Goldenen Hochzeit seiner Schwiegereltern eingeladen. Ein kräftiger Bursche mit roten Backen, der große Mühe hatte, sein Lampenfieber unter Kontrolle zu bekommen. Er räusperte sich mehrfach, ehe er mit leicht unsicherer Stimme, die Augen auf seine Füße gerichtet, sprach:

„Auf einem Bauernhof zu leben und zu arbeiten, ist ja heutzutage schon etwas Besonderes. Und deshalb entstehen hier auch ganz besondere Beziehungen zwischen den Bewohnern eines Bauernhofes. Es sind sehr unterschiedliche Bewohner mit sehr unterschiedlichen Interessen. Aber irgendwie gehört alles zusammen und so entwickeln sich komplexe Hass-Lieben. Das Gedicht habe ich *Die Begegnung der besonderen Art* genannt."

Nach dieser kurzen Einleitung hatte sich seine Stimme gefestigt und er brachte es fertig, den Blick zu heben und dem Publikum, das nur darauf zu warten schien, endlich losbuhen zu können, tapfer ins Auge zu schauen. Dann legte er los:

„Die Sterne funkelten, diese Nacht war klar,
als ich sie, völlig überrascht, zum ersten Mal sah.
Sie war so unnahbar, unerreichbar und wer sie kennt,
weiß, sie ist mehr als intelligent.
Zwischen uns hat's geknistert, ich war hellwach.
Doch sie war mir überlegen, ich war zu schwach.
Und als unsere Blicke sich plötzlich trafen,
da konnte ich nachts nicht mehr richtig schlafen.

Wochenlang dachte ich: wie komm ich an sie ran?
Eigentlich bin ich kein schlechter Mann,
und ich hatte mich auf ein Wiedersehen gefreut.
Und so traf ich sie nachts ganz plötzlich erneut.
Sie sah mich nicht an, ließ mich links liegen.
Und ich dachte: dich will ich besiegen.
Sie war mir überlegen und als unsere Blicke sich trafen,
da konnte ich nachts nicht mehr richtig schlafen.

Nun dachte ich ständig an sie, ich hatte Respekt.
Und sie wusste, warum sie sich vor mir versteckt.
Meine Gedanken waren grausam und in diesem Falle
dachte ich: Kennst du eine, dann kennst du sie alle.
Ich dachte, ich kann das nicht tun, es ist das erste Mal,
doch ich hatte keine andere Wahl.
Ich wusste genau, es war vonnöten,
sie beim nächsten Treffen sofort zu töten.

Ich malte mir aus die Situation, die Szenerie,
und ich war ängstlich, ich hatte Angst, wenn sie schrie.
Aber ich war vorbereitet in einer Winternacht.
Da habe ich sie umgebracht!
Ich wollte sie vergiften, aber als ein Mann der Taten,
nahm ich völlig beherzt einen großen Spaten.
Und ich schlug auf sie ein, sie hielt nicht still,
wie erwartet schrie sie furchtbar schrill.

Dann lag sie tot vor mir. Sie, die ich als Kind schon gefürchtet hatte ... sie – die Ratte.

Sekundenlang herrschte atemlose Stille. Selbst der Wirt hatte aufgehört, die Gläser zu spülen und starrte mit einer Mischung aus Überraschung und Entsetzen auf den Vortragskünstler, der sich nun etwas linkisch verbeugte. Blitzschnell schaute sich Schulte um und las auf allen Gesichtern den gleichen Ausdruck.

Die Zuhörer waren hin- und hergerissen zwischen Anerkennung und Abscheu. Hier kam es drauf an, wer zuerst die Richtung vorgab. Er johlte begeistert los und klatschte, was die Hände hergaben. Aus dem Augenwinkel sah er, dass Maren Köster gleichzeitig ebenfalls mit einer Jubelorgie loslegte. Fritzmeier wäre dazu nicht in der Lage gewesen, er stand noch immer unter Schockstarre.

Aber die Initiative von Schulte und Köster löste die beinahe schmerzhafte Anspannung des Publikum und lenkte die heftig aufgestauten Emotionen in die Richtung, die Schulte sich erhofft hatte. Und so bekam Egon Fritzmeier den tosendsten und wärmsten Applaus aller Teilnehmer. Nun endlich löste sich auch bei seinem Vater die Spannung, und er sackte erschöpft zusammen. Ina, die ihn nicht aus den Augen gelassen hatte, reichte ihm schnell ein Glas von ihrem Mineralwasser.

Als der Applaus endlich abgeklungen war, konnte auch Anton Fritzmeier wieder lachen.

„Happich's doch chewusst!", rief er. „Der Bengel weiß, wasser macht. War immer schon nen schlaues Kerlchen, chanz der Papa!"

Dass darauf niemand näher einging, schien den Greis, der wie ausgewechselt war, nicht zu stören. Er dozierte ganz begeistert über seinen hochbegabten Sohn. Dann musste er wieder schweigen, denn die Jury war soweit, die Preise zu vergeben. Trotz des stärksten Jubels wurde Egon Fritzmeier nicht Sieger. Er bekam aber eine Art Ehrenpreis für den außergewöhnlichsten Beitrag des Abends. Anton Fritzmeier war dies egal, Hauptsache ein Preis. Sein Sohn und neuer Held setzte sich mit an den Tisch und Schulte bestellte eine neue Runde.

Endlich hatte er Zeit, sich um seine Gäste zu kümmern. Als er sicher sein konnte, dass alle ihren Spaß hatten und nicht auf seine Unterhaltung angewiesen waren, vertiefte er das Gespräch mit Maren Köster.

Stunden später stand er auf, sprach eine Weile mit dem Wirt und bezahlte alles. Dann warf er sich seine alte Lederjacke über, dankte seinen Gästen nochmals fürs Kommen und verabschiedete sich. Zur allgemeinen Überraschung stand auch Maren Köster auf und verließ mit ihm zusammen das Lokal. Alle schauten den beiden verblüfft hinterher.

„Die besten Männer sind immer schon besetzt", seufzte Henrike Claes.

Schultes Tochter Lena lachte.

„Bist du sicher? Meine Mutter hat da ganz andere Erfahrungen gemacht!"

Während Jupp Schulte draußen die frische Morgenluft tief einatmete und dann den Arm um die schmalen Schultern Maren Kösters legte, rief drinnen der Wirt laut:

„Letzte Runde!"